Isabella Bossi Fedrigotti
Palazzo der verlorenen Träume

Isabella Bossi
Fedrigotti

Palazzo der verlorenen Träume

Roman

Aus dem Italienischen von
Viktoria von Schirach
und Barbara Krohn

Piper
München Zürich

Die Originalausgabe erschien 1996 unter dem Titel
»Magazzino Vita« bei Longanesi & C. in Mailand.

ISBN 3-492-03829-8

Gesetzt aus der Linotype-Palatino
Gesamtherstellung: Friedrich Pustet, Regensburg
Printed in Germany

Für F. F.

Ich wollte nie meine Schulfreundinnen einladen, weil ich mich schämte, daß mein Zuhause so groß war, so andersartig im Vergleich zu ihren. Sie nannten es den »Palazzo«, aber in meinen Augen war es eher ein gelbgrauer Klotz, der in keinem Verhältnis zum Dorf ringsherum stand. Jetzt, wo die anderen Häuser gestrichen und renoviert sind, alle mit neuen Haustüren und Fensterläden, sticht es nicht mehr so ab wie damals, als es von lauter windschiefen, ziemlich heruntergekommenen farblosen Gebäuden umgeben war. Oder, besser gesagt, es sticht wieder ab: Im Laufe der Jahre sind nämlich die anderen Häuser eins nach dem anderen verputzt, renoviert und getüncht worden, während seine gelbgraue Farbe immer mehr verblaßte und verschmutzte. Die Schornsteine sind inzwischen schief, das Dach ist baufällig, und die Fensterläden sind hier und dort beschädigt.

Es hat zwar die Nummer sechs des Vicolo della Chiesa, aber der Sinn dieser Sechs ist niemandem klar, da es auf unserer Straßenseite insgesamt nur zwei Häuser gibt. Am Haustor ein einziger runder Klingelknopf aus Messing, nicht viele verschiedene mit Namensschildern wie bei meinen Schulkameradinnen. Nach dem Läuten erschien auch niemand am Fenster, eine Mutter etwa oder eine Tante oder Großmutter, die dann »Ich komme!« rief oder »Komm rauf!« Bei uns durften sich höchstens die Köchin oder der Diener an einem einzigen Fenster oben links zeigen, und sie riefen niemals hinunter, außer wenn Zigeuner oder Lausbuben unten standen. »Weg mit euch«, riefen sie dann und machten sofort wieder zu. Wenn es ein Bettler war, bekam er fünf oder zehn Lire in Form einer Münze, die vom zweiten Stock so aufs Pflaster hinuntergeworfen wurde, daß es dem Armen nicht immer gelang, ihrer habhaft zu werden. Handelte es sich hingegen um Familienangehörige, Besucher oder Lieferanten, so wurde – nicht ohne einen Augenblick bedachtsamen Zögerns – der elektrische Türöffner betätigt, der die Haustür mit einem langen Krächzen langsam aufgehen ließ.

Meine Schwestern und ich durften weder ein Fenster aufmachen noch uns hinausbeugen, nicht wegen der Gefahr, sondern weil es sich nicht schickte. Und noch viel weniger war es uns erlaubt, etwas auf die Straße hinunterzurufen oder auf den Türöffner zu drücken. Dabei hörten wir sehr wohl den Klingelton, der durch das Haus schrillte und ein gemischtes Gefühl der Erwartung und der unbestimmten Furcht im Innern der Festung auslöste. Besucher kamen allerdings immer nur zu den Erwachsenen: Meine Freundinnen und die meiner Schwestern kamen nie, mit Ausnahme einer besonders kühnen, die jedoch über die Mauer des Gemüsegartens kletterte, um heimlich mit uns zu spielen – Jungenspiele mit Schleuder, Bogen und Pfeilen, die aus den Streben alter Regenschirme gemacht waren.

Ich schämte mich wegen meines zu großen und zu andersartigen Hauses, und ich weigerte mich, es in Klassenarbeiten zu beschreiben, ebenso schämte ich mich ein wenig meiner Mutter, die auf der Straße laut redete, sich nicht wie die anderen Mütter im Dorf kleidete und nicht dieselben Dinge tat wie sie. »Die Mutter macht Essen, wäscht ab, bügelt, flickt und näht«, deklamierten meine Banknachbarinnen, wenn sie über die »Tätigkeiten der Mutter« abgefragt wurden. Als ich an die Reihe kam, waren die einzigen Sätze, die mir zu den »Tätigkeiten der Mutter« einfielen: »Sie wäscht ihre Strümpfe und schneidet Rosen«, und sogleich spürte ich die verwunderten Blicke der gesamten Klasse auf mir. Aber ich konnte doch nicht erzählen, daß meine Mutter hauptsächlich las, Radio hörte, Rezepte ausschnitt, die sie dann nie ausprobierte, Stricksachen anfing, die normalerweise ein Jahr später fertig wurden, und trotz ihrer Größe und ihres Umfangs geschickt und hingebungsvoll herumwirbelte bei dem Versuch, uns drei Töchtern das Tanzen beizubringen. Eine Beschäftigung, bei der wir uns ziemlich dumm anstellten und die uns auch wenig interessierte, zumindest diese Art zu tanzen. Als einmal in der Schule auch ich gedankenverloren und wie ein Papagei nachplapperte: »Die Mutter wäscht, bügelt, macht die Betten …«, da unterbrach mich die Lehrerin, die große Ehrfurcht vor Gott, den Madonnen, aber auch vor unserer Familie hatte. »Was sagst du da!« rief sie entsetzt aus, als wäre sie anstelle meiner Mutter beleidigt worden.

Mir kam diese Lehrerin alt vor, wie über fünfzig, aber vermutlich war sie nicht älter als fünfunddreißig, und sie verriet uns alle – die Klasse, die Schule und ihre Familie –, als sie uns nach dem vierten Schuljahr verließ, um weit entfernt zu heiraten. Im Dorf erschien sie nur noch selten, nicht mehr als Lehrerin, sondern im

Pelzmantel zu würdevollen und ein klein wenig hoheitsvollen Spaziergängen am Arm des wesentlich älteren Gatten. Doch solange sie bei uns war, unterließ sie es nie, uns Jahr für Jahr Aufsätze schreiben zu lassen, in denen wir von uns selbst erzählen sollten und die folglich Titel trugen wie »Meine Mutter«, »Meine Familie« oder »Bei uns zu Hause«. Und ich, die ich nicht über einen ersten Stock schreiben wollte, der nur aus Salons bestand, über die nächste Etage mit zwei weit voneinander entfernt liegenden Schlafzimmern für ein einziges Paar Eltern, über unendlich viele Zimmer, Abstellkammern, Treppen und Stiegenkammern, dachte mir drei Zimmer mit Küche und Balkon aus, und der Balkon stellte den beliebtesten und attraktivsten Teil dar.

Wir hatten tatsächlich einen schönen Balkon, aber es war nicht erlaubt, sich dort aufzuhalten. Sich zu zeigen, sich bemerkbar zu machen, neugierig herunterzuschauen oder, noch schlimmer, mit jemandem, der auf der Straße vorbeiging, ein Gespräch anzufangen, das alles war streng verboten. Mit anderen Worten, wir hatten zwar einen Balkon, ohne aber die Vorzüge eines Balkons genießen zu können, und so schrumpfte er zu einem reinen Ornament, einem dekorativen, aber unnützen Mauervorsprung. Nicht einmal Blumentöpfe standen auf dem Balkon, vermutlich, damit niemand in Versuchung kam, ihn zu betreten. Dieses Gebot lag vor allem dem Großvater am Herzen, der am Komplex des Provinzlers litt, des Landmenschen, der panische Angst hat, sein Haus könnte wie ein Bauernhaus aussehen. Deshalb war er auch höchst beunruhigt, als die mutigste meiner Schwestern dem Beispiel eines Klassenkameraden folgte, der ein Bauernsohn war, und vor dem

Fenster einen kleinen Käfig mit zwei Singvögeln aufhängte. Nach einer fürchterlichen Szene, die bei einem so sanftmütigen Menschen wie meinem Großvater alle überraschte, wurde der Käfig schleunigst ins Badezimmer verbannt, wo die kleinen Sänger nicht länger als eine Woche überlebten.

Es gab jedoch einen Tag im Jahr – das Fronleichnamsfest –, an dem ich stolz auf mein Haus war, obwohl es so andersartig und für das Dorf überdimensioniert war. An diesem Tag wurde das Tor weit aufgemacht, und an den Türflügeln, die als Seitenwände dienten, wurde ein großer roter, mit weißen und rosa Röschen bestickter Vorhang befestigt, der eine Art Kapelle bildete. In der Mitte, auf einem mit Blütenblättern übersäten Boden, stand der Küchentisch, den allerdings niemand wiedererkennen konnte, so geschmückt war er mit den schönen Altardecken mit Spitzenbordüre. Vom darüberliegenden Balkon und aus den zur Straße hin geöffneten Fenstern hingen Teppiche herab und Brokattücher, die nur zu dieser einzigen Gelegenheit hervorgeholt wurden und dann wieder im Kampfergeruch irgendwelcher Truhen begraben wurden. Während der ganzen Nacht waren mehrere Leute beschäftigt, dieses Wunder auf die Beine zu stellen, aber am Morgen sah die Öffnung des strengen Portals tatsächlich aus wie ein himmlischer Ort.

Auch andere Häuser im Dorf schmückten sich mit Altären für die Prozession, doch so prachtvoll ihre Stoffe und Blumentöpfe auch waren, vor unserem Altar verblaßten sie, denn keiner hatte solch einen roten Himmel voller Röschen. Obwohl wir die erste Station nach der Kirche waren, kaum fünfhundert Meter entfernt, brauchte die Prozession eine Ewigkeit, bis sie ankam. Meine Schwestern und ich waren unter die Mädchen eingereiht, die als Engel verkleidet Blütenblätter streuten, und ich konnte es kaum erwarten, bis der schneckenhaft langsame Strom unter Gescharre und Gesang endlich vor unserem Altar hielt: damit ich selbst ihn in seiner ganzen Pracht sehen konnte und damit er von denen gesehen wurde, die um mich herumstanden. Obwohl er ein wenig zu riesig und zu großartig war, so daß der Priester nicht müde wurde, das Weihrauchfaß zu schwenken, bis alles in eine dichte weiße Wolke gehüllt war, freute ich mich, denn letztendlich verkörperte der Altar etwas, was uns mit den anderen Familien verband. Auf Grund der Kindern eigenen hartnäckigen Demokratie- und Gleichheitsbestrebungen war ich froh, daß wir uns einmal im Jahr zumindest den Anschein gaben, dieselben Probleme, Beschäftigungen und Ziele zu haben wie unsere Nachbarn.

Denn sonst mußten wir uns immer in allem unterscheiden, in der Art, uns zu kleiden, zu essen, zu sprechen, sogar in der sonntäglichen Andacht, bei der wir in der Kirchenbank der Familie knieten, der einzigen in der ganzen Kirche, die ein Messingschildchen mit eingraviertem Namen trug. Ich haßte diese Bank, die so gekennzeichnet war, sich ganz weit vorn im Kirchenschiff befand und noch dazu auf der rechten Seite, wo eigentlich die Männer saßen. Um nicht so sehr aufzufallen, versuchte ich, wenn möglich, den Kindergottesdienst früh am Morgen zu besuchen, bei dem man nach Klassen aufgeteilt wurde, überwacht von Nonnen, die die Buben nach rechts dirigierten und die Mädchen nach links. Wenn es mir jedoch nicht gelang, die gesungene

Messe mit der ganzen Familie zu vermeiden, zu der wir fast immer mit leichter Verspätung eintrafen – um der allzu großen Vertraulichkeit sonntäglicher Grüße zu entgehen –, war ich gezwungen, mit anzusehen, wie mein Vater und meine Mutter die frommeren und folglich pünktlicheren Falschsitzer von unserer Bank aufstehen ließen. In diesen Fällen gingen – zu meiner großen Beschämung – immer alle zusammen weg, und nicht nur die, die uns wirklich daran hinderten, unsere Plätze einzunehmen.

Irgendwann im Lauf der Zeit, ich weiß nicht mehr, in welchem Achtundsechziger-Jahr und durch wessen Entscheidung, verschwand das Messingschild, ohne daß sich jemand deshalb beunruhigte. Entweder waren auch wir plötzlich demokratisch geworden, oder wir waren einfach nicht mehr so eindeutig fromm, um alle zur selben Messe zu gehen oder in derselben Bank zu sitzen. Sogar die Löcher von den Schrauben im Holz müssen gekittet worden sein, denn es ist nichts mehr zu sehen, und heute weiß keiner mehr, ob unsere Bank nun die fünfte oder sechste war, direkt vor der Kanzel jedenfalls, so daß es immer schien, als wende sich der Priester bei der Predigt nur an uns, ganz besonders, wenn es darum ging, Geld für Restaurierungsarbeiten, wohltätige Zwecke oder die Vergrößerung des neuen Oratoriums zu sammeln.

Der Palazzo wurde gegen Ende des sechzehnten Jahrhunderts erbaut, vielleicht auch zu Anfang des siebzehnten; welcher Vorfahre den Auftrag dazu gab, ist ebenso unklar wie die Gründe für die riesigen Dimensionen. In den Archiven steht lediglich, daß sich hundert Jahre nach der Erbauung ein gewisser Giovanni, der aus nicht mehr zu erkundenden Gründen der Ältere genannt wurde, daran machte, ihn zu vergrößern und zu verschönern; vermutlich mit den Einkünften einer frisch gewährten Postkonzession, und das, wie der anonyme Schreiber anmerkt, während »eine große Hungersnot das ganze Tal geißelte«. Derselben Chronik des Archivs kann man jedoch auch entnehmen, daß der alte Giovanni, um die betrübliche Lage der Talbewohner zu verbessern, auf eigene Kosten die größte Spinnerei weit und breit erbauen ließ. Die Familienchronik behauptet außerdem, er sei mildtätig und großzügig gewesen, doch da sie vermutlich von einem Angehörigen oder einem Angestellten verfaßt wurde, könnte sie ein wenig zu wohlwollend ausgefallen sein.

Sein Enkel, Giovanni Maria, der vielleicht seinem fernen Urenkel glich, meinem Großvater, der wie er den Komplex hatte, wie ein Landmensch zu wirken, ließ in den ersten Jahrzehnten des achtzehnten Jahrhunderts – immer mit dem Geld der Poststelle – das schöne Stadtpalais errichten, das kleiner war, eleganter und nicht mehr von ländlichen Schuppen umgeben, sondern von einer langen Reihe ganz beachtlicher Herrensitze. Es heißt – aber das wird von fast allen Anwesen der italienischen Provinz behauptet –, daß Napoleon dort eine Nacht verbracht habe. Und am 4. September 1796 soll er dort die Honoratioren der Stadt empfangen haben, die er auf italienisch anredete, um sich über die wirtschaftliche Lage des Ortes informieren zu lassen.

Man weiß nicht genau, wie Giovanni Maria und seine Erben den Tagesablauf und ihr Dasein zwischen den beiden Häusern aufteilten, die kaum drei Kilometer voneinander entfernt liegen. Jedenfalls dauerte diese Doppelexistenz nicht lange, denn beim ersten finanziellen Engpaß kurz vor dem ersten Weltkrieg, wenig mehr als hundertfünfzig Jahre nach der Erbauung des Stadtpalais, wurde es verkauft und ist seitdem Sitz einer Nonnenschule.

Seit jener Zeit kann kein Familienmitglied daran vorbeigehen, ohne einen Seufzer des Bedauerns auszustoßen über den Verlust des schönen Hauses, das so harmonisch ist, so würdevoll und trotz seiner bescheideneren Dimensionen doch besser proportioniert als das andere. Außerdem gehört dazu ein schöner Park im italienischen Stil mit kostbaren Gewächsen und einem Springbrunnen in der Mitte, der laut einer zeitgenössischen Quelle »die frische Jugend des Lebens besingt«. Ambrogio Rosmini hieß der Architekt, den Giovanni Maria mit dem Bau des Palais beauftragt hatte, Rosmini wie der Abbé Antonio, ein Vetter des Großvaters. Und die Legende behauptet, daß der Philosoph Rosmini tatsächlich hier, im Haus seines Verwandten, vergiftet wurde. Man erzählt von einem Essen, nach dem der große Denker sich unwohl gefühlt habe, um dann entweder sechs Wochen oder auch sechs Monate darauf zu sterben.

Ein Motiv für diesen imaginären Mord wurde allerdings nie gefunden. Es ist also gut möglich, daß das Gerücht über die Vergiftung hauptsächlich auf dem Mißtrauen beruht, das die Vorfahren ihrem unendlich viel gebildeteren Vetter gegenüber hegten, da sie selbst nur Weinbauern, Seidenraupenzüchter und Poststeuereintreiber waren. In diesem Zusammenhang ist es bezeichnend, daß der berühmte Antonio in den Anekdoten der Familie nie auftaucht. Bis auf den vermeintlichen Mord, der jedesmal mit einer gewissen Selbstgefälligkeit erwähnt wird, hat über ihn und mehr noch über seine Werke stets absolutes Schweigen geherrscht: Es gibt kein Bild, keinen Druck, keinen Brief, nichts, was sein Andenken bewahrt hätte. Man kann daraus schließen, daß auch er keinen besonderen Wert auf den Umgang mit seinen Verwandten legte. Bis auf jenes fatale Mahl.

Nachdem die Stadtresidenz verkauft war, blieb der ältere, unbequemere, größere und weniger elegante Landsitz übrig, der es seinen Bewohnern ermöglichte, in der Nähe der Weinberge zu bleiben, die wiederum nach der Aufhebung des Postrechts und der Abschaffung der Seidenraupen in den letzten hundert Jahren die wichtigste Einnahmequelle der Familie bilden sollten.

Keiner weiß, wann oder wie das Haus seine seltsame unregelmäßige Form angenommen hat; es ist, als hätte jede Generation einen neuen Trakt hinzugefügt. Vielleicht war es ja auch von Anfang an so konzipiert: vorn, um den Besucher zu beeindrucken, eine klassische Fassade mit zwei Fensterscheiben, dem großen hölzernen Portal mit dem Balkon darüber und unter dem Dach die kleinen Speicherfenster, die mit den vergitterten quadratischen des Erdgeschosses harmonieren. Dahinter jedoch ist alles verwinkelt, eckig, angestückelt: Ein Trakt erstreckt sich in den Garten, ein anderer grenzt den Hof ein, ein dritter ragt aus dem Dach, als hätte er versucht, ein Türmchen zu werden. Höhen und Tiefen, Mauervorsprünge, Vordächer, die wie die Rückseite mancher Baracken wirken, an die alles mögliche angebaut ist: Käfige, Verschläge für Brennholz, Schuppen, Hühnergatter, Schweinekoben und Hasenställe. Nur daß hier alles ordentlich gemauert ist und allem Anschein nach so alt wie die vornehme Fassade. Vielleicht war einfach zu der Zeit, in der es gebaut wurde, gerade kein Architekt zur Stelle.

Im Innern ist vermutlich außer dem Einbau der Bäder und geringfügigen Verbesserungen in der Küche seit den Zeiten von Giovanni Maggiore und den anderen Giovannis, die ihm folgten, nicht viel verändert worden. Das Haus trägt keine Spuren eines Umbaus, und auch die meisten Möbel scheinen zur gleichen Zeit wie die Mauern entstanden zu sein, wie nach Maßarbeit. Es gibt zwar jetzt einen Lastenaufzug, aber auch dieser ist bereits sechzig oder siebzig Jahre alt. Früher funktionierte er mit einer Kurbel und diente dazu, die Speisen aus der großen Küche bis zum ersten oder zweiten Stock zu befördern, je nachdem, wo gegessen wurde, und je nach Jahreszeit. Jetzt ist er elektrisch und dient dazu, Einkaufstüten und Koffer nach oben zu schaffen, denn die wenigen Bewohner, die noch übrig sind, sind alt geworden.

Alt geworden ist auch das Haus, es strahlt nicht mehr Glanz und Heiterkeit aus wie zu der Zeit, als wir es in so großer Zahl bewohnten. Der Putz blättert zwar noch nicht ab, aber er hat keinen richtigen Farbton mehr. Das ursprüngliche Graugelb hat sich zu etwas Undefinierbarem verändert. Oben neben dem Portal prangt eine Reihe von Farbproben, Rechtecke in hellgelb, dunkelgelb, mittelgelb, sonnengelb, Entwürfe für eine großangelegte Restaurierung der Fassade. Als aber der Preis feststand, wurde das Vorhaben wieder abgeblasen, und jetzt ist nur noch diese Spur einer guten Absicht übrig, ein Beweis dafür, daß es im Haus zwar noch Leben gibt, aber eben nicht mehr viel und vielleicht auch nicht mehr lange. Die Fensterläden sind reparaturbedürftig, aber es fehlt das Geld, sie alle zu ersetzen, und würde man nur einen Teil erneuern, dann würde jeder, der vorbeigeht, denken oder – schlimmer noch – kommentieren: »Bis hierher hat das Geld wohl gereicht, aber weiter nicht.«

Wer weiß, was aus dem Palazzo einmal wird. Von außen gesehen könnte man in Anbetracht der Größe und der vielen Fenster denken, daß gut hundert Personen darin Platz hätten, und falls Flüchtlinge aus irgendeinem Land seiner habhaft würden, auch zweihundert; doch da wie in jedem echten Schloß die Säle, Salons und Empfangszimmer mehr Raum beanspruchen als die Schlafzimmer, können eigentlich nicht mehr als zehn bis zwölf Bewohner darin leben. Dabei stecken, in Schichten übereinander wie bei einem familiären archäologischen Grabungsfeld, viel mehr als zehn oder zwölf Bewohner darin: ganze Heerscharen von Verwandten, und von jedem ist irgend etwas geblieben. Da sind nicht nur die Vorfahren auf den Porträts im Treppenhaus, häßliche Ahnen oder auch häßliche Porträts, auf denen Männer und Frauen sich höchstens in der Kleidung unterscheiden und graue, alte, verknöcherte Gesichter haben, die niemals lächeln, als wäre Lächeln ein Sakrileg. Da sind Berge von Dingen, die sich im Lauf der Jahre und Jahrhunderte angesammelt haben und nie wirklich weggeworfen wurden: Großmutters Strümpfe, Großonkels Stiefel, Urgroßvaters Aufzeichnungen, der Dreispitz eines Unbekannten; dann die Briefe einer Tante, die zarten Aquarelle eines anderen Alten, die Abendkleider unserer Mutter, das Mensch-ärgere-dich-nicht-Spiel unseres Vaters, die altmodischen und verrosteten Schlittschuhe eines unbekannten Verwandten, die Schulhefte meiner Schwestern, meine Puppen, ihre Zeichnungen, unsere Latein- und Griechisch-Wörterbücher. Erinnerungsstücke, die völlig wahllos in einen riesigen Abstellraum geworfen wurden und die zu ordnen keiner mehr die Kraft hat.

Es ist, als hätte jemand in eine Schachtel Tausende von Puzzleteilen geschüttet, die wir in kein System bringen können. Zusammengesetzt würde es alle Generationen ordentlich hintereinander aufgereiht in einem riesigen Familienporträt darstellen, in der ersten Reihe die wenigen, die heute noch am Leben sind, und dahinter die unzähligen, die schon tot sind. Mit seiner Last aus halbbegrabenen und halbverdauten Gedächtnisstützen im großen Bauch von Koffern und Schränken, Kammern und Speichern, Truhen, Schrankkoffern und Sitzbänken hat man das Gefühl, das Haus berge in seinem Gehirn aus Stein und Zement unendlich viel mehr Erinnerungen, als alle Bewohner zusammen gehabt haben.

Und wenn man es eines Tages – was wahrscheinlich ist – verkaufen müßte, wer wird dann ordnen, retten oder wegwerfen, wer wird den Mut aufbringen, sich dieser Unmenge von Erinnerungen zu stellen? Alles dalassen, auf die Gefahr hin, daß bei der ersten radikalen Renovierung die Briefe der Tante in einem Schutthaufen auftauchen und die Bauarbeiter sich darüber lustig machen? Oder im Müll meine Puppe wiederfinden, einen Dreispitz, Photos, den Fetzen eines deiner alten Kleider, unsere Zeichnungen aus der Volksschule?

Wenn man das Portal mit dem verstümmelten alten Schlüssel aufsperrt oder wenn oben jemand die krächzende Vorrichtung betätigt, die die Festung erschließt, betritt man die Eingangshalle: einen weiten Vorraum, an dessen seitlichen Wänden Truhen stehen und an der hinteren zwischen Aspidistra-Töpfen zwei altertümliche Schlitten mit je einem Drachen- und einem Schwanenkopf. Ursprünglich war das die Einfahrt für die Kutschen, später dann wurde eine Garage daraus. Eines Tages beschloß man jedoch, zur alten Lösung zurückzukehren, und das Auto wurde in ein dunkles Gewölbe im Haus gegenüber verbannt, wo es nach Kühen roch, denn nebenan war der Stall, in dem der Bauer das Vieh hielt.

Die Eingangshalle ist zu jeder Jahreszeit kalt, feucht und düster, sie wird von einer einzigen schwachen Laterne erhellt, die mitten im Raum auf einem alten Holztisch steht, der keine andere Funktion hat, als das Parken von Automobilen ein für allemal zu unterbinden. Auf der linken Seite gibt es einen marmornen Kamin, neben dem immer dicke Holzscheite gestapelt sind; allerdings kann sich keiner daran erinnern, daß je Feuer darin gebrannt hätte. Früher diente er wahrscheinlich dazu, die Kutscher und Diener zu wärmen, die sich hier unten die Zeit vertrieben, bis ihre Herrschaften die Treppe herunterkamen, um sich wieder auf die Reise zu machen. Es kann aber auch sein, daß er nur zur Zierde diente, um die lange Wand aufzulockern und ein Pendant zum direkt gegenüberliegenden Treppenaufgang zu bilden.

Seit der Zeit, in der Kutscher und Diener möglicherweise hier um ein brennendes Kaminfeuer saßen, hat es in der Eingangshalle kein Leben und auch keine Stimmen mehr gegeben. Nichts außer den langsamen oder hastigen Schritten derer, die eintraten oder weggingen, den Flüchen eines wütenden Hausangestellten, der zum x-tenmal mit Säure die Ölflecken des Wagens entfernen mußte, den schon wieder jemand aus Bequemlichkeit dort statt gegenüber bei den Kühen geparkt hatte.

Stumm an die Wand gereiht warten acht steife und hohe Stühle, die sich, wackelig und unbenutzbar, an die Seitenwände der vier Truhen stützen. Wir glaubten eines Tages zu träumen, als wir sie im Stadttheater im Bühnenbild der »Rusteghi« wiedersahen, wo sie als Leihgabe die allzu dürftigen Requisiten der Theatertruppe ergänzten. Von dort kehrten sie jedoch noch wackeliger als vorher zurück, und so wurde beschlossen, daß diese Stühle, verkommen zu Geisterstühlen, nicht mehr bewegt werden durften. Die einzige Aufgabe, die ihnen blieb, war die, Lücken zu füllen und sich gegenseitig ein Pendant zu sein. Sich darauf zu setzen war verboten wegen ihres Alters und ihrer Zerbrechlichkeit, und jedesmal, wenn jemand dabei erwischt wurde, gab es Drohungen und Vorwürfe: »Ihr macht alles kaputt, euch bedeuten die Dinge ja nichts.«

Als er alt und verwirrt war, aber immer noch in der Lage, vierundfünfzig Stufen hinauf- und hinunterzusteigen, noch kein Gefangener seines Zimmers, seines Bettes, der Ärzte und der Krankenschwestern, setzte unser Vater sich auf diese Stühle, uneingedenk des Verbots, das er so oft ausgesprochen hatte. Er saß dort ganz still, ohne noch zu wissen, ob er kommen oder gehen wollte, ob er dort saß, um Mut für einen Spaziergang zu schöpfen oder Kräfte zu sammeln fürs Treppensteigen. Er sah nichts Besonderes an, hätte im Halbdunkel ja auch nichts sehen können; vielleicht dachte er an sein Haus, an die Lebenden und die Toten darin, an die Erinnerungen, die ihm alle, auch die entferntesten, lebendiger und wahrhaftiger vorkamen als die Gegenwart. Womöglich dachte er aber an gar nichts und behielt, wie er es jahrelang getan hatte, solange er noch kein Invalide war, die Tür zum Obstkeller im Blick, damit keiner ohne sein Wissen dort hineinging.

Das Obst lag ausgebreitet da – man kann ruhig die Vergangenheitsform benutzen, denn heute liegt dort schon lange nichts mehr, und die Einkäufe werden wie bei allen anderen Leuten im Laden getätigt –, es lagerten dort also Äpfel, Birnen, Nüsse, aber auch Zwiebeln, Kartoffeln und Karotten auf dreistöckigen Holzregalen und warteten darauf, in die Küche hochgebracht zu werden. Was nicht selten zu spät geschah, wenn alles schon verfault und verschrumpelt war. Natürlich wurde auch geräubert auf Teufel komm raus, denn das Gesetz, das verlangte, daß die Tür immer doppelt verriegelt und der Schlüssel in einem Geheimversteck aufbewahrt blieb, wurde nicht immer befolgt. Wir Kinder klauten, der Gärtner, der Maurer, die Wäscherin, der Postbote und vermutlich noch andere: einmal einen Apfel, ein andermal eine Birne oder Karotte, die man in die Hosentasche steckte oder im Gehen aß, aber für unseren Vater war das immer ein Diebstahl, der lang und breit angeklagt werden mußte. »Wo werdet ihr nur enden, wenn ihr so weitermacht, die Sachen gehören euch nicht, glaubt ihr denn, wir sind Millionäre?« wetterte er gegen die Töchter, die einzigen, die sich von Zeit zu Zeit erwischen ließen. Daß nicht noch mehr geklaut wurde, war einzig und allein dem Lichtschalter zu verdanken: Wenn man ihn berührte, bekam man einen Schlag, und im fast vollständigen Dunkel, das von den schmutzigen Luken kaum erhellt wurde, war es schwierig, Gutes von Verfaultem zu unterscheiden, Zwiebeln von Äpfeln, Kartoffeln von Birnen.

Dort im Obstkeller, auf einer Leiter stehend, hat unsere Mutter in unzähligen Herbsten weiße Muskatellertrauben an den Eisendrähten über den Regalen aufgehängt. Zweistöckig hängte sie sie auf und schützte dabei ihr Kleid mit einer großen blauen Schürze, an der überall faulige Trauben klebten. Ihr Haar war zerzaust, und sie seufzte ermattet von der Anstrengung, wie ein Freskenmaler Hände und Gesicht immer nach oben halten zu müssen. Diese spezielle Aufgabe, die in der Tat nirgendwo sonst bekannt war, hatte ihr, der Hausarbeit immer ein Graus war, die Schwiegermutter auferlegt: die frühere Herrin des Hauses, Großmutter Franziska, die aus Deutschland gekommen war und nie wirklich Italienerin wurde und vor der die junge Schwiegertochter, auch sie eine Franziska und auch sie aus dem Norden stammend, aber sofort zum Süden konvertiert, immer große Angst hatte. Solche Angst, daß unsere Mutter auch nach dem Tod der Großmutter die Tradition nicht abbrach; heroisch, fast schon leidenschaftlich führte sie sie noch jahrelang weiter, bis beschlossen wurde, daß es zu gefährlich für sie war, auf die Leiter zu klettern. Auch diese merkwürdige Tätigkeit meiner Mutter wagte ich niemals in einem von unserem Fräulein Lehrerin angeforderten Aufsatz zu beschreiben.

Unser Vater sah es nicht gern, daß das heilige Herbstritual, das Aufhängen der reifen Muskatellertrauben, eingestellt wurde; um ihn zu besänftigen, wurde die Aufgabe anderen übertragen, uns Töchtern und besonders willigen Dienstmädchen, doch das war nicht mehr dasselbe. Keine Zeremonie mehr, sondern Arbeit, keine Magie mehr, sondern langweiligste Routine. So hingen dann schließlich die Trauben nur noch in einer Reihe und nicht mehr in der traditionell zweistöckigen gelben, duftenden Formation, ein dichter Himmel aus Trauben, deren niedrigste Beeren, in Reichweite derer, die vorbeikamen, immer in kürzester Zeit verschwunden waren.

Die andere Tür in der Eingangshalle führt in die alte Post, drei Zimmer mit Bad, in denen zunächst die königliche Post und dann die republikanische Post des Landes untergebracht waren. Zutritt hatte man natürlich von außen, seit etwas demokratischeren Zeiten war auch die Verbindungstür nach innen verriegelt, vielleicht sogar zugemauert, so daß man nicht mehr wie ehedem direkt vom Haus ins Postamt gelangen konnte. Die Miete, die uns dafür gezahlt wurde, war lächerlich, und es gab auch keine anderen Vorteile wie etwa die, Briefe früher abschicken zu können oder außerhalb der Schalterstunden, abends oder an Feiertagen, an Briefmarken zu kommen. In Wirklichkeit verunstaltete die moderne, billige Tür nur die Fassade und ruinierte ihre strenge, ein wenig rustikale Harmonie. Trotzdem gefiel sich die Familie aus irgendeinem mysteriösen Grund darin, die Post im Haus zu haben: Vielleicht fühlte sie sich durch das alte Lehen des Ahnen Giovanni Maggiore mit der Institution verbunden.

Zwei Angestellte gab es, die sich, mit Dutt und schwarzglänzenden Kitteln, hinter den Schaltern zu schaffen machten, immer ins Halbdunkel getaucht, da die Räume nur von drei winzigen, noch dazu eng vergitterten Oberlichten erhellt wurden. Außerdem war da der Bürovorsteher, der feierlich Postmeister genannt wurde, als sei er ein Dirigent; ohne Kittel, aber mit schwarzen Ärmeln und Visier, um sich vor weiß Gott welchem Licht zu schützen. Als die Post umzog, wollte der Meister nicht mit, vielleicht um nicht den Stadtteil zu wechseln, obwohl der neue höchstens acht oder neun Gehminuten entfernt lag. Statt dessen wechselte er lieber den Beruf, wobei er im Dunkeln blieb, denn er wurde Sakristan der nahen Kirche. Und mit derselben sauertöpfischen bebrillten Miene, mit der er vorher hinter dem Schalter den Stempel auf die Briefe gehämmert hatte, schritt er dann noch mehrere Jahre lang während der Messe mit langsamen, regelmäßigen Schritten über den Fußboden der Kirche und hielt den Gläubigen den langen Stecken mit dem schwarzen Klingelbeutel hin.

Es roch im Dämmerlicht der Post, es roch nach einer Mischung aus Schreibstube, altem Büro, Bleistiftminen, Tinte und Staub. Ab und zu, in unregelmäßigen Abständen, quietschte die kleine Tür und ließ für einen Moment von draußen Licht und Luft herein. Den Eingang bewachte der steinalte Bepi Marmaia, der den ganzen Tag lang davor auf seinem Stühlchen saß, das er aus Gründen der Bequemlichkeit ein wenig nach hinten an die Hauswand gelehnt hatte wie eine Art Sessel. In der Hand hielt er immer seinen Stock, mit dem er auf das Pflaster klopfte, wenn die Sonne weiterzog und er langsam und gebückt die Straße überquerte, um sich auf der gegenüberliegenden Seite zu postieren, wo er wohnte. Auf dem Kopf trug er immer einen Hut aus Stroh – »de paia« in seinem Dialekt –, aber vielleicht spielt mir da die Erinnerung auch einen Streich, denn »de paia« reimt sich auf »Marmaia«, und das riefen ihm die Dorfkinder nach.

Die Post zog schließlich in bürokratische und helle Räume in einem Neubau am anderen Ende des Dorfs um. Wir fühlten uns gekränkt und benachteiligt, denn jetzt mußten wir die Briefmarken für unsere Weihnachts- und Ostergrüße, für Beileids- und Freundschaftsbekundungen, Namens- und Geburtstage dort holen. Als einziges Privileg blieb uns der rote, immer noch mit den königlichen Insignien geschmückte Postkasten, der in die Hauswand eingemauert war, und in den oberen Zimmern hörte man die gußeiserne Klappe zuschlagen, wenn jemand einen Brief einwarf. Doch auch der Postkasten hatte kein langes Leben: Zunächst wurde er durch einen besser in die Zeit passenden republikanischen ersetzt, der dann an der gegenüberliegenden Straßenseite angebracht wurde, wie um zu unterstreichen, daß die Postverwaltung mit uns nichts mehr zu tun haben wollte. Zu guter Letzt wurde er abgeschafft – ein Zeichen des Abstiegs des alten Viertels, ein Zeichen, daß das Leben sich nun anderswo abspielte.

Die Posträume blieben dunkel und leer, behielten ihren durchdringenden Geruch nach Moder, Menschenansammlung und Schreibstube; inzwischen konnte man wieder durch die Tür von der Diele aus hineingelangen, die nicht mehr versperrt oder zugemauert war; zugemauert war nun der Eingang von der Straße. In irgendeinem Winkel auf dem Boden konnte man immer noch Spuren des früheren Betriebs entdecken: Büroklammern, gezackte Ränder von Briefmarkenbögen, Zettel, Formulare, Tintenkleckse.

Als die jüngste Schwester als erste heiratete, zu früh für den Geschmack der Familie und, was schlimmer war, auch noch einen jungen Mann mit ungewisser Zukunft, brachte mein Vater, der sie einerseits für ihre Aufmüpfigkeit bestrafen, andererseits großzügig wirken wollte, es tatsächlich fertig, dem jungen Paar die Post als Wohnung anzubieten. »Mit einem Gasofen und ein paar Umbauten im Bad werden sie sich richtig wohl fühlen«, versicherte er immer wieder. »Küche, Schlafkammer und Wohnzimmer.« Man wies ihn auf das fehlende Licht hin, den Schimmel, der im Herbst die Wände befiel, auf die Eiseskälte in den Räumen, doch er beteuerte, daß das für ein junges Ehepaar ganz in Ordnung sei. Hätte meine Schwester zu dem Zeitpunkt und unter den Umständen geheiratet, die er für richtig hielt, dann hätte er nicht im Traum daran gedacht, ihr diese dunkle Höhle anzubieten; da die Dinge aber nun einmal anders gelaufen waren, blieb er bei seinem Vorschlag. Unser Vater hat immer so gehandelt: Wenn ihm eine unserer Entscheidungen nicht gefiel – und ihm gefiel so gut wie keine –, dann versuchte er sie mit allen Mitteln zu verhindern, jahrelang, ohne sich um die Folgen seines Krieges zu kümmern. Heute ist es gerade diese Schwester, die ihm, dem Kranken, über die Stirn streicht, die seine verkrampfte Hand mit der größten Geduld und Herzlichkeit hält.

Aus der Wohnung für das junge Paar wurde dann doch nichts, denn die frisch Verheirateten zogen woandershin, weit weg. Trotzdem wurde mit großangelegten Renovierungsarbeiten begonnen. Die Wände wurden geweißelt, das Bad wurde modernisiert, Vorhänge entstanden für die dunklen kleinen Fenster, und die beiden Zimmer wurden möbliert: angemeldet, angekündigt, jeden Moment erwartet, schon fest verpflichtet war ein Dienstbotenehepaar, eines jener sagenhaften Paare, die nie kamen, nie gefunden wurden, nie blieben, eintrafen und sofort wieder abreisten, weil entweder sie oder wir enttäuscht waren. Diesmal kam also ein Ehepaar, dem stolz die Wohnung vorgeführt wurde; wenn sie schon für die Tochter des Hauses gut genug gewesen wäre, wieviel besser mußte sie dann für weiß Gott woher gekommene Dienstboten sein. Zumindest hätten sie uns nicht mit der Ausrede verlassen, daß die Unterkunft zu spartanisch sei, wie es in der Vergangenheit oft der Fall gewesen war, wo man sie zu zweit in kahlen, eisigen Zimmern untergebracht hatte, einhundertfünfzig Meter vom nächsten Bad entfernt, einhundertfünfzig Meter Treppen und Flure, unter Umständen auch ein ziemlich weites Stück unter freiem Himmel.

Unser Vater beschwerte sich ständig, daß man woanders besser bedient, besser umsorgt und besser ernährt wurde, und hielt dies unserer Mutter mit erbarmungsloser, monotoner Regelmäßigkeit vor. Gereizt und ratlos versuchte sie, sich vor dem Vorwurf der Inkompetenz und Desorganisation zu schützen, ohne ihm jedoch jemals die einzig wahre, konkrete Ursache zu verraten: daß nämlich bei uns die Dienstboten schlechter bezahlt und untergebracht waren als bei anderen

Leuten. Doch nicht einmal dann, als andere Zeiten anbrachen und Neuigkeiten wie Gewerkschaften und Arbeitsverträge mit sich brachten, änderte unser Vater seinen Standpunkt. Fernsehen im Zimmer? Lächerlich. Ein Bad in der Nähe? Ich habe doch selbst keins. Feuchtigkeit, Zugluft, Spinnen oder von Zeit zu Zeit Mäuse? Unser Haus ist eben vierhundert Jahre alt.

Das Paar kam also und richtete sich in der alten Post ein, doch nach kurzer Zeit war nur noch er übrig. Man erzählte von ihr, sie sei schlampig, faul und aufmüpfig gewesen, so daß ihr Fortgehen in Wirklichkeit kein großer Schaden war. Irgend jemand behauptete auch, mit Vorsicht allerdings, sie habe es nicht ausgehalten in den beiden dunklen Zimmern, die zu hoch waren, als daß der arme Ofen sie je wirklich erwärmen konnte, und in dem ewigen, unausrottbaren Mief von Staub, Gedränge, Bleistiftminen, Tinte und Gummi.

Den wirklichen Grund für ihre plötzliche Abreise erfuhr man erst ein paar Monate später; man sprach allerdings nie laut darüber, flüsterte nur und dementierte sofort.

Eines Nachts hatte die alte Köchin Blutungen – alt bedeutete in ihrem Fall vielleicht fünfundvierzig Jahre, aber trotz ihrer rabenschwarz gefärbten Haare war sie unbestreitbar alt –, Blutungen, die jemand, der Bescheid wußte, als Folgen einer Abtreibung deutete. Die alte Köchin schlief im gegenüberliegenden Trakt des Hauses, neben dem Speicher, zwei Stockwerke und siebzig Stufen von dem dreißigjährigen Ferruccio entfernt, der in den Räumen der alten Post wohnte. In der Familie wurden daraufhin Klagen laut, es hieß, die pechschwarz gefärbten Haare hätten von Anfang an Bedenken an der

Tugend der Köchin wecken müssen; trotzdem wurde sie nicht hinausgeworfen, denn dann hätte sie ja gemerkt, daß man Bescheid wußte. Und nicht zu reden, nichts zu sagen, keine Kommentare abzugeben war ein unantastbares Gesetz. Sie ging dann von sich aus, und so blieb von ursprünglich drei Dienstboten nur ein einziger übrig, der allerdings ebenfalls nach einiger Zeit seine Koffer packte. Jetzt stand die alte Post wieder leer. Es gab noch ein paar Versuche, sie für Personal, das danach kam, zu nutzen, aber diese Versuche waren von immer kürzerer Dauer. Schließlich gab man auf, und die beiden Räume wurden allmählich zu Abstellräumen degradiert, in denen zunächst nur reparaturbedürftige Möbel zwischengelagert waren, Teppiche, die zur Reinigung mußten, oder Kästen, die geleert werden sollten. Mit der Zeit wurde dann alles endgültig.

Gegenüber vom kleinen Kamin in der Eingangshalle beginnt die Treppe mit vier Stiegenrampen, die unser Vater, solange er noch gehen konnte, im Zickzack hochkletterte, um sich nicht zu sehr anzustrengen. Bei wichtigen Anlässen wie goldenen oder silbernen Hochzeiten, Taufen oder runden Geburtstagen wurde in der Mitte ein roter Läufer ausgelegt, der sich nach der Kurve im ersten Stock in einen ziemlich gewöhnlichen Teppich aus zweifarbigem Kokos verwandelte. Von den Wänden herab begleiteten die Ahnenporträts die Treppen, steife, düstere, teilweise unbekannte Gestalten. Uns Kindern machten sie angst mit ihrem Trübsinn und ihren Glatzen, ihren leeren, aber starren Blicken; auch heute noch machen sie Kindern angst. Das Treppenhaus ist vornehm, aber dunkel, mit schwach glühenden Birnen in den Laternen, von denen auf jedem Stockwerk eine brennt und dabei Truhen beleuchtet, die – unglaublich, aber wahr – bezeugen, daß die farblosen, stocksteifen Vorfahren auf den Bildern einmal lebendig und sogar jung gewesen sind.

Ihre ein-, zweihundert Jahre alten Kleider liegen darin willkürlich durcheinander in einem Wust von bunten Stoffen, Seide, Damast, Hanf, roten Wämsern, weißen Bundhosen, Strümpfen, Schuhen, Hüten und Capes, alles achtlos behandelt, ein wenig zerschlissen, mottenzerfressen trotz der Kampferkugeln, deren Krümel sich in den Falten, Hosentaschen und auf dem Grund der sargähnlichen eckigen und düsteren Truhen wiederfinden. Schöne, elegante Kleider, die trotz ihres desolaten Zustands von einer besseren Vergangenheit erzählten, aber auch häßliche, abgetragene, mehrmals gewendete Kleider wie von armen Leuten. Kleider, die seltsamerweise – oder vielleicht auch naheliegenderweise – immer anspruchsloser wurden, je mehr sie sich unserer Zeit näherten.

Vor allem sind es Kleidungsstücke von Männern, und zwar sehr klein, fast Kindergrößen, die beweisen, daß die Familie sich in den letzten Jahren verändert hat, daß die jüngeren Generationen größer und stattlicher geworden sind. Die Kinder mußten dann Jahr für Jahr die ältesten und elegantesten dieser Kleider zum Karneval tragen. Auch wir Schwestern waren auf grauenvolle Weise immer als Männer verkleidet und nicht als Colombinas wie alle anderen Mädchen im Dorf, die beim Maskenzug auf der Piazza mitmarschierten, nach dem es immer Bigoli mit Sardellen gab, schrecklich zerkochte Riesenspaghetti, die nach dem Rauch der Feldküchen schmeckten. Von einer Maske zu träumen, hinter der man sich verstecken konnte, war sinnlos, denn gekaufte Masken und Kostüme galten bei uns zu Hause als geschmacklos. Und da wir nicht wie so mancher glückliche Schulkamerad eine Mutter oder Tante daheim hatten, die uns eigens für diesen Anlaß etwas Hübsches nähte, wurden Jahr für Jahr im Februar wie bei einer Strafaktion die Truhen auf dem Treppenabsatz geöffnet.

Zu den wenigen weiblichen Kleidungsstücken in diesem Gewänderfriedhof gehörten weiße Strümpfe aus dünner, glatter Baumwolle, in deren oberen Rand das Monogramm der Großmutter mit Schnörkeln eingestickt war. Die Fersen waren vom vielen Stopfen so hart und unansehnlich geworden, daß sie aussahen wie die Strümpfe eines sparsamen, fleißigen und braven Kindes. Wahrscheinlich hatten sie zur Aussteuer der Großmutter gehört, die sie an ihrem Heimatort hatte nähen lassen. Diese Strümpfe waren wie ein Symbol für ihr Leben, ein Leben, das wie die meisten gut angefangen hatte, voller Hoffnungen, und schließlich fern der Heimat endete, vermutlich nicht allzu glücklich und nicht so, wie sie es erwartet hatte. Den Strümpfen nach zu schließen, war es ihr nicht gerade gut ergangen: Ursprünglich von luxuriöser Eleganz, waren sie am Schluß zerrissen, zu oft getragen, immer wieder zerlöchert. Die gestopften Stellen erzählten von finanziellen Schwierigkeiten, von einer Sparsamkeit, die anfangs, als die Strümpfe in Auftrag gegeben wurden, noch unbekannt war: mindestens zwölf Paar, wie es damals üblich war, von denen nur dieses einzige noch übrig war.

Wenig andere Erinnerungen gibt es an die Großmutter, die noch gar nicht so alt war, als sie starb; ein paar Photographien, auf denen man erkennt, daß ich ihr ähnlich sehe. Geblieben ist oder vielmehr war ein Puppen-Service, das sie den Enkelinnen kurz vor ihrem Tod geschenkt hatte, winzige Teller und Tassen aus Holz, von denen einige bis vor kurzer Zeit noch herumstanden. Im Lauf der letzten Jahre müssen sie in die hintere Ecke irgendeiner Schublade gerutscht sein oder in eine Ritze der Bodendielen, verschluckt vom mysteriösen steinernen Magen unseres Hauses, der alles verschlingt.

Von der Großmutter ist bekannt, daß sie streng, gewissenhaft und unnachgiebig war, alle möglichen Listen und Rechnungsbücher führte und das Inventar ihrer Schränke sorgfältig verzeichnete. Noch heute sind im Innern der Schranktüren mit Reißnägeln alte linierte Blätter angebracht, die mit der schönen schrägen Schrift der Großmutter bedeckt sind: zwölf leinene Gästelaken, zwölf leinene für den Hausgebrauch, zwölf baumwollene für Kinder und Personal. Seit achtzig, neunzig Jahren hängen die Listen dort unversehrt.

Die Großmutter wäre gern weiter zur Schule gegangen, um einen Beruf zu erlernen, aber damals war es nicht üblich, daß Mädchen wie sie etwas anderes taten als heiraten, Kinder kriegen, den Haushalt führen und zur Messe gehen. Sie spielte dazu noch Klavier und malte blasse, melancholische Aquarelle. Wer weiß, warum sie den Großvater geheiratet hatte, der ein guter Mensch war, aber weder jung noch reich noch geistvoll, und noch dazu äußerst kleinlich; er brachte sie nach Italien, weit weg von ihrer deutschen Heimat, die in den Familienerinnerungen als ein Ort vollkommener und verlorengegangener Glückseligkeit überliefert wird. Von der Großmutter gibt es ein Photo, das kurz vor der

Hochzeit aufgenommen wurde: Sie ist gekleidet wie eine feine Dame, mit geschmücktem Hütchen und Pelzmuff, doch sie macht den Eindruck eines für sein Alter übertrieben angezogenen Mädchens mit einer für den Anlaß aufgesetzten feierlichen Miene, mit Augen, die verschreckt auf den hinter dem schwarzen Tuch verborgenen Photographen blicken und vielleicht ahnen, was sie alles noch erwartet.

In einem Erinnerungsbändchen, das eine alte Lehrerin aus der nahen Stadt vor einiger Zeit veröffentlicht hat, wird von einer Gräfin erzählt, die eng mit ihrer Familie befreundet war und der zukünftigen Lehrerin zur Erstkommunion eine silberne Medaille schenkte. Das Silber färbte sich allerdings im Laufe weniger Tage schwärzlich und verriet so sein wahres blechernes Wesen. Die Medaille wurde der edlen Spenderin zurückgegeben, und zwischen den beiden Freundinnen gab es ein heftiges, endgültiges Zerwürfnis. Seitdem überlege ich, welche anderen Gräfinnen es außer der Großmutter in der Gegend noch geben könnte, aber ich finde keine. Und doch fällt es mir schwer, das Bild jenes schüchternen, verschreckten Mädchens mit dem der geizigen und streitsüchtigen Patronin in Einklang zu bringen.

Von der Eingangshalle aus kommt man über zwei Stiegenrampen zur Herrschaftsetage, eine riesige Fläche mit Sälen und Vorzimmern, ohne Bäder oder Abstellräume und mit lediglich zwei Schlafzimmern. Es wäre interessant zu wissen, was der alte Giovanni Maggiore im Sinn hatte, als er den Palazzo damals solcherart renovierte: als handle es sich um eine Stadtresidenz und nicht um einen Riesenkasten mitten in einem Dorf mit bestenfalls dreitausend Einwohnern. Wen gedachte er einzuladen, wen wollte er beeindrucken, mit wem wollte er sich messen?

Es ist müßig zu erwähnen, daß die Säle und Vorzimmer seit langer Zeit zum Schlafen vorbereitet sind, mit ständig geschlossenen Jalousien, verhüllten Stühlen und Sesseln, über den Tischen alte Bettlaken, die Lampen in Zeitungspapier gepackt, die Teppiche fest zusammengerollt mit einer Füllung aus Papierbögen und Kampferpastillen.

Zweimal im Jahr macht sich unsere Mutter unverdrossen daran, dort alles auf Vordermann zu bringen, was einen enormen Aufwand an Zeit, Geld und Energie bedeutet. Weil man es immer so gemacht hat, weil man »nie wissen kann«, weil unverhofft ganz besondere, außerordentliche Gäste kommen könnten – nicht die üblichen Verwandten oder Freunde, die aus Altersgründen mehr als rar geworden sind und für die es überflüssig wäre, die heiligen Zimmer zu öffnen. Seit vielen Jahren wird die Herrschaftsetage nur noch zum Putzen geöffnet und dann sofort wieder verschlossen, zugedeckt, für den großen Schlaf hergerichtet.

Zuerst kommt der rote Saal, das Herzstück des Hauses, über dem Eingangsportal gelegen und mit einer großen Fenstertür, die auf den Balkon hinausgeht. Die beiden Seitenwände werden von riesigen Gemälden eingenommen, die biblische Schlachten darstellen: das Werk eines erstaunlichen Dorfmalers.

Im Vordergrund ist – in Originalgröße – das Hinterteil eines Pferdes zu sehen, in dessen Fleisch ein Bruchstück einer Lanze feststeckt. Das Tier dreht den Kopf nach hinten und starrt mit weit aufgerissenen Augen auf seine Wunde. Fast ebenso bestürzt wie das Pferd, bleibt dem Betrachter gar nichts anderes übrig, als dieses gigantische Schauspiel zu bewundern, das sich nur wenige Schritte von ihm entfernt mit grausiger Lebendigkeit im Salon abspielt.

Im Hintergrund tobt die Schlacht mit einem verwirrenden Durcheinander von Streitrössern, Kriegern, Pfeilen, Schilden, Lanzen und helldunkler Landschaft. Nach der Restaurierung konnte man für kurze Zeit die Sonne sehen, und gegen einen dunkel bewölkten Himmel hob sich die Gestalt eines Engels oder eines Propheten ab, doch bald versank dann alles wieder im diffusen Dunkel.

Die anderen beiden Wände sind mit rotem Damast bespannt, dem gleichen, aus dem die Vorhänge und die inzwischen ziemlich ramponierten Bezüge der Sessel, Bänke und Hocker sind. Früher einmal war auch der Boden rot, eine Art Teppichboden aus dünnem Tuch, das von den vielen Füßen überall zerrissen und wahrscheinlich auch von Mäusen zerknabbert war. Als er schließlich entfernt und das alptraumhaft allgegenwärtige Rot eingeschränkt wurde, kamen die ursprünglichen schönen Bodendielen aus honigfarbenem, warm glänzendem Holz wieder zum Vorschein.

Früher hatte das Zimmer offensichtlich als kleiner Ballsaal gedient, doch man muß sich fragen, mit welchem Mut Giovanni der Ältere und seine Freunde und Nachfolger hier feierten, musizierten, tanzten und tafelten, während die Fenster der gegenüberliegenden, fast angeklebten Häuser hereinstarren konnten wie neugierige, wütende Augen, die die gedankenlosen, vergnügt feiernden Reichen beobachteten und verfluchten.

Nicht zufällig verlangte unser Vater zeit seines Lebens, daß die Fensterläden geschlossen blieben, wenn wir im Eßzimmer im ersten Stock aßen: lieber im Dunkeln oder bei trübem elektrischem Licht, auch im Sommer und am hellichten Tag, als den Blicken der Nachbarn ausgesetzt zu sein. Wer weiß, ob dabei die Angst überwog, sich beim Kauen zu zeigen, oder die, Blicke auf das Silber in den Vitrinen ringsherum zu ziehen.

An echte Bälle im roten Saal und in den angrenzenden Zimmern gibt es allerdings keine Erinnerung, nur an ein paar angestaubte Feste. Feste, zu denen die Herrschaften aus der Umgebung kamen, auch sie ein wenig angestaubt, ein wenig altmodisch, antiquiert, auch junge Leute, aber trotzdem antiquiert; sie bewegten sich befangen, etwas steif in dem schummrigen Licht des Lüsters, der die riesigen biblischen Szenen an den Wänden noch unheimlicher wirken ließ. Sie tranken, aßen und sagten: Wie herrlich dies, wie herrlich das, doch dann gingen sie bald wieder, wegen des langen Heimwegs, oder vielleicht auch, weil sie sich ebenso langweilten wie wir.

Nachdem auch diese flüchtige mondäne Periode vorüber war, nahm unser Vater den großen Tisch in der Mitte in Beschlag, um dort Unterlagen, Bücher und Ordner aufzubauen, hinter denen er sich verschanzte, vermutlich um seine Gesprächspartner durch diese Inszenierung einzuschüchtern. Er empfing dort den Kellermeister, den Verwalter, manchmal den Pfarrer, den Arzt, auch den Barbier, wenn er keine Lust hatte, in dessen Laden zu gehen, außerdem die Töchter, die gezwungen waren, im Vorzimmer zu warten, um ihm ihre Zeugnisse zu zeigen – wie Angestellte untersten Ranges, die dem Herrn Direktor ihre mühsam erstellten Berechnungen vorlegen müssen. Und wie ein echter

Direktor konnte er es nicht ertragen, wenn jemand unangemeldet ins Zimmer kam, und noch weniger, wenn jemand seine – wahrscheinlich nur fiktiven – Unterlagen berührte. Wurde es kälter, saß er im Mantel dort, bisweilen auch mit Schal und Hut, denn die Wirkung der alten Zentralheizung, die das Haus mit warmer Luft durchzog, war zu schwach, zumindest für uns, die wir nicht mehr wie unsere Vorfahren daran gewöhnt waren, dem harten Klima des Tals zu trotzen.

Hier war es auch, wo er eines Tages, als er um die Fünfzig war, schon alt für diejenigen, die zu ihm aufsahen, mit der Produktion von maschinengeschriebenen Blättern zu einem mysteriösen »Lebenswerk« begann. Ein Werk, für das man ihn plötzlich vor allem abends durchs ganze Haus hindurch auf der Schreibmaschine tippen hörte, schnell, wie es seine Art war, mit zwei Fingern und stoßartig wie ein Maschinengewehr. Eine Zeitlang dachten wir, es handle sich um Briefe, Ernteabrechnungen, um Vermögensberechnungen, Haushaltsinventare oder andere derartige Auflistungen, die er gern zusammenstellte. Als er dann nach mehreren Wochen immer noch nicht aufhörte zu schreiben und sich weiterhin jeden Abend im roten Saal einschloß, mußten wir uns nach und nach an die Vorstellung gewöhnen, daß unser Vater seinen bisherigen Beschäftigungen eine neue hinzugefügt hatte: die des Schriftstellers.

Er wurde zunehmend selbstbewußter und war folglich auch besser gelaunt, aber uns gegenüber war er jetzt resoluter und sarkastischer, so als hätte er einen Schatz gefunden und wir nicht. Er triumphierte über uns, die wir jetzt nicht mehr seine Töchter waren, sondern seine

Rivalinnen bei einem geheimnisvollen Wettstreit. Wie zu der Zeit, als er mit uns, die wir sechs oder sieben Jahre alt waren, Karten spielte: Schon damals konnte er es nicht ertragen zu verlieren, falls diese Gefahr auf wundersame Weise tatsächlich einmal drohte. Er mußte um jeden Preis gewinnen, selbst wenn er dafür bis spät in die Nacht hinein spielen oder auch ein wenig schummeln mußte. Hauptsache, er verlor nie, nicht einmal gegen kleine Mädchen.

Aus einem unruhigen Bedürfnis nach Veränderung heraus, durch plötzliche Inspiration oder wahrscheinlich einfach durch Selbsternennung wurde er zum Schriftsteller, ohne allerdings jemals mitzuteilen, was er da schrieb. Nach den ersten Wochen unermüdlichen Eifers an der Schreibmaschine, in denen er sich noch mit dem Fleiß des Frischbekehrten jede freie Minute in den Saal im ersten Stock zurückgezogen hatte, ließ die Begeisterung nach und nahm einen normaleren, gemäßigten Rhythmus an wie bei jemandem, der diesen Beruf schon seit langer Zeit ausübt. Mitunter machte er sich sogar mit einem Seufzer, einer gewissen Unlust, ja fast schon gequält an die Arbeit, als wäre sie ihm wie eine unumgängliche Pflicht von oben auferlegt, der er sich nicht entziehen konnte. Er hörte allerdings gar nicht mehr auf, die Blätter stapelten sich, und er widmete sich mehr als zehn Jahre lang seinem Werk, schrieb es immer wieder um, korrigierte, verbesserte. Zumindest nahmen wir das an, denn er weihte uns nie in seine Arbeit ein, machte nur immer wieder geheimnisvolle Andeutungen. Daher war es, als würde er uns ein ganz besonderes Geschenk versprechen, das gerade deshalb so bedeutend und erfreulich war, weil seine Vorbereitung so lange dauerte, so als freute er sich eigentlich schon seit der ersten Seite auf die Überraschung, die er uns damit bereiten würde.

Noch etwas irritiert von der Veränderung, fühlte sich nun auch unsere Mutter veranlaßt, sich zu ändern: Immerhin war sie jetzt nicht mehr nur die Dame des Hauses und der dazugehörigen Ländereien, sondern auch Gattin eines Schriftstellers. Sie, die siebzehn Jahre jünger war als er und von ihm stets wie ein kleines Mädchen behandelt wurde, das erzogen oder vielmehr umerzogen werden mußte, begann jetzt, ihn abzuschirmen, zu umsorgen, seine Arbeit zu fördern, zumindest jene geheime Arbeit, die sich dort am Tisch im roten Saal abspielte. Für sie war es wie ein Neuanfang, eine neue Heimat mit einem neuen Bräutigam, sie bangte um ihn und war stolz auf ihn, sprach mit Dritten über ihn nur noch wie über eine ganz außergewöhnliche Persönlichkeit und nicht mehr wie über einen Ehemann, der sie in allem bevormundete, angefangen bei dem, was sie sagte, bis hin zu ihrer Art zu gehen, sich zu kleiden, am Telefon zu sprechen, der bestimmte, was sie in ihren seltenen Briefen schreiben und wie sie ihre freien Stunden verbringen sollte. Hatte sie sich bis dahin meistens auf die Seite der Töchter gestellt, wenn wir gegen ihn waren, oder vielmehr wenn er gegen uns war, so war sie jetzt fast immer auf seiner Seite, auf der des Schriftstellers. Zumindest in der sich hinziehenden Entstehungszeit des mysteriösen Werkes.

Unsere ewig zerstreute und nie – nicht einmal mit fünfzig oder sechzig – erwachsen gewordene Mutter gab sich redlich Mühe, verantwortungsvoll, umsichtig und klug zu werden, nicht mehr so lebhaft und überbordend zu sein, durch ein Nichts zum Lachen zu bringen und durch einen ein klein wenig traurigen Film, ein bettelndes Kind oder süße Kirchenlieder gleich zu Tränen gerührt. Gewaltsam versuchte sie, ihr wahres Wesen zu unterdrücken und, nicht immer mit Erfolg, gesammelt zu wirken, ausgeglichen und weise, auch unabhängig und uninteressiert an den Kleinigkeiten, mit denen sie sich früher beschäftigt hatte: wie die Frau eines Literaten in ihrer Vorstellung nun einmal zu sein hatte. Wie ein Kind, das es nicht erträgt, von einem Spiel ausgeschlossen zu sein, tat sie so, als sei sie in das geheimnisvolle Werk eingeweiht, dabei ist es so gut wie sicher, daß sie nicht mehr darüber wußte als wir. Sonst wäre sie nicht so überrascht, ungläubig, verständnislos, vielleicht auch zutiefst beschämt gewesen, als sie Jahre später die Augen auf das Manuskript richten durfte.

Während sie früher, bevor unser Vater sich in einen Schriftsteller verwandelt hatte, unter seiner Anmaßung gelitten und ihm aus Rache kleinere handwerkliche Aufgaben überlassen hatte, zu denen er vollkommen unfähig war – ein Bild aufhängen, eine Glühbirne auswechseln, Photos einkleben –, zeigte sie sich nun geduldig und erlaubte auch nicht mehr, daß er Hammer, Nägel, Pinsel oder Leim zur Hand nahm. Gegen ihre Natur versuchte sie, sich dem Haus mit allem Eifer und Tatendrang zu widmen, deren sie fähig war, um auf diese Weise einen der Hauptgründe für die ungeduldigen Tadel und Vorwürfe ihres Gatten aus der Welt zu schaffen. Tatsächlich hatte sie so etwas wie einen schützenden Mantel um ihn gelegt, damit er in Ruhe seine Geschichten spinnen konnte, ohne von unwichtigen und lästigen Haushaltspflichten abgelenkt zu werden.

Besorgt und unglücklich nahm sie seine schlechte Laune hin, wenn er mit sich als Autor unzufrieden war, und wagte nicht, um irgend etwas zu bitten, damit er nicht noch unzufriedener wurde.

Währenddessen saß unser Vater einsam wie ein Monument jahrelang an seinem Arbeitsplatz, auch als der rote Saal schon lange nicht mehr benutzt wurde, und harrte unbeirrt an seinem Tisch aus, der einzigen belebten Insel inmitten der allgemeinen Lethargie. Rings um ihn her schlief das Zimmer, die acht großen Stühle in der Mitte ebenso mit Lumpen zugedeckt wie die Bänke und die gepolsterten Hocker an den Wänden, die wohl so etwas darstellen sollten wie Notsitze für Zuschauer, die im Theater zu spät kommen. In dieser Leere konnte man die Topographie des Zimmers besser lesen und erkennen, welcher Platz früher einmal für die einzelnen Hausbewohner vorgesehen war. In der Mitte die, die zählten, Eltern, Großeltern, Ehrengäste, und an den Seiten dann Kinder, Gouvernanten und entweder sehr ferne oder allzu nahe Verwandte, für die keine besondere Mühe nötig war und für die kein Aufwand getrieben wurde, die zwar allgemein zuhören und zusehen, aber nur untereinander sprechen durften. Es war, als würden die Möbel und ihre strenge, unveränderbare Anordnung noch einmal das vergangene Leben der Familie widerspiegeln, auf dieselbe hölzerne, förmliche und erstarrte Art. Wie die Tische, Stühle, Bänke und Sessel war jeder immer an seinem angestammten Platz, ohne sich je fortzubewegen, ohne sich je einem anderen nähern zu können.

Das kleine Wohnzimmer im zweiten Stock war eine neuere Errungenschaft, die die Großeltern veranlaßt hatten; zunächst nur eine Art Stube, die man möglichst wenig herzeigte. Auch dort gibt es, wenn auch in intimeren und bescheideneren Dimensionen, in der Mitte einen Tisch mit mehreren Stühlen und im Hintergrund an der Wand ein kaum gepolstertes Sofa und kleinere Stühle für die zweitrangigen Gäste: eine getreue Kopie der alten Ordnung aus dem ersten Stock. Warum hätte man auch Regeln ändern sollen, die schon seit Generationen erprobt waren? Doch selbst wenn man gewollt hätte, wäre es nicht leicht gewesen, sie im Lauf weniger Jahre abzuschaffen: Revolutionen sind nie bis in unser Haus gedrungen. Der Salon – der große rote im ersten Stock, aber auch das Wohnzimmer im zweiten – ist deshalb so etwas wie eine Bühne für Familienaufführungen, bei denen Distanz gewahrt wird, wo Rollen und Nebenrollen bekannt sind, wo keine Kurzschlußhandlungen oder Verrücktheiten begangen werden, wo sich im Lauf der Zeit alles wiederholt, so lange wie möglich, bis in die Ewigkeit.

Ein Bild vom Großvater habe ich noch im Kopf: Da sitzt er in einem der letzten Jahre, in denen der rote Saal noch benutzt wurde, alt, uralt, auf einer der Bänke an der Wand – er, das Familienoberhaupt, deklassiert in den Reihen der zweitrangigen Gäste, Kinder und Gouvernanten. Vielleicht ist er schon zu betagt, um sich noch um Ränge zu kümmern, den anderen Menschen gegenüber gleichgültig, unerreichbar für Gespräche. Oder aber er weiß, daß er nie wirklich gezählt hat, eingezwängt zwischen einem Vater, der sich rühmte, der Familie neuen Glanz verliehen zu haben, einer äußerst resoluten Frau und einem sehr willensstarken Sohn. Neben ihm, zierlich und ebenfalls nicht mehr jung, die

Gouvernante, die mit der Höflichkeit Außenstehender wettzumachen versucht, worum sich keiner mehr kümmert. Sie unterhält ihn mit hartnäckiger, wohlerzogener, liebenswürdiger Konversation, die aus Gemeinplätzen besteht, aus atmosphärischen Fragen und kleinen Anekdoten aus dem Kinderzimmer, die ihn dazu zwingen, sich zu äußern, jene apathische Müdigkeit abzuschütteln, die bewirkt, daß er seit Stunden auf demselben Platz sitzt, ohne irgend etwas zu tun, ohne zu lesen, zu sprechen oder zu denken, nur schauend.

Neben dem roten Saal liegt als seine Verlängerung und Vervollständigung die Bibliothek; keine große, eindrucksvolle, die von einer wirklich gebildeten Familie mit ausgeprägter Liebe zu Büchern erzählen würde. Sie ist vielmehr klein, dunkel und eher zweckentfremdet, vollgestopft mit Erinnerungsstücken, die überhaupt nichts mit Literatur zu tun haben. Auf dem Boden liegt ein Eisbärenfell mit Kopf und Glasaugen, das vielleicht dem Zimmer einen feierlichen Anstrich geben soll, was jedoch mißlingt, da die Raumverhältnisse das Tier dazu zwingen, mit zusammengekrümmten Pfoten halb versteckt in einer Ecke zu liegen. Obwohl er hinten mit schönem grünem Tuch gefüttert ist wie ein Spieltisch, obwohl jeder Lebensrest aus ihm heraussterilisiert ist, hat der Bär offensichtlich seinen Raubtiergeruch noch nicht ganz verloren, denn die Hunde des Hauses wie die der Gäste sind unwiderstehlich davon angezogen und haben den weißen Pelz immer wieder mit gelblichen Flecken verunziert, die mit der Zeit dunkler werden.

Ein Tisch in der Mitte trägt, man weiß nicht wie, Stapel alter Zeitschriften, die längst überholt sind und die doch niemand wegwerfen kann; darin geht es um Kunst, Küche oder Einrichtung und um so alte Naturschönheiten, daß es sie inzwischen wohl schon lange nicht mehr gibt. Den Stapel krönt eine etruskische

Frauenbüste mit abgebrochener Nase, deren Herkunft um so rätselhafter ist, als keinerlei Verbindungen der Familie zu den Regionen jener Kultur bekannt sind und in der Richtung auch keine Expeditionen, Reisen oder persönliche Interessen.

An einer der Wände hängen ein paar alte Waffen, Gewehre, Degen, Schwerter und Pistolen, alles eher bescheiden und unsachgemäß befestigt, denn die Haken wackeln bereits seit geraumer Zeit. Die restlichen drei Wände – zu guter Letzt – sind von Glasschränken voller Bücher eingenommen. Darin findet man zahllose zerrissene Notenhefte mit Klaviersonaten und -sonatinen der Großmutter, der Tanten und aller Frauen, die jemals hier gewohnt haben, daneben Gebetbücher, Schul- und Wörterbücher, jede Menge Klassiker sowie Packen von Geschenkpapier, die mit verblaßten Bändchen verschnürt sind. Bei einer sorgfältigen Durchsicht der Regale würde man wahrscheinlich von allen Hausbewohnern der vergangenen Jahrhunderte irgend etwas finden, zumindest von jenen, die zu lesen pflegten. Ein Steckbrief, der Bildungsgrad, Geschmack, Hobbys jedes einzelnen wiedergeben würde. Deshalb beherbergen die Schränke ein solches Sammelsurium, das vom Weinbau bis zu Heiligenlegenden reicht, ein Mosaik aus Büchern und Existenzen, für die es weder Ordnung noch Einklang gibt.

Ein Band über Botanik mit zarten Illustrationen hinter Seidenpapierblättchen sowie eine schwere Publikation zur Geschichte der ersten Eisenbahnlinie der Region tragen im Innern des Einbands das Exlibris eines gewissen Giuseppe, eines exzentrischen, einsiedlerischen Verwandten, der sich im hintersten Salon des Stockwerks verbarrikadiert hatte. Das ist alles, was von seinen sagenhaften turmhohen Bücherstapeln übrigblieb, die von den frommen Händen der Erbinnen – meistens sind es ja Frauen, die sich um den Nachlaß der Toten kümmern – beseitigt wurden, weggeworfen, verschenkt, vielleicht auch verkauft, wer weiß nach welchen Kriterien, ob ökonomisch, moralisch oder ganz einfach dem eigenen Geschmack nach urteilend.

Der alte Giuseppe mußte seine Bücher als Schubladen, Archive oder auch als Geheimfächer benutzt haben, denn Dokumente, Notizen, Mitteilungen und Briefe steckten zwischen den Seiten. Auf diese Weise fand sich auch der Entwurf seines Testaments, in dem er das Nichts, was er besaß – eine Serie von vier Landschaftsaquarellen, seine Uhr samt Kette, die Bücher, einen seltsamen Klappstuhl, der von einer fernen Reise übriggeblieben war, und zwei Paar Manschettenknöpfe –, einem kulturellen Verein vermachte, der gern ein paar Bücher nahm, die zehn interessantesten, den Rest aber ebensogern der Familie überließ.

Zum Vorschein kamen auch Blätter mit französischen Versen, die er entweder selbst verfaßt oder abgeschrieben hatte, eigene Produktionen oder die eines echten, nicht näher identifizierten Dichters, Verse, die ihm gefallen hatten oder die – wie überliefert wird – in einem der vielen Momente wuterfüllten Grolls aus ihm hervorbrachen. Darin werden alle verflucht, ganz besonders aber ein gewisses Haus am Fluß. Nun steht unseres nicht am Fluß, jedenfalls nicht direkt, aber trotzdem fällt es allmählich zusammen wie jenes, das in den Versen beschrieben wird, und wenn Giuseppe es heute sehen könnte, würde er vielleicht Genugtuung empfinden.

Auch Notizzettel tauchten auf mit wenigen, bleistiftgeschriebenen Notizen (»Mittwoch beim Doktor«, »Montag, 3. April Mondfinsternis«, »Zur Post«, die letzte dreimal unterstrichen), ferner Zeitungsausschnitte, bei denen man nicht mehr erkennen kann, um welche Seite es eigentlich ging, da die Artikel auf beiden Seiten unleserlich geworden sind.

Aus den Seiten des Eisenbahnkompendiums fielen ein paar Briefe heraus: Ein Fetzen Korrespondenz mit einem pedantischen Botanikstudenten, dessen Unterschrift in pompöser, spinnwebfeiner Schrift aufs Papier gekratzt war, Geburtstagsglückwünsche von einer Dame, die diskret mit einem kindlichen und für uns unverständlichen Schnörkel unterschreibt, und dann noch eine Mitteilung des Schneiders, der die Rechnung für einen Mantel beilegt, eine Rechnung, die vermutlich nie beglichen wurde, denn außer einer rustikalen Joppe aus bretthartem Tuch, die wie die anderen Kleidungsstücke der Familie in den Truhen auf dem Treppenabsatz landete, wurde unter den von Giuseppe hinterlassenen Kleidungsstücken nichts mantelähnliches gefunden.

Im Lauf der Jahre hat sich die Neugier der Erben wohl hauptsächlich auf den Brief der Dame konzentriert, denn er ist inzwischen schon ganz zerlesen, verknittert und abgewetzt, so sehr, daß die Schrift an mehreren Stellen gar nicht mehr zu sehen ist: Wenige Zeilen lassen sich noch entziffern, sie sind in einem mütterlichen und doch ergebenen Ton verfaßt, zugleich kindlich und tröstend. Wenige Zeilen, von denen man nicht einmal annehmen kann, sie seien dem Sonderling aus dem hintersten Salon besonders teuer gewesen, da er sie ja zusammen mit der offenen Rechnung des Schneiders und der Korrespondenz des Botanikers aufbewahrt hatte, wertloses Papier, das man zufällig in ein Buch steckt.

Wahrscheinlich ist die Bibliothek das Lieblingszimmer von Pietro Metastasio gewesen, dem Maestro, der sich der Legende nach einige Zeit lang in diesem Haus aufgehalten hat. Oder, wenn nicht das liebste, so doch ein Zimmer, das ihn anzog, in dem er herumlief und das Parkett unter seinen Füßen knarzen ließ, wie es auch heute noch knarzt, wenn man darübergeht. Vielleicht saß er auch am Tisch, der heute unter den Zeitschriften begraben ist, und sah sich das eine oder andere Buch, Manuskript oder Schriftstück näher an, wobei er sich in Richtung des einzigen Fensters neigte, durch das ein wenig Tageslicht vom Innenhof aus hereindringt. Von Kerzen umgeben, um etwas besser zu sehen. Doch wenn die Regale zur Zeit des kaiserlichen Dichters nicht wesentlich besser bestückt waren als heute, hatte ihn wahrscheinlich eher die Neugier als echtes Interesse veranlaßt, ein paar Stunden zwischen diesen Wänden zu verbringen und herauszufinden, was die Leute, unter deren Dach er eine Weile zu bleiben gedachte, so lasen.

Keiner weiß, wie es kam, daß Metastasio sich zu uns verirrte. Vielleicht kam er auf Empfehlung eines gemeinsamen Bekannten, auch wenn man sich schwer vorstellen kann, welche Interessen der dichtende Abbé und der Vorfahr, der die Felder bestellte, wohl miteinander teilten. Zur Dichtkunst hatte die Familie bis auf die Reime und Sprüche, die seit Generationen anläßlich von Taufen, Hochzeiten, Geburtstagen, silbernen und goldenen Hochzeiten geschmiedet wurden, nie eine besonders innige Beziehung. Die Prosa hatte natürlich mein Vater gepachtet.

Am wahrscheinlichsten ist jedoch, daß das Haus dem Reisenden einfach als gute, gastfreundliche Etappe auf der Strecke nach Wien genannt wurde. Vielleicht gefiel es dem Dichter dort dann so gut, mit einem gemütlichen Zimmer, netten Gastgebern, annehmbarer Bewirtung und lieblichem Wein, daß er nicht nur ein paar Tage, sondern gleich einige Wochen oder Monate blieb. Genau weiß man es nicht, denn er hat nirgendwo eine Spur hinterlassen, nicht einmal im Rechnungsbuch, das wichtiger und verläßlicher ist als jede andere beschriftete Seite, ein unumgängliches, peinlich genaues Logbuch, dessen blanke Zahlen die Geschichte des Hauses spiegeln; eine Geschichte, die mehr aus kleinen Vorfällen denn aus Großtaten besteht und die sich ohne Wirrnisse durch die Jahre hindurch abspult.

Nicht genug beachtet, nicht genug geschätzt, wurde der Dichter schließlich ebenso vergessen wie der einzige andere berühmte Gast der Familie, Don Antonio Rosmini. Der Vorfahr rühmte sich weder, Metastasio beherbergt zu haben, noch gab er diese Information an seine Nachkommen weiter. Für ihn war der Dichter nur einer der vielen Reisenden, die hier Station machten. Seine Person verstaubte, Frau in einer grauen Masse, und wir, die wir zurückschauen, hätten ihn nicht mehr erkennen können unter den anonymen Gestalten, die im Lauf der Jahrhunderte die Korridore, Zimmer und Salons bevölkert haben. Er wäre für immer unsichtbar in irgendeinem dunklen Winkel des Hauses verborgen geblieben, hinter einer Tür, einem Mauervorsprung, wenn die Lokalhistoriker ihn nicht bemerkt und vom Staub befreit hätten, wie wir es jedes Jahr mit den Kleidern taten, die wir aus den Mottenkisten auf dem Treppenabsatz holten.

Wir waren weniger stolz als verwundert, als wir von dem Dichter unter unserem Dach erfuhren – wie jemand, der entdeckt, daß das, was er in seinem Haus immer für Messing gehalten hatte, in Wirklichkeit Gold ist. Noch wichtiger war für uns, daß der Aufenthalt und die Umgebung ihn zu einigen Werken wenn nicht gar inspiriert, so doch zumindest angeregt haben sollen. Ruhe hatte er hier zweifellos gefunden, eine Stille im Haus, die höchstens einmal von Klaviergeklimper unterbrochen wurde oder vielleicht von einer Kinderstimme, die vom oberen Stockwerk herunterdrang. Stille und Frieden, die jedoch immer wieder jäh durch das Dröhnen der nahen Kirchenglocken zerrissen wurden, die – wie jetzt auch – direkt im Schlafzimmer, am Kopfende des Bettes zu läuten schienen. Doch vielleicht ließ sich der Gast, der an Rom gewöhnt war, davon nicht stören und fand Gefallen an dem nachdrücklichen Gebimmel, das gleich doppelt ertönte – und noch ertönt –, da der Berg das Echo eiligst zurückschickt.

Er ist nur ein Schatten im Haus, Metastasio; eine schemenhafte, körperlose Idee, fast noch weniger als eine Legende. Aus Konvention ist man geneigt, ihn sich in der Bibliothek vorzustellen, doch ist es gut möglich, daß die Enge des Raums, die geringe Anzahl der Bücher, die wenig anregenden Titel ihn derart abstießen, daß er nie einen Fuß dort hineinsetzte, oder nur ein einziges Mal und dann nie wieder. Damals gab es noch nicht einmal den Eisbären, für den er sich mangels anderer, für ihn eher geeigneter Dinge hätte interessieren können.

Im Laufe der Generationen müssen sich dann langsam die Familiengewohnheiten geändert haben, denn die Bücher wurden immer gegenwärtiger. Ein wenig – das wissen wir aus ihren Briefen – las bereits die Urgroßmutter, die ihren Eltern in der Hauptstadt schrieb, sie sollten ihr die neuesten Bücher schicken, weil man sie hier, in der armen, fernen Provinz nicht finden konnte. Auch die Großeltern habe ich in Erinnerung, wie sie ruhig dasitzen, mit einem Buch in der Hand, aber vielleicht saßen damals immer alle ruhig da und hatten ein Buch in der Hand, einfach weil es so üblich war oder weil es sonst nichts gab. Unser Vater und unsere Mutter lasen ebenfalls viel und schenkten sich gegenseitig zu Geburtstagen oder Festlichkeiten bis zu drei oder vier Bücher, die jedoch bis auf wenige Ausnahmen sofort wieder verschwanden; vielleicht erschienen sie ihnen als ungeeignet für die Töchter, die, gierig nach Neuheiten, ständig Schränke und Schubladen nach etwas Lesbarem durchstöberten. Vielleicht aber auch darum, weil die modernen, bunten Einbände nicht dekorativ genug waren, um zwischen das vornehme Graubraun der alten, in der Bibliothek ausgestellten Bände aufgenommen zu werden.

Neben den Kisten mit alten Kleidern, die sogar für unseren sparsamen Gebrauch zu abgetragen waren und in ein Altersheim geschickt wurden, gingen mitunter auch Bücherpakete mit eben diesen neuen, bunten Büchern dorthin ab, die offensichtlich genau richtig waren für die fünf oder sechs Alten, die dort untergebracht waren, denn die Nonnen hatten nie etwas dagegen einzuwenden.

Zu diesen fünf oder sechs Alten gehörte auch Viola, eine entfernte, geheimnisvolle und unergründliche Tante, unverheiratet und fast mittellos, die schließlich in der dünnen Luft des Heims, das sie als Wohnsitz erkoren hatte, das geworden war, was in unseren Augen uralt war, wobei sie hartnäckig alle Angebote, im Haus zu wohnen, ablehnte. Das wurde jedenfalls behauptet. Ein Angebot, das sie auch als Tote noch ablehnte, indem sie dem düsteren, einsamen Familiengrab den gewöhnlicheren, aber freundlicheren Dorffriedhof vorzog. Vielleicht hatte sie es gewagt, sich der strengen Totenordnung zu entziehen, die vorsah, daß alle Familienmitglieder in der unheimlichen unterirdischen Gruft vereint waren, weil sie das Beispiel des Bewohners des hintersten Salons vor Augen hatte, jenes entfernten Onkels, Großonkels oder Cousins zweiten Grades, von welchem Blickwinkel aus man ihn auch betrachten wollte, jedenfalls eines Verwandten, der wie sie, vor ihr, zum ewigen Schlaf auf den Friedhof geflohen war. Wie um klarzustellen, daß man wenigstens als Toter von der Familie befreit sein wollte.

Wir Schwestern wurden zu wöchentlichen Besuchen bei Viola abgeordnet, bei denen wir einsilbig auf ihre Fragen antworteten und Pfefferminzbonbons und kandierte Veilchen nahmen, die sie aus einem zerknitterten Blatt Seidenpapier anbot, das sie immer in der Rocktasche trug. Sobald die vorgeschriebene halbe Stunde vorbei war, drängten wir hinaus, befreit und sichtlich erleichtert. Freiwillig, aus Zuneigung, Pflichtbewußtsein oder Mitleid, gingen nur die Köchin und eines der Dienstmädchen hin. Unser Vater, der sehr beschäftigt war, nur selten. Unsere Mutter nie, nicht aus mangelnder Herzensgüte oder Großzügigkeit, sondern weil sie sich wie ein Kind bei guten Tanten oder ernsten Angelegenheiten schnell langweilte. Leider gelang es auch Viola nicht, von der Wandlung – zu Reife und Besonnenheit – unserer Mutter, der Gattin des Schriftstellers, zu profitieren, denn sie starb zuvor.

Die Tante hat keine richtigen Gesichtszüge mehr, denn ihr Antlitz ist mit denen mehrerer anderer älterer Damen aus der Verwandtschaft verschmolzen, die vor und nach ihr kamen. Was bleibt, ist jedoch ihre kleine, weiche Gestalt, als bestünde sie ganz und gar aus der Stola, in die sie immer gehüllt war, aus dem weißen, watteweichen Haar, den gepuderten Wangen und den allzu glatten Händen, wie toter Samt. Für uns Kinder war nicht ganz klar, inwiefern diese Tante mit uns verwandt war, wessen Tante und wessen Schwester sie war, denn sie ähnelte allen anderen Mitgliedern unserer Familie durch die Möbel, mit denen sie sich umgab, durch die Kleider, die sie trug, und sie unterschied sich durch ihre Art zu sprechen: gewählt, akkurat, mit ausgefallenem Vokabular, das wir zum Teil nicht kannten. Vor allem aber sprach sie, im Gegensatz zu den anderen, mitunter über Gefühle, was uns so peinlich war, als hätten wir einen nackten Menschen betrachten müssen. Sie schüchterte uns ein und bewirkte, daß wir uns fremd fühlten; etwas Fremdartiges, für uns Unwiderstehliches, lag auch in ihrem Namen, Viola, der so poetisch klang, so melodiös, so exotisch und nicht bescheiden und rauh wie Giuseppina, Leopoldina, Maria Teresa oder Marianna, Namen, die eigentlich für die weiblichen Familienmitglieder, uns eingeschlossen, vorgesehen waren.

Viola hatte in ihrem Zimmer im Altersheim, das voller Möbel stand, die sie sich wohl aus einer früheren Wohnung mitgebracht hatte, ein Klavier, dessen Klang gedämpft zu hören war, wenn man den Flur betrat. Es verstummte sofort, wenn man an der Tür klopfte; sie schloß dann schnell den Deckel, als wäre sie bei etwas Peinlichem ertappt worden, was für Kinder oder überhaupt für Besucher unpassend war. Sie ließ sich nicht erweichen, auch nicht durch Betteln, ihn kurz wieder zu öffnen, für keine noch so kleine Sonatine. Auch darin unterschied sie sich von den anderen Familienmitgliedern, die sich gern mit ihren Musikstücken brüsteten, und war für uns ein Rätsel. Doch das Rätsel zu erkunden blieb keine Zeit, denn sie starb, als wir noch klein waren, weniger alt, als sie uns vorkam, und wir vergaßen sie schnell.

Noch eine Tante gab es, die lieber zu den Nonnen zog, oder vielmehr ins Kloster, als ins Haus der Familie: Alfonsina, die wesentlich ältere Schwester des Großvaters, von der als einzige Spur eine Miniatur übriggeblieben ist, die neben denen der Geschwister in einem Rahmen prangt. Mit ihren sechzehn Jahren hat sie einen melancholischen Gesichtsausdruck, einen hellen, rosigen Teint, blonde Locken, die ein wenig unordentlich um den Kopf aufgesteckt sind; das Kleid aus heller Spitze ist am Hals hoch geschlossen. Sonst gibt es nichts von ihr, denn ihre wenigen Habseligkeiten hatte sie ins Kloster mitgenommen, zuerst in das in der Nähe, später in den anderen, weit entfernten Klausurorden.

Ihr Zimmer lag ganz in der Nähe der Bibliothek, auf halber Höhe, schon im Seitenflügel des Hauses, und war mit dem Stockwerk durch eine steile Holztreppe verbunden. Das Zimmer hieß das »Hausmeisterzimmer«, ein Rang irgendwo zwischen der Gouvernante und dem Verwalter, wie zum Zeichen dafür, daß es auf halbem Weg zwischen Herren und Dienern angesiedelt war, würdig, mit noch schönen Möbeln, aber klein, mit niedriger Decke, ohne Ofen und vor allem Lichtjahre entfernt von jeder Wasserquelle. Wegen dieser Unannehmlichkeiten wird es heute als Rumpelkammer genutzt, als x-ter Abstellraum für Kleider und Gegenstände,

Unbrauchbares, Überflüssiges, für Kartons, die vorübergehend – seit Jahren – dort abgestellt sind, für Koffer, die darauf warten, abgeholt zu werden.

Kalt und spartanisch war Alfonsinas Zimmer, doch dafür drangen im Frühling aus dem kleinen Fenster zum Garten Büschel von Efeu herein, dazu ein paar Rosen, die sich an der Hauswand hochrankten, und der Duft von kletterndem Jasmin. Rosig, weiß und blond, muß sie als Mädchen gut in ihr Zimmer gepaßt haben, Alfonsina.

Trotzdem zog sie das Nonnenkloster gegenüber dem Bahnhof vor, das später abgerissen wurde oder bombardiert, jedenfalls ist es seit langer Zeit nicht mehr da. Von großer Berufung war bei ihr in Wahrheit nie die Rede gewesen, eher von mangelnden Alternativen, von Benachteiligung. Ohne richtige Mitgift, weder außergewöhnlich schön noch aus besonders hochgeschätzter Familie, fand sie vermutlich keinen, der sie so nahm, wie sie war, ohne einen Pfennig Geld. Und Einsamkeit und Kloster waren offensichtlich immer noch besser – vom Standpunkt der Eltern und Verwandten – als ein gesellschaftlich niedriger stehender Mann, einer, der sie womöglich aus Zuneigung geheiratet hätte, und ohne Aussteuer, Häuser, Ländereien oder Juwelen. Ganz zu schweigen von der Schwierigkeit, zur damaligen Zeit einen gesellschaftlich niedriger Stehenden überhaupt kennenzulernen: ständig beobachtet, überwacht, verfolgt, gegängelt, hätten die Töchter des Hauses höchstens einen Bauern, einen Diener, einen alten Arzt oder einen Priester kennenlernen können.

Tatsächlich weiß man über sie nicht viel: Über diese Tante ist man immer hinweggegangen wie über eine

Gestalt, die so undeutlich, geheim, fern ist, daß man sich gar nicht mehr an sie erinnert. Dabei ist sie nicht ferner als andere, die vielleicht sogar wesentlich früher geboren sind als sie und deren Andenken trotzdem perfekt bewahrt wird. Erzählt wird nur, daß sie von zu Hause ausriß, um bei den Nonnen Frieden zu suchen, und daß sie, als sie ihn dort nicht fand, ein Jahr später in ein anderes Kloster ging, wo sich wegen der langen Reise oder wegen der strengen Ordensregeln Alfonsinas Spuren so gut wie völlig verloren.

Von ihren Geschwistern gibt es Photos, Gegenstände, Briefe, ja es sind sogar Worte und Reden überliefert; von ihr nichts. In der Vergessenheit vereint sind Viola und Alfonsina, wie ausgeschnitten, ausgeschlossen von einem Haus, in dem sich alles über die Jahrhunderte bewahrt hat, in dem es Schubladen gibt, die überquellen von Photographien, jenen alten, harten, fast nicht mehr erkennbaren, die alle durcheinander in diesen Halden gelandet sind, nachdem irgend jemand beschlossen hatte, daß ihre Zeit in den überall im Haus verstreuten Rahmen zu Ende war: beiseite gelegt, doch nicht weggeworfen.

Die Nonne hatte nichts hinterlassen, und nichts kehrte nach ihrem Tod zurück. Ein Zeichen dafür, daß sie wahrscheinlich nie schrieb oder Heiligenbildchen schickte wie andere Tanten aus dem Kloster, nicht einmal an Weihnachten. Oder daß man nichts von ihr aufbewahren wollte. Nicht einmal ihr Name wurde weitergegeben, keine direkte oder entfernte Nichte wurde mit dem hübschen Namen Alfonsina bedacht. Giuseppe, Francesco, Augusto und Maria, ihre Geschwister, wurden alle in den Nachkommen verewigt, obwohl einer von ihnen ebenfalls Mönch geworden war, auch er fern der Heimat, und ein anderer in einem Irrenhaus landete, das noch weiter weg lag.

Von der Bibliothek aus kommt man in einen anderen Salon, der kleiner ist als der rote Saal, mit einem großen Fenster zum Garten hin, mit Blick auf den plätschernden Springbrunnen und auf die Zweige der Kletterrosen, die nach oben strebten und immer noch streben, wo sie dann die Scheiben verdunkeln und die großen, türschweren Läden blockieren.

Trotz des Halbschattens, den das Blätterwerk erzeugte, war dies der einzige Salon, den man einigermaßen gut bewohnen konnte; dank des Kamins wurde er bei Wintereinbruch als letzter verlassen und im Frühling als erster wieder bezogen, alles nur wegen des Feuers, das die Luft ein wenig erwärmte. Hier trafen auch einst gegen Mitte Oktober – die letzte Zeit im Jahr, in der das Zimmer noch benutzt werden konnte – die neuen Verwandten aus Süditalien ein, die zur Hochzeit der zweitältesten von uns Schwestern gekommen waren. Bei ihrem Anblick murmelte unser Vater, der zwischen den Gästen auf und ab ging, immer wieder: »Ich bin freudig überrascht«, da er seit Monaten überzeugt gewesen war, ihm stehe der Auftritt einer Bande von Pizzabäckern und Mandolinenspielern bevor.

Gegenüber von Kamin, Tisch und darum gruppierten Stühlen und Bänken steht ein riesiger Schreibtisch mit Schubladen, die zu einem der vielen Horte für Photographien umgewandelt worden sind: für die ältesten oder geheimsten, die aus den Rahmen oder Alben entfernt wurden, weil sie nicht mehr aktuell oder auch nicht mehr präsentabel waren. Diese Bilder zogen unsere Neugier unwiderstehlich an, so sehr, daß wir, um sie mit Ruhe und Sorgfalt untersuchen zu können, auf jene Wintertage warteten, an denen die Eiseskälte garantierte, daß das Zimmer leer war und die Stoffetzen über den Möbeln eventuelle Geräusche dämpften und uns somit vor unserem Vater schützten, der ganz in der Nähe zu gewissen Stunden an seinem unendlichen Werk arbeitete. Wenn er nämlich eine der Töchter dabei erwischte, wie sie am falschen Ort, zur falschen Jahreszeit und zur falschen Stunde den großen Schreibtisch durchsuchte, erzürnte er sich nicht nur wegen ihrer vulgären, unerhörten Neugier, sondern auch, weil er abgelenkt und in seiner Konzentration gestört worden war. Wir sollten lieber ans Lernen denken, ans Lesen, um eines Tages eine Arbeit oder einen guten Mann zu finden, denn er hatte nicht vor, bis ans Ende seiner Tage für uns zu sorgen.

Wenn es uns jedoch gelang, in aller Ruhe zu stöbern, fielen uns zuerst eine Reihe von Schnappschüssen in die Hände, die in Papier eingewickelt und mit einer dünnen Kordel verschnürt waren, inmitten des ganzen Durcheinanders perfekt geordnet. Sie waren steif wie kleine Bilder, wahrscheinlich die ältesten unter all den Photos, und bildeten Zimmer um Zimmer das ganze Haus ab. Eine lange Reihe von Innenansichten, Schlafzimmern, Salons, Fluren, Dachkammern, Abstellräumen, Küche und Keller ohne eine Menschenseele, totenstille Stilleben, reglos und trist, nicht nur wegen des Sujets, sondern auch wegen der Qualität der Photos, die unscharfe und verwackelte Ausschnitte zeigten mit schiefen Türen, krummen Fenstern und Möbeln, die aus zu großer Entfernung aufgenommen und deshalb kaum zu erkennen waren. Diese Sammlung hatte vielleicht einmal als Bestandsaufnahme für einen Verkauf gedient, als Dokumentation für ein heimwehkrankes Familienmitglied in der Ferne, als verbissenes, doch leicht wahnsinniges Protokoll zur Gedächtnisstütze – oder als Kontrollmaßnahme.

Für uns waren die viele Jahre alten Photos nützlich, um die Erstarrung des Hauses und seiner Bewohner zu ermessen: Nichts oder fast nichts war in den Zimmern verändert oder umgestellt worden, man sah dieselben Möbel, Nippesfiguren, Gegenstände und Bilder. Dieser vergilbte, ausgeblichene Film, von dem das Leben rigoros ausgeschlossen war, hatte etwas Deprimierendes, er war wie eine Friedhofsgalerie, die das Haus von seiner schlechtesten Seite zeigte, noch düsterer, verstaubter und steifer als das, in dem wir wirklich wohnten.

Ein einziges Lebewesen gab es auf einem Bild in dem Stoß der Stilleben, denen es im übrigen vom Format und von der mangelnden Schärfe her genau glich: vermutlich der Besitzer, den das Objektiv ebenso mißhandelt hatte wie die Zimmer, denn sein Kopf war direkt oberhalb der Augen abgeschnitten, und die Züge wirkten zerflossen bis zur Unkenntlichkeit. Der Schriftzug auf der Rückseite bestätigte jedoch die Vermutung, daß es sich um Giuseppe handelte, den Verwandten aus dem letzten Salon; nicht mehr schön, wenn er es je gewesen war, nicht mehr jung, ein wenig gebückt, ein wenig dick, nicht groß, ungepflegt, mit einem Jackett mit zu kurzen Ärmeln, aus denen ein langer Hemdabschnitt ragte, und mit schütterem weißem Haar, das ihm zu tief in den

Nacken hinunter wuchs. Da niemand mit dem pedantischen Haushaltsinventar etwas anzufangen wußte, war es schließlich hier gelandet, in dem wilden Haufen von Familienphotos zweiten und dritten Ranges, die an anderen Orten und in anderen Umständen einfach weggeworfen worden wären.

Zu den heimlich gehüteten, die sicherlich niemals in einem Album gesteckt hatten, gehören einige Bilder der Großmutter, die mit etwas zu hoch geschürztem Kleid am Ufer irgendeines Gewässers sitzt, um sich die Füße darin zu kühlen. Von der Hitze ist sie ganz aufgelöst und entspannt, schlapp, fast schon nachlässig, mit unordentlichem Haar; sie hat ihre strenge, würdevolle Art abgelegt, als würde sie sich endlich einmal gehenlassen, eine müde Hausfrau, eine normale Frau, eine aus dem Volk. Auch andere Photos gibt es, die ebenfalls geheimgehalten wurden, nie gezeigt und nie in der Öffentlichkeit aufgetaucht, auf denen die Eltern jung und ausgelassen sind, einziges Zeugnis einer prähistorischen Zeit, von der es keine anderen Spuren gibt; skandalös auch diese – und mehr noch als die anderen unter Verschluß zu halten wegen der Unziemlichkeit der Darstellung von Liebe.

Es gibt auch noch ein anderes, auf dem sie die erstgeborene Tochter im Arm halten, die noch ganz klein ist und die sie herzen und küssen wie ganz normale Eltern, nicht in jene Rüstung der Erziehung gezwängt, die besagt, daß man Gefühle, besonders starke, nicht zeigen darf. Noch besser ist es, wenn man sie gar nicht erst hat. Freundlich darf man sein, lächelnd, auch liebenswürdig und auch besorgt oder melancholisch oder auch vorübergehend sehr verärgert, aber mehr nicht.

Deswegen hatten sie die Photos in einer Schublade dem Vergessen ausgesetzt: damit niemand sehen und wissen konnte, daß unsere Eltern sich einmal, eines Tages, eines Monats, selbst vergessen hatten. Bekannt ist außerdem, daß der Großvater, obwohl schon betagt und sehr milde, derartige überschwengliche Gefühlsäußerungen so zu tadeln pflegte, wie er meine Eltern, die über die Schönheit ihres ersten Kindes entzückt waren, rügte, weil sie es zu oft küßten: »Das tut man nicht, das schickt sich nicht.«

Schon betagt und milde ist der Großvater auch auf dem großen Bild hinter dem Schreibtisch, ein wenig schlanker als in der Realität, mit zum Segnen erhobenen Fingern wie ein Bischof – vielleicht weil er so viele Stunden in der Kirche verbrachte –, bekleidet mit einem begräbnisartigen eisengrauen Anzug, der auf dem Gemälde gräßlich glänzt, vielleicht demselben, den sie ihm anzogen, als er wirklich tot war.

Hier in diesem Salon lag er drei Tage lang aufgebahrt, bevor er begraben wurde, festgezurrt in einem eigens für diese Gelegenheit aufgebauten Bett, als hätte er sich gerade eben hingelegt, die Arme über der Decke und den Rosenkranz in der Hand. Tag und Nacht leisteten ihm Nonnen oder Frauen aus der Umgebung Gesellschaft, die inbrünstiger und tränenreicher beteten als wir, die wir schichtweise an der Totenwache teilnahmen, aber mehr wie zufällig hereingeschneite Besucher als wie richtige Verwandte. Wir hatten damals eine Katze im Haus, die sich nie aus der Küche entfernte und doch in jenen Tagen plötzlich ihre Route änderte und um den Salon herumstrich. »Die riecht den Toten«, kommentierte säuerlich Renata, das Dienstmädchen des Großvaters, die mit besitzergreifender Eifersucht für ihn gesorgt hatte, wobei sie ihn nicht nur vor uns lieblosen Enkelinnen in Schutz nahm, sondern auch vor unseren

Eltern, die ihn ihrer Meinung nach nicht respektvoll genug behandelten. Zum Beispiel hintergingen sie ihn auf raffiniert grausame Weise beim Essen. Er, der behauptete, Leber zu hassen, aß sie gehorsam auf, sobald sie ihm paniert und unter der Bezeichnung Schnitzel vorgesetzt wurde. Und aus unerfindlichen Gründen wurde ihm hartnäckig anstelle von echtem Schnitzel Leber serviert, obwohl diese keineswegs weniger teuer oder weniger aufwendig in der Zubereitung war. Essensfragen gehörten überhaupt zu den wenigen Dingen, die ihn manchmal beunruhigen konnten: Wenn bei Tisch sein Glas mit Zitronensaft und Zucker fehlte, oder wenn am Freitag ein Fisch auf den Tisch kam, der tatsächlich aussah wie ein Fisch, mit Kopf, Schwanz und Flossen, ohne daß für ihn ein paar Scheiben Glatthai bereitstanden, die in Zitronensaft ertränkt waren und nach nichts anderem schmecken konnten als eben nach Zitronensaft.

Seine Hauptbeschäftigung war, stundenlang am Fluß spazierenzugehen, mit Baskenmütze und Stock und immer im Mantel, winters wie sommers. Die restliche Zeit teilte er zwischen der Kirche und seinem Zimmer auf, in dem er Zeitung las oder das Ohr an den riesigen Radioapparat legte, der einmal in Rauch und Flammen aufging, woraufhin er verstört und aufgelöst im Salon erschien. Als eifrige Max-und-Moritz-Leserin verschmolz in meiner Vorstellung das Bild des hilferufenden nahenden Großvaters mit dem vom Lehrer Lämpel, dem die von den Lausbuben mit Schießpulver gefüllte Pfeife explodiert ist und der, Hände und Gesicht verbrannt, herbeiläuft und mit erhobenen Armen um Beistand fleht.

Wie die ganze Familie lebte auch der Großvater im zweiten Stock, in zwei etwas abgelegeneren Zimmern, die er ursprünglich mit der Großmutter bezogen hatte und dann noch viele Jahre allein bewohnte. Von ihm ist mir der große rosa Schädel in Erinnerung geblieben, kahl wie der eines Babys, wobei ich mir den dazugehörigen Nacken immer genau ansah, wenn ich ihm abends gute Nacht sagte und er an dem kleinen Ecktisch saß und seine unzähligen Briefe und Postkarten las oder schrieb. Manchmal tat er auch nichts, sondern starrte nur an die Wand mit seiner Brille aus gelblichem Bakelit, die ihm eine weibliche Note verlieh, so daß er beinahe seinem Dienstmädchen Renata ähnelte oder der alten Schneiderin Annunziata, deren Nähmaschine man im Sommer durch das offene Fenster im Haus gegenüber tuckern hören konnte.

Sein Zimmer war mit einem Bett ausgestattet, einem Tisch, einem Sessel und einer Chaiselongue, die neben dem großen Radiokasten stand. An den Wänden – unpersönlicher ging es nicht mehr – Szenen einer Fuchsjagd und ein paar Porträts von stolz aufgerichteten Pferden, vor denen er in Wirklichkeit wahrscheinlich Angst gehabt hätte. Niemals hätte er sich auf dem Bett oder auf der Chaiselongue liegend überraschen lassen; er saß immer entweder im Sessel oder an dem kleinen Tisch. Saß er am Tisch, war es mir am liebsten, denn so drehte er mir den Rücken zu, und ich konnte mich in Ruhe umsehen.

Überall standen glänzende Rahmen herum, nie benützte Aschenbecher, nagelneue Blumenvasen, die wir als die Geschenke des letzten, des vorletzten, des vorvorletzten Geburtstags wiedererkannten. Nach der Feier mit der Torte und der Kerze darauf, immer nur einer, trug er die Geschenke ordentlich in sein Zimmer. Er lächelte in diesen Fällen immer ein wenig ungehalten, murmelte ein paar Dankesworte und verschwand mit seiner Last. Fand er, daß er irgend etwas nicht brauchen konnte, so bedachte er großzügig das Wohnzimmer damit. Wer weiß, ob ihm wirklich daran lag, seinen Geburtstag zu feiern, oder ob mehr den Eltern daran lag, die ihm damit eine Freude machen wollten; wie dem auch sei, die Zeremonie wiederholte sich pünktlich und wurde immer problematischer, denn was schenkte man bloß einem Achtundachtzigjährigen, einem Neunundachtzigjährigen, einem Neunzigjährigen? Eben Aschenbecher für seine tägliche Zigarette oder Füllhalter oder Blumenvasen, alles Dinge, die ein normaler Mensch niemals geschenkt bekommen möchte und die ein paar Wochen nach seinem Tod dann auch prompt im Wohnzimmer wieder auftauchten, glänzend und unberührt wie am ersten Tag.

Der Großvater schien immer im Exil zu sein, immer am falschen Ort, an den er zufällig geraten war und von dem er gleich zu einem passenderen aufbrechen würde. Und so lief er auch herum, verwundert und leicht verängstigt, als würde er jenen Ort jeden Tag suchen, ohne ihn jedoch finden zu können. Als wären seine Gedanken ständig woanders, bei etwas Schönerem, doch unüberwindlich Fernem, und als täten er selbst und wir alle ihm leid, weil wir uns nicht an diesem weitaus besseren Ort – oder in jener Lage – befanden. Unter das Mitleid mischte sich jedoch so etwas wie untergründiger Groll, ein stummer Vorwurf an uns, die wir so gedächtnislos waren, so orientierungslos, daß wir ihm bei seiner Suche nicht folgen wollten, gleichgültig gegenüber dem, was er im Sinn hatte, einer Vergangenheit vielleicht, die ihm grandios vorkommen mußte wie ein vollkommenes, verlorenes goldenes Zeitalter.

In der Kapelle, einer eigentlich nicht mehr benutzten Kapelle, endet der Salon mit dem schönen Kamin. Eine ziemlich verspielte Kapelle, um die Wahrheit zu sagen, mit einer vergoldeten Taube als Symbol für den Heiligen Geist, die von der ungeheuer hohen Decke herunterschaut. Hier steht anstelle eines Altars ein Spieltisch, auf dem viele Jahre lang ein Kartenspiel nach dem anderen geopfert wurde. Es ist schwer, sich dort Gebete oder Besinnlichkeit vorzustellen, das gilt auch für jene längst vergangenen Zeiten, in denen es so etwas wie einen Altar gegeben haben muß. Es ist auch schwer, sich dort Gläubige vorzustellen, denn für Bänke oder Gebetsstühle war niemals Platz. Sie könnten sich höchstens im Salon nebenan aufgehalten haben, ein klein wenig leiser plaudernd wegen des Priesters, der so nahe bei ihnen die Messe murmelte. Vielleicht beugten sie dabei die Knie ein wenig, wobei es bestimmt unbequem war, so zwischen dem Sofa und dem Fußboden in der Luft zu hängen; aber unbequem auch wegen der engen Kleidung, zum Beispiel der knappen Seidenbundhosen, die jetzt im Naphtalin der Truhen schlummern.

Nun entsprechen weder die verspielte Kapelle mit der goldenen Taube noch die Vorstellung von den Gläubigen im Salon der erzkatholischen und eher schlichten Realität der Familie, die bei Messen, Andachten und

Segnungen meistens fromm und fleißig wirkte und nicht mit Bekreuzigungen und genuschelten Stoßgebeten sparte. Gut befreundet mit Priestern, Mönchen und Nonnen, die man alle namentlich kannte, vom Kapuziner, der mit dem Bettelsack kam, bis zur Oberin des Klosters, die neben den traditionellen milden Gaben auch unseren Wein nicht verschmähte, obwohl das Kloster selbst sehr guten produzierte, der jedoch angeblich nur zu kirchlichen Zwecken verwendet wurde. Unsere Beziehungen reichten bis hinauf zum Erzpriester, der von Zeit zu Zeit bestellt wurde, um Gedenkmessen für ein verstorbenes Familienmitglied zu halten oder speziellen Jubiläen wie silbernen oder goldenen Hochzeiten eine Feierlichkeit zu verleihen, für die der Pfarrer offenbar nicht eindrucksvoll genug war.

Fromm waren natürlich vor allem die Frauen – denn die Kirche ist ein weiblicher Machtbereich –, die Großmutter und die Urgroßmutter, die Köchin, das Dienstmädchen, die Tante und die Großtante. Jede mit einem Schleier aus schwarzer Spitze, wenngleich verschieden in Größe und Wert, jede mit einem Rosenkranz in der Hand, aus Silber oder Perlmutt, Metall oder Knochen, je nachdem, wer die Besitzerin war. Alle gleich beflissen bei der Kommunion, auch wenn sie nicht von der gleichen Bank mit dem eingravierten Namensschild aufstanden.

Doch zur Kirche bekannten sich, wenn auch weniger inbrünstig, auch viele Männer: allen voran Urgroßvater Pietro mit seiner schönen Stimme und den rosigen Bäckchen, die auf dem Porträt im Salon im zweiten Stock verewigt sind; als alter Mann, besonders als alter Mann, wurde er zum eifrigen Teilnehmer jeglicher Art von religiösen Veranstaltungen, obwohl das die für ihn betrübliche Notwendigkeit mit sich brachte, den Hut abzunehmen, den er sonst immer aufbehielt. Er gab äußerst ungern seinen kahlen Kopf preis, von dem jene schwarze Mähne verschwunden war, mit der er auf dem Bild prunkt und auf die er früher so stolz war. Nicht daß er als junger Mann weniger fromm gewesen wäre, aber mit zunehmendem Alter wurden die religiösen Übungen zur Obsession, selbst wenn dafür der Hut geopfert werden mußte.

Demonstrativ atheistisch war dafür der Bewohner des hintersten Salons, nur daß diese Bezeichnung zu seiner Zeit noch nicht den heutigen Beigeschmack von konsequenter Aufrichtigkeit hatte: Er verlieh vielmehr der betreffenden Person eine beunruhigende, irgendwie bedrohliche Aura, die beinahe an Wahnsinn denken ließ. Die frommen und konformistischen Bewohner des Hauses hätten nicht weniger erstaunt sein können, wenn Giuseppe statt Atheist Buddhist oder Mohammedaner gewesen wäre. Und in der Tat nannte das Personal ihn hinter seinem Rücken spöttisch »den Mohammedaner« – ein Wort, das sie bei irgendeinem Gespräch der Herrschaften aufgeschnappt hatten –, wenn er als einziger im Palazzo die Sonn- und Feiertage in seinem Zimmer zubrachte, ohne an den Messen, Prozessionen, Segnungen teilzunehmen und, wenn es vermeidbar war, auch nicht an den Taufen und Begräbnissen, die für die anderen wichtige Anlässe darstellten.

Das war sicherlich ein Grund mehr, warum der Urgroßvater ihn nicht mochte, ja, ihn fast fürchtete, als könnte der Cousin mit seiner Abneigung gegen Religiöses das gottesfürchtige Haus oder gar die Familie anstecken; schwarze Sepia, die sich über unschuldige weiße Figuren ergießt, über glänzende Fußböden, geweißelte Wände, fleckenlose Vorhänge. Ein Grund mehr, ihn nur widerwillig zu ertragen – er, der immer von Mildtätigkeit sprach, knauserte mit dem Holz für den im Winter eisigen kleinen Salon – und, vielleicht, ihn zu fürchten.

Noch etwas anderes trennte den Herrn des Hauses von seinem Gast und Verwandten, denn während der erstere sich höchstens an frommen Büchern und Broschüren über Weinbau ergötzte, hockte der letztere ständig hinter Bergen von Büchern, die in seinem spartanischen Zimmer auch als Möbel dienten, von denen es im übrigen nur das Allernotwendigste gab. Und als würde das nicht reichen, um einen Graben zwischen den beiden zu ziehen, wurde gemunkelt, daß sich zwischen Giuseppes griechischen und lateinischen Büchern, den Werken zu Geschichte, Wissenschaft und Musik auch ein paar erotische Erzählungen mit anzüglichen Illustrationen befanden, die selbstverständlich verschwunden sind, im Namen der Familienehre verschwinden mußten, die verlorengingen oder gestohlen wurden – oder auch niemals existierten.

Das Schlafzimmer des Urgroßvaters im ersten Stock, das sogenannte »Schwarze Zimmer«, sieht ganz so aus wie das Zimmer eines Pfarrers. Das Bett ist vielleicht ein wenig zu breit für einen Kirchenmann, aber zum Ausgleich ist es unglaublich hoch und so schwierig zu besteigen, daß man sich fragt, wie die kleingewachsenen Vorfahren wohl dort hineingeklettert sind. Daneben ein schwerer schwarzer Betstuhl – einer, der nur dazu dient, sich hinzuknien, nicht etwa eines dieser neckischen Bänkchen, deren nicht ganz eindeutige Funktion zwischen Stuhl und Turngerät schwankt –, nein, ein professionelles, kirchentaugliches Möbelstück wie für einen Abt oder Bischof, mit einer Schublade für die Bibel und das Gebetbuch und einer kleineren für den Rosenkranz. Wie es sich gehört, steht darauf eine Schüssel mit einem silbernen Krug, Taufgeschirr, das bisher keiner gewagt hat, als Blumenvase oder womöglich als Platte für Nudel- oder Reisgerichte zu benutzen.

An den Wänden fromme Darstellungen, nachgedunkelt, so daß man fast nichts mehr erkennen kann, alte Schinken wie für eine Sakristei, die vielleicht durch die jahrelange Nähe des weiß-goldenen, schon fast bischöflichen Kachelofens so geräuchert worden sind. Ein Spiegel mit Goldrahmen hängt gegenüber vom Bett, so daß man sich im Liegen unter großen Verrenkungen tatsächlich darin sehen könnte, wäre er nicht vollkommen blind, so daß er nur noch die Schatten von Schatten widergibt. Blind und dunkel war er vermutlich schon vor hundert Jahren, und bestimmt hätte der Urgroßvater niemals erlaubt, daß er geputzt oder restauriert würde, denn dann wäre die Gefahr groß gewesen, daß er sich darin gesehen hätte, womöglich noch zusammen mit seiner jungen Frau. So ist das Bett auch gerade ausreichend, um zu zweit darin zu schlafen, aber doch ziemlich beengt, wobei man nicht weiß, ob das der Urgroßmutter gefiel. Dem Porträt nach zu schließen, das im Treppenhaus hängt, wirkte sie trotz ihrer beachtlichen Korpulenz wie die Personifikation der Körperlosigkeit, wie ein Kleid, natürlich schwarz, an das sich Gesicht und Hände hell anschließen, als wären es die Hände und das Gesicht einer Porzellanpuppe, die aus einem mit Sägemehl gefüllten Stoffkörper hervorragen. Aber irgendwo müssen sie ihre fünf Kinder ja gezeugt haben.

An einer der Wände gibt es einen kümmerlichen Einbauschrank, der jedoch völlig ausreichend ist für einen Priester, der ja keine Kleider braucht: höchstens ein paar Hemden, die dort abgelegt werden, Socken, Unterwäsche, vielleicht der Hut, alles mit äußerstem Ernst sorgfältig Kante auf Kante gelegt und gestapelt. Der Rest, der Anzug, der Mantel, die Weste, werden auf einen Kleiderständer neben der Tür gehängt. Auch einen Tisch gibt es, dieser ebenfalls schön schwarz, ohne Schubladen oder Schnitzwerk, geeignet, um sich hinzusetzen und zu lesen oder Predigten zu schreiben.

Wie jeder Priester, der diesen Namen verdient, konnte der Urgroßvater gut singen, und am Sonntag übertönte seine Stimme die der anderen. Er übte seine Kirchenlieder in diesem Zimmer, an dem einzigen Fenster, das auf den grauen, engen Hof hinausging, der damals von seinen Noten widerhallte.

Bescheiden, dieses Panorama des schwarzen Zimmers, obwohl es über Generationen hinweg dem Herrn des Hauses vorbehalten war, für viele oder auch für wenige Jahre, so lange, bis der Erbe erwachsen war und heiratete, wodurch er das Recht erwarb, sich dort einzuquartieren: dann zog der Alte in den zweiten Stock, in den zweiten Rang. Vom Fenster aus sieht man das dunkle Pflaster des Hofs, den Balkon mit dem rostigen Geländer, die dunklen – aus Diskretion oder wegen der uninteressanten Aussicht –, fast immer geschlossenen Augen der Fenster des Hauses gegenüber. Als einziges Geräusch, neben der vollen Stimme des Urgroßvaters, das Pfeifen der Schwalben, die vorbeijagten, wie sie es immer noch tun, von den Nestern hoch oben unterm Dach im Sturzflug bis zur Erde und dann in schnellen Kreisen wieder nach oben.

Das Bild des Großvaters, wie es aus den Briefen entsteht, die er während des Kriegs von der Front geschickt hat und die noch erhalten sind, ist das eines Mannes, der von finanziellen Sorgen geplagt ist und Angst vor der Zukunft hat; ein wenig rhetorisch, ein wenig feige, einer, der in jeder Zeile Gott und die Madonna zu Hilfe ruft: noch kein Priester, aber auf dem besten Wege, einer zu werden. Als er nach den Gefechten zurückkam, um sich um seine Ländereien zu kümmern, bestärkt durch eine gute Traubenernte und vor allem durch eine hart erkämpfte Erbschaft von kinderlosen Verwandten, die eben dieses Haus mit einschloß, wandelte er sich langsam vom schüchternen und ziemlich unmilitärischen Offizier zu einem korpulenten, maßvollen und bärbeißigen großen Herrn. Er wurde zum Bürgermeister gewählt, wahrscheinlich aus denselben Gründen, weshalb in der Schule der größte und stärkste Schüler zum Klassensprecher ernannt wird. Er übte dieses Amt jahrelang aus, bis zu seinem Tod, doch danach wurde die Gemeinde der nahen Stadt einverleibt, so daß es nicht möglich ist, sein Wirken mit dem eines Nachfolgers zu vergleichen.

Trotz der Gebete, der Kirchgänge, der sonntäglichen Gesänge und der beflissenen Teilnahme an jeder Art von religiösem Ritus, trotz seiner Würde und Gesetztheit hatte er seine persönlichen Feindschaften, vor allem die mit dem Cousin im hintersten kleinen Salon. Außer mit dem Brennholz, mit dem das Zimmer geheizt wurde, schlimmer noch als mit dem Brennholz, knauserte er, so wird erzählt, mit Worten. Keine Gespräche, weder Konversation noch Meinungsaustausch. Die beiden begegneten sich mit eisigem Schweigen, guten Morgen, guten Abend, zehn, zwölf Worte in der Woche, ein paar tausend im ganzen Leben. Völlig gegen die Regeln, die zivilen, harmonischen Umgang vorschrieben, gute Beziehungen unter den Hausbewohnern, zumindest nach außen hin, damit niemals Unordnung und schlechtes Benehmen die Oberhand gewännen.

Doch beim Cousin konnte er sich nicht beherrschen, der Urgroßvater, und vergällte ihm das Leben mit einer Reihe von klitzekleinen Gemeinheiten. Wie die, in seinem Bedürfnis nach Reinheit – oder Sauberkeit – jeden Morgen alle Fenster aufzureißen, zu jeder Jahreszeit, ohne Rücksicht darauf, daß vor allem Giuseppe darunter zu leiden hatte, der die Nacht ohne Ofen zubrachte und, noch halb erfroren, mit seinem seit der Geburt verkrümmten Fuß loshinken mußte, um so schnell wie möglich zumindest die Fenster in seiner unmittelbaren Umgebung wieder zu schließen. Pietro ließ auch dann nicht von seiner Grausamkeit ab, wenn der Cousin sich mit fiebrigen Augen und verschleimter Stimme durchs Haus schleppte. Urgroßmutter Ludovica versuchte heimlich, die Grobheiten ihres Mannes wettzumachen, indem sie dem Verwandten Medikamente, Decken, wärmere Kleidung und die Zeitung vom Vortag zukommen ließ, doch wahrscheinlich war es eher die Angst, die ihr seine verschlossene Miene und seine rauhen Umgangsformen einjagten, als echtes Mitleid, was sie dazu veranlaßte. Es gelang ihr nicht, auch nur die geringste Andeutung eines Dankes dafür zu ernten, so daß die mildtätige Fürsorge ihr immer schwerer fiel und im Lauf der Zeit ein wenig nachließ.

Neben dem Cousin hatte es der Urgroßvater auf seine älteste Tochter abgesehen, Alfonsina, weiß und rosig, die er aus mysteriösen Gründen nach unten verbannt hatte, in eine Zone auf halbem Weg zwischen Familie und Dienerschaft, und der er mit systematischem Mißmut und Geiz all das vorenthielt, was man einem jungen Mädchen nur vorenthalten kann: Kleider, Ablenkung, Lächeln und Fröhlichkeit. Kein Aschenputtel, das zu niederen Arbeiten gezwungen wird, sondern eine gerade noch geduldete Stieftochter, eine ungeratene Tochter oder eine, die sich nicht den väterlichen Erwartungen gemäß entwickelt hat. Nicht daß es der anderen Tochter Maria sehr viel besser ergangen wäre, aber ein wenig besser schon, jedenfalls konnte sie sich dadurch retten, daß sie so bald wie möglich heiratete, mit siebzehn Jahren. Was die Urgroßmutter von dieser Behandlung dachte, weiß man nicht. Vielleicht versuchte sie, die Töchter in Schutz zu nehmen, vielleicht glich sie die wenig liebevolle Haltung ihres Mannes etwas aus. Doch auch ein eventueller Einspruch ihrerseits, eine zärtliche Geste reichten nicht aus, Alfonsina davon abzuhalten, dem väterlichen Haus einen Klausurorden vorzuziehen.

Neben dem schwarzen gibt es das gelbe Zimmer, groß, heller, mit zwei Fenstern – auf den ersten Blick als das Schlafzimmer einer Frau zu erkennen. Außer dem großen Bett aus schwerem Holz mit Schnörkeln und Säulen, das dieselben heuchlerischen Maße hat wie jenes schwarze – offiziell für eine Person, doch einladend für zwei –, steht darin als wichtigstes Möbelstück eine Dormeuse, eine Art verlängerter Sessel, in dem man liegt, ohne zu schlafen, wo man sich tagsüber mit dem Strickzeug oder einem Buch in der Hand ausruhen kann oder vertraulich mit jemandem plaudern, der auf einem Stuhl daneben sitzt oder auch auf dem Boden, der mit einem schönen gelben Teppich bedeckt ist.

Die Dormeuse ist das einzige Möbelstück im ganzen Haus, das einen irgendwie an das schöne Gefühl denken läßt, nicht so gnadenlos allein, unfehlbar, ernst, gewissenhaft, sparsam und fromm zu sein, das einzige, das Hingabe, Sichgehenlassen, vielleicht sogar ein paar Minuten Freiheit suggeriert. In den restlichen Zimmern braucht man so etwas gar nicht erst zu suchen, dort wohnen nur Tischchen mit zarten Fesseln, Stühle mit und ohne Armlehnen, Polsterbänke oder aber schwere Kommoden, Truhen oder Schreibtische, wobei die einen wie die anderen lediglich einerseits an Körperlosigkeit denken lassen und andererseits an reine Zweckmäßigkeit. In keinem Zimmer gibt es ein Doppelbett. Nur diese beiden, das gelbe und das schwarze, beide hoch und streng, sind leicht überdimensioniert, passend für eineinhalb Personen, zwei dünne oder eine einzige sehr dicke.

Die Dormeuse auf halber Strecke zwischen dem Bett des Urgroßvaters drüben im schwarzen Zimmer und dem der Urgroßmutter hier im gelben hatte deshalb vielleicht die Funktion einer Rettungsinsel, auf der der ängstliche heilige Mann rasten konnte, um seine Gedanken wie seine Kräfte zu sammeln, bevor er sich auf den Weg zu seiner Braut machte, die auf ihrem riesigen säulengeschmückten Katafalk thronte. Die wundertätige Dormeuse mit ihrem blassen geblümten Bezug und der geschwungenen Rückenlehne hat so das Fortbestehen der Familie ermöglicht – oder gefördert. Und das, obwohl die Porträts an der Treppe zwei Menschen zeigen, denen es ganz und gar fernliegt, sich anzusehen, und die alle beide, ob durch ursprüngliche Ähnlichkeit oder spätere Übereinstimmung von Geschmack und Interessen, eher damit beschäftigt sind, das eine Auge aufs Jenseits zu richten und mit dem anderen den Kassenstand zu überwachen.

Nun kann ich zwar noch im guten Glauben annehmen, daß die Urgroßeltern, die ich nicht mehr kennengelernt habe, sich an gewissen besonderen Nachmittagen mit Hilfe dieses wohlgesinnten Möbelstücks näherkamen, doch die Großeltern, die ich gut kannte, kann ich mir nur vorstellen, wie sie steif nebeneinander sitzen und sich unterhalten, und das bestimmt nicht auf der Dormeuse, sondern auf den schicklicheren Stühlen, von denen je einer am hinteren Fußende des Bettes steht. Die Großeltern können niemals anders als sittsam gewesen sein, distanziert, liebevoll zueinander höchstens wie Bruder und Schwester. Diesen Eindruck machen sie auch auf den Photos, sie mit einem müden, glanzlosen Blick, in dem nichts mehr von jener erwartungsvollen Schüchternheit liegt, die sie auf ihrem Porträt als frischgebackene Ehefrau ausstrahlt; er fast immer in irgendeiner Uniform, das Gesicht vorschriftsmäßig ausdruckslos, mit derart kummervollem Blick, daß er mit vierzig Jahren aussieht wie sechzig, vielleicht durch die Unfähigkeit des Photographen, wahrscheinlich aber auch wegen seines Charakters, seiner Mentalität und Erziehung. Ein guter Mensch, ein anständiger Kerl, aber sicherlich keiner, der besonders empfänglich war für Schäferstündchen auf der Dormeuse: Er brauchte keine Spielzeitverlängerung außerhalb des regulären Ehebetts.

Eine Bestätigung für dieses Desinteresse könnte die Anhänglichkeit sein, die die Großmutter ihren Kindern gegenüber zeigte, in einer Epoche, als Kinder mehr Zeit mit der Gouvernante verbrachten als mit ihren Eltern, eine derartig leidenschaftliche und ausschließliche Anhänglichkeit, daß zumindest der Sohn zu einer Art Prinz des Hauses erzogen wurde, zu einem kleinen Prinzen, der so verwöhnt war wie die schlimmsten der heutigen Kinder, die mit Fernsehen, Markenkleidung und Junk-food überhäuft werden.

Ihren letzten großen Auftritt hatte die Dormeuse zu Lebzeiten unserer Mutter, die die Wärme nicht ertrug, die sich im Sommer in den niedrigen Zimmern im zweiten Stock ausbreitete, und gewöhnlich gegen Mitte Mai mit ihrer gesamten Unordnung hier einzog wie zu fröhlichen, langen Schulferien, bis Anfang Oktober. Seltener und jedenfalls für weniger lange Zeit und mit wesentlich weniger Begeisterung folgte unser launischer Vater ihr ins schwarze Zimmer. Während zahlloser Sommer wurden diese Umzüge wie Feste gefeiert, so lange, bis irgendwann ohne Vorwarnung, nach jahrelangem regelmäßigem Treppauf-treppab, Schleppen von Koffern, Taschen und Bündeln, ein ganz und gar nicht heißer Sommer den Vorwand zu einer Unterbrechung des Rituals lieferte, das danach nie wieder aufgenommen wurde, wahrscheinlich aus Müdigkeit, oder weil kein Personal mehr da war, das die Schufterei auf sich genommen hätte; es war, als sei unsere Mutter von einem Tag auf den anderen alt geworden.

Ich sehe sie noch vor mir, wie sie auf der Dormeuse liegt und mühsam strickt wie ein braves kleines Mädchen, und dabei zählt sie wieder und wieder die

Maschen eines unendlichen Raglanpullovers. Oder wie sie dasitzt und die kleinste Schwester stillt, die im Sommer geboren wurde, wodurch uns zwei Großen auf einmal erlaubt war, ihren halbnackten Körper anzusehen, der bis dahin streng geheimgehalten worden war hinter versperrten Türen, Paravents und erschrockenen Drohungen: »Weg hier, was erlaubt ihr euch?« Ich, die ich schon mit drei Jahren zu äußerster Schamhaftigkeit erzogen worden war, wendete sofort den Blick von den großen weißen Brüsten ab und versuchte krampfhaft, ihn auf den runden Kopf, das Gesicht, die Hände, den winzigen Körper der neugeborenen Schwester gerichtet zu halten.

Heute ist das gelbe Zimmer so ungemütlich wie eben ein Gästezimmer in einem Haus, in das kaum noch Gäste kommen: ein wenig staubig, ein wenig feucht, mit einer Deckenlampe, in der nicht mehr alle Birnen brennen, uralten Zeitschriften, die überall herumliegen, Andeutungen von Spinnweben in den oberen Ecken, die nur mit dem Rüstzeug des Großreinemachens erreicht werden können und gewiß nicht beim oberflächlichen Staubwischen anläßlich des Besuchs eines der wenigen jährlich wiederkehrenden Gäste. Stumm und tot ist das Zimmer im Dämmerlicht der Vormittage und Nachmittage, düster gegen Abend im grauen Licht, das zu dieser Tageszeit aus dem Hof durch die schiefen Jalousien hereindringt.

Hier übernachten selten Tanten, die auf der Durchreise sind, noch seltener betagte Freunde für einen Tag oder zwei; die engeren Verwandten, vor allem die Frauen, meiden das Zimmer möglichst, seitdem jemand vor ein paar Jahren behauptete, dort ein Gespenst gesehen zu haben. Ein aufsehenerregender und noch nie dagewesener Vorfall, denn das Haus ist kein typisches Spukschloß: wenig romantisch, wenig einsam, immer bewohnt, ein Umschlagplatz – erst für Seidenraupen, dann für Wein – ohne Geheimnisse oder abgründige Gefühle: höchstens für kleine oder auch mittlere, für Rache, Geiz und Mißgunst, winzig kleine gemeine

Gefühle, die, wenn man sie zusammenmischt, eine schlechte Soße ergeben, die die Mahlzeiten verdirbt, ohne sie jedoch wirklich zu vergiften.

Eigentlich hätte allein schon das ständige Kommen und Gehen von Pfarrern und Mönchen über Generationen und Jahrhunderte hinweg das Haus für immer von jedem Anflug ruhelos umherirrender Seelen freihalten müssen. Doch Nachforschungen bei den alleraltesten Dorfbewohnern, den Kindern und Enkeln früherer Angestellter, zusammengereimte Gesprächsfetzen, mühsam entschlüsselte Andeutungen und mit viel Phantasie rekonstruierte Erinnerungen ergaben tatsächlich, daß von Zeit zu Zeit ein Gespenst aufgetaucht war, natürlich eine Frau, der Schatten einer Frau, die keinen Frieden finden konnte, doch keine böse Frau, sondern eigentlich eine wohlwollende, fast schon freundliche Erscheinung.

Wer auch immer das Gespenst sein mag, für seine Auftritte hat es sich das einzige Zimmer ausgesucht, in dem – neben dem schwarzen – im Lauf der Jahrhunderte ein wenig Leben stattgefunden hat. Wäre das Haus durchsichtig – sowohl was die Mauern als auch was die Zeit angeht –, könnte man nämlich in jedem Zimmer, bis auf die der Kinder und der Dienstboten, jemand sehen, der in seiner Einsamkeit eingeschlossen ist: im Bett liegend, am Schreibtisch sitzend, in den Sessel gelehnt, doch immer allein, die meiste Zeit des Tages. Nur im gelben Zimmer würde man Bewegungen wahrnehmen, zwei Menschen, die sich unterhalten, die streiten, sich näherkommen, sich anziehend finden, dann vielleicht diskutieren, schreien, flüstern und sich schließlich, ein paar Stunden oder Augenblicke lang, umarmen.

Weder Memoiren noch Archive erzählen diese Geschichte, sondern die Möbel und die Art, wie sie angeordnet sind. Ein männlich wirkender Schreibtisch an der einen Wand und an der anderen ein Toilettentisch, auf dem eine Frau ihre Kämme und Parfums ausbreiten könnte, die Dormeuse und der hölzerne Stiefelknecht, der seit Jahrzehnten unbenutzt im Schrank liegt, ein stummer Diener und ein Paravent, dessen Anwesenheit doch nur dann gerechtfertigt wäre, wenn sich mehr als eine Frau im Raum aufhält. Und dann natürlich das Bett.

Trotz seiner Höhe, die vielleicht den Ehemann von allzu häufigen Besuchen abhalten oder, besser noch, unrechtmäßige nächtliche Besucher abschrecken sollte, ist es doch von jener angenehmen Breite, die Schüchternen Mut macht, Tugendapostel beruhigt und Kühne nicht abhält. Und auch wenn es immer rigoros nur für eine Person bezogen ist, widerlegen die beiden Nachttischchen, jedes mit Lampe, Glas und Wasserkrug ausgestattet, die beiden Bettvorleger, die beiden Stühle am Fußende der beiden Seiten die so ostentativ zur Schau gestellte Sittenstrenge. Noch dazu sind es in Wirklichkeit sogar zwei Kissen, auch wenn sie sicherheitshalber übereinander liegen und nicht nebeneinander.

Deshalb ist es vielleicht im Grunde doch so, daß der Schein trügt, ebenso wie die Geschichten, die erzählt werden. Vielleicht möchte die Anordnung der Möbel nur ein Idealbild der Familie und des Hauses vorspiegeln, um dadurch die wahre Unordnung zu verbergen, die es wie überall auch hier gegeben haben könnte, die allen Bemühungen, Regeln, Gesetzen, Drohungen, Strafen zum Trotz vielleicht die Oberhand gewonnen hatte. Vielleicht sind die strenge Dekoration der Räume, die steife Anordnung der Möbel, die schlechte Beleuchtung, die finsteren Gemälde von Märtyrern und würdevollen Ahnen nur ein Schleier, ein Anstrich, der etwas verbirgt und überdeckt. Vielleicht könnte es einem, wenn man ganz aufmerksam lauscht, gelingen, das ständige Hin und Her zu hören, das früher einmal zwischen den Zimmern geherrscht haben mag, wie von vorbeilaufenden Ameisen, und der kleine, aber unaufhörliche Verkehr zwischen den verschiedenen Stockwerken würde die trübseligen, frommen Gesichter

Lügen strafen, ihr unentschlossenes, schmerzliches Lächeln, ihre ein wenig überheblichen Blicke wie von jemandem, der überzeugt ist, beinahe vollkommen zu sein; all diese Herrschaften, denen man in den Photoalben begegnet, in den überall verstreuten Rahmen, in den Porträts, die in so großer Zahl in den Salons und im Treppenhaus hängen. Wenn man es genauer bedenkt, erscheinen diese Vermutungen aber doch sehr weit hergeholt.

Durch eine Doppeltür – wegen der Kälte – gelangt man aus dem schwarzen Zimmer zur Dienstbotentreppe. Dämmerlicht auch in diesem Kanal, einer Art Speiseröhre, durch die nach oben und unten ging, was immer für Leib und Seele der Bewohner erforderlich war. Speisen, Weine, Brennholz, das später von Heizöl abgelöst wurde, Blumen aus dem Garten, Kartoffelsäcke, Gemüse- und Obstkisten, die von den Ländereien und aus dem Nutzgarten stammten.

Dort unten am Fuß der Treppe, neben dem, was ursprünglich die große, phantastische und unglaublich unpraktische Küche war, heute eine der unzähligen Rumpelkammern für unbenutzte Gerätschaften, die seit Jahren gemeinsam mit Stapeln von Matratzen und angeschlagenen Waschbecken in Erwartung ihres weiteren Schicksals dort ausharren, befand sich die Vorratskammer, einst Zwischenstation für all die Güter, die einmal durch die beiden Stockwerke des Hauses wandern würden. Eine schwärzliche Kammer, früher einmal duftend und schmutzig, die feuchten Regale voller Töpfe mit Suppen- oder Gemüseresten, Einmachgläser mit süßem oder salzigem Inhalt, Flaschen mit Wein, Essig, Öl, Grappa oder Sirup und manches seltene Mal auch, in Küchenhandtücher gewickelt und gut versteckt, etwas noch Wertvolleres und Nahrhafteres wie Stücke von Käse, Salami oder Speck. Dort war es auch, wo vor dreißig Jahren – ebenso wie der Fernseher viel später als in den anderen Haushalten im Dorf – der erste Kühlschrank auftauchte, der sich mit einem seltsamen Griff wie bei einer Autotür öffnen ließ. Er machte unter anderem die großen Gläser mit Kalk überflüssig, in denen die Eier aufbewahrt wurden, und die Tonkrüge, in denen man die Milch der drei Kühe frischhielt, die im Stall des Nachbarhauses jenseits der engen Gasse untergestellt waren.

Heute ist die Vorratskammer leer und wie ausgetrocknet; die Flüssigkeiten sind verschwunden, es ist schmutziger geworden, aber der Schmutz ist jetzt trocken, er besteht aus Staub und Spinnweben und nicht mehr aus Essensresten. Auch die Treppe ist heute nicht mehr so etwas wie eine Speiseröhre oder eine Schlagader, die das große Haus mit Nahrung und Leben versorgt. Dort, wo früher die Köchinnen und Dienstmädchen hochstiegen, der Gärtner und die Lieferanten, die Handwerker und die Arbeiter, die kamen, um irgend etwas zu reparieren, die Bauern, die einen Besuch abstatteten, oder, heimlich, die Freunde und Verwandten des Personals, hört man jetzt tagelang kein Schlurfen mehr, kein Stimmengewirr und Geratsche, jenes Gelächter, jene halben Sätze, Schimpfwörter oder gar ländliche Flüche, durch die das Haus lebte, zumindest ein Teil des Hauses. Die Vorräte, die nicht mehr täglich, sondern wöchentlich und direkt vom Supermarkt kommen, dürfen inzwischen sogar den Vordereingang passieren, die breitere, bequemere Haupttreppe hinauf, unter den Blicken der häßlichen Ahnen, die sich an diese Neuheit erst einmal gewöhnen mußten.

Ein Lastenaufzug, der über ein dickes Seil mit einer

Kurbel bewegt wurde, beförderte die schwereren Bündel und auch die Teller, Gläser und selbst die Speisen, solange die kleine Küche im zweiten Stock noch nicht in Betrieb war. Natürlich riß das Seil eines Tages, als der Lift gerade mit dem besten Service beladen war: Durch die Hintertreppe dröhnte ein Gedonner, das man auf allen Stockwerken hören konnte, und seit jener Zeit ist das schöne Service dezimiert. Zwanzig oder dreißig Jahre nach dem Unfall durchsucht unsere starrsinnige Mutter, starrsinnig in dem Bestreben, alles so zu belassen wie früher oder im Bedarfsfall eben wieder so herzurichten, noch immer Märkte und Geschäfte in der Hoffnung, doch noch irgendeinen längst vergessenen Teller jener zerschellten Serie zu finden. War das der Anfang vom Ende? Es ist gut möglich, auch wenn der Zeitpunkt nicht mehr sicher ist, ebenso offen wie die Frage, um welchen Anfang und welches Ende es sich handelt. Vielleicht war es damals, daß die Hintertreppe, diese große Speiseröhre, langsam ihre Funktion verlor und das Gebäude dem allmählichen Hungertod aussetzte, der heute beinahe abgeschlossen ist.

Der Lastenaufzug wurde repariert, mit neuen, hellen Seilen, so rauh und fest, daß er sich in der ersten Zeit nur ganz langsam auf- und abbewegen ließ. Doch beinahe zur selben Zeit wurde die große Küche im Erdgeschoß, diese wundervolle Höhle, in der neben zwei Köchinnen auch noch mindestens drei oder vier Küchenhilfen Platz hatten und in der die jeweiligen Marias, Carlas, Brunas oder Luiginas sich verloren vorkamen, aufgegeben; wegen des Übermaßes an Raum und Energiebedarf, der Verschwendung von Schritten, Bewegungen und Handreichungen, weil dem alten Hausdiener das Treppensteigen zuviel war und der neue sich weigerte, und weil trotz all der Deckel und Rechauds das Essen unweigerlich kalt war, bis es auf dem Tisch ankam. Die intensive Nutzung des Dienstbotenaufgangs wurde somit unterbrochen und versickerte in vielen kleinen Rinnsalen; es war, als würde dieser Teil des Hauses für alle Zeiten abgewürgt.

Es passierte alles zugleich. Als der Lastenaufzug seinen Geist aufgab, wurde nicht nur die große Küche stillgelegt, sondern auch die sommerliche Nutzung des schwarzen und des gelben Zimmers eingestellt. Man hatte das Gefühl, der allgemeine Niedergang habe mit dem plötzlichen Knall auf der Dienstbotentreppe begonnen. Natürlich hatte das »Unglück« auch zur Folge, daß das geräumige Eßzimmer im ersten Stock aufgegeben wurde, wo man im Sommer im kühlen Dunkel aß und sogar das Licht anschalten mußte. Jetzt, wo das gute Service auf die Hälfte reduziert war, fand man es offensichtlich nicht mehr gerechtfertigt, in solch prunkvoller Umgebung zu speisen, noch dazu vor dem großen Spiegel, in dem die Tischgesellschaft sich beim Aufspießen der Speisen zusehen konnte, die Gesichter wellenförmig nach oben zerfließend wie auf einem Meer, ein wenig verschwommen in der traditionellen Blindheit des unzuverlässigen Glases.

Nach den Dimensionen zu schließen, die sie im Alter erreichten, rund und wohlgenährt im Gegensatz zu unseren wesentlich schlankeren Großeltern und Eltern, müssen die Urgroßeltern besonders hingebungsvoll getafelt haben. Mit Gerichten aus Schweineblut und Wild, das vom Vater der Urgroßmutter, dem Jäger, geschickt wurde und meistens schon ziemlich mürbe war, wenn es nicht gar schon stank, wie wir aus den Tagebüchern erfahren, in denen die Urgroßmutter alles notierte, auch das, was sie mittags und abends gegessen hatte. Das Fleisch wurde trotzdem aufgetragen, zusammen mit Bergen von steinharter Polenta aus Kartoffeln und Mehl, einem Essen für arme, hungrige Bauern, das die Herrschaften jedoch – aus Sparsamkeit oder der Einfachheit halber – keineswegs verschmähten.

Obwohl sie mit bestem Appetit aß, fand die Urgroßmutter die Zeit, durch die Fenster auf die dunkle Gasse hinauszusehen, die sie so sehr verabscheute, und auf die Häuser gegenüber, die sie häßlich fand, armselig und trist, und währenddessen ihren Gemahl zu bearbeiten, dem sie immer wieder sagte, daß es besser wäre, diese Häuser abzureißen, um das Licht von den weiten Feldern eindringen zu lassen. Das schrieb sie auch ihrem Vater und ihrer Mutter, vielleicht in der Hoffnung, sie würden Druck auf ihren Mann ausüben. Doch der Urgroßvater blieb hart, wer weiß warum, wo er doch sonst den reichen Schwiegereltern gegenüber immer so unterwürfig war, wahrscheinlich in der Hoffnung auf eine neue Erbschaft nach der, die er von seinen fernen Verwandten kassiert hatte.

Er hoffte allerdings vergeblich, denn aus nie ganz geklärten Gründen kam das ansehnliche Vermögen seiner Schwiegereltern nie bei ihm an, wurde in kopflosen Geschäften vergeudet, von Krisen aufgezehrt, von Verwaltern veruntreut, anderen Verwandten vermacht, die in der Nähe geblieben waren, nicht so weit weg wie die einzige Tochter. Tatsächlich ist uns von den Reichtümern dieser Vorfahren nur der Name einer meiner Schwestern geblieben, Marianna, wie der der Ururgroßmutter, die ihrer Tochter nicht nur Briefe voller Ratschläge über Kinderpflege schickte, sondern auch Blutwürste aus ihrer eigenen Schweinezucht. Es gibt auch noch einige Photos von den fernen Besitztümern, von einem Hund, den die Urgroßmutter als Kind besaß, und von ihren Eltern: sie mit Bändern und Schleifen geschmückt und sehr distanziert wirkend, er mit einem großen Zylinder und einem Bauchansatz, mit einem völlig konsternierten Gesichtsausdruck, als habe er gerade erfahren, daß die Ernte schlecht war oder daß der Gutsverwalter ihn bestohlen hatte. Sonst haben die Verwandten nichts hinterlassen, kein Möbelstück, kein Bild, keinen Teppich: Man könnte fast denken, sie hätten ihre Tochter ohne Mitgift in die Ehe geschickt. Dabei war es vielleicht nicht nur wegen der Mitgift, aber doch auch wegen der Mitgift, daß der Urgroßvater sie ausgewählt hatte.

Anständigerweise, aus Trägheit, Unfähigkeit, Rücksicht auf die Verwandten, denen er die großzügige Erbschaft verdankte, oder, was am wahrscheinlichsten ist, weil er es sich als Bürgermeister leisten konnte, nur der schöneren Aussicht zuliebe eine ganze Häuserzeile abzureißen, gab er dem Drängen seiner Frau nicht nach und weigerte sich standhaft, die armseligen Hütten anzurühren, obwohl sie ihm gehörten. Die Dächer waren undicht, die Balkone aus schwärzlichem Holz baufällig, und die Feuchtigkeit malte große Flecken auf die abgeblätterten Fassaden. Wenn man vorbeiging, roch es, den Tagebüchern der Urgroßmutter zufolge, aus den Hauseingängen, und zwar nicht nur nach armen Leuten, sondern auch nach Kühen, Schafen oder Schweinen, denn jedes Haus beherbergte außer den menschlichen Bewohnern auch noch mehrere Tiere.

Die alten Häuser stehen heute noch, und inzwischen sind sie die schönsten und begehrtesten des ganzen Dorfes, schon lange nicht mehr im Besitz der Familie, die sie so bald wie möglich auf die denkbar unvorteilhafteste Weise verkaufte, nur um sie loszuwerden; mittlerweile sind sie perfekt restauriert, mit echten alten Dachziegeln, originalgetreu rekonstruierten Balkonen, Fenstern und Haustüren, die genauso aussehen wie damals. Und es ist ein Glück, daß sie noch stehen, denn wenn sie nicht da wären, würde man natürlich keineswegs die weiten Felder sehen, die der Großmutter so gut gefielen und die sich früher in alle Richtungen erstreckten, sondern die grünlichen, gelblichen oder hellblauen Hochhäuser, die vor zwanzig, dreißig Jahren vor dem Dorf aus der Erde schossen und jetzt schon heruntergekommen und schäbig aussehen.

Im Erdgeschoß der Häuschen gibt es hübsche kleine Geschäfte, denen allerdings wenig Erfolg beschieden ist, denn die Straße ist für den Verkehr gesperrt, und Spaziergänger kommen höchstens am Sonntag auf dem Weg zur Kirche vorbei, wenn die Rolläden herabgelassen sind. Die kleinen Geschäfte haben die Stelle des Schusters eingenommen, der sich die Haare feuerrot färbte, wobei nicht ganz klar war, ob er damit männliche oder weibliche Kunden beeindrucken wollte; die der mißmutigen Schreibwarenhändlerin, deren Tür auf so unglaubliche Weise knarzte, daß das Geräusch bis heute unauslöschlich in der Erinnerung bewahrt ist; die Stelle der Bäckerin, die erst jahrelang süßes Backwerk gemacht hatte, Zöpfe, Brioches, Schweinsohren und kleine Kanonen, und dann keinen Zucker mehr sehen konnte und zu Salzigem überging, bis sie am Schluß sogar die rohe Füllung der Ravioli aß, wobei sie, die zu Anfang ihrer Laufbahn noch dünn wie ein Grissini gewesen war, jeden Tag fetter wurde.

In der Kammer hinter dem Laden, wo sie auch ihr Fahrrad unterstellte, häufte diese Frau, die sich offensichtlich vorgenommen hatte zu platzen, Nudelpackungen an, die aussahen wie von Mäusepfoten aufgerissen, ausgehöhlte Tortellini, aufgeschlitzte Agnolotti. Lange dauerte ihre Karriere als Bäckerin nicht, denn die roten Zahlen zwangen sie nach ein paar Jahren, das Geschäft aufzugeben und einen Beruf zu ergreifen, in dem sie kulinarischen Verlockungen weniger ausgesetzt war, den der Wäscherin.

Für uns Schwestern, die wir uns mehr oder weniger auf Haus und Garten beschränken mußten, war es ein Zeitvertreib, von oben auf die kleine Straße hinunterzusehen, die damals nur wenig belebter war als heute, mit regem Fahrradverkehr, ein paar Ochsenkarren, Frauen mit Einkaufstaschen, alten Leuten, die über das Porphyrpflaster schlurften. Noch interessanter als das, was wir sahen, waren die Geräusche: Stimmen, Geplauder, Lachen, Zänkereien, Flüche und abends der Lärm von Raufereien zwischen Betrunkenen. Dadurch, daß die Gasse so eng war und die gegenüberliegenden Häuser so nah, stiegen die Geräusche zu unseren Fenstern auf wie durch ein Megaphon. Für uns war es das Leben selbst, was da aus dieser halbverlassenen, farblosen Straße zu uns drang, ein Leben, das wir nicht kannten und über das wir um jeden Preis soviel wie möglich erfahren wollten.

Das erste Geräusch des Tages verursachte das Rad eben jener Bäckerin, die sich noch im Dunkeln auf den Weg zur Arbeit machte, begleitet vom sanften Surren des Dynamos, kurz bevor man das laute Gerassel des halb hochgezogenen Rolladens vernahm. Das letzte der Nacht hingegen war immer die Stimme von irgend jemandem, der, von Grappa oder Wein benebelt, über das Pflaster schwankte. Aus der Ferne folgte dann das gedämpfte Echo anderer Stimmen und anderer Lieder, vom Flußufer her oder von der Piazza.

Während wir so lauschten, stellten wir uns ein unbekanntes Dasein vor, geheimnisvoll und aufregend, fern von uns, unerreichbar, und doch in nächster Nähe. In lauen Sommernächten ließen wir diese Luft lange durch unser Fenster eindringen – und mit ihr die Laute, die von einer anderen Welt erzählten, einer Welt, die wichtiger, fröhlicher, aufregender war als unsere, in der Dinge passierten, die bei uns nicht geschehen konnten. In Wirklichkeit waren es nur junge Burschen vor einer Wirtschaft oder Mädchen, die vor dem Haus oder auf einem nahen Balkon einen Schwatz hielten. Und doch gaben uns diese Geräusche mehr als alles andere das Gefühl, ausgeschlossen zu sein, Gefangene derselben alten, staubigen, steifen Vergangenheit, die so beruhigend war für unsere Eltern, Großeltern, Onkel, Tanten, Verwandten und die Freunde, die zu Besuch kamen; eine Vergangenheit, die aus rätselhaften Gründen auch der Köchin, dem Hausdiener, der Putzfrau gefiel, die sie doch eigentlich hätten verabscheuen müssen: Schließlich waren sie gezwungen, gehorsam und unterwürfig ihre lästigen Regeln zu befolgen, und sie wurden dafür auch noch schlecht bezahlt.

Eine einzige hatte einmal aufbegehrt, eines der langjährigen Dienstmädchen; nach zwanzig Jahren hatte sie beschlossen, bei einem Arzt in der Stadt zu arbeiten, den sie weiß Gott wo kennengelernt hatte. Die Flucht hatte sich durch ein paar mysteriöse Telefonanrufe angekündigt, ein unerhörtes Ereignis, denn das Telefon war damals wie Wein und Liköre offiziell allein den Herrschaften vorbehalten, ein schwarzes, empfindliches Gerät, das jeden Morgen abgestaubt wurde, als wäre es ein Bild oder eine Skulptur: keinesfalls jedoch etwas, was benutzt werden konnte. Die wenigen Male, die es läutete, mußte die Klingel erst lange durch die Zimmer hallen, denn jeder fragte sich, bevor er hinging: Soll ich antworten, oder geht jemand anders, dem es eher zusteht, der es besser kann, der unbefangener ist? Außerdem war das Dienstmädchen ungewöhnlich oft zum Friseur gegangen, denn normalerweise ließ sie sich nur einmal im Monat die Haare färben und drehte sie sich sonst immer selbst auf Lockenwickler. Und dann gab es noch diese Blusen, die wir vorher nicht gesehen hatten, blendend weiß, nicht gerade durchsichtig, aber aus dünnem Stoff, ausgefallen, ein wenig zu elegant, aber vor allem so geschnitten, daß man die Umrisse des Busens erkennen konnte, der, wie damals üblich, hoch und spitz war, obwohl das Dienstmädchen schon ein wenig in die Jahre gekommen war, wie man damals von jemandem sagte, der um die vierzig war.

Böse Zungen behaupteten sofort, daß sie sich in den Arzt verliebt habe, einen Arzt, der Frau und Kinder hatte: Auf diese Weise gab es eine Erklärung für das unerhörte Fortgehen eines langjährigen Dienstmädchens. Was für andere Gründe hätten sie sonst auch dazu bewegen können, in einer einfachen, wenig eindrucksvollen, vermutlich viel zu engen Wohnung arbeiten zu wollen? Mit schlecht verhohlenem Triumph wurde dann auch wenige Monate später die Nachricht von ihrer Rückkehr aufgenommen, und gnädig wurde ihr gestattet, ihre alte Arbeit zu ihrem alten armseligen Gehalt wiederaufzunehmen.

Sie rechtfertigte sich damit, daß sie, eine fromme Kirchgängerin, nicht bei Atheisten wohnen könnte, die nicht zur Messe gingen und deren Kinder nicht einmal getauft waren, doch das war für die höhnischen Stimmen nur eine Bestätigung dafür, daß die heimliche Liebschaft gescheitert war angesichts einer Ehefrau, die nicht nur anwesend war, sondern wahrscheinlich auch sehr gut aufpaßte und noch dazu unerbittlich und anspruchsvoll war, was die Leistungen des Personals betraf, mochte es auch so gut abgerichtet, bewährt, »perfekt« sein wie unser altes Dienstmädchen.

Als sie wiederkam, war sie nicht mehr dieselbe wie früher. Vor ihrem Weggehen hatte sie, das Haar immer kunstvoll gelockt und steif glänzend, im Bügelzimmer regiert, wo sie mit dem Bügeleisen umgehen konnte wie keine andere und immer eine Menge zu sagen hatte, Worte, die aus ihrem Mund sprudelten, um dies und das zu kommentieren, Leben und Tod, Menschen und

Dinge, hochgemut und keineswegs untergeben, denn sie war überzeugt, etwas Besseres zu sein als wir alle, da sie wesentlich eleganter, gepflegter, selbstbewußter war als unsere Mutter, Großmutter oder gar wir Schwestern, und auch als die verschiedenen Tanten, die von Zeit zu Zeit bei uns auftauchten. Danach sprach sie viel weniger und saß lange still da, weniger gepflegt als vorher und weniger lebendig: Heute würde man sagen, sie hatte Depressionen, sie interessierte sich für nichts mehr, nicht einmal für spezielle bittere Mokkabonbons, die bei uns zu Hause gemacht wurden und auf die sie vorher ganz wild war. Das Haar, ihr größter Stolz, das zur Zeit ihrer Flucht von polentagelb zu leuchtend rosa gewechselt hatte, wirkte jetzt stumpf und ungepflegt und wuchs mit der Zeit grau nach. Sie hatte ganz aufgehört, zum Friseur zu gehen, nicht einmal zum Haarefärben, und kehrte wieder zu den häuslichen Lockenwicklern zurück, doch ohne ihre alte Eitelkeit. Was bestätigte, daß ihr letzter verzweifelter Rettungsversuch fehlgeschlagen war.

Als sie jedoch immer häufiger und immer länger einfach irgendwo herumsaß und nichts tat, ganz vertieft in den Gedanken an ihre Niederlage, mußte sie schließlich gehen. Die Großmutter verspürte allerdings das Bedürfnis, diese für sie ungewöhnliche Geste zu rechtfertigen, und gab deshalb zu verstehen, daß das Dienstmädchen, vermutlich durch den Kontakt zu dem Arzt aus der Stadt, doch tatsächlich zur Kommunistin geworden sei. Eine Erklärung, die alle verstummen ließ, auch die, die gern Mitleid gehabt hätten mit der armen Anna, die in der Zwischenzeit mit verschlossenem Gesichtsausdruck und vollkommen farblosem Haar den dunkelgrünen, sperrigen, schäbigen Koffer packte, den irgendein Hausbewohner nicht mehr brauchte und ihr geschenkt hatte: Kommunist zu sein war dasselbe wie eine schreckliche, ansteckende Krankheit zu haben, die man sich jedoch absichtlich zugezogen hatte, weshalb dann auch der Betroffene nicht ernsthaft bemitleidet werden konnte.

Geht man zurück in den ersten Stock, liegt neben dem Eßzimmer, aus dem die Großmutter auf die armseligen Häuser gegenüber sah, das Musikzimmer mit dem schönen honigfarbenen Parkett mit dem Sternenmuster, an den Wänden hängen die besseren Ahnen, die wohlgenährt und gut gekleidet sind, reicher, glücklicher, mit mehr Schmuck behangen als die anderen, die dunkel, traurig und böse im Treppenhaus zu sehen sind. Diese hier haben prächtige goldene Rahmen, die restauriert wurden, und beinahe fröhlich blicken sie wohlwollend auf die großen und kleinen Nachkommen, die sich an den Tasten des Klaviers unter ihnen zu schaffen machen.

Von der Decke lacht ein heidnisches Liebesidyll, das unglücklicherweise bei Restaurierungsarbeiten wieder zum Vorschein kam und auf Anweisung eines allzu beflissenen Denkmalschützers auch dort bleiben muß, obwohl das Fresko weder alt noch wertvoll noch gut gelungen ist. Vor allem paßt es mit seinen Venusfiguren, die ihre runden Schenkel und dicken roten Hinterbacken zur Schau stellen, irgendwie nicht zu dem Gesamtbild eines so ernsten, gottesfürchtigen und ein wenig ländlichen Hauses wie dem unseren.

Auf dem Klavier haben alle Damen des Hauses seit Generationen immer wieder die gleichen Motive gespielt, wenn man nach den Notenheften geht, die in der Bibliothek stehen: Mozart, Beethoven, Bach, Chopin, Vivaldi, Diabelli. Sie spielten allein oder zu zweit, vierhändig, Großmutter und Tante, Schwägerin mit Schwägerin, Tante und Nichte. Zusammen spielten auch – ein in doppelter Hinsicht unpassendes Paar – der wunderliche Verwandte aus dem hintersten Salon und Alfonsina, die nicht allzusehr geliebte Tochter des Urgroßvaters. Unpassend, denn da der Alte mit keinem anderen Familienmitglied näheren Umgang pflegte, war es weder logisch noch vorgesehen, daß er hier mit der Nichte saß. Doch vor allem deshalb unpassend, weil es zwischen den beiden Pianisten überhaupt keine Ähnlichkeit gab und sie vom musikalischen Standpunkt aus gesehen ganz und gar nicht harmonierten: er erfahren und aufbrausend, sie unsicher, bemüht, immer ein wenig zögernd mit den Tönen.

So unpassend, daß man sich im Haus noch heute, vier Generationen später, an ihr vierhändiges Spiel erinnert wie an eine bizarre, unerklärliche Sache, die es wert ist, überliefert zu werden. Der Urgroßvater fuhr hoch – wird erzählt –, sobald Töne im Haus erklangen, und begann unverzüglich um sich zu blicken und zu kontrollieren, wer da war und wer wohl gerade musizierte. Und er ließ nicht viel Zeit verstreichen, bevor er seine Frau oder einen Bediensteten schickte, um die arme Pianistin an irgendeine Pflicht zu erinnern, die nicht mehr warten konnte.

Später, viel später, kam dann die sanfte Lehrerin Fasanelli ins Haus, deren Stimme ebenso gepudert wirkte wie ihr Gesicht, um mit den Damen allein zu spielende oder vierhändige Stücke einzustudieren. Groß und dünn, mit schönen weißen Locken, erlaubte sie sich kaum eine zaghafte Bemerkung, wenn jemand, die Großmutter zum Beispiel, ohne Gefühl Rondos und Menuette ins Klavier hämmerte. In solchen Fällen seufzte das Fräulein dann, errötete und flötete, so zart sie konnte, einen kaum hörbaren Verbesserungsvorschlag.

Im Winter wurde in der Eiseskälte gespielt, denn es gab dort keinen Ofen, so daß man, wenn es sein mußte, den Mantel anbehielt und die Milchfrauenhandschuhe, aus denen rote, steife Finger ragten, denen es völlig unmöglich war, die von Fräulein Fasanelli gewünschte Harmonie zu erzeugen. Im Dämmer des Nachmittags wurde, um keinen Strom zu verschwenden, nur eine kleine Lampe auf dem Klavier angemacht; eine trübselige Kirchenbeleuchtung, in der man die Noten nur mit knapper Not erkennen konnte.

Einen Stock darüber war es schön, diese Übungen zu hören, die gedämpft, verschwommen heraufdrangen und von den dicken Wänden in eine andere Musik, andere Klänge, andere Rhythmen verwandelt wurden. Man hatte den Eindruck, es wäre Leben im Haus, es wäre vom Keller bis zum Speicher voller Menschen und Stimmen. Dabei war das Haus, während wir noch die wellenförmigen Töne einzeln und schwach durch die Stille dringen hörten, schon dabei, sich endgültig zu leeren: In dem unnützen, unbequemen alten Kasten aus vergangenen Zeiten blieb, ohne daß es allzusehr auffiel, ein Zimmer nach dem anderen leer und wurde zugesperrt.

Zu den leeren, abgesperrten Zimmern gehört jetzt auch das mit dem Klavier, das inzwischen zu verstimmt ist, als daß jemand noch Lust bekommen könnte, darauf zu spielen. Es ist mit alten Bettlaken zugedeckt, ebenso wie die zierlichen Louis-XV-Stühle und das verschnörkelte ovale Tischchen, die Truhe mit den Intarsien und das praktische Geheimfach, das aussieht wie ein elegantes Schränkchen, auf dem man gut Nippesfiguren ausstellen könnte, während es in seinem Innern einen Nachttopf beherbergt.

Überall riecht es nach Mottenpulver, ausgestreut, damit die Vorhänge unversehrt bleiben, auch wenn keiner weiß, für wen und für wie lange. Heute ist das einzige Geräusch, das man hört, wenn man zögernd, als würde man eine Indiskretion begehen, durch das für die Nacht hergerichtete Zimmer streift, das beharrliche, tiefe Knarzen des schönen goldenen Parkettbodens, der noch sehr gut erhalten ist und – er schon – absolut in der Lage, noch weitere Generationen zu überleben.

Gegenüber vom Klavierzimmer, auf der anderen Seite des roten Saals, gibt es noch einen Salon, den vorletzten auf diesem Stockwerk, den erstaunlichsten. Die Wände schmücken Fresken von römischen Ruinen mit Säulen und neckischen Schäferinnen, und dieses Motiv wird am Ofen weiterentwickelt, der selbst die Form einer Säule hat und oben abgebrochen ist, als wäre er ein Überrest eines antiken Bauwerks, das mitten im Haus Gestalt angenommen hat. Er ist umgeben von zartgliedrigen Stühlchen und Ziermöbeln mit dünnen Beinen und pastellfarbenen Seidenpolstern. Von allen Salons ist er der unpersönlichste, der ausgefallenste, der unbrauchbarste. Es gibt dort keinen Stuhl, keinen Sessel, auf dem man es sich auch nur annähernd bequem machen könnte: Man ist gezwungen, sich kerzengerade hinzusetzen, auf die Kante, jederzeit bereit, wieder aufzustehen, denn die Möbel machen den Eindruck, als würden sie, sobald man sich entspannt, unter einem zusammenbrechen.

Trotzdem ist dieses für ein Landhaus so ungewöhnlich kokette Zimmer das, was am meisten bewundert wird. Welcher Architekt, welcher Maler hat wohl dieses wunderliche Zimmer entworfen, das mit dem Rest des Gebäudes nichts gemein hat? Welcher der finsteren, grauen Vorfahren, welcher der biederen, untadeligen

Gnome aus dem Treppenhaus oder auch aus der luxuriöseren, bunteren Serie im Klavierzimmer könnte sich nur zu der kühnen Idee von römischen Ruinen an der Wand, abgebrochenen Säulen und zartgliedrigen Salonschäferinnen verstiegen haben?

Es nützt nichts, sich diese pedantischen, verstaubten Ahnen noch einmal einen nach dem anderen vorzunehmen, denn die Porträts verraten nicht, wem dieser Höhenflug der Phantasie, dieser Mut zuzuschreiben ist, diese Kaprice, die so wenig zu den braven Familienvätern paßt, deren Gedanken mit Feldern und Weinbergen, Seidenraupen und Postkonzessionen ausgefüllt waren, der eine reicher, die meisten in Schwierigkeiten, doch alle äußerst sparsam.

Es ist auch nicht anzunehmen, daß der Saal eigens für den Aufenthalt Pietro Metastasios ausgeschmückt worden wäre, da man es ja nicht einmal für nötig befand, diesen Besuch auch nur irgendwo zu erwähnen. Der Dichter hätte sich in dieser Umgebung sicherlich wohl gefühlt, zumindest wohler als die ständigen Bewohner des Hauses, die sich vermutlich genauso fehl am Platz vorkamen wie wir zwischen den allzu empfindlichen Stühlen, den gemalten Ruinen und den liebreizenden Bäuerinnen, die so ganz anders sind als die echten, die vermummt und stinkend hinter ihren Schafen und Kühen hertrotten.

Es bleibt ein Rätsel, dieses kühle Zimmer – kühl nicht nur, weil der große säulenförmige Ofen es nie richtig warm werden läßt –, auf das die Familie stolz ist wie auf ein wertvolles Bild inmitten lauter mittelmäßiger oder wie auf einen besonders gut geratenen Sohn. Als könnte es dem ganzen Gebäude eine andere Note geben, es kultivierter, raffinierter machen und dadurch den allgemeinen Eindruck, der irgendwo zwischen düster und rustikal angesiedelt ist, etwas ausgleichen. Im örtlichen Kulturverein wird zwar behauptet, unser Haus sei irgendwann einmal Treffpunkt aufklärerischer Geister gewesen, doch vermutlich ist diese Äußerung nicht frei von Schmeichelei gegenüber jenen wenigen Verwandten, die im Lauf der Jahre zu den Vereinsmitgliedern gehört haben. Wahr ist allerdings, daß das Haus relativ nah an einem Fluß liegt, auf dem jahrhundertelang Soldaten und Könige, Dichter und Kaufleute, Bischöfe und Emigranten vorbeireisten, doch wenn man heute das Haus, das Dorf, den Fluß und das ganze Tal betrachtet, erscheinen einem diese Zeiten so fern und verloren, so endgültig vergangen, daß es einem sogar schwerfällt zu glauben, es habe sie tatsächlich gegeben, nicht nur als Legende, als Film, sondern als historische Wirklichkeit.

Es ist jedenfalls denkbar, daß es die hochtrabenden Theorien des Kulturvereins waren und, noch wahrscheinlicher, das erstaunliche Arkadien, das die Wände jenes Salons ziert, was in unserem Vater das Bedürfnis geweckt hat, es ihnen gleichzutun und die verlorene Zeit nachzuholen, indem er sich seinem literarischen Werk widmete. Immerhin war sein Stil, soweit wir ihn aus den kurzen Mitteilungen kannten, die er uns regelmäßig zum Ausdruck seines Mißfallens schickte, oder aus den Reden, die wir zufällig mit anhörten, zwar etwas antiquiert und keineswegs so großartig, wie unsere Mutter behauptete, aber trotz einer gewissen Schwerfälligkeit doch kraftvoll und klar.

Deshalb glaubten wir ihm auch, als er sich zum

Schriftsteller ausrief, zu Anfang noch ein wenig eingeschüchtert ob dieser Erweiterung seiner uneingeschränkten Autorität durch ein so bewundernswertes Attribut. Schriftsteller waren für uns De Amicis, Manzoni, Verga, Jules Verne und die anderen in der Schule gepriesenen Autoren; zu entdecken, daß so jemand mitten unter uns weilte, erfüllte uns mit seltsamer, respektvoller Ehrfurcht. Von seinem Werk sahen wir allerdings nie etwas: Jetzt, da wir nicht mehr in dem Alter waren, wo man noch heimlich herumschnüffelte wie damals in den Photos im nahen Schreibtisch, empfanden wir wahrscheinlich, wie unsere Mutter, eine gewisse Ehrfurcht vor dem Papierstapel, von dem wir den Blick, sobald er darauf fiel, verlegen wieder abwandten, um nicht seine geheimen Gedanken zu erfahren, um bloß nichts zu entdecken, als handle es sich um ein Testament oder um einen Liebesbrief, der an jemand anderen gerichtet war.

Von einer Veröffentlichung war nie die Rede; schwer zu sagen, ob unser Vater sich von Anfang an damit abgefunden hatte, keinen Verleger zu finden, oder ob ihm einfach nie der Gedanke gekommen war, weil er beschlossen hatte, daß sein Werk nur für uns bestimmt war, für den engsten Familienkreis. Sicher ist nur, daß es zu einer Art Obsession wurde, die sich über Jahre hinwegzog, zu einer fixen Idee, einer Selbstverherrlichung, die eigentlich geheim war und dennoch sichtbar: In der Zeit, in der er schrieb, fühlte er sich anders als die anderen, besser als sie, überlegen, und deshalb sparte er auch nicht mit einer gewissen Arroganz gegenüber seinen Freunden, Verwandten und Bekannten, die daran gewöhnt waren, ihn aufzusuchen und zu bewundern wegen seiner Intelligenz, mit der er außerhalb des Hauses brillierte und andere Menschen anzog.

Dann, mehrere Jahre später, war plötzlich nicht mehr von Büchern oder Schreiben die Rede. Alles hatte aufgehört, ohne daß wir es überhaupt bemerkten; erst Monate später fiel uns auf, daß wir das Klappern der Schreibmaschine schon lange nicht mehr gehört hatten: Wie wenn ein Raucher unter Qualen auf seine sechzig Zigaretten am Tag verzichtet und keiner in seiner Umgebung es für wert befindet, das zur Kenntnis zu nehmen und zu loben. Wir fragten nicht nach, weil wir mittlerweile genug Erfahrung mit der schlechten Laune des Schriftstellers in der Krise oder ohne Inspiration gemacht hatten. Als dann doch einmal jemand fragte, tat unser Vater so, als habe er nichts gehört; vielleicht hatte er auch wirklich nichts gehört, jedenfalls redete er ungerührt weiter, ohne Absatz und ohne Luft zu holen. Nachdem der berühmte Stapel, dessen unterste Blätter schon die gelblichen, ausgefransten Kanten alten Papiers aufwiesen, verschwunden war, blieb die Vorstellung von seiner Tätigkeit noch ein paar lange Monate hindurch sehr deutlich in unserem Bewußtsein, und praktisch für alle Ewigkeit wurde die Gewohnheit beibehalten, die Stunden gegen Abend als ihm gehörig und unantastbar, fast als heilig, zu respektieren.

Ganz hinten, nach dem Zimmer mit den Schäferinnen und den Ruinen, schließt sich noch ein letzter, winziger Salon an, der immer dunkel ist, auch bei Tag – weil das einzige Fenster auf eine Baumkrone hinausgeht –, und so wirkt, als wäre er ein Anhang des Stockwerks, ein Fehler des Architekten, dem nach der Aufteilung der Zimmer noch zwei Meter Haus übrigblieben. Zwei Meter, die in einer Stadtwohnung sehr willkommen wären, um daraus ein Arbeitszimmer, eine Kammer oder einen begehbaren Schrank zu machen; hier, in diesem Landhaus mit dem Überfluß an Platz, sind sie jedoch so etwas wie ein unbrauchbarer Stoffrest. Aus Gründen der Schicklichkeit, um ihn nicht hinter einer verschlossenen Tür verbergen zu müssen, hat man einen kleinen Salon daraus gemacht, mit einer schlecht gepolsterten Bank auf der einen Seite, einem dunklen Sekretär auf der anderen, gegenüber einer Truhe und an der Decke einer Lampe mit wenigen Birnen. Die Wände sind aus unerfindlichen Gründen mit schönen grünen Tapeten bespannt, die jedoch überall dunkle Streifen haben; schuld daran ist das Wasser aus dem darüberliegenden Bad, das jedesmal, wenn dort jemand allzu stürmisch in die übervolle Wanne steigt, durchsickert.

Bei einem der seltenen steifen Empfänge des Hauses wurde auf dieser schlecht gepolsterten Bank einmal zu vorgerückter Stunde ein wagemutiger, brillanter junger Mann dabei überrascht, wie er auf einer verheirateten, blondierten und immer sehr offenherzigen Dame lag, mit der er den ganzen Abend über eng umschlungen getanzt hatte. Von ihr ist die weiße, winterliche, beinahe leuchtende Haut in Erinnerung geblieben und der spitze Schrei, den sie ausstieß, als die Tür aufgemacht wurde, ein Schrei, der den Eindringling nicht klar erkennen ließ, ob es sich um Lust oder Schrecken handelte. Winzig und nackt, wie sie war, ohne Absätze, ohne Schmuck und ohne Kleider, sah sie aus wie ein kleines Mädchen, das bei einem verbotenen Spiel erwischt worden war. Ihn bemerkte man weniger, er hielt ganz still, wie vom Blitz getroffen, schwarz auf schwarz, denn er war von Kopf bis Fuß – dunkel – angezogen geblieben.

Das ganze Haus wurde von einer Erregung gepackt, die den Anwesenden ins Gesicht wehte, wie wenn man nach einem längeren Aufenthalt in geheizten Räumen plötzlich ins Freie kommt. Aufregung und Staunen: Was, in diesem Haus, in diesem Salon, auf dieser Bank, bei all diesen Leuten? So etwas war noch nie vorgekommen. Die jungen Menschen kennen keine Scham mehr. Früher gab es Hotels für solche Dinge.

Als die beiden schließlich herauskamen, ein wenig mitgenommen, aber tapfer lächelnd, taten alle, als wäre nichts geschehen; keinem gelang es jedoch, den Blick von ihnen zu wenden, alle starrten sie an, offen oder diskret von der Seite, und versuchten währenddessen die laufende Konversation ohne große Unterbrechungen aufrechtzuerhalten. Der einzige, der bei diesem ganzen Spektakel aufrichtig wirkte, war der alte, ungeschlachte Ehemann, den unsere Mutter sofort mit Worten überschüttet hatte und der ungerührt mit der ausführlichen Beschreibung irgendeines historischen Ereignisses fortgefahren war, als hätte er nichts bemerkt: entweder weil er sich seit langer Zeit mit dieser Art von Zwischenfällen abgefunden hatte, oder weil er wirklich auf selige Weise nichts von der Sache ahnte.

Jahre später hinterließ der hübsche, kecke Jüngling eines Nachts einen Brief, in dem vage von der vielversprechenden Vergangenheit und der bitteren Gegenwart eines vermurksten Lebens die Rede war, ging aus dem Haus und sprang von der Brücke in den Fluß, der ihn erst Tage später wieder ans Ufer schwemmte. Die Platinblonde, in unserer Vorstellung immer noch das kleine nackte Mädchen auf der Bank, ist heute noch blonder und manchmal auch noch offenherziger als damals; ein alt gewordenes, etwas vertrocknetes Kind, dem man beim Spazierengehen mit den Hunden begegnet.

Es gab eine Zeit, vor etwa hundert Jahren, zu der der kleine Salon bewohnt war, und zwar von Giuseppe, dem Cousin des Urgroßvaters, der hier im Haus lebte, weil er nirgendwo sonst hätte unterkommen können.

Den Herren des Hauses war es für gewöhnlich sogar recht, einen mittellosen Cousin, Onkel, Schwager oder Neffen bei sich zu beherbergen, nicht nur, weil man ihn für verschiedene kleine Verrichtungen einsetzen konnte – wie beispielsweise das Aufhängen von Bildern, den Gang zur Post, das Abholen von Besuchern am Bahnhof, die Überwachung des unbewohnten Hauses in Ferienzeiten, Hilfe bei den Schulaufgaben, die Rolle des Gelackmeierten beim Kartenspiel oder bei Zauberkunststücken –, sondern auch deshalb, weil in einer sich oftmals hinter eisigem Schweigen verschanzenden Familie bereits die bloße Gegenwart einer Person, die zwar von außen kam, aber doch nicht völlig fremd, vielleicht sogar ein Verwandter war, aber nicht eng genug, um sich in private Angelegenheiten einzumischen, den rituellen Ablauf des Mittagessens, des Abendessens sowie die Stunden, die man gezwungenermaßen miteinander verbrachte, für verbitterte Eheleute weniger unerträglich gestalten konnte. Außerdem bot ein ständiger Gast, der wegen seiner hoffnungslosen finanziellen Lage gezwungen war, sich in gewissem Maße unterzuordnen, eine willkommene Zielscheibe für Spott und schlechte Laune. Man konnte sich unverhohlen über ihn lustig machen, ohne sich um seine Reaktionen zu scheren, und ihm hinter seinem Rücken beinahe für alles die Schuld zuschieben: für Schmutz auf dem Parkett, zertretene Blumen im Gartenbeet, einen verlorengegangenen Brief, den üblen Geruch auf dem Treppenabsatz, der selbstredend auf die beiden Anzüge zurückzuführen war, die er jahraus, jahrein trug, im Sommer wie im Winter.

Doch dieser eigenartige Gast hatte sich als Sonderfall entpuppt. Er war in keiner Weise verfügbar für Kartenspiele oder Zaubertricks, kleinere oder größere Obliegenheiten, ebensowenig brauchbar als Gesellschafter der Kinder oder gar als nachmittäglicher Unterhalter der ein wenig gelangweilten oder über den Gemahl verärgerten Dame des Hauses. Es war schon mühsam, überhaupt mit ihm ins Gespräch zu kommen, es gab keinerlei Austausch über das Wetter oder über den Gesundheitszustand: Vielmehr war er es, der das Wort ergriff, sofern er dazu Lust verspürte, der vereinzelt sarkastische Kommentare zu Personen und Dingen abgab, mehr oder weniger polemische oder herbe Sprichworte oder Redewendungen. Auch erwartete er keine Antwort, er verlangte sie nicht und er brauchte sie nicht.

Wegen seines ausgesprochen mißtrauischen Charakters wagte es niemand, ihn mit jener ein wenig grausamen Leichtfertigkeit zu behandeln, mit jener dreisten Vertraulichkeit, die den Dauergästen, den mittellosen Verwandten vorbehalten war. Man wandte sich nur dann an ihn, wenn es sich nicht umgehen ließ, und stets mit äußerster Vorsicht, wenn nicht gar mit Zartgefühl: Sicherlich, er war ein Teil der Einrichtung, aber ein

Einrichtungsgegenstand, den man mit Samthandschuhen anfassen mußte. Er machte einem ein wenig angst, und dazu trug auch das ungleichmäßige Tappen bei – leicht auf der einen und schwer auf der anderen Seite –, verursacht von seinem nach innen verdrehten Fuß, wenn er ununterbrochen über die Holzfußböden des Hauses hinkte, als wollte er sie Meter für Meter vermessen, besonders am frühen Morgen, wenn er damit rechnen konnte, niemandem zu begegnen.

Und tatsächlich war er wohl in der gleichen Weise damit befaßt zu vermessen, eine Bestandsaufnahme vorzunehmen, wie er bereits mit Hilfe des Photoapparats vermessen, eine Bestandsaufnahme vorgenommen und alles verzeichnet hatte, indem er ein Zimmer nach dem anderen, Treppen und Nischen unter der Treppe, Gemälde und Korridore, Decken, Möbel, Türen abgelichtet hatte, inklusive der Aussicht, die man von jedem Fenster aus genoß, als sei auch sie ein Territorium, das es zu vermessen galt. Er hatte alles mit der Präzision und der Pedanterie des alten Geizkragens verzeichnet, der seine Besitztümer zählt.

Den engen und dunklen kleinen Salon hatte er sich selbst ausgesucht, vielleicht um der Unterbringung in einem Dienstbotenzimmer vorzubeugen, doch mehr noch, so schien es jedenfalls, um so weit entfernt wie nur möglich von der Familie zu wohnen, in einem Winkel des Hauses, der nicht mehr benutzt wurde. Hierher hatte er seine einzigen Habseligkeiten bringen lassen, die Bücher und die beiden Anzüge, unabhängig von der Jahreszeit einen für den Alltag und einen für die Feiertage, um die er sich im übrigen nicht weiter kümmerte. Das Gästezimmer, das ihm wiederholt angeboten worden war, hatte er abgelehnt: in Geringschätzung seiner selbst sowie seines gescheiterten Lebens, aber auch in Geringschätzung der Verwandten, die im Leben mehr Glück gehabt hatten als er, ihres Hauses und ihrer unermüdlichen Heuchelei, so zu tun, als müsse man sich einschränken, obwohl keine wirklichen Einschränkungen vonnöten waren. Als wolle er mit dieser Wahl sagen: Ich ziehe mich zurück, ich verstecke mich, ich belästige niemanden und versuche, jedwede Störung soweit nur irgend möglich zu vermeiden. Hier sieht und hört man mich nicht, ich nehme keinen Platz weg, und man könnte durchaus vergessen, daß es mich gibt.

Doch weder konnte man ihn vergessen noch wollte er das wirklich: Es gefiel ihm im Gegenteil mit Sicherheit viel besser, eine Art Holzwurm zu sein, inmitten der Möbel unablässig in Bewegung, eine Bedrohung für das gesamte Gebäude, eine Art Dorn in der Fußsohle, der bei jedem Schritt ein wenig schmerzt. Und gerade weil man ihn nicht vergessen konnte, weiß man noch heute vieles über ihn, vielleicht mehr als über alle anderen Bewohner des Hauses. Er war Gesprächsthema und ist es über Generationen hinweg geblieben.

Man weiß beispielsweise, daß niemand je sein Zimmer betrat, das er im übrigen argwöhnisch abschloß, wenn er es verließ, um seine morgendlichen Vermessungen vorzunehmen oder aber um sich bis zum Badezimmer vorzuwagen, das er nur über den Hof erreichen konnte, da er auf gar keinen Fall durch die beiden Schlafzimmer der Urgroßeltern hätte gehen wollen. Auch die Hausangestellten, die sofort instinktiv zwischen demjenigen, der Befehle gab, und demjenigen, der sie nicht geben durfte, zu unterscheiden wußten, ließen den abgelegenen kleinen Salon nur allzugern aus und verzichteten fast immer auf die mühsame Aufgabe, mit dem wenigen Holz, das der Hausherr dem armen Verwandten zugeteilt hatte, dort das Feuer anzuzünden. Mit der Folge, daß die Luft eisig blieb und man im Winter zusammen mit dem ungleichmäßigen Schritt Giuseppes auch sein tiefes, zu recht grollendes Husten vernahm, das seine Bewegungen nachzeichnete wie ein Schweif.

Nur die junge Alfonsina, die sechzehn Jahre alt gewesen sein muß, als der Alte um die sechzig war, hatte Zutritt zu dem Zimmer. Sie war auch der einzige Mensch, mit dem er – wenn auch noch so selten – Gespräche führte. Ein paar Bücher, die nach dem Tod Giuseppes zwischen seinen eigenen Bänden gefunden wurden und die Initialen der Nichte tragen, bezeugen, daß es zwischen den beiden, abgesehen vom Klavierspiel, durchaus eine Art von Kommunikation gegeben hat. Anfangs tolerierte der Urgroßvater diesen Kontakt, da er ihm als freundliche, vielleicht sogar nützliche Geste von seiten seiner Tochter erschien, die dazu beitragen mochte, das verbitterte Gemüt des Cousins ein wenig aufzuheitern, eine Geste des Mitleids, die man einer unglücklichen Seele nicht absprechen durfte. Doch nach einiger Zeit, so scheint es, gefiel ihm der Kontakt nicht mehr. Man erzählt sich, daß er später sogar außerordentlich in Wut geriet, wenn er Alfonsina in der Nähe des kleinen Salons überraschte, und dabei so laut brüllte, daß die Urgroßmutter herbeieilte und die Fenster schloß, damit das Geschrei nicht unten auf der Straße widerhallte. Seine Tochter muß ihm wie das leichtfertige Mädchen vorgekommen sein, das den Fuß in die Höhle des

Menschenfressers setzt. Wahrscheinlich war das der Zeitpunkt, an dem er anfing, sie schlecht zu behandeln, das Mädchen selbstverständlich schlechter als den Menschenfresser.

Giuseppe erschien zwar bei Tisch, aber schweigend. Dann und wann kommentierte er das Geschehen mit einem lateinischen Vers, der ihm geeignet erschien, auf den jedoch niemand etwas zu erwidern wußte. Er aß hastig, als wolle er das lästige Ritual so schnell wie möglich beenden, wobei er das Tischtuch und seinen Anzug mit Suppen und Saucen bekleckerte. Irgendwann hat dann die Urgroßmutter die grausame Anweisung gegeben, ihm eine ziemlich gewöhnliche Serviette – wie sie die Kinder bekamen – unter den Teller zu legen, um das Weiß des empfindlichen Damasttischtuchs vor den allzu vielen Flecken zu bewahren.

Was als familiäre Verpflichtung einem in beschränkten Verhältnissen lebenden Verwandten gegenüber begonnen hatte, verwandelte sich im Lauf der Zeit sowie mit zunehmender Erbitterung des Gastes in einen Pflichtakt christlicher Nächstenliebe, in ein Kreuz, das die streng katholische Familie sich zu tragen auferlegte, auch weil sie sich auf diese Weise vermutlich viele andere kostspieligere Almosen sparte, die jetzt reinen Herzens verweigert werden konnten.

Zu Weihnachten, an Namenstagen oder Geburtstagen erhielt Giuseppe, auch wenn er zu diesen Anlässen stets den Versuch unternahm, gar nicht erst zu erscheinen, als Geschenk keine überflüssigen, erlesenen Gegenstände wie die anderen betagten Familienmitglieder, sondern – eine weitere Gemeinheit – nützliche Dinge, wie sie auch das Personal bekam: Handschuhe, Mützen, Überschuhe, eine Wärmflasche, eine Thermoskanne für die morgendlichen Getränke, da diese wegen der Entfernung zur Küche nur kalt bei ihm ankommen konnten. Und in diesem Sinne wurden auch die Kinder angehalten: keine überflüssigen Papierblumen oder Bildchen, die man an die Wand hängen konnte, sondern handgestrickte Schals und bestickte Taschentücher oder mit schönem Papier bezogene Schachteln, die dann mit Kaffeesäckchen, Zucker und Schokoladentäfelchen gefüllt wurden. Ähnliche Geschenkpäckchen, wie sie zum Weihnachtsfest für die Armen der Gemeinde bereitet wurden. Übrigens bedankte sich der Alte nie dafür. Und mit Sicherheit hätte er gut und gern auf all diese Dinge verzichten können, denn nach seinem Tod wurde alles wiedergefunden – Zucker, Kaffee und Schokolade –, fast unberührt in die Schubladen des Sekretärs gestopft.

Giuseppe starb geraume Zeit vor dem Urgroßvater, und wahrscheinlich war es die Urgroßmutter, die sich um seine Angelegenheiten kümmerte, die das, was an Brauchbarem übrigblieb, an die Bediensteten verschenkte, über das Erbe verfügte und sich dann der Aufgabe widmete, das Zimmer so schnell wie möglich wieder in einen kleinen Salon zu verwandeln. Und tatsächlich, wenn man das Zimmer heute betrachtet, erscheint es unmöglich, sich vorzustellen, daß jemand darin wohnen könnte. Jeder Gegenstand befindet sich unverrückbar und felsenfest an seinem Platz, als hätte er eben dort das Licht der Welt erblickt. Seitdem ich das Zimmer kenne, hat niemand jemals irgend etwas verändert in diesem Raum, der so formal, anonym und sinnlos ist, wie es ein kleiner, unbenutzter Salon nun einmal ist. Doch wenn es die Urgroßmutter war, die sich um alles kümmerte, die jene Bücher aussortierte, die man weiterschenken, und die wenigen, die man behalten würde, könnte man sich fragen, wie es kommt, daß sie nicht dafür sorgte, den Brief zu entfernen, der zwischen den Seiten eines dieser in der Bibliothek aufbewahrten Bände gefunden wurde und der Giuseppe zu einem seiner Geburtstage von einer Frau geschickt worden war. Diesen unterwürfigen und zugleich beschützenden Tonfall wie von Mutter und Tochter zugleich, diese zärtlichen Worte, die man sich nur schwer an den zornigen Bewohner des abgelegenen Zimmers gerichtet vorstellen kann – »Ich schreibe Euch, um Euch meiner ganzen Zuneigung zu versichern, Euch, der Ihr mir so viele Dinge beigebracht habt …« –, hätte die Urgroßmutter natürlich nicht wiedererkennen können, sie, die ganz im Gegenteil rundum sprachlos und unfähig war, der Absenderin ein Gesicht zu geben. Doch auf den ersten Blick hätte sie auch ohne Unterschrift, wesentlich schneller noch als jeder andere Verwandte oder Abkömmling der Familie, die zarte Schrift ihrer Tochter Alfonsina erkennen müssen.

Anderes gibt es in diesen Zimmern nicht zu sehen, die Reihe der Salons ist Revue passiert, der Rundgang beendet, Treppen und Nischen wurden erforscht, die Fenster gezählt, die Gemälde bewundert, das Licht in den Zimmern angemacht und wieder gelöscht, jeder Tisch, jeder Stuhl, jede Kommode wieder zugedeckt, an den alten Platz gerückt, ad acta gelegt. Es gibt keinen Grund, sich weiterhin in dieser eleganten, leeren, seit Jahren überflüssigen Herrschaftsetage aufzuhalten. Auf den ersten Blick ist alles nach wie vor in Ordnung, ja gepflegt; es würde, so scheint es, genügen, die Fenster zu öffnen und die großen Tücher von den Möbeln zu ziehen, damit alles noch einmal von vorn beginnen könnte. Doch sieht man näher hin und berührt hier und dort etwas, lösen sich von vielen Stühlen die Kugelknäufe, hängen die Tapeten an einigen Stellen in Fetzen herunter, ist die schöne chinesische Vase oben angestoßen und das Klavier verstimmt, sind eine große Anzahl von Vorhängen zerrissen – oder von Motten zerfressen –, ist die Hälfte der Glühbirnen durchgebrannt, sind einige Tür- und Fensterrahmen brüchig, und viele Gemälde, die mittlerweile zu einem immer tieferen Schwarz tendieren, müßten restauriert werden. Würde man Tag für Tag die Salons benutzen, fiele all das gar nicht ins Auge, aber wenn man sie nur ein- oder zweimal im Jahr aufsucht, erscheint einem der Verfall beinahe bodenlos.

Man kehrt zurück zur Haupttreppe, um zwei weitere Stiegenrampen hinaufzusteigen, die ebenfalls von Ahnenbildern gesäumt werden: Diese Ahnen sehen jedoch weniger dunkel und traurig aus als diejenigen, die weiter unten hängen. Sie sind besser gekleidet, wirken ein wenig gesünder, ein wenig bunter, nicht gerade lächelnd und auch keineswegs elegant, doch der eine oder andere unter ihnen schaut einen Deut kecker oder sogar ein bißchen selbstgefällig drein, stolz auf seinen in die Weite schweifenden Blick, auf die mit der Hand angedeutete Geste, mit der er auf eine Partitur, ein Wappen, einen Brief oder ein neben sich liegendes Buch weist. Vielleicht gehören sie ja nicht einmal zum Kern der Familie, sondern sind angeheiratete Verwandte, Ehemänner und Ehefrauen entfernter Familienmitglieder, und das würde auch ihr ein wenig andersartiges Aussehen erklären. Jedenfalls hängen sie im letzten Treppenabschnitt, wo Licht hereinfällt, denn sie verdienen es ganz offensichtlich, besser im Blickfeld zu sein als die Melancholiker aus dem Stockwerk darunter.

Auf den Stufen glänzen noch immer die Messingringe für die Stäbe, die dafür vorgesehen sind, den zweifarbigen Kokosläufer zu befestigen, doch es gab nur wenige Gelegenheiten, bei denen er ausgerollt wurde. Irgendwann ward er dann nicht mehr gesehen und war wohl tief unten in irgendeiner Truhe verschwunden, denn im Laufe der Zeit ist offensichtlich die Energie abhanden gekommen, die vonnöten ist, die Hunde – die einer nach dem anderen in dem Haus lebten – dazu zu erziehen, ihr Geschäft auf dem Hof oder im Garten zu verrichten und nicht auf dem Treppenabsatz, vor allem dann nicht, wenn der Teppich ausgerollt war.

Die erste Tür, auf die man im zweiten Stockwerk trifft, ist ein Garderobenzimmer mit riesigen Schränken, in die ganze Generationen von Kleidungsstücken für Männer, für Frauen und auch für Geistliche hineingestopft wurden. Letztere jedoch separat in einem kleineren Schrank, der diskret ein wenig abseits steht und grüne, rote, violette und schwarze Paramente für sämtliche liturgische Anlässe enthält, von Großmüttern und Urgroßmüttern bestickt, dazu Hemden, Meßgewänder, Stolen und Altardecken, alle einwandfrei in Ordnung, bereitgehalten für den Moment, in dem der Priester ins Haus käme, um die Messe abzuhalten, für die Toten, für Mariä Geburt, für San Giuseppe oder zu anderen Anlässen: Doch der Padre ist schon seit mehr als zwanzig Jahren nicht mehr gekommen. Ein wenig respektlos steht direkt neben diesem Schrank der Korb mit der Bügelwäsche – Unterhosen, Strümpfe, Unterhemden und Büstenhalter, die vom liturgischen Schrank aus, wenn eine seiner Türen halb offenstehen, bestens eingesehen werden könnten.

Im größten Schrank hängen die Frauenkleider, abgelegt und unnütz und dicht gedrängt eines neben dem anderen, denn nichts darf weggeworfen werden. Sie hängen so dicht nebeneinander, daß man nur mit Mühe das eine oder andere herauszerren kann und es ebenso schwierig ist, es wieder hineinzuzwängen. Man erkennt das Lebensalter und den Charakter derjenigen, die sie getragen haben, die engen Kleider unserer Mutter aus der Zeit kurz nach der Hochzeit sind weit hinten zu finden, vielleicht absichtlich dort versteckt, damit man – oder zumindest sie – sich mittels dieser Kleider des schlanken jungen Mädchens nicht in die sorglosen früheren Jahre zurückversetzen kann, zumal sogar die Sorglosigkeit etwas zu Intimes zu sein scheint, als daß es gezeigt werden dürfte. Die ersten dieser Kleider waren so eng, daß keine von uns Schwestern sie je hat tragen können; mit der Zeit wurden sie ein wenig weiter, länger, dann wieder halblang, daraufhin kürzer und danach erneut fast bodenlang, je nach Mode und Lebensalter. Die Stoffe sind durchweg leicht, für den Winter wie für den Sommer, denn unsere Mutter hat stets unter der Hitze gelitten, buntgemusterte Stoffe, rot, blau, grün, kein Gelb, Rosa, Violett, und nie fliederfarben: Auch heute noch sind das Farben, die sie nicht leiden kann.

Es ist leicht, ihre Kleider von denen der Großmutter zu unterscheiden, die immer weiß und schwarz, weiß und grau, weiß und blau, beige und schwarz sind, dann und wann, als äußerstes Wagnis, gestreift oder gepunktet. Diese Kleider zu trennen ist, als würde man zwei Lebensläufe trennen, die – durch wen auch immer – vermischt worden sind. Es wäre mit Sicherheit richtiger, die Kleider und die Lebensläufe erneut zu trennen, die einen auf die eine und die anderen auf die andere Seite, auch weil unsere Großmutter und unsere Mutter füreinander nur Schwiegermutter und Schwiegertochter waren und außer jenem Namen, Francesca, äußerst wenig gemeinsam hatten. So pflichtbewußt, ordentlich, gewissenhaft die eine, so irrational und unordentlich die andere. Und vielleicht hat irgendwer, um diese übertriebene Nähe zu vermeiden, dieses Stoff an Stoff von einander grundlegend fremden Kleidern und Leben, hier und dort die Schürze eines Dienstmädchens, einen abgetragenen Frotteebademantel, ein Kommunionkleid dazwischengehängt, die gar nichts damit zu tun haben und augenscheinlich das Durcheinander nur noch verstärken.

Im Männerschrank herrscht weniger Bewegung, weniger Vielfalt, und auch die Generationen lassen sich nicht voneinander unterscheiden, denn die Stoffe sind durchweg grau, schwer, aus schmuckloser Wolle, und ein Vater kleidete sich nicht anders als der Sohn und der Enkel. Die Anzüge der Männer sind nichtssagend, sie erzählen nur von präzise arbeitenden Schneidern, von äußerster Sparsamkeit, da Jacken und Mäntel vielfach gewendet sind, von irgendwem, der die Anzüge so lange trug, bis sie völlig verschlissen waren, von einem anderen, der sich offenbar beim Essen bekleckerte, denn an einigen Stellen sind noch immer die Ränder oder Krusten uralter Flecken zu erkennen. Und die Anzüge erzählen von der Arbeit unzähliger Motten, ungeachtet des Kampfers, der reichlich verteilt wurde und der mit seinem Geruch das ganze Zimmer schwängert. Aber sie sagen nichts aus über die Charaktere.

Wenn man gut sucht, findet man tief hinten das, was von der Uniform unseres Vaters übriggeblieben ist, die Reithosen, die gemäß der Familientradition eines Tages noch hätten verwendet werden können. Am achten September befand er sich in Jugoslawien, doch von seinem Krieg hat er nie erzählen wollen, ebensowenig wie er jemals davon erzählte, wie er die darauffolgenden Jahre bei der Resistenza verbrachte. Er hat immer nur andeutungsweise von kurzen Episoden mit beinahe mondänem Einschlag berichtet – englische Fallschirmflieger, Sabotageaktionen gegen die Deutschen –, von denen er mit jener nur ein klein wenig erregten Leichtfertigkeit erzählte, mit der Jäger sich an irgendwelche ausgedehnten Treibjagden erinnern. Nie ein einziger Satz mehr oder ein Wort, das tiefer ginge, wahrscheinlich aus Angst, in irgendeine Diskussion verstrickt zu werden, die ihm rhetorisch vorgekommen wäre und die er nicht, wie sonst alles, in Sarkasmus hätte kleiden können. Einen Sarkasmus, auf den er zehn Jahre lang nur für sein Schreiben verzichtet hatte.

Unten in den Schränken befinden sich die Schuhe, allesamt alt, ramponiert, einige mit kaputten Sohlen, andere noch heil, aber ausgetreten. Da im Hinblick auf eine mögliche Wiederverwertung nichts weggeworfen wurde, hat man die Schuhe, die vertrauensvoll warten, hier aufbewahrt. Mehr als einmal mußten meine Schwestern und ich voller Scham unsere Mutter davon abhalten, alle Schuhe an die Armen in Afrika oder in Polen zu schicken, die ihrer Ansicht nach glücklich gewesen wären über die Stiefeletten mit dem zerschlissenen Leder oder die brettharten Bergschuhe mit den beinah rechtwinklig nach oben weisenden Spitzen.

Unter den Schuhen befindet sich auch ein altes, leicht verformtes Paar, nicht einmal häßlich, aber uralt und unwahrscheinlich abgetragen, kleine Schuhe, nicht größer als 39 oder 40, die einem nicht gerade hochgewachsenen Mann mit nach innen verdrehtem Fuß gehört haben. Es müssen die Schuhe sein, in denen Giuseppe jeden Morgen unermüdlich durch das Haus hinkte und dabei jeden Meter, die Zimmer, ja das gesamte Territorium vermaß. Wenn man die Schuhe jetzt betrachtet, verbraucht und ärmlich, fast ohne Sohle, das Oberleder völlig durchgewetzt, dann zieht sich einem das Herz zusammen bei dem Gedanken an das Männlein, das sie trug und dessen unruhiger Schritt jeden, der ihn gehen hörte, in Angst versetzte: tick, tick, tack, wie die Zeit, die vergeht, auch wenn es die Zeit einer ungleichmäßig gehenden Uhr war. Einer mit solchen Schuhen kann einfach nicht der giftige Skorpion sein, von dem so viel erzählt wurde.

Es ist gar nicht daran zu denken, die Schubladen der großen Kommode zu öffnen, die gegenüber den Schränken im Garderobenzimmer steht, denn vollgestopft, wie sie sind, würden sie sich nicht mehr schließen lassen. Darin befinden sich, wie man weiß, zerschlissene Kopfkissenbezüge, Bettlaken, Handtücher, die jedoch immer noch »zu etwas gut« sein können, Stoff- und Wollreste, die mir unsere abgelegten Kleider, Blusen und Pullover in Erinnerung rufen, die wir zu jener Zeit trugen, als man noch zur Schneiderin ging. Niemand kann sagen, wo die Kleidungsstücke abgeblieben sind, sie sind verschwunden, kaputt, wir haben sie wohl verschenkt oder sogar klammheimlich weggeworfen wegen irgendeines Flecks oder eines verheerenden Risses oder einfach, um dem uralten Gesetz des Hauses entgegenzuwirken, nach dem nichts weggeworfen, alles aufbewahrt wird. Sind auch die Kleidungsstücke verschwunden, so überleben jedoch als eine Art Gedächtnisstütze die völlig nutzlosen Fetzen der Stoffe, aus denen sie gemacht wurden.

In einer anderen Schublade findet sich eine Schachtel mit Knöpfen, die mittlerweile nicht einmal mehr vom Fleck bewegt werden kann, so voll ist sie, ganze Knopfjahre sind darin versammelt, mindestens dreißig oder vierzig, wenn nicht mehr, denn ganz unten liegen noch immer jene Knöpfe, die aus unserer Kindheit stammen, und wenn man weiterwühlt, begegnen einem Zeugnisse aller möglichen Bekleidungsstücke, eines bestimmten Kleides, einer bestimmten Bluse, einer besonders langlebigen Jacke, des eleganten Mantels, der verhaßten karierten Hosen, des geliebten Lumberjack, auch eines Strohfeuers, womit ein Kleidungsstück gemeint ist, das niemals wirklich getragen wurde, weil es schlecht geschnitten war oder allzu auffallend, von Anfang an zu eng oder sonstwie unpassend.

Winzige Knochen und flaches Perlmutt, Metallkügelchen und runde Plättchen aus Holz, Plastik, Metall, vergoldet oder versilbert, eine Art allgemeine Bestandsaufnahme von Personen, Jahren, Tagen, Jahreszeiten und Anlässen. Die Knöpfe sind ein universales Gedächtnis, und manchmal vermögen sie, besser noch als Briefe, Bücher, Möbel und Nippesfiguren, über die Kleidungsstücke, an denen sie befestigt waren, das Gesicht, den Körper und das gesamte Erscheinungsbild der Menschen, die nicht mehr unter uns sind, unmittelbar hervorzurufen.

Im Garderobenzimmer ist gerade noch Platz für zwei Holzbetten mit dunkel lackiertem Kopfbrett, Betten für die Zimmermädchen, die dort schliefen, wenn sie im Haus waren. Betten, die seit geraumer Zeit nicht mehr benutzt werden und in eine Ablagefläche verwandelt wurden: für Kleider, die ursprünglich geflickt werden sollten, aber inzwischen schon seit Jahren hier herumliegen, für ganze Berge von Wäsche, die gebügelt, aber nie in die Schränke zurückgeräumt wurden, für Decken, die bereitliegen, falls jemand des Nachts frieren sollte, für Putzlappen und Küchenschürzen, die eines Tages hier vergessen wurden, schließlich sogar für Stapel von Tellern – und zwar von den guten –, die hier vorübergehend auf Dauer abgestellt worden sind, ebenso wie Bündel von Besteck, das in Reichweite liegen sollte, was bequemer war, als es in den eigens dazu bestimmten Schubladen in den Schränken zu verstauen, ein Zeichen dafür, daß in diesem Haus nur noch alte Menschen wohnen, die mittlerweile nicht mehr die notwendige Energie aufbringen, die alte Ordnung zu retten, die verschwunden war, ohne daß irgendwer es wirklich bemerkt oder sich gar darüber empört hätte. Im Gegenteil, alle haben sich dem neuen System bereits angepaßt.

Hier schlief Renata, die sich um die Großeltern kümmerte und gut zu ihnen, aber schlecht zu allen anderen war. Morgens wusch sie sich flüchtig in der Schüssel auf dem Toilettentisch, der noch immer zwischen den beiden Fenstern steht. Wegen ihrer tiefen Frömmigkeit oder, was wahrscheinlicher war, wegen der ewigen Kälte, die im Haus herrschte, machte Renata ihre Morgentoilette fast vollständig bekleidet, in den dicken haselnußbraunen Strümpfen, über denen sie einen züchtigen, aber merkwürdig eng anliegenden, wollenen Unterrock trug, und darüber noch etwas, eine Art wollenes Leibchen oder vielleicht auch das Schultertuch, das sie über Monate hinweg nie ablegte, in einem Farbton irgendwo zwischen Braun und Grau. Über der Waschschüssel hängt ein klarer Spiegel, überraschend klar und groß und in der richtigen Höhe angebracht, vielleicht der einzige im ganzen Haus, der wirklich in der Lage ist zu spiegeln, während die anderen aus Altersschwäche alle ein bißchen dunkel sind, ein bißchen verzerren oder einfach zu hoch hängen. War also den Zimmermädchen das erlaubt, was die Damen des Hauses sich selbst streng versagten?

Wie fast alle Zimmer in diesem Haus ist auch das Garderobenzimmer ein Durchgangszimmer, vielleicht weil zu der Zeit, als der Palazzo erbaut wurde, die Vorstellung von einem Korridor noch nicht existierte, oder vielleicht weil dies vom einstigen Hausherrn so entschieden wurde, damit jeder jeden kontrollieren konnte und niemand womöglich im Abseits blieb, versteckt, ganz für sich allein. Und wenn diese Regel für die Familie galt, dann galt sie um so mehr für das Personal, damit es sich nicht in irgendeiner Ecke verkriechen oder gar ungesehen faulenzen konnte.

Man betritt das Zimmer also durch eine Tür und verläßt es durch eine andere, die in die Küche führt. Und dennoch hatte Renata zusammen mit der Nickeluhr und dem Rosenkranz, so schwarz wie der eines Mönchs, auf der Kommode das Foto eines Mannes aufgestellt und damit die Neugier all derer herausgefordert, die Tag für Tag immer wieder daran vorbeigingen. »Mein Neffe«, erklärte sie mit dem Gesichtsausdruck derjenigen, die damit sagen will: »Versuch ja nicht, näher zu kommen, sonst bricht er dir die Knochen.« Also ging keiner von uns näher heran, aber wir wußten, daß dieser Neffe ein Mythos war, ein ganz besonderer Mensch, stark, großzügig, mutig, welterfahren. Wie groß war daher unsere Verwunderung, als er seine Tante eines Tages besuchte und sich als jemand entpuppte, der kaum größer war als sie, dazu kahlköpfig, schüchtern, fast schon ein alter Mann, der sie um Geld bat. Deshalb hörte sie trotzdem nicht auf, in den höchsten Tönen über ihn zu sprechen, immer in dem Tonfall, der zu sagen schien: »Er weiß sehr wohl, wo es langgeht, er ist sehr wohl gerecht, und er wird mich früher oder später aus dieser Hölle befreien, in der ich jetzt lebe, zusammen mit euch, euch erbärmlichen, launischen Sündern.«

Seit es im Haus keine Dienstmädchen mehr gibt, wird in diesem Zimmer gebügelt; doch mehr noch als ein Garderobenzimmer, das Bilder von Ordnung und Reinlichkeit hervorruft, scheint es ein Abstellraum zu sein, in dem letztendlich alles landet, sogar Tortenreste, die zwischen einer und der anderen Mahlzeit aufgehoben wurden, wer weiß warum, wenn man bedenkt, daß hier auch der Hund schlief, als er noch lebte. Und doch befindet sich mitten im Chaos die Kommandobrücke, der Mechanismus, der in gewisser Weise das Haus zum Funktionieren bringt.

Denn von hier aus regiert noch immer – wenn sie da ist – die stundenweise angestellte Zugehfrau, hier nimmt sie Anweisungen entgegen, doch vor allem gibt sie welche, organisiert, disponiert: »Heute kann ich nicht, vielleicht morgen, wir werden sehen, nein, einen Gemüseauflauf kann es nicht geben, nein, der Ofen wird nicht heiß genug, lieber ein Omelett. Der Fleck geht nicht raus, bringen Sie das Kleid in die Reinigung, der Himmel bewölkt sich, mein Rücken sagt mir, daß das Wetter wechselt, ich habe heute nacht so schlecht geschlafen, ich muß dringend zur Kur, ich brauche ein paar freie Tage, kaufen Sie Fleisch, das Waschmittel ist ausgegangen, morgen ist zum Glück ein Feiertag, diese Strümpfe kann man nur noch wegwerfen, die Waschmaschine ist kaputt, was soll ich sagen, wenn jemand anruft?«

Doch dieses Zimmer ist auch deshalb Kommandobrücke, weil von hier aus der Thermostat der Heizung bedient wird; ständig wird daran gedreht, auf und zu, denn dem einen ist es zu warm, dem anderen zu kalt, die einen wollen sparen, und wieder andere sagen: »Wir werden schon nicht bankrott gehen, nur weil es ein paar Grad wärmer ist.« Von hier aus wird der Kontakt mit der Außenwelt aufrechterhalten, nicht nur wegen der Klingel, die ertönt, wenn weit unten im Wohnzimmer das Telefon läutet, wo es auf die geringste Lautstärke eingestellt ist, um nicht zu stören, sondern auch, weil man von hier aus zu allererst erkennen kann, wer die Treppe heraufkommt.

Nebenan ist die Küche, ursprünglich nur für den Winter gedacht, für den Notfall, doch dann zur wichtigsten, ausschließlich genutzten Küche avanciert. Geblieben ist der mit Holz betriebene Herd aus alten Zeiten, der heute, wenn auch nicht mehr zum Kochen, so doch zum Heizen genutzt wird. Eine Vielzahl von Frauen hat sich vor diesem Herd abgelöst, zunächst richtige Köchinnen mit einer Schar von Gehilfinnen, und später, als es nur noch selten Gehilfinnen gab, von Dienstmädchen, die für alles zuständig waren. Als sich auch immer weniger Dienstmädchen finden ließen, hat man den schönen hellen Holzfußboden, den man auf Knien mit Wasser und Wischlappen bearbeiten mußte, mit einem schrecklichen, grün gesprenkelten, marmorähnlichen Linoleum bedeckt, das sich auch im Stehen problemlos wischen ließ, mit Schrubber und Lappen einmal drüber, und das war's. Um das Linoleum vor Funken zu schützen, wurde der Fußboden vor dem Herd mit einer breiten Platte aus blankem Blech abgedeckt, und dort habe ich eins nach dem anderen die Dienstmädchen gesehen, wie sie vor dem Herd standen und kochten.

Die vorletzte oder vorvorletzte wollte diese Blechplatte entfernen lassen, weil sie sie wie einen Spiegel unter dem Rock empfand, der jedem, der hereinkam, zeigen konnte, welche Farbe ihre dicken Unterröcke, die

Strümpfe und vielleicht auch die langen warmen Unterhosen hatten, die man früher auf dem Land im Sommer wie im Winter zu tragen pflegte. Das Blech wurde nicht wieder vor den Herd gelegt, und tatsächlich weist das Linoleum hier und dort Brandflecke auf, von Funken und Glut, die aus dem Feuer geflogen sind.

Karg ist die Küche, wie die von armen Leuten, und unordentlich, mit zwei schäbigen Anrichten, deren Türen mit primitiven Eisenhäkchen verschlossen werden. Dahinter befinden sich Mehl, Nudeln, Zucker, Reis, alles in Blechdosen geschützt, weil die Mäuse manchmal Spuren hinterlassen. Daneben die Töpfe, einige an die hundert, andere mindestens dreißig, vierzig Jahre alt, jedenfalls nichts Modernes, nichts Neues außer einigen Gegenständen, die durch das Sammeln von Punkten auf irgendwelchen Käsepackungen hinzugekommen sind: Das gute alte Kochgeschirr ist immer noch am besten, am stabilsten, so hieß es immer. Und außerdem, auch wenn es an mehr als einer Stelle angeschlagen ist, besteht noch lange kein Grund, es gleich wegzuwerfen.

Im Fach daneben ein Stapel Küchenteller, darunter nicht mehr als zwei gleiche, es sind die Überreste diverser ausgedienter Speiseservice, abgestoßen und mit ausgeblichenen Farben, dazu die eine oder andere Neuanschaffung zweifelhaften Geschmacks, auf dem Markt oder im Kaufhaus erstanden. Außerdem die Gläser, die sich nicht einmal mehr auf irgendeine ursprüngliche Sammlung zurückführen lassen und wahrscheinlich allesamt aus Waschpulvertonnen – jedoch verschiedener Marken – stammen. Ganz unten dann die Kuchenformen, verrostet, unpraktisch, nicht mehr in Gebrauch, für Napfkuchen, für Guglhupf, kegelförmig, rund, quadratisch, lang und schmal, alte, verbeulte Puddingformen, Förmchen für riesige Kringel, Kekse, Schwäne aus Brandteig, Brioches, wobei sich niemand daran erinnert, jemals welche gegessen oder auch nur zu Gesicht bekommen zu haben.

Die Küche ist fast eine Höhle, und es ist zu lange her, daß sie neu gestrichen wurde, eine Scheibe des einzigen Fensters, das als Doppelfenster zur Erweiterung des Kühlschranks dient – für Essensreste, Salatköpfe, Basilikum- oder Petersiliensträuße, die wie Blumen in einem Wasserglas stehen –, ist zerbrochen und wurde nie ersetzt. Keine Kacheln an den Wänden: Früher, als dieser Raum das Zimmer der Bediensteten war, das »geopfert« und in eine Küche verwandelt wurde, hielt man Kacheln offensichtlich für eine Verschwendung, für einen Luxus, der den wirklich reichen Leuten zustand. Und daher ist die Wand hinter der Kochstelle und hinter dem Ausguß von Flecken übersät, Spritzer von Soßen, Eierspeisen, Kaffee, Suppe, Marmelade, dunkle und helle Flecken, die einen noch immer deutlich zu erkennen, die anderen bereits verblaßt.

Eine Höhle, in der die Hausherren wenig oder gar nicht zählten und in die sie fast nie einen Fuß setzten; sie wagten sich besser nicht weiter vor als bis in das Garderobenzimmer nebenan. Wahrscheinlich war die Küche aus diesem Grund zu einem Schlupfwinkel geworden, in dem sich die Armen des Hauses aufhielten, Köchin und Zimmermädchen, Kinder und Gouvernante, ein freies Terrain, in dem man viele Dinge tun konnte, die anderswo, im Salon, im Eßzimmer oder im Schlafzimmer verboten waren: zum Beispiel mit lauter Stimme reden oder aus voller Kehle lachen, Schimpfwörter sagen, weinen, sich beklagen, sich anvertrauen oder auch das Geld zählen, das aus dem Verkauf der Eier aus dem hauseigenen Hühnerstall stammte, die ein Dienstmädchen unter der Hand an den Gemüsehändler weitergab. Ein sicherer Ort, an dem man stundenlang vor Zucht und Ordnung Schutz fand, wo einen selten jemand suchte, wo einem manchmal in Auszügen hinreißende Geschichten zu Ohren kamen wie etwa aus dem Leben der Köchin, dem des Zimmermädchens, dem der Gouvernante, die die Frauen einander gegenseitig erzählten. Aber auch Bruchstücke – im allgemeinen wesentlicher Art – aus dem Leben der Eltern, der Großeltern oder anderer Familienangehöriger sowie gewisse Wahrheiten, die keiner von denen auf der anderen Seite der Tür auch nur im Traum ausgesprochen hätte. Hier gab es keine Scheu zu reden und Angelegenheiten aufzutischen, die uns Kinder, Streitigkeiten, Ungerechtigkeiten, Traurigkeiten betrafen, all jene Dinge also, die in den guten Zimmern nicht zur Sprache kamen.

Hier zum Beispiel, zwischen Herd und Anrichte, zwischen Tisch und Ausguß, haben wir immer wieder Neues über das Treiben des Bewohners des hintersten kleinen Salons erfahren. Keine der Hausangestellten aus unserer Zeit konnte ihn in irgendeiner Weise kennengelernt haben, doch wie durch ein Wunder wurde in der Küche das Wissen über alle Zeiten bewahrt und treu überliefert, ohne daß irgend etwas davon verlorengegangen wäre. Und das hing vielleicht auch damit zusammen, daß die Küche in Wirklichkeit die einzige Verbindung darstellte, durch die das Haus tatsächlich mit der Außenwelt kommunizieren konnte, Endstation für Klatsch, übles Gerede sowie alle Informationen, die über den Elektriker, den Klempner, den Ricotta-Verkäufer, den Schirmmacher, die Wäscherin und die stundenweise beschäftigte Büglerin über die Dienstbotentreppe ins Haus gelangten. Und dann waren da die Gerüchte, die Legenden und gewisse, von zahlreichen Phantasien umhüllte Fragmente der Wahrheit, die wie ein Erbe von Zimmermädchen zu Zimmermädchen, von den alten an die neuen weitergegeben wurden wie bei einer Stafette, wobei die längst vergangenen Geschichten des Hauses im Laufe der Jahre immer mehr angereichert und manchmal auch entstellt wurden.

Einer durchaus unzulänglichen, aber suggestiven Theorie zufolge, die vor den Herdplatten verkündet wurde, wäre Giuseppe in Wirklichkeit der leibliche Sohn jenes anderen, inzwischen uralten und reichen Onkels gewesen, der dem Urgroßvater den Palazzo und die Felder vererbt hatte, da er selbst »kinderlos geblieben war«, jedenfalls ohne offiziell anerkannte Kinder. Dieser uneheliche Sohn war natürlich mit einer Hausangestellten gezeugt worden, und vielleicht begeisterte man sich in der Küche deshalb so sehr für diesen unbekannten alten Mann, sprach sogar fünfzig, sechzig oder siebzig Jahre nach seinem Tod noch von ihm wie von einem lebendigen Wesen, das vom Lauf der Welt und – mehr noch – von der Familie ungerecht behandelt worden war. Ein Grund, weshalb alle eifrig Partei für ihn ergriffen, als wäre er einer der Ihren gewesen – ein Verhalten, das Giuseppe wahrscheinlich mehr als jedes andere zutiefst verabscheut hätte. Sicher ist, daß auf diese Weise dazu beigetragen wurde, die Erinnerung an ihn wachzuhalten, und zwar wesentlich länger, als dies normalerweise anderen Familienangehörigen zugestanden wurde, die verdienstvoller, weiser, ordentlicher, sittsamer waren als er – und ohne auch nur den Schatten seiner Grillen.

War das Garderobenzimmer das Herz des Hauses, so war die Küche sein Magen, die Vorratskammer sein Gedärm, die lange, enge Dienstbotentreppe mit dem Lastenaufzug seine Speiseröhre: All das, was man heutzutage, wenn man von einer Wohnung spricht, als »hinteren Teil« bezeichnen würde. Der hintere Teil des Schönen, des Guten, des Eleganten, der hintere Teil des Hauses, von den Hausherren kaum betreten, von Besuchern nie. Der hintere Teil, den man diskret zu verstecken hatte, als würde er gar nicht existieren, als wäre er unerheblich, sekundär: Und statt dessen war er der wichtigste und wahrscheinlich auch lebendigste Teil des gesamten Gebäudes.

Die Küche war eine Höhle, doch die Vorratskammer war kein Stück besser. Früher einmal zusammengestoppeltes Badezimmer für das Personal, in dem zunächst ein grauer Waschbottich mit einem Dutzend Krügen drumherum stand – die im ganzen Haus benutzt wurden –, später eine ramponierte Badewanne, in der schlichtweg alles gewaschen wurde, vom Salat bis zu den Küchenlappen, von Gummistiefeln bis zu den Füßen der Zimmermädchen. Seit die Hausangestellten jedoch nicht mehr im Haus übernachten, hat sich das Badezimmer Stück für Stück in eine Vorratskammer verwandelt. Schlimmer noch: in eine Vorratskammer mit Waschstubenfunktion, da auch die Waschmaschine dort aufgestellt wurde. Und daher sammeln sich auf der einen Seite der Kammer Laken, Tischtücher, Kleider, Socken und Lappen, die fast immer aus dem vollen Wäschekorb herausfallen, während nur ein paar Schritte weiter auf der anderen Seite Obst- und Gemüsekisten stehen, Eierkartons, Weinflaschen, Öl.

Die Vorratskammer ist der hinterste Teil des hinteren Teils, ein Ort, den kein Fremder je zu Gesicht bekommen dürfte. Der Klempner und der Elektriker, die den Raum notgedrungen regelmäßig aufsuchten, um die Rohre zu kontrollieren oder die Waschmaschine zu reparieren, redeten natürlich später im Dorf darüber, in welchem Zustand wir unsere Zimmer hielten. Wäre das Haus eine Schule, ein Hotel, eine Bar oder ein Restaurant gewesen, hätte das Gesundheitsamt schon seit geraumer Zeit dafür gesorgt, es zu schließen.

Es ist durchaus möglich, daß früher oder später alles so enden wird wie im hinteren Teil. Und in dieser schrecklichen, aber vertrauten Unordnung, die manchmal den Anschein erweckt, als sei ein starker Wirbelsturm hindurchgefegt, der Kartoffeln und Waschmittel, Wäsche und Schuhcreme, Küchenlappen und zu putzende Schuhe wild durcheinandergeworfen hat, wo niemand mehr Lust verspürt und Energie aufbringt, alles einmal gründlich sauberzumachen und in Ordnung zu bringen, wo man nur noch provisorisch den Versuch unternimmt, das Schlimmste wegzuräumen, indem man es hinter der Tür eines Schrankes versteckt, die sich nicht mehr schließen läßt – all dem scheint das Schicksal des gesamten Hauses aufgeprägt zu sein. Alles wird so enden, die lebenden und die toten Dinge werden gemeinsam überrollt werden, Bücher und Wäsche,

Möbel und Erinnerungen, Töpfe und Gemälde, Kartoffeln und Äpfel, die guten alten Tage, die man sich vielleicht nur eingebildet hat, und jene neuen weniger guten, die dafür aber wirklich von Leben erfüllt waren.

Die Umzugsunternehmen und die Lastwagen der Stadtreinigung werden kommen und jedes einzelne Ding mitnehmen. Doch nicht einmal die frische Farbe, die den Palazzo bedeckt, der dann bereits öffentliche Bibliothek oder Kongreßzentrum oder Rehabilitationsklinik für Infarktkranke sein wird, könnte ernstlich das System dieses seit Jahrhunderten gelebten Lebens auslöschen, denn es wird auch weiter den hinteren Teil geben: Küchen, Garderobenzimmer, Waschräume, Abstellkammern, Speicher, und ohne es zu wissen, werden die neuen Geometer und Architekten diese Räume erneut genau dort ansiedeln, wo sie bereits seit Jahrhunderten zu Diensten standen, auf ewig dazu verdammt, die stets gleiche Rolle zu spielen.

An der Vorderseite des Stockwerks zur schmalen Gasse hin befinden sich nebeneinander sieben Zimmer, alle miteinander verbunden, so daß man, wenn alle Türen offen stehen, von einem Ende des Hauses zum anderen sehen kann, am einen Ende bis auf den Garten hinaus, am anderen hingegen, wo das Haus des Drogisten angrenzt, auf eine fensterlose Wand. Es sind Zimmer, die früher einmal den Gästen, den eigenen sowie fremden Kindern mit ihren Gouvernanten vorbehalten waren, hübsche Zimmer mit nicht sehr hohen und dennoch dezent mit Stuck verzierten Decken, wesentlich heller als die Räume im Stockwerk darunter, da die gegenüberliegenden Häuser recht niedrig gebaut sind und die Sonne hier hereinscheint. Diese Zimmer sind freundlich, nicht düster, nicht streng, nicht mit alten Möbelstücken vollgestopft. Sie sind auch weniger leblos, weniger starr, und dann und wann wurden sogar die Vorhänge ausgewechselt und die Wände mit gewisser Regelmäßigkeit neu gestrichen, selbst die Einrichtung wurde zum Teil geringfügig variiert, je nach dem Geschmack derjenigen, die die Zimmer im Laufe der Zeit bewohnten. So vermitteln sie nicht den Eindruck ewiger Strenge, absoluter Unerschütterlichkeit über Jahrzehnte und Jahrhunderte hinweg, wie er in den Zimmern unten herrscht. Man muß zugeben, daß die eigenen und fremden Kinder, die Gäste und die

Gouvernanten – vielleicht zufällig, vielleicht aus einem unbewußten Anfall von Mitleid heraus – besser untergebracht waren als die Hausherren, die wegen ihrer gesellschaftlichen Stellung dazu gezwungen waren, das Obergeschoß zu bewohnen. Wenn man sich vom hinteren Teil des Hauses aus in die schönen Räume begibt, die zur Gasse hin liegen, scheint es, als hätte man es mit einem anderen Haus zu tun, mit einer anderen Familie.

Jedenfalls hatten die Architekten von einst vorgesehen, daß nur Menschen von geringer Statur hier oben wohnen sollten. Man erkennt das an den Türen, die wesentlich niedriger sind als die im Stockwerk darunter, und ganz besonders an den Fenstern, die zwar nicht eben klein sind, aber so niedrig angelegt, daß ein durchschnittlich großer Mensch beim Hinauslehnen immer das Gefühl hat, er könnte leicht hinunterfallen. Unten in den Salons jedoch, wo man nur wenige Meter fallen würde, reicht einem die Brüstung, wenn man ans Fenster tritt, fast bis zum Hals.

Hier oben schliefen die fünf Kinder des Urgroßvaters, drei Söhne und zwei Töchter, mit der Gouvernante im Zimmer auf der einen und dem Hauslehrer in dem auf der anderen Seite, im Zangengriff der Autoritäten, als wäre das in diesem redlichen Haus überhaupt nötig gewesen. Darüber hinaus gab es sowieso keine Möglichkeit, etwas oder jemanden zu verstecken, da es genügte, die Türen zu öffnen, um das gesamte Stockwerk unter Kontrolle zu haben. Und natürlich kam die Urgroßmutter, die ihren beiden Kontrolleuren nicht hinreichend traute, häufig genug selbst herauf, um ihre jungen Söhne und Töchter im Auge zu behalten.

Den Söhnen standen selbstverständlich die besten

Zimmer zu, und das schönste von allen, das Zimmer in der Mitte mit den beiden Fenstern, das direkt über dem Portal liegt, dem Erstgeborenen, der ebenfalls Giuseppe hieß. Seit frühester Kindheit wurde er als Erbprinz der Felder und des Hauses verhätschelt, und man gewährte ihm im Vergleich zu seinen Brüdern größere Aufmerksamkeit und Rücksichtnahme und sogar die eine oder andere zusätzliche finanzielle Zuwendung. Auch wenn sich das alles in seinem speziellen Fall wie eine lange Initiierung ausnahm, die ins Leere ging, vergeudet wurde, so viel Fürsorge, so viel Einsatz für nichts und wieder nichts. Er wurde in der Tat merkwürdig, willenlos und gleichgültig, zuerst nur den Menschen, aber dann, wie es scheint, sogar dem ganzen Leben gegenüber, blieb wochenlang in seinem Zimmer, wortlos, ohne Wünsche, ohne jede Frage oder Erklärung. Heutzutage würde man es Depression nennen, damals tippte man sich mit dem Zeigefinger an die Schläfe oder an die Stirn.

Er wurde unter dem Vorwand besserer Beaufsichtigung aus dem mittleren Zimmer ins vorletzte umquartiert, gleich neben dem Hauslehrer, doch vermutlich war auch ihm selbst sofort klar, daß eine Wachablösung stattgefunden hatte, und die Rolle des Erstgeborenen erhielt nun derjenige der Brüder, der als vorletzter zur Welt gekommen war, jener verschreckte, schüchterne, unsichere, ganz gewiß nicht gerade verhätschelte Junge, der dann mein Großvater wurde. Der älteste Bruder wohnte so lange im Haus, bis er in der Lage war, ein normales Leben zu führen, wenngleich als Kranker. Bis er nachts das Schlafen fast völlig aufgab und gleichzeitig begann, gegen sich selbst zu wüten, indem er anfangs die Ärmel der Hemden und Jacken abschnitt, dann ganze Haarbüschel, daraufhin die Fingernägel, die nach und nach immer kürzer wurden, bis er sich schließlich sogar in die Haut und das Fleisch der Hände schnitt. Und es half auch nichts, ihn dadurch wieder zum Schlafen und zu neuem Mitleid mit sich selbst zu bringen, daß man ihn zu harter Arbeit anhielt, im Garten mit Hacke und Spaten, im Hof, um Holz für die Öfen zu spalten, oder auf dem Land bei den Bauern, wo er hinter den Ochsen herging und beim Pflügen half, die Reben schnitt oder, wenn es an der Zeit war, bei der Weinlese half: das einzige bekannte Heilmittel gegen Geisteskrankheiten in jenen Zeiten, in denen es noch keine Psychiatrie gab.

Als der Hauslehrer allein nicht mehr mit ihm zu Rande kam, begann die Urgroßmutter oben zu schlafen, erschrocken von diesen Vorfällen, die sie mit den üblichen Maßnahmen wie Strenge, Ordnung, Hingabe und finanziellen Zuwendungen nicht mehr zu kontrollieren wußte. Ein Vorfall, der sie völlig unvorbereitet getroffen hatte, da Giuseppe als kleiner Junge unwiderstehlich und zärtlich gewesen war, und danach ein Junge wie alle anderen, ein wenig rauh und auch mal lächelnd, wenngleich völlig unempfänglich für den Unterricht beim Hauslehrer. Dem Lieblingssohn gegenüber, der sich Fingernägel und Hände bis aufs Blut zerschnitt, war sie verstört, aber zugleich empört über das schwere, unvorhersehbare Los, das das Leben ihr auferlegt hatte.

Als schließlich auch die Urgroßmutter nicht mehr ein noch aus wußte, fand sich ein Institut, ein Sanatorium, wie man damals sagte, in dem der Kranke natürlich nicht geheilt, sondern für die Zeit – und zwar die lange

Zeit – eingesperrt wurde, die er noch zu leben beschloß. Eltern und Geschwister begaben sich regelmäßig auf die Reise, um ihn zu besuchen, aber zum Teil, weil sie den Eindruck hatten, er sei jedesmal ein bißchen merkwürdiger, zum Teil wegen der langen Fahrt wurden diese Besuche im Laufe der Jahre immer seltener, und schließlich fuhr nur noch seine Mutter regelmäßig hin.

Von ihm hat im Haus nur ein Haarbüschel überlebt, das zusammen mit den Locken seiner Brüder in einem Medaillon verschlossen ist; aber es sind Kinderhaare, nicht die Haarbüschel, die er sich abschnitt, als er groß war und gegen sich selbst Krieg führte. Die andere Seite des Medaillons, das gemeinsam mit Täßchen, ausgesuchten einzelnen Gläsern und anderen winzigen Objekten, die irgendwer für erhaltenswert hielt, in einer kleinen Vitrine aufbewahrt wird, zeigt das Photo des Urgroßvaters, erstaunt, bleich, mit Schnurrbart und einem Hut auf dem Kopf.

Um neben dem Zimmer Giuseppes Platz für die Urgroßmutter zu schaffen, wurde die älteste Tochter Alfonsina ausquartiert und in jenem Raum im ersten Stock untergebracht, der tatsächlich nicht für Familienangehörige vorgesehen war, sondern für Personen, die dem Rang nach zwischen den Hausherren und dem Personal standen. Man weiß nicht, ob es das Zimmer war, das seine Bewohnerin zeichnete und sie zu einer Tochter zweiter Klasse degradierte, oder ob sie dort endete, weil sie auf irgendeine Weise bereits zuvor degradiert worden war. Jedenfalls wurde das Zimmer als eine angemessene Unterbringung betrachtet, zumal es sich in nicht allzu großer Entfernung vom schwarzen Zimmer befand, in dem der gestrenge Vater den Vorsitz führte. Und man kümmerte sich auch nicht um die Tatsache, daß Alfonsina versucht hatte, sich der Entscheidung zu widersetzen, was sie vermutlich nicht tat, weil ihr das Zimmer zu unbequem oder zu ärmlich vorkam, sondern eher deshalb, weil sie abends vor Angst zitterte, wenn sie die enge Treppe zu ihrer Zelle hinaufstieg, weit weg von jeder lebendigen Seele. Hätte sie gerufen, so hätte ihr Vater im schwarzen Zimmer sie nicht gehört, und ebensowenig Giuseppe, der Alte, der sich im abgelegenen kleinen Salon verschanzt hatte, der einzige andere nächtliche Bewohner des ganzen Stockwerks. Dann aber gewöhnte sie sich daran oder war sogar zufrieden mit jenem Unterbringungsort, den sie jedoch nicht lange bewohnte, nur ein paar Jahre, um von dort aus direkt in ein Kloster zu gehen: Drei oder vier Jahre insgesamt, die ihr jedoch genügten, um die Entscheidung zu treffen, nie mehr einen Fuß unter das Dach des väterlichen Hauses zu setzen.

»Ich möchte Euch in meinen Armen halten und Euch in Eurem Kummer Trost spenden«, läßt sich noch in dem Brief entziffern, mittlerweile nur noch das Phantom eines Briefes, der in der Bibliothek überlebt hat, eingeschlossen zwischen den Seiten des Bandes über die Eisenbahn, der dem alten Giuseppe gehörte und aus irgendeinem mysteriösen Grund aufbewahrt wurde. Vermutlich wurde er untersucht und dann vergessen, aus Neugier oder auch aus Mitleid von jemandem zurückgelegt, der es für richtig hielt, daß der Brief auf immer dort verbliebe, wo der Empfänger ihn abgelegt hatte. Oder man hatte den Brief zunächst nur vorübergehend retten wollen, genau für die Zeit, die nötig war, um sich über den Absender Gewißheit zu verschaffen und den Inhalt zu prüfen, und dann hatte man ihn wegen diverser Zweifel unbefristet überleben lassen.

Alfonsina und ihr in die Jahre gekommener Onkel. Wortspiele zwischen einer Tochter-Mutter und einem alten Mann, der seine Rolle als Zyniker, der mit allen Krieg führte, satt hatte, oder aber Bruchstücke eines Liebesdialogs, der eben erst begann oder aber in der Einsamkeit des hintersten Salons inmitten der schweigenden nächtlichen Wüste des Obergeschosses längst seinen Lauf genommen hatte? Im einen wie im anderen Fall wäre es interessant zu erfahren, auf welchem Wege, durch welches Wunder die Tochter von Eltern mit derart versteinerten Gesichtern, wie sie auf den Photos und Porträts abgebildet sind, die Schwester dieser Brüder mit dem absolut starren Gesichtsausdruck – vermutlich mehr aus Zerbrechlichkeit, aus Unsicherheit als aus Herrschaftsgebaren – es gelernt haben mochte, sich dermaßen frei auszudrücken, mit jenen leichtfüßigen Worten: »Ich erwarte Euch auch heute, um gemeinsam mit Euch zu musizieren, aber Ihr müßt auch versuchen, mir ein wenig zu folgen, nicht immer nur Euren eigenen Kopf durchzusetzen und Euch so zu verhalten, als wäret Ihr ganz allein. Das seid Ihr nämlich schon lange genug gewesen.«

Eine Freimütigkeit klingt durch, die sich für einige sicherlich verwerflich anhörte, und wenn auch nur wegen der Folgen, die sie indirekt nach sich zog: Denn waren die Worte erst einmal befreit wie ein der Flasche entwichener Geist, wäre Alfonsina auch anderen Gesprächspartnern als ihrem Onkel gegenüber schwerlich dazu zurückgekehrt, die Worte wieder wegzupacken oder zu vergessen, sich die Sätze zu verkneifen oder sie so zurechtzustutzen, wie der Brauch des Hauses es sie gelehrt hatte.

Eine Freimütigkeit, die zum Teil vielleicht der Grund für die Grobheit war, die der Urgroßvater ihr gegenüber an den Tag legte, eine ungewöhnliche Grobheit gemessen an den Sitten dieser Familie, die sich stets hinter gesetzten Gesprächen und gemäßigtem Tonfall verschanzte, der in gleicher Weise engen Verwandten, Freunden, Fremden und Bekannten gegenüber angeschlagen wurde. Eine Freimütigkeit, die sogar ihre Flucht ins Kloster und das Schweigen, das später folgte, provoziert haben könnte, niemals eine Postkarte, nie ein Brief, keine Erinnerungen, alle Brücken mit dem Haus abgebrochen: Denn ohne diese Freiheit hätten endgültige Worte, die imstande waren, alle Brücken abzubrechen, nicht ausgesprochen werden können. Alles wäre ungesagt geblieben, in Schweigen gehüllt oder – allerhöchstens – in Floskeln eingebettet.

War der Onkel nun ein Lehrmeister in Liebesdingen oder nur ein Lehrmeister der Worte? Wie auch immer, es muß eine Revolution gewesen sein, ein Ereignis, das das Haus vielleicht niemals hat überwinden können, auch wenn aus seinem großen Körper jede Spur jener beiden eliminiert wurde, mit Ausnahme – was sie anbelangt – der Überreste eines Briefes und – was ihn anbelangt – der zwei Bände in der Bibliothek und vielleicht einiger Kleidungsstücke. Eine Revolution, wie es sie danach nicht mehr gegeben hat, wenn man einmal absieht von jener sicherlich zweitrangigen Revolution, die von unseren Kindern – meinen und denen meiner Schwester – durchexerziert wird, die als gelegentliche Gäste des Hauses die unerschütterliche Leblosigkeit der großen und der kleinen Salons, die Erlesenheit und Zerbrechlichkeit der Einrichtungsgegenstände mißachten, den Geschichten der Onkel und Tanten, Großeltern und Vorfahren gegenüber gleichgültig sind, sich inmitten der antiken Möbel lümmeln und dabei in voller Lautstärke ihre Musik hören.

Als die Kinder der Urgroßeltern eins nach dem anderen aus dem Haus gegangen waren – als erste von allen die Tochter, die Nonne werden wollte, ins Kloster, nach ihr Maria, die geheiratet hatte, dann Giuseppe, der ins Sanatorium gebracht wurde, nach ihm der andere Bruder Augusto, der sich seinerseits günstigerweise für das Kloster entschieden hatte – und nur noch der schüchterne Erbe übrigblieb, wurden die Zimmer des zweiten Stockwerks umgebaut. An einem der beiden äußersten Enden, nämlich an dem, das zum Garten hin lag, entstand ein Badezimmer, das bis heute unverändert geblieben ist und noch immer seine ursprüngliche, so völlig andere Funktion verrät, und sei es nur wegen der schönen Stukkaturen an der Decke, wegen des Holzfußbodens und der Stühle, des Tischs sowie der Truhe, alles Stilmöbel, die von Haus aus dunkel und ziemlich schwer waren und in der Folge zahlreiche Male weiß angestrichen wurden, denn ein Badezimmer hatte nun einmal weiß zu sein.

In der riesigen Badewanne mit Löwenpranken als Füßen, einer jener Badewannen, die heutzutage nachgebaut und zu Liebhaberpreisen verkauft werden, konnte man sich zwar bequem ausstrecken, doch dafür hat der Überlauf nie funktioniert, weshalb das Wasser immer wieder übergeschwappt ist und auf den schönen

Tapeten, mit denen die Wände des hintersten kleinen Salons verkleidet sind, traurige dunkle Streifen hinterlassen hat. Man kann nur hoffen, daß der Einbau des Badezimmers erst nach dem Tod des alten Giuseppe vorgenommen wurde, denn er hätte es wohl kaum ertragen, das Wasser an den Wänden neben seinem Bett herunterlaufen zu sehen, während er selbst, um einen Raum zu finden, der einem Bad auch nur ähnelte, mit seinem wegen des verdrehten Fußes hinkenden Schritt mindestens zehn Minuten durchs Haus marschieren mußte.

Der Wassersaal war als einziger Raum im ganzen Stockwerk kein Durchgangszimmer und besaß als einziger auch nur eine Tür, die darüber hinaus noch mit einem Schlüssel ausgestattet war; und später wurde der Raum – begünstigt durch seine so wenig an ein Bad erinnernde Atmosphäre – für immer zu dem Ort bestimmt, an dem sich Heimlichkeiten jeglicher Art abspielten. Hier wurde meinen Schwestern und mir nacheinander, äußerst schnell und mit höchster Verlegenheit, das notwendige Wissen in Sexualkunde vermittelt, das heißt, soweit es Damenbinden und Menstruation betraf. Hier mußten wir jahrelang – nicht in der schönen Badewanne, sondern in einem kleinen grauen Waschbottich – schreckliche kochende und stinkende Schwefelbäder über uns ergehen lassen, um was weiß ich welche vermaledeite Nesselsucht zu bekämpfen, unter dem Versprechen, daß wir dafür als Erwachsene eine Samthaut haben würden. Und hier brachte schließlich hinter dem Rücken unserer Eltern eine junge Freundin unserer Mutter viele Stunden damit zu, uns ganz neu herauszuputzen, indem sie uns halbwüchsige Schwestern in die

Geheimnisse der Packungen und Pflegespülungen für glänzendes Haar einweihte sowie in jene der Wellenreiter, der Lockenwickler und des Einlegens. Und dabei ließ sie uns vermutlich zum allerersten Male die Möglichkeit erahnen, daß es nicht unbedingt notwendig war, häßlich auszusehen, mit jenen borstigen und ewig mehr schlecht als recht hinten zusammengebundenen Haaren.

Eines der Schlafzimmer, das größte, das zunächst der unglückliche Erstgeborene und danach für kurze Zeit der neue Erbe bewohnt hatte, bis er heiratete und in das Schlafzimmer des Hausherrn im Obergeschoß umzog, wurde in ein Wohnzimmer für den Winter verwandelt. Es sollte intimer, bequemer und familiärer gestaltet werden als die großen Salons im Stockwerk darunter, doch abgesehen von einer natürlichen Freundlichkeit des Raumes, die auf den stärkeren Lichteinfall, die weniger hohen Decken, die gefälligeren Proportionen und das funktionstüchtigere Heizsystem zurückzuführen war, blieb das für lange Zeit reines Wunschdenken. Nur die Zeit und die Müdigkeit all derer, die das Zimmer noch immer nutzen, haben es wohnlicher, entspannender, weniger starr gemacht.

Im Laufe der Jahre hat sich die ursprünglich strenge Anordnung der Möbel – die sich dennoch nach wie vor leicht erahnen läßt – allmählich aufgelöst, denn da niemand mehr die Aufgabe übernimmt, aufzuräumen, die Dinge an ihren Platz zurückzustellen, Gegenstände und Hausrat wegzubringen, haben sich zu den alten Regalen neue hinzugesellt, bereits beladen mit Zeitschriften, Briefen und Büchern, sowie kleine Tische, Hocker und zusätzliche Stühle, um weitere Zeitschriften und Bücher darauf abzulegen, oder eine Decke, ein Kissen in

Reichweite, die Brille, die Pillen, die Kaffeetassen, die noch nicht geöffnete oder bereits geöffnete und in Vergessenheit geratene Post. Und dann Lampen, die anderen, zu lichtschwachen Lampen zu Hilfe gekommen sind, während auch die Augen der Bewohner zu schwach wurden, um wie früher im Halbdunkel, das von 25- oder maximal 40-Watt-Birnen erhellt wurde, lesen zu können. Und auch die Technologie hält Einzug, wenngleich in einem dafür wenig geeigneten Umfeld: Das tragbare Telefon wird flankiert von den Fernbedienungen für das Radio, den Fernseher, den Videorecorder.

Das Leben, allmählich aus allen Winkeln des Hauses zurückgekehrt, scheint sich hier zu konzentrieren. Hier ist der Ort, wo unsere Mutter die meisten Stunden des Tages verbringt, zwischen Stapeln von Zeitungen und alten Briefen, die sie liebend gern wieder und wieder liest und dabei so tut, als sei alles völlig normal, als sei sie nicht eine Gefangene des Gebäudes, wegen der vier Stiegenrampen, die sie in den Beinen spürt, und noch viel mehr wegen unseres Vaters, der gelähmt und unbeweglich nebenan in seinem Zimmer liegt. Wenn ihre Töchter zu Besuch kommen, tut sie so, als sei alles in bester Ordnung wie früher, als noch Leben im Haus und im Garten war, Stimmen, Lärm, das Getrappel der Schritte, nicht nur das unaufhörliche, trostlose Gejammer, das aus dem Zimmer des Kranken zu vernehmen ist.

Mit den Jahren ist das Wohnzimmer zu einer Art Zufluchtsort geworden, zu einem Schlupfwinkel, der noch heute ein Mindestmaß an Sicherheit garantiert und mit den stets mit Blumen gefüllten Vasen, mit der Sonne, die an schönen Tagen hereinscheint und das Zimmer am Vormittag wie am Nachmittag erwärmt, die Illusion hervorruft, alles sei doch bestens, man habe noch Zeit vor sich, und für ein paar weitere Jahre bliebe alles unverändert. Jetzt ist das Zimmer ein Zufluchtsort, während man einst daraus floh, um nicht fortwährend gesittet und aufmerksam unter der Aufsicht irgendeiner Person zu sein, die erwachsener, würdiger, einflußreicher war und meistens schnell mit Urteilen, Vorwürfen und Strafen zur Hand.

Hier wurden in der Tat die Frisuren, Strümpfe, Kleider, Freunde, Verlobten und schließlich auch die Ehemänner von uns Schwestern kommentiert und beurteilt. Wobei fast immer fast alles und alle durchfielen. Unbestrittener und autoritärer König des Zimmers war unser Vater, der immer in seinem Sessel saß, dem besten, der Licht von beiden Fenstern her erhielt, und wenn jemand anders darin Platz nahm, während der Vater draußen war, auch wenn es eine wichtige Person war, dann stand derjenige, sobald der Vater den Raum betrat, eilig wieder auf, da er Vaters verärgerten Gesichtsausdruck bemerkte.

Der Sessel war seine Kommandozentrale, von der aus er Befehle fürs Leben ausgab, wobei er voller Ironie jede Anwandlung seiner Töchter, anders zu sein, als er es geplant hatte, zunichte machte. Ein Thron, von dem aus er sogar bestimmte Kleinigkeiten festlegte, beispielsweise zu welcher Messe man zu gehen hatte, bei welcher Temperatur einem kalt zu werden hatte und welches Fernsehprogramm es anzusehen galt. Es war zwar noch nicht die Zeit der Fernbedienungen, aber zweifellos hätte er sie in der Hand gehabt: Und wenn sich im übrigen in einem Film zwei Leute auch nur mit der geringsten Leidenschaft küßten oder wenn eine Ansagerin, eine Sängerin, eine Schauspielerin ein seiner Ansicht nach zu tief ausgeschnittenes Kleid trug, erhob er sich wortlos im Halbdunkel und schaltete den Fernseher aus. Und ließ uns Töchter, Analphabeten in Lebensdingen, deren Augen wie die von Bettlern am Fernsehschirm hingen, der beinahe unsere einzige Informationsquelle darstellte, verlegen und unglücklich zurück.

Eine Bedingung für das Überleben, vor allem im Wohnzimmer, war die ewig mädchenhafte Gegenwart unserer Mutter, die ihr ganzes Leben hindurch eine ebenso uneinsichtige wie unbelehrbare Schülerin unseres Vaters blieb. Unordentlich, wo er gewissenhaft war, ungenau, wo er kleinlich war, gleichgültig, was die Kleidung betraf, faul, großzügig und verschwenderisch, während er eitel war, und überdies war sie optimistisch, wo er sich niemals auch nur eines dieser Laster gestattet hätte; fast schon nonkonformistisch war sie, jedenfalls im Vergleich zu ihm, wenn dieser Begriff, was unser Haus, unsere Familie anbelangt, nicht überhaupt fehl am Platze ist.

Unsere Mutter veränderte sich auch dann nicht, als ihr Mann schließlich damit begann, sich im Wohnzimmer einfach irgendwo hinzusetzen und nicht mehr wußte, wer er war, und ebensowenig, ob heute heute, gestern, morgen, übermorgen oder vorgestern war. Also übernahm sie seinen Platz im wichtigsten Sessel und sitzt dort noch immer, nicht so sehr, um Anweisungen zu geben – da das Haus fast immer leer ist und inzwischen die Hausangestellten, sofern sie da sind, die Anweisungen geben –, sondern weil es in der Tat der bestmögliche Platz ist, der bequemste, wenn man sich ausruhen, der hellste, wenn man lesen will, der einzige, von dem aus problemlos alle drei Türen kontrolliert werden können, die ins Wohnzimmer führen. Sie sitzt dort unverrückbar, abgekapselt, vom frühen Morgen bis fast in die Nacht hinein, und wartet darauf, daß jemand vorbeigeht, daß jemand anruft. Und wer am Abend von der Straße aus das große Haus betrachtet, sieht als einziges Licht, das im Dunkeln leuchtet, jenes dort oben in den Fenstern des Wohnzimmers, nachdem alle anderen erloschen sind.

Das kleine Zimmer nebenan wurde in ein Eßzimmer verwandelt, mit einem schmalen Tisch und nur acht Sitzplätzen. Das Äußere des Zimmers, heiter dank der friedlichen und einfachen Möbel aus hellem Holz, dank des ruhig wirkenden weiß-blau gestreiften Stoffes, mit dem die Stühle bezogen sind, dank der Drucke mit bukolischen Darstellungen, die die Wände aufhellen, steht in starkem Kontrast zu den Kämpfen, die später dort ausgefochten wurden, als sich die Regeln, nichts zu sagen, nicht über die Dinge zu sprechen, sie unter einen Teppich aus liebenswürdigem Geschwätz zu kehren, bereits weitgehend gelockert hatten. Kämpfe, die durch eine schlecht gewürzte Soße, einen Teller verbrannter Kartoffeln, eine lauwarme Suppe oder zu trockenes Fleisch ausgelöst wurden und sich dann in allen Richtungen ausbreiteten, bis sie die Zukunft, die Gegenwart und auch die Vergangenheit erreicht hatten.

Wenn unserem Vater die Vorwürfe rund ums Essen, um die zu hohen Ausgaben, um das Haus, das nicht so geführt wurde, wie es ihm vorschwebte, ausgegangen waren und er trotzdem noch nicht genug hatte, dann begann er fast übergangslos damit, unsere Mutter dafür zu beschuldigen, daß sie ihm keinen Sohn geboren hatte, ein Umstand, den er als Mißachtung, Unhöflichkeit, ja als Beleidigung betrachtete, als eine für ihn, der immer im Hinblick auf einen männlichen Erben gelebt hatte, unerträgliche Minderung. Sogar sein Schreiben – sagte er eines Tages, als er diese Dinge erstmals thematisierte – hätte mehr Sinn gehabt, wenn ein Sohn dagewesen wäre, einer, der seinen Namen getragen und nach seinem Ableben das Haus weitergeführt hätte. Auf diese Weise bestärkte er uns in der Überzeugung, daß es sich bei dem Manuskript, dem er sich mit so großer Sorgfalt widmete, um die Geschichte unserer Familie oder um seine Memoiren handelte.

Giuseppe – sagte er – hätte dieser Sohn heißen sollen, wie alle Erstgeborenen der Familie, wie sein Onkel Giuseppe, der es nach langen Jahren im Sanatorium nicht mehr ausgehalten hatte und sich auf einem unweit vom Institut gelegenen Friedhof auf einem Grab, das ihm vielleicht mehr als alle anderen Gräber Ruhe zu versprechen schien, ein Loch in den Kopf geschossen hatte, und zwar mit einer Pistole, von der man nie in Erfahrung brachte, auf welchem Wege er sie sich beschafft hatte. Wie jener andere alte Giuseppe, Bewohner des abgelegenen kleinen Salons, der seinerseits im Grunde genommen der erstgeborene und einzige – wenn auch uneheliche – Sohn des ehemaligen Besitzers war, der ihm zwar den in der Familie üblichen Vornamen, doch nicht den Nachnamen hinterlassen wollte: weshalb er daher den Nachnamen der Mutter erhalten hatte, Frapporti Santina.

Von diesen Kämpfen bei Tisch leidgeprüft, gelang es unserer verzagten Mutter und uns drei überflüssigen, ebenfalls verzagten Schwestern nicht, wieder Freude daran zu finden, den Mund aufzumachen, weder zum Essen noch zum Sprechen. Wäre nicht die Gouvernante gewesen, die mit gesenktem Blick und am Tischrand gefalteten Händen geduldig den gerissenen Faden des Essensrituals und der dazugehörenden Unterhaltungen, wenn auch mit etwas angestrengtem Tonfall, erneut zu knüpfen versuchte, hätte Grabesstille geherrscht: zu unserer Verlegenheit und zum Ärger unseres Vaters, der es nach Abklingen der Wutanfälle über beispielsweise nicht ausreichend knusprige Kartoffeln gern gesehen hätte, wenn wir Töchter weiterhin fröhlich geblieben wären, gelächelt und uns für seine Belange interessiert hätten, als wäre nichts gewesen.

Schließlich war da ein zellenähnliches, kleines düsteres Zimmer mit einer dunklen, bedrohlich niedrigen Holzdecke, ausgestattet mit Bett, Schreibtisch, Stuhl, Kommode und Schrank. Es war als Gästezimmer vorgesehen, für enge Freunde jedoch, und zwar nicht nur wegen seiner wirklich minimalen Ausmaße und weil es mit schlichten Möbeln eingerichtet war, sondern auch, weil es Wand an Wand an das Haus des Apothekers grenzte, aus dem damals wie heute dann und wann deutlich vernehmbar dumpfe Schläge, Stimmen, Gekreische, gedämpfte Unterhaltungen, einzelne Schreie oder das Geklapper von Geschirr zu uns herüberdrangen.

Als die Gäste weniger oft kamen – weil durch die Geschwindigkeit der Züge der Bedarf, unterwegs zu übernachten, gesunken war, oder aber weil die Familie wegen der abnehmenden Zahl an Bediensteten schlichtweg weniger gastfreundlich geworden war –, bezog unser Vater die Zelle. Und indem er dieses so spartanische Zimmer für sich auswählte und sich dabei vermutlich einbildete, mit gutem Beispiel voranzugehen, rechtfertigte er in gewissem Sinne – jedenfalls in den eigenen Augen – die unablässigen Sparmaßnahmen sowie die Predigten, die er hielt, um der gesamten Familie die Regeln für äußerste Sparsamkeit einzuschärfen. Denen er sich jedoch als erster widersetzte, wenn er sich während der bei Tisch ausgefochtenen Kämpfe beschwerte, daß das Fleisch nicht mehr das erlesenste war, daß es zum Essen nie einen schmackhaften Meeresfisch gab, daß Süßspeisen nur am Sonntag auf den Tisch kamen. Oder als er den Schneider aus dem Dorf einfach links liegen ließ und dafür einen überkandidelten aus der Stadt kommen ließ, bei dem er zwei oder drei Anzüge in Auftrag gab, wobei er vom fünfzigsten Lebensjahr an jedesmal mit ein wenig schuldbewußter Miene versicherte, daß dies die letzten Anzüge seien und daß sie ihm bis zu seinem Lebensende genügen würden.

Jetzt, da er seit geraumer Zeit nur noch in Pyjamas und Morgenmänteln lebt, häufen sich seine halbneuen oder ganz neuen Anzüge, die letzten drei mit je zwei gleichen Hosen pro Jacke sind fast nicht getragen. Unsere Mutter hatte sich die Hacken abgelaufen, um ihn zufriedenzustellen und Stoffe aufzutreiben, die ihm gefallen würden, und um den Tod zu vertreiben – und zwar in erster Linie in ihrem eigenen Herzen –, hatte sie ihm wiederholt versichert, daß es gut und richtig, ja sogar notwendig sei, zwei Hosen pro Jacke zu bestellen. Bereits damals war unser Vater so viel kleiner und dünner geworden, daß diese Anzüge fast wie Knabenanzüge aussehen. Sie hängen im Schrank und warten.

In Wirklichkeit hatte er sich dieses Zimmer wohl deshalb genommen, weil er von dort aus das ganze Haus und sogar die Straße beherrschen konnte. Es genügte ein Blick von seinem Schreibtisch, um zu kontrollieren, wer gerade am Portal klingelte, wer kam und wer ging; und ein weiterer, um sämtliche Zimmer des Stockwerks zu erfassen, bis ganz nach hinten zum Badezimmer. Von seinem Schreibtisch aus konnte er auch den Personaltrakt im Auge behalten, weil die Küche nur ein paar Schritte entfernt liegt und man alles hören kann. Als er alt wurde, nahm er die Gewohnheit an, abends vor dem Schlafengehen die Tür abzuschließen, die zu diesem Teil des Hauses führte, nämlich zur Dienstbotentreppe, als fürchte er, daß ihm von dorther irgendeine Gefahr drohe.

Jetzt befindet sich das Zimmer genau in dem Zustand, in dem er es verlassen hat, als er wegen seiner Krankheit woanders einquartiert wurde, nämlich in den beiden Zimmern, die den Großeltern gehört hatten und größer sowie bequemer waren, mit dem Bad gleich nebenan und mit zwei breiten Türen, durch die der Rollstuhl problemlos hindurchpaßt. In dem Zimmer, das er verlassen hat, fehlen nun er selbst, sein Geruch und all jene melancholischen Utensilien, die seltsamen, fast völlig ausgedrückten Salbentuben, die kleine Schere, der schwarze Taschenkamm, die verschiedenen Brillen zum Lesen, Autofahren oder um schlichtweg besser zu sehen, das ausgetrocknete Fläschchen mit dem Fleckentferner, der so viele seiner Krawatten hätte retten sollen, die Schnappschüsse all derer, die ihm einmal lieb waren, vor allem jene schönen und – zumindest auf den Photos – ernst dreinschauenden Damen, die uns vage als Tanten bekannt waren.

Von dort, denn genau dort hätte es liegen müssen, war merkwürdigerweise auch das berühmte Manuskript verschwunden. Keine Spur davon in einer der Schubladen, weder in der Kommode noch im Schreibtisch. Vergeblich suchte man eine Zeitlang danach und zog dann den Schluß, daß es wohl zerstört worden war, vielleicht in den Flammen eines jener beeindruckenden Winterfeuer, die unsere Mutter regelmäßig auf einer nicht genutzten Fläche im Gemüsegarten entfachte, um trockene Blätter, alte Zeitschriften und von den Bäumen gefallene Zweige zu verbrennen. Ein womöglich heimlich herbeigeschafftes Päckchen, das, eingewickelt in ein Bündel Zeitungen, den Flammen übergeben wurde, während die so leidenschaftliche wie fähige Heizerin sich einen Augenblick entfernt hatte, um weiteres Brennmaterial zu suchen. Es war zu spät, unseren Vater danach zu fragen, was aus diesem Werk geworden sei, das ihn so lange beschäftigt und auch uns über Jahre hinweg in Bann geschlagen, vielleicht sogar in Verzücken versetzt hatte: Doch wahrscheinlich hätten wir ihn auch dann nicht danach gefragt, wenn er noch imstande gewesen wäre zu antworten.

Sein Zimmer ist jetzt tadellos aufgeräumt, alles wieder in Schubladen und Schränken verstaut. Keiner seiner persönlichen Gegenstände liegt herum, so daß der Raum fast wie ein Hotelzimmer wirkt. Daher stechen jene mittlerweile völlig unpassenden Zeichnungen hervor, die seine Töchter als Kinder für ihn gemalt haben und die an einer der Wände hängen, gerahmt wie echte Gemälde, mit Sicherheit jedoch nicht von ihm. Er hätte sie nämlich kurz bewundert – oder auch kritisiert – und dann in irgendeine Schublade gelegt, um sie dort zu vergessen und sich eventuell – nicht einmal heimlich – beim nächsten Aufräumen des Schreibtisches davon zu befreien. An der anderen Wand, der Wand ohne Fenster, die an das Haus des ehemaligen Apothekers grenzt, das jetzt in viele Wohnungen aufgeteilt ist, verbinden zwei lange, unregelmäßige Risse den Fußboden mit der Decke. Nach jedem Weißeln verschwinden sie, um ein paar Monate später wieder hervorzutreten, als sei die Wand zurückgekehrt, um sich erneut in der ursprünglichen, mittlerweile bequemen Lage einzurichten. Es sind die Spuren der einzigen Bombe, von der das Haus im ersten Weltkrieg getroffen wurde.

Diese Bombe fiel auf ein leeres Haus, riß ein riesiges Loch ins Dach und verwüstete nacheinander den hintersten Teil des Speichers, das kleine Zimmer, das später unser Vater bewohnen sollte, weiter unten im ersten Stock das Eßzimmer und schließlich den dunklen Raum im Erdgeschoß. Und unten angekommen, besaß sie noch genug Kraft, um ein Loch in den Boden zu graben, an jener Stelle, wo der Fußboden unter dem Gewölbe noch immer eine ungleichmäßige Oberfläche aufweist, ohne Fliesen, die aus Gründen der Sparsamkeit nie wieder verlegt wurden. Die Bombe schlug exakt an der Wand ein, die an das Haus des Apothekers grenzt, das seinerseits verlassen war, da er gemeinsam mit seiner Familie geflüchtet war. Und so konnte man nun von dem einen Haus ins andere schauen, zumindest in den unteren Geschossen, denn oben, auf der Höhe des Speichers, blickte man ins Leere, weil unser Haus ein Stockwerk höher war als das andere. Der Apotheker schaute von drüben und die Großeltern von hier aus, und alle staunten darüber, letztendlich keine großen Unterschiede ausmachen zu können, denn der Krieg hatte das Innere des herrschaftlichen dem des einfachen Hauses sehr ähnlich gemacht.

Die Schäden wurden nach der Rückkehr von der Flucht auf beiden Seiten gleichzeitig repariert, doch auf unserer Seite dauerte die Instandsetzung wesentlich länger als drüben, nicht nur, weil das Haus des Apothekers kleiner war, sondern auch, weil man bei uns alles wieder so herrichten wollte, wie es zuvor gewesen war, die Stukkaturen, das Parkett, die Verzierungen, und zwar so, daß nichts an jenen brutalen Einschnitt im Leben des Hauses erinnern könnte – als sei es ein unerträgliches Zeichen des Niedergangs, diese Wunde zu zeigen. Wären da nicht die unauffälligen Risse in der Wand sowie – ein wenig deutlicher, aber weniger exponiert – die fehlenden Fliesen auf dem Fußboden im Erdgeschoß, würde heute niemand mehr davon wissen. Auf der anderen Seite der Wand jedoch gab es wegen der Notwendigkeit, den Laden so schnell wie möglich wiederherzurichten, weder die finanziellen Mittel noch die entsprechende Aufmerksamkeit für eine getreue und minutiöse Restauration, weshalb man von der Situation profitierte und dem Haus – vermutlich zur großen Freude seiner Bewohner – ein moderneres Aussehen verlieh.

Auf dieser Seite war unsere Großmutter diejenige, die sich um alles kümmerte, denn trotz des verstörten und zerbrechlichen Ausdrucks auf dem Kindheitsphoto besaß sie ein energisches und arbeitsames Wesen. Im übrigen wäre der Palazzo in Anbetracht des schüchternen und unsicheren Ehemanns, den sie nun einmal hatte, ohne ihr Zupacken sicherlich nie zu neuem Leben erwacht, jedenfalls nicht so, wie er jetzt war. Bei Ausbruch des Krieges, als ihr Mann an die Front abgefahren war und die beiden Kinder sich auf dem Land in Sicherheit befanden, hatte sie sich ganz allein darangemacht, das Haus leerzuräumen. In einem ungeheuren, apokalyptischen Umzug, der sich über mehr als zwei Monate erstreckte, waren Ochsen- und Pferdekarren, beladen mit den besten Möbelstücken, Gemälden, Teppichen und Leuchtern, in Richtung desselben ländlichen Zufluchtsorts aufgebrochen. Auf den allerletzten Karren war in Begleitung eines der ihr verbliebenen Zimmermädchen auch unsere Großmutter geklettert, die bereits in jeder Hinsicht der Ehefrau des Apothekers und den anderen Frauen des Dorfes ähnelte, die wie sie dazu gezwungen waren, Häuser und Felder zurückzulassen und inmitten ihres Hausrats auf den Karren hockten. Unsere Großmutter war auf diese Weise jedoch nur bis zum Bahnhof gereist, wo sie – so gut zurechtgemacht, wie es bei einem Ortswechsel in Kriegszeiten eben möglich war – mit einem kleinen Koffer und dem schweren Schlüsselbund den Zug bestiegen hatte.

Als sie zurückkehrte, war da dieses immense Loch im Haus; schlimmer noch als das Loch war die Tatsache, daß es weder Fenster noch Türen gab, und sogar das massive Portal war, vermutlich als allererstes, herausgerissen worden und danach verschwunden. Kein einziges der Möbelstücke, die sie hatte zurücklassen müssen, weil sie zu groß waren, um auf dem Ochsenkarren transportiert zu werden, war mehr da; kein einziger jener Vorhänge, die sie für robust genug gehalten hatte, um einen Krieg zu überleben; kein einziger Stoffetzen, nicht einmal eine der Decken, mit denen sie in der Eile noch die edlen Fußböden abgedeckt hatte. Im Erdgeschoß Spuren von Tieren, die man dort untergebracht hatte, Heu, Fliegen, Abfälle. Im ersten und im zweiten Stock lag auf den Fußböden der Zimmer, Säle und Salons, die nun ohne Türen zu einem einzigen großen, offenen

Raum geworden waren, jede Menge Stroh, auf dem die Truppen geschlafen hatten. Auf den Lagerstätten verstreut lagen Uniformfetzen, Mützen, der eine oder andere Strumpf oder Schuh, Kartoffelschalen, teils verfaulte, teils steinharte Überreste von Rüben. Und einige unverkennbare Flecken von schwarzem Rauch an den Wänden bezeugten, daß dort alles mögliche getrieben worden war: schlafen, essen, kochen.

Es ist schwer, sich die Reaktion unserer Großmutter nach der Rückkehr aus jener trügerischen, unwirklichen, für einige unvorstellbar sorglosen und angenehmen »Sommerfrische« mitten im Krieg vorzustellen, und ebenso, wie die Großmutter allein durch das menschenleere und absolut stille Gebäude strich, das zu einem Stall ohne Tiere geworden war, zu einem leeren Schlafsaal, einem riesigen, verwüsteten Zimmer, dessen Wände in verschiedenen Sprachen bekritzelt waren, Deutsch, Italienisch und Slawisch, Flüche, Anrufungen, Parolen oder auch nur Namen und das Datum, das jemand in die Wand geritzt hatte. Allein ihre Jugend und ihre Ahnungslosigkeit – sie war ja aufgewachsen, ohne daß man ihr irgend etwas über das Leben beigebracht hatte – konnten sie veranlassen, diese kahle, heruntergekommene Kaserne erneut in ein Wohnhaus verwandeln zu wollen, dort zu bleiben, statt fortzugehen und woanders zu leben, in einem kleineren, einfacheren, unversehrten und bequemen Haus.

An der Ahnungslosigkeit und Unerfahrenheit unserer Großmutter änderte sich im Laufe der Jahre nichts. So kam es auch, daß sie gleich nach dem Ende des zweiten Weltkriegs eine ererbte Villa verkaufte – ohne sie sich auch nur angesehen zu haben; sie lag äußerst günstig in einem berühmten Luftkurort, den man aber, abgesehen von der Entfernung, für zu mondän und zu lärmend hielt. Von dem Erlös, den sie mit sämtlichen Ersparnissen der Familie aufstocken mußte, erstand sie ein Hotel, vielmehr ein Grand Hotel am See, das – unter ihrer Leitung – natürlich schon nach weniger als einem Jahr bankrott ging, und noch heute schläft man gelegentlich in einem Bettuch mit den eingestickten Buchstaben GH oder ißt mit dem versilberten Besteck mit diesen Initialen, einzige Überbleibsel jener glücklosen Investition.

Wie es nach Kriegen üblich ist, wurden einige Möbelstücke, die irgendwer hatte verschwinden lassen, der ein paar Tage früher von der Flucht zurückgekehrt war und Zeit für einen wenn auch noch so unergiebigen Beutezug gehabt hatte, hier und dort in Bauernhäusern aufgespürt. »Wir wollten sie nur in Sicherheit bringen«, sagten jene Bauern dann, oder: »Wir haben sie irgendwo auf den Feldern gefunden«, und jedesmal bedankte sich unsere Großmutter für so viel weise Voraussicht. Es dauerte Jahre, bis alles wieder an seinem Platz stand, an Ort und Stelle, so wie es bis vor kurzem noch war, bevor der Niedergang einsetzte, und das Ergebnis waren Jahrzehnte der Einschränkung, da mit einem Schlag, gleichzeitig mit dem Krieg, die Regel außer Kraft gesetzt worden war, nach der jemand, der Land besaß, zwangsläufig auch wohlhabend oder sogar reich sein mußte.

Das Haus erwachte zu neuem Leben, und trotz seines heutigen verfallenen Zustands würde man nie glauben, daß es einmal eine solche Verwüstung durchgemacht hat. Alles wurde wiederhergestellt, die Türen und die Fenster, die Fensterläden und das Portal, die Wände wurden neu gestrichen, die Decken und die Fußböden ausgebessert, die Möbel restauriert, die Vorhänge ausgetauscht. Neue Türen für jedes Zimmer, identisch mit den alten, dieselben Türgriffe, dieselbe Farbe und dieselben Ornamente. Nur ein Detail ist anders: Auf den neuen Türen, die mittlerweile auch schon achtzig Jahre alt sind, fehlen die Initialen, die der alte, ein wenig hinkende Giuseppe eines Nachts groß und mit schwarzer Farbe auf alle Zimmertüren im ersten und zweiten Stock gepinselt hatte und die trotz mehrfacher Übermalung stets deutlich zu erkennen gewesen waren.

Er hatte seine eigenen imaginären Initialen verwendet, jene, die er sich selbst zusprach, mit dem Nachnamen des leiblichen Vaters, nicht dem der Santina Frapporti, und trotz der folgenden, hastigen Übermalungen waren die Buchstaben immer wieder durchgekommen, besonders im zweiten Stock, wo die helle Farbe den dunklen Schatten nie vollständig hatte verdecken können.

Jenes Schwarz, das wie ein verhaßter Fleck das Weiß

schändete, mußte den Bewohnern des Hauses den Eindruck vermittelt haben, nachts sei der Teufel eingekehrt, und wahrscheinlich hielten sie ihn alle für einen Kompagnon des Teufels, diesen Alten, der kurz vor seiner letzten Erkrankung jede Tür, jedes Tor und jeden noch so kleinen Einlaß des Hauses, das er offenbar nach wie vor als sein Eigentum betrachtete, mit seinem Namen gekennzeichnet hatte. Ein Haus, das sein Vater lieber einem weniger nahen Verwandten vermacht hatte als dem leiblichen Sohn – ob aus dem Grund, weil dieser mit verdrehtem Fuß zur Welt kam, weil er um einiges weniger attraktiv war als der Neffe oder weil er mit dem Zimmermädchen gezeugt worden war, das ist heute nicht mehr bekannt.

In der wütenden Ohnmacht seines fortgeschrittenen Alters hatte Giuseppe sich jedenfalls im Dunkeln mit Farbeimer und Pinsel aufgemacht und war mit seinem verkrüppelten Fuß von Zimmer zu Zimmer gehumpelt, getrieben von der fixen Idee, überall sein Zeichen zu hinterlassen, eine nächtliche und symbolische Inbesitznahme dessen, was er tagsüber liebte und haßte, der Treppen, der Korridore und der Säle, die er bei Licht, sofern er nur konnte, zu meiden suchte. Im Dunkeln war er der Herr, er kannte jede Ecke, jedes Möbelstück, jeden Mauervorsprung und jede Vertiefung, er konnte sich dort hinsetzen, wo es ihm gerade gefiel, sich langmachen, sein Spielchen spielen, den Schatten Anweisungen geben, über das schweigende Nichts herrschen. Besonders heftig hatte er an jener Tür gewütet, die zu dem kleinen Zimmer am oberen Ende der engen Treppe führt, das einst Alfonsina gehört hatte, die seit Jahren verschwunden war, abgereist in ihr Kloster. Er hatte die

Tür mit einem doppelt und dreifach gemalten Monogramm gekennzeichnet und dasselbe an der Tür des Zimmers im zweiten Stock vorgenommen, in dem die Nichte als Kind geschlafen hatte.

Irgendwer wird wohl in jener Nacht ein Rascheln und ein Scharren gehört haben, doch es war allgemein bekannt, daß Giuseppe im Dunkeln über die Stockwerke herrschte, und niemand war darauf erpicht, ihm dabei zu begegnen. Und es ist wahrscheinlich, daß am Morgen danach, wie es in der Familie üblich war, kein einziges Wort über das Vorgefallene geäußert wurde, denn darüber zu reden hätte bedeutet, Haltung zu verlieren, sich zu erregen, in einen gefährlichen Strudel zu geraten. Fassungslos werden sie die beschmierten Türen angestarrt und dabei allesamt, ohne es auszusprechen, erraten haben, wer verantwortlich dafür war und im übrigen, ohne sich groß darum zu scheren, eine gewaltige Ferkelei veranstaltet hatte, indem er Farbspuren auf Fußböden sowie hier und dort an den Wänden hinterließ, die bis in sein Zimmer führten. Damit auch niemand daran zweifelte, daß er es war.

Beklommen hatten die Urgroßeltern noch am selben Morgen dafür gesorgt, daß jemand geholt wurde, um die Dinge wieder in Ordnung zu bringen; doch dann hieß es plötzlich: Lieber doch nicht, es war besser, niemanden zu holen und allein zurechtzukommen, mit Hilfe der Hausangestellten und Dienstmädchen, es war besser, im Dorf nichts von der Tollheit des Alten verlauten zu lassen. Und sie werden mit Wischlappen, Putzutensilien, Terpentin herbeigeeilt sein, um das Ergebnis jener nächtlichen Ausschweifung auszulöschen, und sich dabei eingebildet haben, daß nichts von alldem nach außen dringen würde. Tage über Tage wird das Säubern der unzähligen Türen gedauert haben; und noch mehr Tage, vielmehr Monate und Jahre, wird die Verwirrung der gesamten Familie angehalten haben. Noch heute hat sich die Erinnerung an jene Schändung in gewissem Sinne erhalten, als habe der so ferne Krieg nicht jede Spur davon hinweggefegt: Ein Beweis dafür – wie es der unrechtmäßig verdrängte Giuseppe vermutlich begriffen hatte –, daß vielleicht das Haus, die Möbel, die Wände, die Gemälde und die Türen letztendlich mehr zählten als die Existenz der Menschen, zumindest einiger von ihnen.

Als die schwarze Farbe schließlich verschwunden war, blieb jedoch der Schandfleck zurück. Ein Schandfleck, der nicht so sehr in der Tatsache bestand, daß man in Zimmern wohnte, die anderen hätten gehören müssen, sondern vielmehr darin, daß man überhaupt von dieser Sache wußte, daß man früher oder später gezwungenermaßen in der Familie darüber sprechen und sich einer Realität stellen müßte, die man – da sie nun einmal ans Tageslicht gekommen war – unmöglich weiterhin ignorieren konnte.

Mehr noch als dem Urgroßvater muß dies unserem sanftmütigen Großvater Kummer bereitet haben, der, genügsam und spartanisch, wie er war, paradoxerweise wohl auf den gesamten Besitz verzichtet hätte, wäre dieser nicht die Bedingung dafür gewesen, die Ehefrau zu bekommen, die er nun einmal für die richtige hielt, einen Besitz, der in seiner Obhut seit geraumer Zeit nicht mehr florierte, ja eine Last war, eine Qual, von der er sich liebend gern befreite, kaum daß sein Sohn in der Lage war, sich darum zu kümmern. Oder, wenn nicht direkt Anlaß zu Kummer, dann muß dieser Schandfleck für ihn zumindest eine lästige Erinnerung gewesen sein, die es auszutreiben galt, um die nächtliche Inbesitznahme des alten Hinkefuß endlich zu annullieren, doch vor allem, um selbst von dem eigenen inneren Verdacht befreit zu werden, an einem Ort zu leben, der einem eigentlich nicht zustand.

Vielleicht litt er deshalb an diesem Tick, alles mit seinen Initialen zu versehen: Bücher, Photos, Gemälde, Briefbögen, Zeitungen, aber auch Kleidungsstücke, Schuhe, Handschuhe und Hemden, jedwedes Objekt, dem er seine Initialen aufprägen konnte. Im Haus finden sich auf Schritt und Tritt die von ihm gekennzeichneten Reliquien – Anzüge, Gegenstände, Nippesfiguren und sogar Möbel –, und wir erinnern uns alle daran, wie er den Füllfederhalter herauszog und angestrengt, mit hastigem Kratzen – zum großen Verdruß der Großmutter –, jeden neuen Gegenstand kennzeichnete, der erstmalig in seinen Besitz trat.

Den zweiten Weltkrieg überstand das Haus ungeschoren, obwohl keine der zahlreichen Bomben, die auf die Eisenbahnstrecke und in der Nähe der über den Fluß führenden Brücken fielen, ihr Ziel verfehlte. Es gab nur zerbrochene Scheiben, aber keinen Diebstahl, keinen Überfall, vielleicht weil unsere junge, frisch verheiratete Mutter fast die ganze Zeit über im Haus blieb, um die Stellung zu halten, in Begleitung einer einzigen Hausangestellten, die jedoch, im Gegensatz zu ihr selbst, vor Angst fast gestorben wäre. Zum Schutz der beiden Frauen diente ein mittelgroßer Mischlingshund, den unser Vater zurückgelassen hatte, sowie sein geladenes Jagdgewehr, das in seinem Zimmer im zweiten Stock, neben dem Wohnzimmer, senkrecht hinter dem Ofen an der Wand stand. Keinerlei Angst und auch keine Einsamkeit. Und unsere Mutter würde sowieso niemals zugeben, eines dieser Gefühle verspürt zu haben, da sie trotz ihrer unberechenbaren Zerstreutheit von klein auf gelernt hatte, über so etwas nicht zu sprechen und daher solche Gefühle, sollten sie sich einstellen, nicht einmal zu erkennen.

Damals wie heute ist sie wieder fast ganz allein, ohne Hund oder Gewehr, doch deshalb kommt sie noch lange nicht auf den Gedanken, nachts die Türen zu verriegeln, nicht die zur Straße hin und auch nicht die hinter dem

Haus, die in den Garten führt. Der Kranke liegt im Zimmer nebenan, und vielleicht fühlt sie sich deshalb sicher.

Heute, in Friedenszeiten, würde keine von uns Schwestern, die wir beinahe doppelt so alt sind wie unsere Mutter damals, die Lust verspüren, ganz allein im Haus zu schlafen, nicht einmal für eine Nacht. Das überall lauernde Knacken, die wohlbekannten, doch stets geheimnisvoll dumpfen Geräusche, das sporadische und unerklärliche Klopfen, verstärkt durch die Unmöglichkeit, das Licht beim Verlassen eines Raumes an- und auszuschalten, ohne in bedrohlicher totaler Finsternis zu stehen – was sich in neuen Wohnungen heutzutage vermeiden läßt –, all das verursacht schlaflose Nächte. Und zwar bei all denen, die mit gespitzten Ohren bis zum Morgengrauen wachliegen und die Ursachen dieses oder jenes Geräuschs zu ergründen suchen, deren rastlose Gedanken das Haus durchqueren, Salons und Säle, Zimmer und Zimmerchen, Rumpelkammern und Abstellräume, die Treppen hinunter bis zu den zahlreichen düsteren Räumen im Erdgeschoß, ein Grundriß bei Nacht, den es Schritt für Schritt im Geiste zu durchmessen gilt, bevor man sich ein wenig entspannen kann.

Bleibt nur noch der Speicher. Man gelangt dorthin, wenn man die Treppe weiter hinaufsteigt, deren Stufen auf diesem letzten Abschnitt bei gleichbleibender Breite nicht mehr aus Stein sind, sondern aus Holz. Es sind nur zwei Treppenstiegen, doch bereits nach der ersten, auf halber Strecke also, stößt man auf eine Vorahnung des Speichers, und zwar in Form von zwei Zimmern, von denen sich nicht mit Sicherheit sagen läßt, ob sie noch zu den respektablen Stockwerken der Schlafzimmer und der Salons gehören oder zu jenem staubigen der Mäuse, Fledermäuse und Spinnweben. Wahrscheinlich ist, daß dies bereits der Speicher ist, doch etwas weniger Speicher als jener, der weiter oben wartet, und dank der Aussicht auf den Garten, dank der friedvollen Stille und der Entfernung zu allem sonstigen ist dieser Teil des Hauses in gewissem Sinne von seinem Schicksal, in Staub zu versinken, erlöst.

Mit der Zeit hat der wachsende Bedarf an Schlafzimmern diese Vorräume des Dachgeschosses mit den niedrigen Decken und den kleinen Fenstern wieder zu Ehren kommen lassen, indem sie in Zimmer verwandelt wurden, die jeder bevorzugte, denn sie waren als einzige keine Durchgangszimmer, hier konnte man sich vor der Familie in Sicherheit bringen, fühlte sich wie in einer Art Turm, ein bißchen sicherer als anderswo im Haus –

Zimmer, die dem Feind, der sich des Nachts durch irgendeine vergessene Öffnung hereinschleichen und dann die Treppe hinaufbegeben würde, zuallerletzt in die Hände fallen würden. Nur undeutlich dringen Geräusche hier herauf, die Stimmen sind weit entfernt, das Klappern einer Tür ist beinahe unwirklich, das Telefon ist nicht zu hören, das Kommen und Gehen gedämpft, es gibt keinen Lärm, wenn man einmal von den Kirchenglocken absieht, die ab sieben Uhr früh in regelmäßigen Abständen zu dröhnen beginnen, als würden sie direkt im Zimmer geläutet, nur einen Schritt vom Bett entfernt.

Zwei Zimmer, die ihre Atmosphäre als Dienstbotenzimmer mehr oder weniger erhalten haben, eines davon mit schweren, dunklen Möbeln, die einst, da sie als wenig dekorativ galten, den Dienstmädchen überlassen wurden – im Gegensatz zu damals werden sie heute nicht mehr in dem Maße verachtet –, das andere mit weiß gestrichenem Bett, Tisch, Stuhl und Schrank, offensichtlich deshalb, weil man die Möbel in ihrem natürlichen Zustand selbst für eine Hausangestellte für zu heruntergekommen hielt. An den Wänden hängen seit undenklichen Zeiten einige Herz-Jesu-Bilder, Madonnenbildnisse und Engelchen, die an die Dienstbotenzimmer abgetreten wurden, um deren Bewohner zu trösten und sie an die Frömmigkeit zu erinnern, derer sie offensichtlich sehr bedurften. Einige dieser Bilder sind Reproduktionen von Gemälden und Drucken, andere vermitteln, obwohl sie gerahmt sind, eher den Eindruck, als habe man sie aus irgendeinem Kalender ausgeschnitten. Auf der Rückseite trägt jedes den Namen seines Bestimmungsortes, »Zimmer der Köchin«, »Arbeitszimmer«, vermerkt mit der steilen Schrift der Großmutter, ein Zeichen dafür, daß sie es war, die für die Einrichtung dieser beiden Räume sowie für die geistige Erbauung derjenigen sorgte, die im Laufe der Zeit darin wohnten.

Im weißen Zimmer schliefen stets die Köchinnen, eine nach der anderen, angefangen bei den allerersten, die tatsächlich nur fürs Kochen zuständig waren und alles andere den Gehilfinnen überließen, bis zur letzten, die noch bereit war, bei uns im Haus zu wohnen, und die nicht nur kochte, sondern auch bügelte, putzte, Wäsche wusch, Fußböden wischte und saugte und dabei noch die Zeit fand, sich den Kummer der Kinder anzuhören und ihnen heimlich von ihrem eigenen Geld verbotene, weil zu teure oder zu unvernünftige Lebensmittel wie Bananen, Bonbons, Mandelgebäck oder manchmal sogar eine Eiswaffel zu kaufen. Nur dicke Köchinnen oder dünne, denen aber in jedem Fall den ganzen Tag über das Herdfeuer in der Küche eingeheizt hatte, hielten es aus, in diesem Zimmer zu schlafen, das den größten Teil des Jahres eiskalt war, weil es über keinerlei Heizung verfügte und darüber hinaus zwei Außenwände hatte. An einer der beiden Wände steht das Bett, und wer darin schläft, spürt die von der Wand ausstrahlende feuchte Kälte wie einen Atemzug oder, schlimmer noch, einen Windhauch.

Außer seiner Funktion als Oase der Abgeschiedenheit ist das Zimmer auch eine Oase der Unschuld, denn abgesehen von jener einzigen leichtfertigen Bewohnerin, die nachts ihren Geliebten fünf Treppenstiegen durch das dunkle Haus hinaufkommen ließ, haben dort stets keusche und fromme Frauen genächtigt, Frauen ohne

Vergangenheit und ohne Zukunft, oder später, als ein kleiner Ofen eingebaut worden war, auch Kinder. Und in der Tat hat deren Spielzeug schließlich und endlich die Spuren jener Frauen ersetzt, den beinernen Rosenkranz auf dem Nachtschränkchen, die weiße Schürze, die hinter der Tür hing, die kleinen Gegenstände der armen oder fast armen Leute, ein zerknittertes Taschentuch, einen aus dem Leim gehenden Photorahmen aus Pappe, eine winzige Madonna aus Eisen und die mit einem Reißverschluß versehenen braunen Filzschuhe, die neben dem Schrank darauf warteten, daß die Frauen zur Messe oder zum Einkaufen gingen.

Länger als alle anderen hat hier die legendäre Luigina gewohnt, die liebste, die beste, die sparsamste aller Köchinnen, die über das Kochen hinaus alles unter Kontrolle hatte und immer Zeit fand, den Kindern zuzuhören; diejenige, deren Heft mit Kochrezepten dem Haus erhalten blieb, zu Papier gebracht in der Schrift der fleißigen Schülerin, mit dialektbedingten Fehlern und voller Fettflecken; diejenige, die uns verließ, um in ihrem Dorf einem Priester den Haushalt zu führen.

Wenn die anderen Hausangestellten aufseufzten, wenn sie an ihre Pensionierung dachten – einziger Ausweg, um endlich von uns allen, unserem Haus und der harten Arbeit loszukommen –, sprach sie von dem Tag, an dem sie fortgehen würde, um ihrem Priester zu dienen. Durch mühseliges Sparen hatte sie ihm den Eintritt ins Priesterseminar ermöglicht und ersehnte nun wie eine Art Himmelfahrt das Privileg, sich endlich um ihn kümmern zu dürfen.

Unzählige Male wird sie in diesem weißen Zimmer von ihrem ganz privaten Paradies geträumt haben, halb tot vor Sehnsucht nach ihrem Zuhause und ihrem Priester, der sie, als sie schließlich zu ihm ging, anscheinend schlecht behandelte und fast noch härter schuften ließ als wir. Oder zumindest wurde es uns so berichtet, eine Art hartnäckige Legende, die in der Familie gern vernommen wurde, damit wir uns sagen konnten: Siehst du, sie wollte ja fort, da sieht man, was aus ihr geworden ist, sie hätte besser daran getan, bei uns zu bleiben, statt sich von diesem Priester schröpfen zu lassen. Und jahrelang warteten wir vergeblich darauf, daß sie zurückkehrte, während sie uns nicht einmal mehr Briefe oder Postkarten schickte und auch sonst kein Lebenszeichen von sich gab, vielleicht weil es aus unserem Haus niemandem in den Sinn kam, ihr je zu schreiben, auch wenn man sie stets geschätzt und für unersetzlich gehalten hatte. Statt dessen hielt sie den Kontakt zu einer frommen Frau aus dem Dorf aufrecht – ihre Gefährtin beim Gang zur Messe, beim Beten von Rosenkränzen und bei der Teilnahme an Prozessionen –, die uns mit unvollständigen Sätzen und scheinheiligen, ehrerbietigen Anspielungen über die Gründe in Kenntnis setzte, aus denen Luigina es vorgezogen hatte, dem Priester den Haushalt zu führen.

Unser Haus, so ließ uns die – wie wir meinten – nach Erlösung strebende Informantin wissen, war einfach nicht mehr so wie früher, die Frömmigkeit hatte ein wenig nachgelassen, die sonntägliche Messe wurde zwar besucht, das würde gerade noch fehlen, aber zu den Gottesdiensten, den Prozessionen, der Rosenkranzandacht und zum Katechismusunterricht gingen allerhöchstens noch die Kinder. Es war nicht mehr wie zu Zeiten der Großeltern oder der Urgroßeltern, als die

Familie vollzählig versammelt jedem liturgischen Ereignis des Dorfes beiwohnte. Und sogar die Besuche auf dem Friedhof – der eifrigen Botin entging rein gar nichts – waren so rar geworden, beschränkt auf wenige Male im Jahr, daß die Blumen vertrockneten und die Pflanzen stets halb verwelkt waren. Und auch gegenüber den Nonnen aus dem Kloster bestand nicht mehr dieselbe Vertraulichkeit wie früher, als Lebensmittel, Wein, Kleidungsstücke, Holz und Geld hineinwanderten und im Tausch dafür Gebete, Spitzen und Stickarbeiten zurückkamen. Und sogar der Pfarrer suchte das Haus nun mit größerer Scheu auf als einst und auch nur noch zu außergewöhnlichen Anlässen; er wurde nicht mehr einmal pro Woche an seinem speziellen Tag zum Essen eingeladen, wo er zur Rechten der Dame des Hauses zu sitzen pflegte, galant und genießerisch wie ein Mann, hinreißend und – vielleicht auch wegen seines Gewandes – zart wie eine Frau.

Frivoler war die Familie demnach insgesamt geworden, oberflächlicher, weniger an den Angelegenheiten der Seele interessiert als an denen des Leibes. Darunter hatte die Köchin gelitten, ließ uns die Informantin wissen, und außerdem unter einer gewissen Sparsamkeit unsererseits, wenn es um die Armen und die Zigeuner ging, die am Portal klingelten. Es gab die Anweisung, nicht mehr als ein Geldstück hinunterzuwerfen oder, besser noch, das Fenster ganz zu schließen und so zu tun, als habe man nichts gehört. Mit dem Ergebnis, daß Luigina oft und gern etwas von ihren eigenen Ersparnissen hergab. Und diese waren sehr bescheiden, wenn man bedenkt, daß die Löhne der Hausangestellten offensichtlich das äußerste Minimum nicht überschritten, denn sonst hätten sich die Dienstboten nicht allesamt danach gesehnt, so schnell wie möglich fortzugehen, und dabei von anderen Orten, anderen Häusern oder sogar der erbärmlichen Pension geträumt, die sie erwartete. Und jene, die länger bei uns blieben, wie Renata oder diese heilige Köchin, taten dies auf eine Weise, als handele es sich um eine Mission, um ein Opfer, das sie dem Himmel erbrachten, um Verdienste für das Jenseits zu sammeln.

Schließlich waren da diese Streitereien, Zänkereien, Meinungsverschiedenheiten, die zwar nicht grundlegender Art waren, um Himmels willen, die aber doch häufig genug vorkamen und ihren Anteil hatten an der Entstehung des Leidens dieser hochgeschätzten Hausangestellten. Dann und wann kam es zu gewissen Diskussionen – wußte die fromme Dorfbewohnerin, die so tat, als würde sie ausschließlich Berichtetes wiedergeben –, die sich an völlig nichtigen Dingen entzündeten, an dem zu zähen Fleisch, an der unnötig lange angeknipsten Lampe, die mit Rede und Gegenrede endlos weitergingen, leider nach und nach immer schärfer wurden, mit lauter werdenden Stimmen, die auch außerhalb des Hauses zu hören waren, durch die halb oder ganz geschlossenen Fenster nach außen drangen, die enge Gasse hinunterpurzelten und an die gegenüberliegenden Häuser prallten. Manchmal geschah es, daß sie um die Ecke der Gasse bogen und in der einen Richtung bis zur Kirche gelangten, in der anderen bis zum Dorfplatz.

Nach fünfzehn oder zwanzig Jahren eines solchen Lebens – schloß die Herzensfreundin mit untröstlicher Miene – hatte die arme Luigina es nicht mehr ausgehalten und war dorthin abgereist, wo Frieden herrschte, zu ihrem Priester in den Bergen, ein Friede, der leider seinerseits nicht frei von Kummer war, aber immerhin größer als bei uns.

Im Zimmer nebenan stehen noch immer zwei gleiche Betten, in sicherem Abstand, durch einen großen Ofen voneinander getrennt, wuchtigen dunklen Booten ähnlich, mit hohen Seitenteilen und leicht nach innen gebogenen Kopfenden, um besser durch die nächtlichen Stunden zu navigieren. Die Betten waren für die Dienstmädchen bestimmt, die hier oben tatsächlich wohnten, aber nicht so regelmäßig wie die Köchinnen im angrenzenden kalten kleinen Zimmer, denn die Dienstmädchen wechselten – zumindest in jüngster Zeit – immer häufiger, sie kamen und gingen, mal waren sie da und dann wieder nicht, und gegebenenfalls konnte man sogar ganz auf sie verzichten. Ohne Köchin hingegen wäre es allen unmöglich vorgekommen, länger als drei Tage zu überleben, was auch auf den mangelnden Eifer unserer Mutter zurückzuführen ist, die die Rezepte sämtlicher Speisen rein theoretisch kannte, da sie sie las, sich einprägte und an den Photos Gefallen fand, in der Praxis jedoch vier Töpfe schmutzig machte, um ein einziges Nudelgericht zuzubereiten.

Hier oben, nur einen Katzensprung vom Speicher und weit von den anderen Zimmern entfernt, hielten die Hausangestellten sich allzugern auf, auch wenn sie anderswo oder sogar außer Haus nächtigten. Natürlich war das Zimmer, wie unsere Großmutter schrieb, ein Arbeitszimmer, aber vom Personal wurde es als eine Art

Wohnzimmer betrachtet, in dem man in aller Ruhe schwatzen und sich beklagen konnte, ohne fortwährend gerufen, kontrolliert oder angetrieben zu werden. Hier oben wurden unzählige Tassen Kaffee getrunken (aus Gerstenmalz, denn anderer war nicht erlaubt), in die man altes Brot oder – in den letzten Jahren – geheimnisvolle Kekse tunkte, die vom eigenen Geld erstanden oder vielleicht von Verwandten geschickt worden waren.

Da es sich dabei um eine Ware handelte, die die Herrschaften, was ihre eigenen Bedürfnisse anbelangte, für überflüssig hielten und die allenfalls für zahnlose Kranke herhalten mochte, waren wir Mädchen unwiderstehlich davon angezogen und kamen wie arme Kirchenmäuse hinaufgelaufen, um den einen oder anderen Keks zu erbetteln, der aus vielen Schichten von Seidenpapier hervorgeholt wurde, in das die anderen Kekse dann wieder eingewickelt und noch einmal umwickelt wurden, um am Ende in die Schubladen der Nachtschränkchen zurückgelegt zu werden. Und es nützte auch überhaupt nichts, daß die Großmutter regelmäßig gegen die Angewohnheit wetterte, Lebensmittel in den Schlafzimmern aufzubewahren, die so nah am Speicher lagen, von wo Mäuse herbeigelockt werden konnten sowie Ameisen von den Kletterpflanzen, dem Efeu, den Rosen und dem wilden Wein, die sich allesamt an der Außenwand des Hauses bis hier hinauf rankten, zur warmen Jahreszeit durch die Fenster hereinsahen und dabei im Wind leise an die Scheiben klopften.

Auch wenn sie das Wirken des Großvaters und der Großmutter auf Schritt und Tritt lobte, scherte sich das grantige Dienstmädchen Renata nicht um derlei Vorschriften und vollzog weiterhin am eifrigsten von allen die Zeremonie von Kaffee mit Keksen. Und das auf ihre schwierigen Aufgaben im Haus zurückzuführende Zugeständnis, daß nur sie allein richtigen Kaffee trinken durfte, entschädigte sie für die Unbequemlichkeit, im Garderobenzimmer im zweiten Stockwerk schlafen zu müssen, in Rufweite ihrer hochverehrten Herrin, und nicht in der glückseligen – und nicht nur akustischen – Abgeschiedenheit hier oben unter dem Dach. Jedenfalls betrachtete sie das Arbeitszimmer als natürliche Erweiterung ihres persönlichen Reiches und ertrug es nur sehr schwer, wenn jemand, der nicht zum Personal gehörte, sei es ein Erwachsener, sei es ein Kind, dann und wann hereinschaute. Als Gewerkschafterin *ante litteram* verteidigte sie sich selbst, ihr Reich sowie die anderen Dienstmädchen mit einer sturen Verbissenheit, die dadurch noch unverfrorener wurde, daß ihr Forderungskatalog sich notgedrungen auf Formales beschränken mußte, da sich die Substanz einer armseligen Entlohnung unmöglich verändern ließ.

Sie entwickelte sich zur unermüdlichen Verteidigerin ihrer Rechte sowie derer ihrer Kolleginnen und wurde nach dem, was mit Enrichetta geschehen war, allen gegenüber nur noch mürrischer. Enrichetta war ein schmächtiges junges Dienstmädchen, nicht trauriger und dem Anschein nach auch nicht unglücklicher als die anderen, das eines Tages aus dem Fenster des Arbeitszimmers fiel und unten im Garten starb, nachdem es mit seinem Körper zwei oder drei große Hortensien verwüstet hatte. Es war ein Unfall, hieß es wiederholt bei uns im Haus. Sie hat sich zu weit hinausgelehnt, als sie die Fensterläden schließen wollte. Doch wurde nie bekannt, weshalb es überhaupt notwendig war, um zwei Uhr nachmittags im tiefen Winter die Fensterläden zu schließen, zumal eine nachmittägliche Ruhepause für die Dienstmädchen in keiner Weise vorgesehen war. Daß die Umstände dieser Geschichte richtiggestellt wurden, dafür sorgte Renata, die in mehreren Anläufen immer wieder davon anfing und nicht aufhörte, jedem, der ihr über den Weg lief, die Gründe darzulegen, die dazu geführt hatten, daß die siebzehnjährige Enrichetta, geboren in einem Tal des Podelta, sich vielmehr aus eigenem Willen aus jenem Fenster gestürzt hatte.

Zu viele Vorwürfe hatte es ihrer Meinung nach gegeben, zuviel Gefühlskälte, zuviel Kontrolle angesichts der Angewohnheit des Mädchens, an den Abenden, an denen es Ausgang hatte, spät heimzukommen und sich durch den Garten ins Haus zu schleichen, da das Portal zu jener späten Stunde nicht mehr geöffnet wurde, jedenfalls nicht für ein Dienstmädchen, das dementsprechend am nächsten Morgen, taub für jedes Rufen, gern bis nach acht schlief, wenn die anderen schon seit einer Stunde in den Zimmern tätig waren. Ein junges Mädchen hätte ein wenig mehr Freundlichkeit gebraucht als eine ältere Hausangestellte, und dann und wann ein Lächeln. Doch da Renata nicht etwa unserer Großmutter die Verantwortung für diesen Tod aufbürden wollte, beließ sie es, was die Schuldigen betraf, bei vagen Andeutungen und nannte nur ganz allgemein die Familie und das Haus eine für ein armes, von weit her gekommenes Mädchen feindselige Umgebung. Die Familie wiederum kümmerte sich nicht weiter um diese Enthüllungen und zog es vor, steif und fest bei der These eines Unglücksfalls zu bleiben.

Fünfzig oder sechzig Jahre nach Enrichettas Tod erinnern sich nur noch die drei Hortensien an das Mädchen; sie haben sich nie mehr von dem Unglück erholt, denn ihre Blätter sind ewig gelb und schlaff und die Blüten blasser und zarter als die der anderen Pflanzen. Und für den Fall, daß es nicht mehr dieselben Pflanzen sein sollten wie damals, muß es eine Absprache zwischen den alten und den neuen Hortensien gegeben haben, nach der die Trauer der Blumen über die Jahre hinweg andauert. Abgesehen von den Phantasiegeschichten Renatas weiß man – sofern man es je gewußt hat – heutzutage nichts mehr über die wahren Gründe, aus denen das junge Dienstmädchen aus dem Podelta sich hätte aus dem Fenster werfen sollen: Es ist schon viel, wenn überhaupt noch Spuren ihres Namens zu finden sind.

Als das Leben noch geordnet und geregelt und alles noch vorhersehbar und unter Kontrolle war, ohne schöne oder böse Überraschungen, standen in einer Ecke des Zimmers, am Fußende eines der beiden monumentalen Betten nahe beim Fenster, wo das Licht besser ist, ein paar Stühle und Schemel. Dort saß Renata, die kurzen, in dicke graue Strümpfe gehüllten Beine auf dem Hocker ausgestreckt, mit dem ihr eigenen griesgrämigen Blick durch die runden Brillengläser mit einem Rand aus gelbem Bakelit, mit den weißen Haaren, die sich aus dem Haarknoten gelöst hatten und ihr mürrisches Gesicht wie eine Schaumkrone rahmten, die unbestrittene Königin unter den Dienstmädchen, denen sie Anweisungen oder Vorschriften zum Stopfen oder Nähen oder Stricken erteilte, als seien sie ihre Angestellten.

Sie wußte einfach alles über das Haus und seine Bewohner, weil es ihr anvertraut worden war oder weil sie eben an die fünfzig Jahre dort verbracht hatte. Sie fand sich bestens im Geäst der Verwandtschaften zurecht, inmitten von Cousins und Cousinen, Schwagern und Schwägerinnen, Onkels und Tanten und den Vorfahren, und zwar besser, als wenn sie selbst ein Mitglied der Familie gewesen wäre. Sie hatte den absoluten Überblick über Geburten und Todesfälle, über die aufsässigen, die bevorzugten und die ungeliebten Söhne und

Töchter, über verstecktes Leid und heimliche Krankheiten, jene schändlichen Löcher in der großen Leinwand, die durch meisterliches Stopfen beinahe wieder unsichtbar gemacht worden waren, jedenfalls für all diejenigen, die nie etwas von ihrer Existenz erfahren hatten.

Sie redete und protestierte mit einem stets vorwurfsvollen Ton in der Stimme, jedoch leise, gedämpft, so daß man nur Fetzen ihres Geplappers mitbekam. Genug jedoch, um Drohungen, obskure Prophezeiungen, finstere Vorhersagen für uns und unsere Zukunft herauszuhören, wenn wir so weitermachten (was für die Kinder hieß, mit den Schuhen Spuren auf den soeben gewienerten Holzfußböden zu hinterlassen; und für die Erwachsenen, die Zimmer unordentlich zu verlassen oder den täglichen Rosenkranz zu vernachlässigen). Und sie unterließ es auch nicht, unser verfahrenes und viel zu unbeschwertes Leben mit dem Leben gewisser Vorfahren zu vergleichen, die wesentlich besser waren als wir, der arme Urgroßvater mit der Urgroßmutter, die arme Cousine und die arme Großtante, und immer weiter zurück in der Zeit, um dann auch noch Personen zu preisen, die sie selbst nicht einmal gekannt hatte und die vermutlich mehr als alle anderen, besonders wegen der traurig resignierten Miene, die fast jeder von ihnen auf den Porträts hat, für gut und gerecht gehalten wurden. Im Gegensatz zu den anderen Dienstmädchen, die von ihm wie von einem sagenhaften Mythos sprachen, verkörperte der alte unglückliche Giuseppe hingegen für sie ihr bevorzugtes Schreckensbild, einen schlechten Zweig der Familie, dem einer von uns mit Sicherheit einmal ähneln würde oder vielmehr bereits ähnelte. Renata beharrte darauf, Giuseppe in seinen allerletzten Jahren gekannt zu haben, während er mit Sicherheit schon seit langem tot war, als sie in die Dienste des Hauses trat.

Sie war über alles auf dem laufenden oder tat zumindest so, und vermutlich deshalb wagte es niemand, ihr zu widersprechen und noch viel weniger, ihr Anweisungen zu geben, die im übrigen überflüssig gewesen wären, da sie selbst am allerbesten wußte, wie der Haushalt organisiert wurde. Daher akzeptierte auch jeder ihre Wutausbrüche, zog man sich eingeschüchtert zurück, wenn man die Tür zum Arbeitszimmer halb öffnete und sie dort sitzen sah, wie in Wartestellung und bereit, mit verärgertem Gesichtsausdruck den Kopf zurückzuwerfen, um jedem Eindringling – bis auf die Großmutter und den Großvater, die jedoch nur äußerst selten heraufkamen, um sie zu stören –, der es sich erlaubte einzutreten, ohne zu klopfen und ohne zuvor ein Zeichen der Zustimmung erhalten zu haben, Einhalt zu gebieten. Dies hier war ihr Reich, und erst als sie das Haus endgültig verlassen hatte, konnte man das Zimmer in aller Ruhe inspizieren und nachsehen, was sich auf und unter dem riesigen Arbeitstisch verbarg, den die Großmutter nach Maß hatte anfertigen lassen: und zwar in solchen Dimensionen, daß der Tischler gezwungen war, den Tisch hier im Haus zu schreinern, an dem Ort, wo er dann für lange Zeit stehen sollte.

Jetzt, da hier oben nicht mehr gearbeitet wird, wurde der Tisch, der in gewissem Sinne ein Symbol für das Zimmer war, da er es mit seiner Fläche von drei Meter vierzig mal drei Meter vierzig völlig ausfüllte, entfernt, wurde fortgetragen – wer weiß, wie, zumal die Tür ganz normale Maße aufweist –, vielleicht wurde er auseinandergenommen und im Erdgeschoß wieder zusammengesetzt, in der ehemaligen Post, wo er jetzt steht, von traurigen Stoffetzen verhüllt, die ihn für eine zukünftige Verwendung, die es für ihn höchstwahrscheinlich nie mehr geben wird, vor Staub schützen.

Er stand mitten im Zimmer, massiv, mit zwei Ablageflächen, die obere überladen mit allen denkbaren Gerätschaften, Scheren, Bürsten, Stricknadeln, Stopfgarn, Fläschchen mit Fleckentferner und Insektenpulver, Kampferkügelchen, Kleiderbügeln, Wäsche, diversen Haufen von Kleidungsstücken, die auszubessern waren, sortiert je nach Dringlichkeit, nach Wichtigkeit desjenigen, der sie trug. Die untere Ablagefläche, eine Art geheimnisvolle Höhle, zu der man nur von den Tischkanten aus leicht Zugang hatte, übte die Funktion eines geräuschlosen Allesschluckers aus, der ständig in Betrieb war und jeden Gegenstand, der auf ihm abgelegt wurde, in kürzester Zeit in seinem Innern verschwinden ließ, vom Dunkel verschluckt und unversehens von den neu hinzukommenden Objekten dem unerreichbaren Zentrum entgegengeschoben.

Eine ganze Völkerschaft aus Schachteln, Körben, Bündeln, Säckchen, Rollen und improvisierten Päckchen, die auf immer und ewig in einer einzigen Richtung unterwegs waren. Manchmal tauchte auf wundersame Weise irgendein Gegenstand am anderen Ende wieder auf, nach Monaten und Jahren langsamen Wanderns, irgend etwas, das völlig in Vergessenheit geraten war und das man mit Erstaunen, ja mit Freude wiedersah. Doch wenn man sich aus irgendeinem Grund darauf versteifte, einen Gegenstand wiederzufinden, der bis vor kurzem, bis vor ein paar Tagen oder einer Woche noch zu sehen gewesen war, nun aber bereits aufgesaugt und verschwunden, dann mußte man sich auf allen vieren zwischen die beiden Platten des Tisches wagen und kam nur mühsam voran, umgeben von Wollknäueln, Stoffresten von alten Kleidern, Päckchen mit Hemdkragen, vom Bügeleisen angesengter Wäsche, von zu häufigem Waschen verfilzten Pullovern und vor allem inmitten kaputter Nippesfiguren, zerbrochener Bilderrahmen, abgestoßener Teller und Tassen und allem möglichen, was in einem Haushalt entzweiging und was man eigentlich baldigst reparieren wollte, was jedoch in der Zwischenzeit besser an irgendeinem Ort aufgehoben und aus dem Weg geräumt wurde, damit es aus der Sicht und aus den Gedanken verschwand.

Es war ein sagenumwobener Tisch, wie es keinen zweiten gab, ein Denkmal, alt und würdevoll wie ein großer Baum. Geschreinert für eine so enorme Menge an Arbeit, wie es sie selbst in einem so großen Haus wie dem unseren niemals hätte geben können: Stricken, Sticken, Zuschneiden, Nähen, Bügeln und Ausbessern für eine beeindruckende Schar von Dienstmädchen, die nicht einmal in den prächtigsten Zeiten hier hätten wohnen können.

Ein Tisch, in dessen Eingeweiden im Laufe der Zeit die Schachteln mit den Nadeln, den Schnallen, den Gummibändern, die Körbe mit den Wollknäueln, die Bündel Stoffreste und die einzelnen Socken sich allmählich mit dem Spielzeug, den Büchern, Heftchen, Billardkugeln, heilen und kaputten Puppen zu vermischen begannen und sich dabei in ein Archiv aus verschiedenartigstem Plunder verwandelten, ein Archiv, in dem all diese unnützen und unbenutzbaren Kleinigkeiten verschwanden, ein Depot für alle Dinge, die im Augenblick nicht von Nutzen waren und an jedem anderen Ort Unordnung erzeugt hätten. Da es im Laufe der Zeit immer weniger und schließlich gar keine Hausangestellten mehr gab, verwandelte sich das Arbeitszimmer in ein Kinderzimmer, ohne daß jedoch der gewaltige Fundus der zuvor angesammelten Gegenstände beseitigt wurde. Auf diese Weise hat sich die überraschende Mischung von Materialien erhalten, die auf und in dem Tisch verstreut worden waren, der bis zu dem Tag, an dem man ihn fortschaffte, in kleinem Maßstab zu dem wurde, was das Haus im großen ist, nämlich zu einem Lager, in dem sich aufs Geratewohl die Spuren von Lebensläufen und Personen, von Lebenden und Toten bündeln, ohne irgendein Kriterium oder eine Rangfolge, ohne Unterteilung nach Epochen, sozialer Schicht oder dem jeweiligen Konservierungsgrad.

Hier, unter dem Tisch, kam eines Tages, als er noch an seinem Platz stand, wegen der unaufhaltsamen Bewegung, die alles erfaßte, was darin aufbewahrt wurde, eine Schachtel zum Vorschein, in der irgendwer – vielleicht eine Bedienstete der Einrichtung, in der Tante Viola zu leben beschlossen hatte – ohne viel Zartgefühl nach ihrem Tod Kleinigkeiten und Souvenirs gesammelt hatte. Der Inhalt einer Schublade, des Tischs oder des Nachtschränkchens, bestehend aus ein paar Photographien, wenigen Postkarten, einem vor Staub grau gewordenen Taschentuch, einigen Meßbüchern, einem halbleeren Fläschchen mit irgendeiner uralten Medizin und einem Stapel von Heiligenbildchen, ganz zerfleddert durch die häufige Benutzung, die Zeit und das Gummiband, das sie zusammenhielt – all das war in kunterbuntem Durcheinander in diese Schuhschachtel ohne Deckel gestopft worden.

Und eines dieser Bildchen, das inmitten diverser Herz-Jesu-Bildchen und Mariendarstellungen, dem heiligen Anton und dem heiligen Josef, einem dunkelhäutigen heiligen Mauritius und einem rosagesichtigen heiligen Johannes sowie anderen, auch weniger bekannten männlichen wie weiblichen Heiligen verlorengegangen war, hat – möglicherweise – die Bestätigung dessen erbracht, was Renata in ihrer mit halblauter Stimme vorgebrachten Anklage gegen unsere Familie, ausgenommen natürlich die Großeltern, manchmal wirr von sich gegeben hatte. »Erinnerung an meine Mutter« stand auf der Rückseite einer unbekannten Märtyrerin namens »ehrwürdige Maria Alfonsa«. Tante Viola war demnach womöglich die Tochter einer Nonne, wie Renata dann und wann nicht ohne Genugtuung hatte verlauten lassen, weil sie davon wußte oder weil sie schon seit geraumer Zeit, als die Schachtel samt Inhalt einmal zu Boden gefallen war, die Bildchen wie alles andere, was sich in oder auf dem Tisch befand, nach dem Maßstab ihrer ganz persönlichen Rechtsprechung und unter Zuhilfenahme der Phantasie ihre Schlußfolgerungen gezogen hatte. Dabei rechnete sie die Zeit nach, interpretierte Perioden des Schweigens, wertete Indizien aus, erfand Beweise. Womöglich war Tante Viola also die Tochter einer Nonne und eines Mannes, der ihr nicht seinen eigenen Namen hatte geben wollen, denn sie trug den unserer Familie.

Jetzt, unten in den Räumen der alten Post, ist der Tisch ein leeres Denkmal, wobei sowohl die Schnelligkeit als auch die Art und Weise, in der man all das, was er in sich barg, hat verschwinden lassen, rätselhaft sind: Rätselhaft vor allem deshalb, weil dies nie ein Haus war, in dem man leichtfertig etwas wegwarf, und die Schränke, Kommoden und Abstellkammern sind der Beweis dafür. Verschwunden sind – auf regelwidrige, aber unwiderbringliche Weise – unsere kaputten Puppen und die nicht mehr benutzten Bügeleisen, verschwunden ist die Rolle mit den alten, gefährlich spitzen Stricknadeln, verschwunden sind all die kaputten Einzelteile, der Krimskrams, die wackelnden Bilderrahmen und auch die Schachtel mit den Andenken der Tante Viola.

Eine halbe Treppe höher endet das Haus schließlich im richtigen großen, endlosen Speicher, wo ein Raum an den nächsten grenzt, mit verputzten Wänden, die mit einer Vielzahl von Sprüchen, Daten, Zeichnungen versehen sind, mit Fußböden aus lockeren Terracottafliesen, mit robusten Türen, die ein Zimmer vom anderen trennen, und mit kleinen, aber makellosen Fenstern mit Scheiben, jedoch ohne Läden. Es gibt sogar eine Lampe, die mattes Licht wirft, das die Räumlichkeiten von oben her schwach beleuchtet, eine wertvolle Hilfe jedoch, wenn man am Abend hier heraufsteigt. Der Speicher ist eine Art drittes Stockwerk, von den Ausmaßen her genausogroß wie die beiden anderen Etagen, und auch wenn man zu der Zeit, als das Haus gebaut wurde, mit Raum als Symbol für Größe und Reichtum verschwenderisch umging, hätte ein so großes, leeres Stockwerk wahrscheinlich nicht einmal damals einen Sinn gehabt. Vielleicht hat daher irgend jemand hier oben gewohnt, lange vor den Großeltern und den Urgroßeltern und noch weiter zurück in den Generationen, nicht nur die Mäuse, die verstörten und übergeschnappten Schwalben, die verschreckten Fledermäuse und die Seidenraupen auf den Zuchthürden, die noch heute, seit wer weiß wie vielen Jahren, an einer der fensterlosen Wände lehnen. Die Ausmaße sowie die Unterteilung der Räume scheinen direkt dafür gemacht zu sein, sie zum Wohnen zu nutzen, und befände sich das Haus in der Stadt, hätte man bereits seit einiger Zeit hübsche, elegante Dachwohnungen mit Mansarde aus dem Speicher herausgeschält.

Das einzige, wozu der Speicher heutzutage hin und wieder benutzt wird, ist das Aufhängen der Wäsche. Drei weitläufige Räume sind von Leinen durchzogen für die Wäschestücke, die hier, in der frischen Luft, die durch die geöffneten Fenster hereindringt, besser trocknen als anderswo. Da wir es nicht so halten können wie die anderen Leute des Dorfes, die ihre nasse Wäsche auf Balkonen oder Veranden aufhängen, verstecken wir sie hier oben.

Weil in dem Haus mittlerweile fast niemand mehr wohnt, hängt auch auf dem Speicher fast keine Wäsche mehr, denn das Problem wird größtenteils im darunterliegenden Stockwerk mit Hilfe diverser unauffälliger Wäscheständer gelöst. Man greift nur bei größeren Hausputzaktionen auf die alten Gewohnheiten zurück, wenn beispielsweise Tischdecken und Tagesdecken gewaschen werden, wenn man die Bettdecken lüften muß, nachdem sie einen Sommer lang eingemottet waren, wenn einmal im Jahr beschlossen wird, daß die Vorhänge gut und gern eine Wäsche vertragen können: Dann nämlich erwacht der Speicher zu neuem Leben, und jener diffuse Geruch nach gewaschener Wäsche, nach zunächst feuchtem, dann trockenem und papierhartem Stoff kehrt zurück.

Aber es gab eine Zeit, in der die riesigen weißen Bettlaken, die Handtücher, die Kopfkissenbezüge, die Wischlappen, die Schürzen, die Hosen, die Strümpfe, die Hemden, die Taschentücher und die geheimen Wäschestücke eines jeden Bewohners beinahe tagtäglich in der weiten Leere unter dem Dach flatterten wie erst tropfnasse, dann feuchte, schließlich trockene Gespenster.

Zum Beispiel die rosafarbenen Satinbüstenhalter der Großmutter, die vermutlich im Haus gefertigt worden waren: um was zu halten, wenn man sich vor Augen führt, daß sie eine ganz flache Brust hatte? Es fällt schwer, sich die Großmutter dabei vorzustellen, wie sie mit der gewaschenen Wäsche hantiert, sie, die im Grunde gar keinen Körper mehr hatte oder sich zumindest so verhielt, als hätte sie keinen, und sogar im Sommer war das einzige Stück Haut, das man zu sehen bekam, ihr Gesicht, bleich, farblos wie das Leder gewisser Handschuhe mit Knöpfen an den Handgelenken, die ihr gehörten. Oder ihre unglaublichen, durchsichtigen Nachthemden, die sehr selten nur auf dem Speicher auftauchten, und sich später, nach ihrer Beerdigung, zu Dutzenden in den Schubladen fanden, hauchdünn wie Schleier und unbenützbar, weil sie bei der geringsten Bewegung zerrissen wären. Dennoch bezeugte Renata, daß die Großmutter diese Nachthemden sehr wohl getragen habe, früher sogar ausschließlich. Und sie sagte das mit mürrischer Stimme, ohne ein Lächeln, als spreche sie von einem Paar Überschuhe.

Oder aber die traurigen Unterhosen der alten Männer, zunächst die unseres Großvaters und dann die unseres Vaters, bei denen es eine Sache ist, wenn man sie glatt zusammengefaltet und anonym in den Schubladen liegen sieht, und eine andere, wenn sie groß, weit, unförmig auf der Leine hängen, peinlich wie ein Bruchband oder ein Gebiß, Unterhosen, die man demnach verstecken mußte, nicht vorzeigen durfte, und die wahrscheinlich gerade deshalb so alt, so heruntergekommen und vielfach gestopft waren, weil seit langem niemand mehr ein Auge auf sie geworfen hatte. Oder dort hing, mit leichtem Abstand zu den Wäschestücken der Herrschaften, als habe der gemeinsame Aufenthalt in der Waschmaschine nicht bereits auf demokratische Weise sämtliche Verschmutzungen vermischt – die der Hausangestellten und die der Hausherren –, das unförmige Korsett einer der ehemaligen Köchinnen, genauer gesagt jener, die des Nachts den Hausdiener in ihr Zimmer heraufkommen ließ. Ein Korsett, das man endlich, da es in seiner ganzen Fülle dort hing, beglückt und in aller Ruhe anschauen und sich dabei das nackte und wabbelnde Fleisch vorstellen konnte, das das Korsett umfangen und umfassen mußte. Davon abgesehen geschah es nicht selten, daß man seine panzergleiche Härte zu spüren bekam, denn jene Person trug ihre großen, spitzen Brüste stets fest umschnürt vor sich her und streifte einen damit gern wie zufällig oder schob diejenigen, die sich in ihrer Nähe befanden, sei es Mann, Frau oder Kind, unter vorgetäuschter Eile zur Seite.

Abgesehen von den drei Räumen, die für die Wäsche vorgesehen sind, herrscht auf dem Speicher Leere: Man tritt aus der Ödnis des einen Zimmers in die des folgenden, in völliger Stille, völliger Verlassenheit, denn die Wände sind abgeblättert, die Türen und Fenster schief und krumm, die Decken und die Fußböden weisen Risse auf. Alle Geräusche kommen von weit her, sogar die von unten aus der Gasse sind kaum zu vernehmen, die Zeit ist außer Kraft gesetzt. Es ist, als befinde man sich in irgendeinem wiedergekehrten Mittelalter, hundert oder zweihundert Jahre oder sogar noch länger zurück; man muß nur versuchen – was leicht ist –, die Glühbirnen, die von der Decke hängen, außer acht zu lassen. Das oberste Stockwerk des Hauses hat sich bereits zur Ruhe begeben – als würde der Tod stets ganz oben einsetzen – und zeigt, was früher oder später mit dem Rest des Hauses geschehen wird.

Bis vor nicht allzu langer Zeit dienten die Räume hier oben jedenfalls nicht nur zum Wäschetrocknen, sondern bildeten einen echten Speicher, auf dem sich Bruchstücke von Möbeln und ausrangierte Einrichtungsgegenstände ansammelten, leere Bilderrahmen und ungerahmte Bilder, trübe oder vollends erblindete Spiegel, Stühle mit drei oder nur zwei Beinen, Kinderwagen aus vergangenen Zeiten, Sessel ohne Sitzfläche und Tische ohne Tischplatte, Körbe, Kisten, Koffer und Hutschachteln, auch eine Schneiderpuppe mit Wespentaille und zerquetschten Brüsten, aus denen Sägemehl und Stroh hervorquollen, sogar eine ausgediente, schiefe Voliere, die auf der Seite lag, dann mottenzerfressene Teppiche, nicht mehr benutzte Portieren, steinharte Schuhe, Bücher und Briefe, Fenster- und Türrahmen, von denen niemand mehr weiß, zu welchem Zimmer sie einst gehörten, die Reitstiefel eines der Großväter, eine alte Uniformmütze, eine in sich verzogene Weltkarte, Überreste von einem halbzerbrochenen Tafelservice, einige Nachttöpfe, als einzige der Objekte nicht verstaubt, da sie regelmäßig benutzt wurden, um das Regenwasser aufzufangen, das durchs Dach tröpfelte und noch immer tropft.

Alle übrigen Gegenstände waren seit langem mit Staubschichten bedeckt, weswegen es unmöglich war, dort vorbeizugehen, sich umzusehen, etwas anzufassen, ohne bei jeder Bewegung Spuren zu hinterlassen. Man konnte genau erkennen, wer als letzter und als vorletzter hier entlanggegangen war, wofür er oder sie sich interessiert hatte, was er oder sie in diesem Friedhof alter Dinge zur Seite gerückt, berührt oder aber nicht beachtet hatte. Barmherzig hatte man einige noch als brauchbar erachtete Gegenstände mit einem großen Stück Stoff bedeckt, dem Rest eines Lakens oder einem jener einzelnen Vorhänge, die von Motten zerfressen waren oder nicht mehr benutzt wurden. Wenn man die Tücher lüftete, erhob sich eine riesige graue Wolke, um darunter beispielsweise eine Kommode, ein zu groß geratenes und schlecht gemaltes Porträt irgendeiner Tante aus neueren Zeiten oder einen billigen Holzherd zu enthüllen, den wegzuwerfen man nicht den Mut gefunden hatte, weil er noch immer funktionierte. Eine in Wirklichkeit zwecklose Schutzaktion, denn der beste Verbleib für all diesen Sperrmüll wäre einer jener großen Scheiterhaufen gewesen, die jeden Winter von unserer Mutter, der fähigen Heizerin, auf der freien Fläche im Gemüsegarten angezündet wurden.

Und tatsächlich war ein Feuer, ein gerade ausbrechendes Feuer, nicht im Gemüsegarten, sondern hier auf dem Speicher, der Grund dafür, daß das aus kaputten oder altersschwachen Möbelstücken und unbrauchbaren Gerätschaften bestehende Lager vor ein paar Jahren ins Erdgeschoß verlegt und je zur Hälfte auf die Räumlichkeiten in der alten Post und die der ehemaligen Küche verteilt wurde, die zu diesem Zweck in Abstellräume umfunktioniert wurden. Verängstigt vom Gedanken an die Katastrophe, die ein Feuer unter dem Dach hätte heraufbeschwören können, inmitten von Brettern und Balken, die nach vierhundert Jahren knochentrocken waren, geschürt von Stapeln holzwurmzerfressener Tische und Stühle, vom Sägemehl und dem Stroh der uralten Füllungen, wurde beschlossen, die Räume fortan leerstehen zu lassen und vollständig der Wäsche zu überantworten.

Im Verlauf von drei Tagen fand – in einer langen Prozession, drei Stockwerke hinauf und drei Stockwerke hinunter – der Umzug des gesamten Lagers statt. Bänke und Spiegel, Bilderrahmen und Kommoden, Fußschemel und Gemälde machten eine Talfahrt, gemeinsam mit sperrigen Kartons voller Briefe und Krimskrams, der Schneiderpuppe mit den zerquetschten Brüsten, der schiefen Voliere, den abgetragenen Stiefeln, den steinharten Schuhen, dem Kinderwagen aus vergangenen Zeiten. Und es geschah während des ersten oberflächlichen Sichtens – das vorgenommen wurde, da die ehemalige Küche und die alte Post nicht ausreichten, um alles aufzunehmen, was von oben nach unten transportiert worden war –, daß irgendwer unversehens das schwere Paket mit dem Manuskript unseres Vaters in Händen hielt.

Eine Zeitlang überwog noch die Überlegung, es nicht zu lesen, nicht anzuschauen, den dunklen, harten Einband, der es umschloß, wieder zuzuklappen und das Manuskript irgendwo hinzuräumen, um abzuwarten, um lieber nichts davon wissen und uns weiterhin irgend etwas ausmalen zu können, was in Wirklichkeit womöglich gar nicht so war. Immer noch, nach so vielen Jahren, waren wir nach wie vor davon überzeugt, daß der riesige Berg von Seiten heilig und unberührbar war. Doch dann begannen wir zu lesen.

»*Anweisungen für die Dienstboten:* wie man bei Tisch bedient, wie man das Zimmer für die Nacht herrichtet, wie man Hemden bügelt, Schuhe putzt, das Silber reinigt, einen Koffer packt, Kaffee, Tee, Likör serviert. Wie die Bediensteten sich zu kleiden haben, wie sie die Haare oder den Bart zu tragen haben, wann es ihnen erlaubt ist, mit den Herrschaften zu sprechen, wie sie sich den Kollegen gegenüber verhalten sollen.

Der perfekte Bedienstete soll, wenn er bei Tisch serviert, jedwedes Geräusch vermeiden. Es ist verboten, mit Tellern, Besteck oder Gläsern zu klappern. Er soll sich in Gegenwart der Tischgäste gemessen, ruhig und würdevoll bewegen, lieber ein wenig langsamer als zu hastig. Läuft er nämlich, ähnelt er vielmehr einem Kaffeehauskellner. Natürlich darf er es mit der Langsamkeit wiederum nicht übertreiben, denn keine Mahlzeit darf länger als eine Stunde dauern. Überflüssig zu erwähnen, daß der Bedienstete in gar keinem Fall auch nur andeutungsweise den Gesprächen der Tischgäste lauschen darf, indem ihm beispielsweise wegen einer amüsanten Bemerkung, die er zufällig mit angehört hat, ein Lächeln entwischt. Und sollte ihm auffallen, daß die Tischgäste aus heiterem Himmel und ohne augenscheinliches Motiv eine andere Sprache sprechen als die üblicherweise vernommene, wäre es angebracht, daß er das Eßzimmer diskret verläßt, denn offensichtlich wird irgendein Thema angeschnitten, das nicht für seine Ohren bestimmt ist; oder, schlimmer noch, es soll gezeigt werden, daß der Bedienstete offensichtlich zu aufmerksam ihren Gesprächen gelauscht hat.

Wenn der Bedienstete ans Telefon geht, muß er sich den Namen des Anrufers sagen lassen, ohne je ein Wort darüber zu verlieren, was der Herr oder die Dame des Hauses gerade tun oder wo sie sich aufhalten. Statt dessen soll er sagen: ›Einen Moment bitte, ich werde nachsehen, ob sie derzeit im Hause sind‹, und sie daraufhin von dem Anruf in Kenntnis setzen. Wenn die Herrschaften mit der Person, die am Telefon ist, nicht zu sprechen wünschen, hat der Bedienstete zum Apparat zurückzukehren und sich mit folgenden Worten zu entschuldigen: ›Es tut mir leid, aber zur Zeit ist niemand im Hause.‹

Wenn der Hausherr sich auf Reisen begibt, hat der Bedienstete den Koffer so zu packen, daß zuunterst die festen Gegenstände wie Bücher, der Photoapparat und das Briefpapier liegen; darauf wird er die Schuhe ausbreiten, die zuvor in die dafür bestimmten Stoffbeutel gesteckt werden. Papier ist dafür nicht geeignet, da es den Glanz des Leders stumpf machen könnte. Der Bedienstete füllt die Lücken zwischen dem einen und dem anderen Schuh zweckmäßigerweise mit Strümpfen oder Handschuhen. Daraufhin deckt er alles mit einem Tuch ab, das die sorgfältig und selbstverständlich mit der Außenseite nach innen zusammengelegten Kleidungsstücke umhüllt. Ein weiteres Tuch umgibt die Hemden, die Krawatten und die Unterwäsche. Der Bedienstete hat schließlich dafür Sorge zu tragen, daß der Koffer erst im letzten Moment vor der Abreise geschlossen wird, damit die Kleidungsstücke nicht zu viele Falten schlagen.

Sollte der Hausherr in einem Hotel absteigen, ist es ratsam, daß der Bedienstete sich stets in der Nähe des Zimmers seines Herrn aufhält, das sich wahrscheinlich in einem ganz anderen Abschnitt und auf einem anderen Stockwerk befinden wird als das, das er selbst belegt. Würde er nämlich bequem in seinem Zimmer verweilen und darauf warten, gerufen zu werden, könnte er seinen Auftraggeber letztendlich in Schwierigkeiten bringen. Denn man weiß zur Genüge, daß sich das Hotelpersonal, damit beauftragt, den Bediensteten zu rufen, anstatt den langen Weg zu machen, um ihn wirklich zu suchen, generell darauf beschränkt, nach gewisser Zeit zu verkünden, die gesuchte Person sei nicht auffindbar und wahrscheinlich ausgegangen.

Der noch so erfahrene und sämtlichen Obliegenheiten gegenüber aufmerksame Bedienstete wird nicht perfekt sein, wenn er nicht zugleich über allerhöchste moralische Qualitäten verfügt. Er muß sich daher dazu zwingen, diese unaufhörlich zu perfektionieren. Ein weniger als grundlegend ernsthaftes Verhalten gegenüber den ihm anvertrauten Gütern würde nicht nur einen schwerwiegenden beruflichen Mangel darstellen, sondern auch das Vertrauensverhältnis zu seinen Arbeitgebern verletzen. Das betrifft insbesondere das Überwachen des Weinkellers. Bekanntlich verbirgt sich darin eine große Versuchung, und zahlreiche traurige Episoden, deren Zeuge ich war, bestätigen, daß man nicht immer fähig ist, ihr zu widerstehen. Leider weiß ich von ergebenen und, was das Geld sowie die Ausgaben betrifft, ehrlichen Bediensteten, die den Weinkeller dennoch auf eine Weise benutzt und mißbraucht haben, als gehöre er ihnen. In solchen Fällen beginnt es mit einigen Gläschen, dann folgen die Flaschen, und schließlich endet man als Dieb und Trunkenbold. Es ist also besser, daß der perfekte Bedienstete sogar auf das Glas Wein verzichtet, um zu vermeiden, daß er in Versuchung gerät.«

Und so weiter auf fünfhundertzwölf Seiten. Fünfhundertzwölf Seiten voller Ratschläge, Anweisungen, Empfehlungen, Vorwürfe und Vorschriften, die bis ins allerletzte, unerträgliche Detail hinein mit Hilfe von Instruktionen für Bedienstete, die es nicht mehr gab, ein längst untergegangenes Metier hätten reglementieren sollen. Fünfhundertzwölf Seiten, die den sanftmütigsten und folgsamsten aller Diener verrückt gemacht hätten, jene unterwürfigen Bediensteten längst vergangener Zeiten einbezogen.

Dies war demnach das Testament, die Familiengeschichte, die Kriegschronik, das Werk also, an dem unser Vater zehn Jahre lang gearbeitet hatte. Da eine

Epoche zu Ende gegangen war – die Epoche, die er selbst für gut erachtet hatte, weil das Haus damals voller Bediensteter, Köchinnen und Gouvernanten war –, hatte er das Bedürfnis verspürt, einen grenzenlosen Dekalog an Regeln niederzuschreiben, die niemals mehr irgendwem in irgendeinem Teil der Welt von Nutzen gewesen wären.

Es stimmt, daß wir ihn jahrelang der Vergangenheit nachtrauern hörten, die in seinen Augen nicht nur wegen der größeren sittlichen Verläßlichkeit, wegen der Strenge oder der verlorengegangenen Werte eine glückliche Zeit darstellte, sondern auch weil es Personal in Hülle und Fülle gab, so viele Bedienstete, wie man wollte, unterwürfig und gut geschult. Es stimmt, daß wir ihn beinahe leiden sahen, wenn im Haus nicht alles so funktionierte, wie es seiner Ansicht nach hätte funktionieren sollen, wenn das Essen nicht gar war oder nachlässig angerichtet wurde, wenn auf einer noch so unerreichbaren Oberfläche Staub lag, wenn er in irgendeinem, wenngleich unbenutzten Zimmer Unordnung oder Nachlässigkeit entdeckte, und sogar wenn die Stimmen der Dienstmädchen oder der Köchin einmal zu laut von der Küche herüberdrangen. Aber daß er so weit ginge, Hunderte von Seiten und Tausende von Stunden damit zu verschwenden, sich mit dem Benehmen und den Regeln für den guten Dienstboten abzuplagen, das hätten wir nicht gedacht.

Als unsere Mutter zu dem Schluß gekommen war, daß sie einen Schriftsteller als Ehemann hatte, als wir Töchter uns daran gewöhnt hatten, leise zu gehen und beim Schließen der Türen darauf zu achten, sie ganz behutsam zuzumachen, um unseren Vater nicht bei der

Arbeit zu stören, hatten wir in Wirklichkeit geglaubt, daß er die Geschichte seines Lebens aufschriebe, waren davon überzeugt, daß wir eines Tages Sätze lesen würden, die er uns gegenüber nie aussprach, seine geheimen Gedanken oder sogar Gefühle. Und daher hatten wir es wie eine logische und normale Tatsache akzeptiert, daß er das Manuskript vor uns versteckt hielt, aus Diskretion, aus Schamgefühl, wegen der wohlbekannten alten Regel, nach der man lieber nicht von den eigenen Angelegenheiten spricht. Eventuell hätte es sich bei jenem Manuskript in unserer Vorstellung auch um die Geschichte der Familie oder um die des Hauses oder sogar um eine Abhandlung über die Pflege einer Pflanze oder die Aufzucht irgendeines Tieres handeln können. Oder vielleicht – wir hatten es gehofft, wußten jedoch, daß es nicht so war – um eine Sammlung eigener Verse. Alles wäre besser gewesen als diese endlose Lektion an Unwirklichkeit.

Seit dem Umzug setzt niemand mehr den Fuß auf den Speicher, es sei denn zu den seltenen Gelegenheiten, wo Wäsche aufzuhängen ist, und an den etwas weniger seltenen Tagen, an denen es gewittert. Denn wenn es tatsächlich nur ein kleines bißchen stärker regnet, muß man schnell herbeilaufen, um die Schüsseln, Eimer, Gefäße, Bottiche, Wannen und Töpfe zu verrücken, die bereits seit einiger Zeit für alle Fälle bereitstehen, denn das tückische Wasser dringt nicht jedesmal auf dieselbe Weise durch die Risse zwischen den Dachpfannen: Es wechselt seine Bahnen und Wegstrecken, weshalb es, wenn man nicht Vorsorge trifft, eine Möglichkeit findet, andere Teile des Fußbodens zu überschwemmen. Es sind Behältnisse aus Kupfer, Eisen, Plastik, Ton, Stahl und Porzellan, in denen der Regen, der vom Dach hereintropft, das seit geraumer Zeit eine Reparatur nötig hätte, jeweils anders klingt, hier dumpf, dort silberhell, da hinten beinahe zornig, dann wieder wehmütiger und monoton: Bei schlechtem Wetter ertönte eine Wassermusik, die auch ein Stockwerk tiefer zu hören ist.

Ein melancholisches Konzert, das all jenen, die zuhören, von den Löchern, den Spalten und Rissen des Hauses erzählt, die unter anderem bereits durch gewisse schmutzige dunkle Streifen angekündigt werden, die die eine oder andere Wand hinunterlaufen und einige

Tapeten beflecken, da und dort ein Gemälde verunzieren, das glänzende Kopfteil eines Bettes rauh und die Oberfläche eines Tisches, der an die Wand gerückt steht, wellig werden lassen. Die Spuren von Feuchtigkeit sind deutlich sichtbar, doch man schweigt darüber wie über eine unschickliche Angelegenheit. Man kommt nicht darauf zu sprechen, es sei denn, man ist dazu gezwungen, und man wendet den Blick ab, als stünde man einer unheilbaren Krankheit gegenüber, die nur dann zurückweicht, wenn man ihr keinerlei Aufmerksamkeit zubilligt. Also schaut man woanders hin, meinungslos und schamhaft, um nicht weitere Blicke darauf zu lenken.

Außer den Tropfkonzerten kann man von unten dann und wann das Trappeln der Mäuse hören, an denen es hier oben auf dem Speicher nicht mangelt. Merkwürdigerweise schämt man sich ihrer überhaupt nicht, duldet ihr leises Kratzen in den Wänden, ihr leichtfüßiges Laufen in einem merkwürdigen Zickzack hoch über den Köpfen, ein Getrappel, dem es manchmal, wenn die Mäuse außer Rand und Band sind, sogar gelingt, den Fußboden des Speichers in Vibrationen zu versetzen. Außerdem hört man von dem, was unter dem Dach geschieht, alles, jedes Rascheln, jedes leichte Scharren.

Tagsüber mögen die Geräusche des Hauses einen in die Irre führen, so daß man nicht weiß, ob sich dort oben irgend jemand oder irgend etwas bewegt, aber am Abend, wenn das Leben in und außerhalb des Palazzo zur Ruhe kommt, versetzt einen jedes Geknister, jedes Vibrieren von Schritten, die man hört oder zu hören glaubt, unverzüglich in Alarm. Dann liegt man mit klopfendem Herzen da und kann sich so lange nicht entspannen, bis der vermeintliche Schritt sich in unterdrücktem Scharren, dann deutlichem Getrappel von Mäusen auflöst. Und wieder einmal hat der Feind die Festung nicht erobern können.

btb

Buch

Es ist schieres Glück, daß Schlesinger den Koffer entdeckt. Aber dann fackelt er nicht lange und nimmt ihn an sich. Der Koffer ist voller Geld – und Schlesinger weiß, was er jetzt zu tun hat.
Und auch der alternde Kunsthistoriker Vandenberg erlebt einen entscheidenden Augenblick in seinem Leben. Eigentlich hat er schon lange aufgegeben, an sein Glück zu glauben. Seine Frau ist ihm weggelaufen, und seine Freunde haben sich von ihm zurückgezogen. An einem kalten Apriltag beschließt Vandenberg schließlich, noch einmal nach Den Haag zu fahren und sich »Das Mädchen mit dem Perlenohrgehänge« anzuschauen, das berühmte und tiefgründige Gemälde des holländischen Malers Vermeer. Es wird eine schicksalhafte Reise für Vandenberg. Denn er begegnet nicht nur Grace, einer fremden schwarzen Frau, der er in ihre winzige Wohnung folgt. Er findet endlich heraus, welche Bedeutung Vermeers Bild für sein eigenes Leben hat.
Ob Schlesinger oder Vandenberg – immer beobachtet Jochen Schimmang seine Helden in ganz besonderen Momenten ihres Lebens, Momente, in denen sie, die ewigen Verlierer und Zauderer, sich plötzlich aus ihrer Selbstverlorenheit zu reißen vermögen und zu begreifen beginnen, daß es immer einen »Königsweg« zum Glück gibt. Momente, von denen an sie mit einemmal alles richtig machen und sich am Ende ihres Glücks als würdig erweisen.

Autor

Jochen Schimmang, geboren 1948 in Northeim, Niedersachsen, lebt als Schriftsteller und Literaturkritiker in Köln.

Jochen Schimmang

Königswege

btb

Umwelthinweis:
Alle bedruckten Materialien dieses Taschenbuches
sind chlorfrei und umweltschonend.

btb Taschenbücher erscheinen im Goldmann Verlag,
einem Unternehmen der Verlagsgruppe Bertelsmann

1. Auflage
Genehmigte Taschenbuchausgabe Mai 1997

Umschlaggestaltung: Design Team München
Umschlagmotiv: Jan Vermeer,
»Das Mädchen mit dem Perlenohrgehänge«
Satz: IBV Satz- und Datentechnik GmbH, Berlin
T. T. · Herstellung: Augustin Wiesbeck
Made in Germany
ISBN 3-442-72162-8

»Gaben müssen den Beschenkten so tief treffen, daß er erschrickt.«

WALTER BENJAMIN, *Einbahnstraße*

Inhalt

Intimität
oder Das Mädchen mit dem Perlenohrgehänge

Für Evelyn

1

Im Frühjahr 1988 war der Kunsthistoriker Vandenberg vierzig Jahre alt geworden und von den Menschen getrennt wie niemals zuvor. Eine Frau hatte ihn verlassen, die einzige, die länger als ein halbes Jahr bei ihm geblieben war, und Freunde wandten sich nach und nach von ihm ab, vertrieben durch den starken und unangenehmen Hauch von Einsamkeit, der ihn umgab. Vandenberg blieb zurück mit den Bildern des Jan (eigentlich Johannes) Vermeer van Delft und mit den spärlichen schriftlichen Dokumenten, die es über den Maler gab. Im April fuhr er nach Den Haag, um sich dort im Mauritshuis noch einmal das Bild *Das Mädchen mit dem Perlenohrgehänge* anzusehen: Hals über Kopf, wie es Menschen tun können, die niemandem Bescheid sagen, sich bei niemandem abmelden müssen.

Der grausame Monat April und ein kalter, windiger Tag mit dicken Wolkenschichten am Himmel, die in großer Eile über die kleinen Menschen auf den Straßen dahintrieben, die er vom Zugfenster aus sah. Wenige Kilometer vor Den Haag trat die Sonne an ihre Stelle, sehr hell, fast weiß an einem kaltblauen Himmel. Er nahm ein Zimmer im Parkhotel und legte sich aufs Bett. Weinte er? Er versuchte es, aber ohne Erfolg. Schließlich entschloß er sich, ein Bad zu nehmen.

Innerhalb Sekunden war er in den feuchten Nebel eingehüllt, der den Raum erfüllte, und eine sehr feine Schicht aus Wasserdampf, selbst fast wie eine Haut, legte sich über sein Gesicht. In einem solchen Nebel einzudämmern und nicht mehr zurückzukehren, das war der schönste Tod. Der schönste Tod, sang der Kunsthistoriker in der Badewanne, der schönste Tod ist weich und zart und feucht. Der schönste Tod, der schönste Tod, sang er.

Vandenberg, auch wenn er noch so fest die Augen schloß und immer tiefer ins Wasser rutschte, blieb jedoch bei Bewußtsein. Und was alles dazugehörte, zu dem Bewußtsein! Der Blick zum Beispiel auf seinen alternden Körper. Oh, er hatte noch ganz glatte Haut, fast überall, nur hier und da, am Hals etwa, waren Falten sichtbar. Er war nicht dick, er hatte nicht einmal einen Bauchansatz, und doch hatte sein Körper eine andere Form als vor fünfzehn Jahren, damals, als er noch kaum einen Blick darauf warf. Dann die Frage, die ewig quälende Frage, warum die Frauen nicht bei ihm blieben. Er wußte nicht, wo und wie er die Antwort suchen sollte. Sollte er die Frauen selber fragen? Es hätte ihn überrascht, wenn sie die Antwort gewußt hätten.

Wie war das? Das war so: Zuerst mochten sie ihn, er gefiel ihnen, sie fanden ihn interessant. Er hatte soviel zu erzählen, über Jan Vermeer etwa, jedoch nicht nur, sondern auch über die Jogger auf der Brooklyn Bridge oder die Studentinnen in Padua. Das amüsierte sie, dieses Bild von Professor Vandenberg, wie er im alten Innenhof der Universität zu Padua stand und unauffällig versuchte, den *bellissimas* unter den kurzen Rock zu schauen. Das fanden sie nicht schlimm, die Frauen. Dann gaben sie irgendwann Zeichen, daß er zugreifen sollte, und manche, wenn er zu dumm war, die Zeichen zu lesen, griffen selber zu. Sie machten ihm Komplimente über seine schönen langen Finger oder, wenn er die Brille abgenommen hatte, auch über seine Augen. Nach der Phase der Seligkeit, die in der Regel zwischen zwei Tagen und drei Wochen dauerte, wurden sie unzufrieden und begannen, an ihm herumzumäkeln. Sie verzogen das Gesicht, aber sie sagten nichts Genaues. Sie machten ihm einen unbestimmten Vorwurf, er fand nicht heraus, welchen. Im Laufe der Jahre hatte Vandenberg sich angewöhnt, schon früh auf diesen unbestimmten Vorwurf zu lauern, auf den Moment, wenn sie das erste Mal das Gesicht verzogen: dieser beleidigte und zugleich strafende Blick.

Schließlich drehten sie ihm den Hintern zu und gingen.

Die Frauen, die Frauen, sang der Kunsthistoriker in der Badewanne, kleine Tiere, die bekommen, was sie wollen, sang er, und doch niemals zufrieden sind. Was will das Weib, grölte er, was will das Weib?

Dann stieg er völlig entkräftet aus der Wanne und machte sich bereit, das Mauritshuis aufzusuchen.

Seit vier Jahren hatte Professor Vandenberg Angst vor dem Tod. Nicht ein Tag war seitdem vergangen, nicht einmal der glücklichste, an dem ihn nicht wenigstens einmal der Gedanke überfiel, daß er sterben mußte, nachdem er sich vorher auf eine ganz selbstverständliche Weise für unsterblich gehalten hatte. Der Tod war nichts, was überall auf ihn lauerte. Er wurde nicht plötzlich übervorsichtig beim Überqueren von Straßen, er fuhr ohne Angst Auto wie zuvor, er stieg nach wie vor in Flugzeuge. Es war allein der Gedanke, daß er plötzlich sterben könne, ohne sich vorher mit seinem Leben verständlich gemacht zu haben: daß die Hinterbliebenen sein Leben nicht würden entziffern können. In gewissen Phasen beschäftigte dieser Gedanke ihn pausenlos: er war der einzige, und in diesen Phasen hatte Vandenberg den Verdacht, der Tod sei bereits eingetreten, ohne daß er es gemerkt hatte.

Vielleicht, dachte Vandenberg, als er nun das Hotel verließ, haben diesen Verdacht auch die Frauen, die mich kennen?

Aber er konnte sich jetzt nicht näher darum kümmern. Er mußte sich beeilen, um noch ausreichend Zeit für das Bild zu haben. Ich werde darauf zurückkommen, dachte er und setzte sich in Bewegung.

Er stand an der Straße gegenüber dem Binnenhof und wartete darauf, daß die Fußgängerampel auf Grün umsprang. Die Autos mußten schon halten; auf der anderen Straßenseite wartete eine Gruppe englischer Touristen. Eine Schwarze in einem schäbigen, braunen Mantel stand neben Vandenberg, sie zeigte mit einer Bewegung des Kopfes zur Ampel hin und verdrehte die Augen. Vandenberg nickte, ja, zu lange, zu lange, dachte er. Dann kam das Freizeichen für die Wartenden, und über ihren Köpfen hörte man Möwen schreien. Kra, kra, kra, machte die Schwarze und wandte sich nach links, während Vandenberg auf den Binnenhof zusteuerte, kra, kra, kra, lachte sie, schüttelte den Kopf und begann, während sie sich entfernte, mit sich selbst zu sprechen.

Sie hat vielleicht mit mir sprechen wollen, dachte Vandenberg. Sie hat einen Verbündeten gesucht, mit dem sie ihre Unzufriedenheit teilen konnte.

Die Irritation, als er vor den verschlossenen Gittern stand, wurde schnell zur Panik. Er rief sich zur Ordnung und begann zu lesen. Das Museum war weder wegen einer Restaurierung vorübergehend geschlossen, noch war es bereits nach siebzehn Uhr. Vandenberg verstand nicht, warum er dennoch nicht hineinkam, bis er nach Minuten das ziemlich große Schild *Ingang om de hoek* fand: Eingang um die Ecke. Gerettet, dachte er ohne Ironie, und weiter: Es ist noch nicht alles verloren. Nichts furchtbarer, als wenn

Pläne nicht ausgeführt werden konnten, weil er etwas nicht bedacht hatte, wenn Momente verhindert wurden, auf die er sich seit Tagen oder Wochen gefreut hatte. Wie vor einem halben Jahr, als er eine Studentin zum Essen eingeladen hatte, um mit ihr über ihre Examensarbeit zu sprechen, eines dieser wirklich begeisterten und unschuldigen Wesen, die ihrem akademischen Lehrer niemals verraten, daß sie sehr wohl wissen, daß er mit ihnen ins Bett möchte. Ihre Begeisterung für Gerard ter Borch oder Pieter de Hooch macht ihre Unschuld echt, und so erweitern sie den Raum der Möglichkeiten und nehmen der Situation das Abgeschmackte. Vandenberg wußte übrigens selber nicht, daß er mit ihr ins Bett wollte, obwohl sie klein und dunkelhaarig und robust gebaut war und rührend kleine Füße hatte. Es war das gemeinsame Essen und das Gespräch, auf das er sich aufrichtig freute, aber er hatte nicht bedacht, daß sein Lieblingsrestaurant dienstags Ruhetag hatte. Als sie vor der verschlossenen Tür standen, begann er beinahe zu weinen, bis die junge Frau – ihr Name, der zu ihrer Erscheinung so gar nicht paßte, war Karin Küppers – ihn beruhigte und überredete, in ein anderes Lokal zu gehen, in dem sie sich gut auskannte. Sie brauchte eine halbe Stunde, um ihm das Gefühl zu geben, daß er kein Trottel war, und da sie vielleicht glaubte, ihn immer noch nicht überzeugt zu haben, nahm sie ihn aus Erbarmen mit nach Hause. Vandenberg erinnerte sich, daß das Buch mit seinen Vermeer-Studien so deutlich sichtbar plaziert war, daß er sich fragte, ob sie nicht von Anfang an vorgehabt hatte, ihn mitzunehmen. Das tut ihrer Unschuld keinen Abbruch, dachte er. Immer wieder nahm er ihre kleinen Füße in die Hände und gab seiner Rührung Ausdruck, und am Ende der Nacht war er wirklich getröstet und sicher, ein guter Liebhaber gewesen zu sein. Ich bin manchmal nur verzweifelt, damit mich eine Frau trösten kann, dachte er.

Er bezahlte siebeneinhalb Gulden und stieg langsam die Treppe hinauf.

2

Im Herbst 1672, dachte Vandenberg auf dem Weg in die erste Etage, war der Maler Johannes Vermeer vierzig Jahre alt geworden und in großen finanziellen Schwierigkeiten. Finanzielle Schwierigkeiten waren für ihn nichts Ungewöhnliches, obwohl seine Frau Catharina aus einer wohlhabenden Familie kam und er unter seinen Kollegen ein sehr geschätzter Maler war. Aber Vermeer arbeitete außerordentlich langsam, und er konnte seine wenigen Bilder nur schwer verkaufen. Er konnte damit Schulden beim Bäcker bezahlen oder beim Metzger, aber er konnte nicht wirklich seine Frau und seine vielen Kinder von seiner Malerei ernähren. In diesem Jahr waren zudem die Preise für Bilder gefallen, weil die Franzosen das Land belagerten und die wirtschaftlichen Verhältnisse sich verschlechterten.

Man sah ihn nicht; man hatte ihn auch früher kaum gesehen. Er lebte mit seiner Frau und seinen Kindern im Haus seiner Schwiegermutter. Ihm gefiel es zu arbeiten, viel und langsam zu arbeiten und danach bei den Frauen zu sein. Er lebte dort, weil Catharina und er von seiner Schwiegermutter Geld bekamen. Er hatte Delft nicht verlassen, wie viele seiner Kollegen Mitte der fünfziger Jahre, er war nicht nach Amsterdam gegangen oder Den Haag.

Aber sehr viel früher, in den ersten vier Jahren seiner Ausbildung, war er in Amsterdam gewesen, ein neugieriger Jüngling, der sich gut umgesehen hatte, bevor er nach Utrecht ging und Catharina Bolnes kennenlernte. In Amsterdam hatte er im Haus seines Meisters gewohnt und mit der Familie gegessen. Er hatte die Möbel studiert und die

Karten an den Wänden, die Küchengeräte und das Geschirr, die Schmuckkästen, die Gläser und Pokale, all die gesammelten, sprechenden Dinge. Die Frau und die Tochter seines Meisters hatte er beobachtet, wenn sie lasen, mit Handarbeiten beschäftigt waren oder einfach nur aus dem Fenster sahen. Das war das erste Mal, daß ihm die Fähigkeit der Frauen zur völligen Versenkung, zur absoluten Selbstvergessenheit deutlich wurde, zu dieser starren Konzentration, in die sie eingesponnen waren wie in einen Kokon. Zugleich war es die Erinnerung an seine Kinderjahre, denn so hatte er schon seine Mutter und seine viel ältere Schwester gesehen, jedoch ohne damals genau begreifen zu können, was er sah.

Einmal, als ihm die Tochter des Meisters abends ein Glas Wein brachte, versuchte er genau die Bewegung zu erfassen, mit der sie es hinstellte, und weil er glaubte, ihm sei ein entscheidendes Detail entgangen, bat er sie, noch einmal mit dem Wein zu ihm zu kommen und es noch einmal hinzustellen. Aber das Mädchen, das wie seine spätere Frau Catharina hieß, errötete, lachte, schüttelte den Kopf – alles zugleich! – und lief davon.

3

Wieder überrascht, wieder rührt ihn, wie klein das Bild ist. Die Reproduktionen in Katalogen oder auf Postern geben davon keine Vorstellung. Sechsundvierzig mal vierzig Zentimeter: Maße der Intimität. Man sieht es dennoch immer als erstes, wenn man den kleinen Raum betritt, oder geht ihm das allein so? Nein, auch die anderen Besucher des Hauses an diesem Freitagnachmittag, wenn sie den Raum durchstreifen, halten plötzlich inne und machen eine erstaunte, stammelnde, verwirrte Bemerkung über das *leuk meisje* oder das *nice girl*, ehe sie sich in der Regel sehr schnell entfernen, als hätten sie Scheu vor soviel Intimität, als hielten sie ein längeres Verweilen vor dem Porträt für ungehörig.

Nicht so Vandenberg. Er hält die Nase nah ans Bild – näher als die erlaubten fünfzig Zentimeter –, er verrenkt sich, er tritt zurück, er tritt vor, er geht in die Knie, er läßt sich auf der kleinen ledergepolsterten Bank in der Mitte des Raumes nieder. Sogar die Augen schließt er, um das Bild besser zu sehen. Freie Sicht: Immer nur für Sekunden schieben sich ältere und jüngere Herren, holländische Ehepaare und amerikanische Großmütter vor das Bild und murmeln ihr Sprüchlein, dann wieder gehört das Bild Vandenberg allein.

Es ist ein einfaches Bild, wie es nur ein sehr großer Maler hat machen können. Das Mädchen sieht den Betrachter über die linke Schulter an, das ist zunächst alles, das ist das erste, was man wahrnimmt. Der Blick ist etwas erstaunt, als merke es erst jetzt, daß es beobachtet wird, worauf auch die leicht geöffneten Lippen hindeuten. Unschuld, natürlich Unschuld, denkt Vandenberg, man soll an Unschuld denken, aber an eine, hinter der noch etwas anderes steht. Echte Unschuld und Maske zugleich, wie die Kleidung, die schließlich nicht die eines holländischen Mädchens im siebzehnten Jahrhundert ist, sondern eine exotische Kostümierung, wie vielleicht sogar die enorme Perle, deren Schimmern den Blick des Mädchens zu verdoppeln scheint. Und hinter diesem Unschuldskostüm nichts als Schwarz und Dunkel, ein undefinierter Raum, der überall sein könnte. Eines der ganz wenigen Bilder, fällt Vandenberg jetzt auf – nach so vielen Jahren, in denen er mit Vermeer befaßt ist –, in dem eine Figur den Betrachter direkt ansieht. Zwar gibt es andere, in denen ein Mann oder eine Frau aus dem Bild hinaussehen, aber sie sehen nicht den Betrachter an, und sie sind nicht allein wie das Mädchen. Sie sind beschäftigt mit einem Soldaten oder einer Hure oder wem auch immer. Dies hier, denkt Vandenberg, ist wirklich Intimität. Dies hier ist das, was ich mir wünsche.

Und er ist sehr überrascht, etwas benennen zu können, was er sich wirklich und heftig und ohne Einschränkungen wünscht, nach all den flachen, wunschlosen Jahren in der sicheren mittleren Entfernung von Glück und Schmerz.

Dann kommt Bewegung in den Raum und Lärm, eine spanische Gruppe, die sich Platz und Gehör verschafft. Vandenberg muß für heute Abschied nehmen. Er geht nach nebenan, er stellt sich ans Fenster und sieht auf das glatte, gezähmte, eingemauerte Wasser. Jenseits davon auf der Straße lebhafter Verkehr, von dem nichts zu hören ist, und auf einer Bank in dem kleinen Park rechts ein junger Holländer, groß gewachsen, im langen Mantel, der in einem Buch liest, ganz und gar versunken. Er hat nun auch einen Betrachter, denkt Vandenberg, aber er sieht ihn nicht an.

4

Keiner der Briefe, die Vermeer aus Amsterdam an seine Familie schrieb, ist erhalten, dachte Vandenberg. Vermutlich berichtete er brav und genau von seinen Fortschritten in der Malerei. Er erzählte von der Fürsorge, die ihm die Familie des Meisters angedeihen ließ, vor allem von der Fürsorge der beiden Frauen, die ihn an sein Zuhause denken ließ, an seine Kindheit. Er sprach von ihrem Fleiß, ihrer Hingabe an ihre Tätigkeiten. Ihrer Anmut, der schönen Ruhe ihrer Bewegungen, dem Licht, das auf ihre Kleidung fiel. Von der Konzentration, mit der sie ihm zuhörten, der nie nachlassenden Aufmerksamkeit, mit der sie für ihn sorgten. Vermeer sprach nicht von der Irritation, die etwa die Szene mit dem Glas Wein bei ihm hinterließ, nicht von der Verwirrung, die diese Fähigkeit der Frauen, vollständig präsent zu sein und vollständig abwesend zugleich, bei ihm auslöste. Mehr als eine Verwirrung, eine starke Beunruhigung, eine Vorstellung davon, *daß eine Frau vielleicht niemals zu erreichen ist.*

Später, als er nach Delft zurückgekehrt war und Catharina Bolnes geheiratet hatte, als er in einem Haushalt voller Kinder an seinen Bildern malte, an diesen äußerst intimen und stillen Szenen, hatte er längst selbst die Fähigkeit erworben, präsent zu sein und abwesend zugleich. Seine lebenslange Beobachtung von Frauen machte es ihm möglich, sich einige der wichtigsten weiblichen Eigenschaften und Vermögen anzueignen. Er lernte es, sich umfassend zu verbergen.

Damals aber arbeitete und lebte er im Haushalt seines Meisters und wußte nicht viel. Sein Meister stellte ihm nicht nur Aufgaben, er ermutigte ihn auch, das Haus zu verlassen und die Amsterdamer Straßen genau anzusehen: das Licht auf den Häusern und auf dem Wasser zu den verschiedenen Tageszeiten, die Menschen auf den Märkten, selbst die Wirtschaften sollte er besuchen. Man kann nie genug sehen, sagte sein Meister, *die Welt ist alles, was wir haben.*

Er tat, wie ihm sein Meister geraten hatte; er ging voller Neugier nach Amsterdam hinein. Die Stadt machte ihn taumeln, den Jan Vermeer aus Delft, da sie einhundertfünfzigtausend Menschen hatte und bunt und laut war. Sie erschlug ihn, sie drohte ihn zu ertränken, zu überspülen: sie war wie die bunten Bildexplosionen, die dem Vernehmen nach der Ertrinkende sieht. Vermeer hatte Angst vor diesem Taumel und begann ihn zu lieben, wußte, daß er durch ihn hindurch mußte, um wieder auf der anderen Seite anzukommen. In manchen Zeiten seines Amsterdamer Aufenthalts, der vier Jahre dauerte, zog er die Straße dem Atelier vor, jedoch nur, um eines Tages ins Atelier zurückzukehren.

Von diesen Ausflügen in die Stadt berichtete er nach Delft nur sehr wenig, sehr oberflächlich, und selbstverständlich unterschlug er die Geschichte, wie er dem Mädchen mit dem Perlenohrgehänge begegnete.

5

Ein sehr scharfer Wind empfängt ihn draußen; die Sonne ist ein großer weißer Fleck, der in wenigen Momenten für eine Zeit hinter Wolken verschwinden wird. Manche der Passanten haben mit der rechten Hand ihren Mantelkragen umfaßt und versuchen, ihn schützend vors Kinn zu halten; Vandenberg tut es ihnen nach.

Der intime Augenblick aus dem Museum liegt fünf Minuten zurück und hundert Jahre: wie vertrieben fühlt er sich, ausgesperrt. Aus der Intimität, die zwei Stunden oder drei Wochen oder ein Jahr dauerte und doch zweifellos für die Ewigkeit gemacht war, aus diesem Paradies ausgesperrt zu werden, plötzlich und ohne Vorwarnung, ohne zu verstehen warum: das ist der größte Schrecken für ihn, der Tod selber. Mütter fangen damit an, wenden sich plötzlich ab, tauchen unter, ein Desinteresse, das vielleicht nur fünf Minuten dauert: hinreichend Zeit, um vernichtet zu werden. Dann die kleinen Mädchen, mit denen man eben noch gespielt hat, dem Spott der Freunde zum Trotz, die kleinen Mädchen, die jetzt ein Gesicht ziehen und einfach nicht mehr reden wollen: ohne zu sprechen, sprechen sie ein Urteil. Die Fünfzehnjährigen sowieso, die sich mitten im Knutschen losreißen, die verstehe wer kann. Schließlich die *erwachsenen* Frauen, die jungen und die mittelalten, die leichtherzigen und die traurigen, die naiven und die erfahrenen, die schamhaften und die durchtriebenen und all die unendlichen Mischformen, die aufzuzählen ihn den Rest seines Lebens kosten würde, die ihn umsponnen und aufgenommen, die ihm ein Nest gebaut und ihn in Sicherheit gewiegt haben und ihn dann zurückstoßen, mit einer Beiläufigkeit, die ihm den Atem nimmt. Er fragt sie, warum sie das tun, er ist bereit, es sich erklären zu lassen, etwas zu lernen, und sie geben keine Antwort. *Sie halten es nicht für der Mühe wert.* Später, wenn man sie wiedersieht und an ihren Rückzug erinnert, an diesen Kältesturz, lächeln sie und sagen leichthin: Ja, das war nicht nett von mir.

Die ganze Zeit ist er mit erhobenem Kopf gegangen, mit geöffneten Augen, ohne etwas zu sehen. Die großen Geschäfte schließen, nimmt er jetzt wahr, an den Tramhaltestellen haben sich Menschentrauben gebildet. Allein und unbeweglich bleiben in den Schaufenstern die Dinge zurück, diese Ansammlungen von Lampen und Haushaltsgeräten, von Fahrrädern, Koffern, Rucksäcken, Fernsehapparaten und bekleideten Puppen, die an Vandenberg vorbeistarren, wie immer er sich zu ihnen stellt, und die Kleidungsstücke tragen, für die es noch viel zu kalt ist. Die Trampassagiere werden nun Räumen entgegenfahren, die ähnliche Dinge enthalten, nur, daß es nicht drei Kühlschränke sind, sondern nur einer, nicht zwanzig Lampen, sondern nur fünf oder sechs, nicht acht Fernsehapparate, sondern nur zwei, und daß die Kleidungsstücke nicht über Puppen hängen, sondern auf Bügeln. Sie werden ihre Haus- und Wohnungstüren öffnen und ihr Leben wiedererkennen, wie sie morgens ihre Bürotüren geöffnet und ihr Leben wiedererkannt haben; sie werden ihre Taschen abstellen und auspacken und zwischen lauter Wirklichkeit hin- und hergehen, die sie stumm begrüßt.

Ähnliches könnte Vandenberg auch tun. Schnell hat er mittags vom Hotel und von seinem Zimmer Besitz genommen, wie er es immer tut, wenn er irgendwo ankommt. Lichtschalter ausprobieren, das Radio und den Fernseher testen, die Sachen in den Schrank hängen, Zeitungen und Bücher auf dem Schreibtisch und dem Nachttischchen verteilen, akkurat. *Dies ist mein Raum, an dem ich Wohlgefallen habe.* Der mich schützt. Der meinen Schlaf bewachen wird. Von dem ich Schritte auf dem Flur hören werde, ein leises Lachen, die Dusche im Nebenzimmer, englische und japanische Laute. Vielleicht den Wind vor dem Fenster. Die Sirene eines Krankenwagens auf der Straße jenseits des Innenhofs. Dies ist mein Raum, den ich morgens verlassen und nachmittags aufgeräumt vorfinden werde. In dem mir nichts Böses zustoßen wird.

Dorthin sollte er zurückkehren, etwas trinken an der um diese Zeit kaum belebten Bar im Foyer, wo ein älterer Barkeeper im dunkelblauen Anzug ihn fragen würde: *Well, how was your day? Busy?* Viel gesehen, würde Vandenberg antworten, ja, *busy:*

Statt dessen lief er an den Resten einer Gracht entlang, in einem Viertel mit Mietshäusern, die nicht älter als zwanzig Jahre sein mochten, in Straßen, in denen Den Haag seine kühle Eleganz abgelegt hatte, in denen indonesische oder molukkische Kinder sich um einen rotweiß gepunkteten Gummiball balgten und vierzehnjährige dunkelhäutige Mädchen miteinander sprachen, die Arme unter den Brüsten verschränkt und argwöhnisch oder amüsiert den Fremden betrachtend, der ihre Schönheit musterte, so verstohlen, daß sie es unbedingt bemerken mußten.

Und immer noch war es nicht dunkel, immer noch blinkte die Sonne kurze Signale zwischen den Wolken hindurch, Wolken in den phantastischsten Färbungen, grün gelb blau rosa, und Vandenberg nahm den leicht fauligen Geruch des Wassers in sich auf, richtete dann den Blick auf die Fassaden der Häuser und erkannte auf ihnen, unverwechselbar und jeder Zweifel ausgeschlossen, das Licht seiner jungen Jahre. Seiner Hoffnungen.

6

Versuch, dir den Ball zu holen, wenn du ihn haben willst. Steh auf, wenn du vom Fahrrad gefallen bist. Wenn ein Mädchen mit dir herumspielt, mußt du zupacken; und wenn es nichts von dir wissen will, dreh dich um und vergiß es, auf der Stelle.

Sätze seines Vaters, der Bescheid wußte. Ein stiller, bescheidener Mann, der all das erreicht hatte, was er wollte. Zielstrebig. Hartnäckig. Entschieden. Einer, der nie unter Wert auf den Markt ging. Und weich, manchmal unbestimmt, oft in sich gekehrt, ein Liebhaber der Mittagsruhe. Sätze seines Vaters, aus dem eigenen Leben gebildet, nicht in der Schule gelernt. Sätze, die Vandenberg den Weg zeigten, und Sätze, die sein Vater nie gesagt hatte. Von denen Vandenberg sich heute, ein Jahr nach seines Vaters Tod, sie von ihm gehört zu haben wünschte.

Sein Vater war scheu gegenüber seinem zweiten Sohn. Er beobachtete ihn, wie er hinter Büchern verschwand, mit ihnen eins wurde, ununterscheidbar. Darüber machte er sich manchmal lustig, sehr zögernd, nicht überzeugt davon, im Recht zu sein. Gern wäre er selber so gewesen. Dazu fehlte zu Hause die Gelegenheit. Stiller Neid war es vielleicht, der ihn erfüllte, wenn er seinen Sohn ansah – den einzigen, der noch zu Hause war, der andere war schon in einer Großstadt verschwunden –, eine Sehnsucht, etwas Verwunderung. Dann und wann, wenn er aus der Mittagsruhe erwachte und auf den Kaffee wartete, nahm er ihn in den Arm und sagte, voller Hingabe und Erstaunen zugleich, kopfschüttelnd: *Mein Sohn, mein lieber Sohn*, als hätte er wahrhaft Wohlgefallen und könne es doch nicht glauben. Aber er erzählte ihm nicht, wie man sich durchsetzt, wie man dahin kommt, wohin er gekommen war. Vielleicht wollte er sich seinen Sohn als den Fremden erhalten, der er für ihn war. Der Fremde gefiel ihm: zart, träumerisch, etwas entrückt, die Materialität des Lebens, *seines* jungen Lebens nur dann und wann vorsichtig an der Oberfläche abtastend. Vandenbergs Vater war nicht verpflichtet, seinen Sohn nach seinem Bilde zu formen. Niemand zwang ihn, ihm zu sagen, wann man sich deutlich verhalten, wann man den Frauen unter den Rock greifen sollte. Er mochte zuweilen seinen Sohn betrachten, selbst träumerisch werdend; er mochte dabei denken: Mein lieber Sohn schwebt, er schwimmt mühelos auf der Oberfläche des Wassers, ich lasse ihn schweben und schwimmen. Was er nicht sah, war, daß sein Sohn immer wieder in den Tiefen verschwand, von Fluten umspült, lustvoll und voller Schrecken.

Wir haben uns wahrscheinlich sehr geliebt, dachte Vandenberg, auf seinem Hotelbett auf dem Rücken liegend, die Arme unter dem Kopf verschränkt, und es mag Momente gegeben haben, in denen wir es uns beinahe gesagt hätten. Sein Vater allerdings hätte jetzt gerufen: Man zieht die Schuhe aus, bevor man sich aufs Bett legt! Ja, wirklich, dachte Vandenberg, das tut man (er dachte an das Zimmermädchen), das tut man, und er zog die Schuhe aus.

Das Licht, als sie in der kleinen Stadt zwanzig Kilometer vor der Grenze ankamen, war anders als alles, was er bis dahin gesehen hatte. Sein Vater hatte hier eine besser bezahlte Position bekommen, eine Position mit Bedeutung. Vandenberg schloß die Augen vor dem riesigen flachen Land, in dem der einzige Haltepunkt der Horizont war: zu groß für ihn beides. Bisher kannte er nur Wälder, Hügel, mittelhohe Berge. Man kam um Ecken, man sah einen neuen Ausschnitt, eine bestimmte Perspektive, es gab eine Begrenzung, immer, der Blick fand ein Ende, konnte sich ausruhen. Eine Gegend für Märchen, mit Stadtmauerresten und Burgruinen, Wälder mit Räubern, mit Hexen, mit Feen, eine Welt, die ziemlich voll war. Stille Teiche, Gebirgsbäche, ein kleiner Fluß, gesäumt von Pappeln, aber nicht diese blinkenden Wasserflächen, die manchmal höher lagen als das Land! Diese Riesenhimmel, je größer, je leerer! Straßen schließlich, über deren Ende man hinaussehen konnte. Zum Meer. Drüber weg. Nach Amerika. In die ganze Welt.

In den dritten großen Schulferien *da oben* fuhr er mit einem Freund zusammen dahin, in die ganze Welt. Natürlich auf Fahrrädern, wie es sich gehörte. Zuerst fuhren sie über die Grenze im Westen und dann nach Süden. Vandenberg war vierzehn, der Freund zwei Jahre älter. Bis in den Norden Frankreichs kamen sie, wo Lille an einem sehr heißen Tag still brütete und Vandenberg die Stadt für immer als eine Ansammlung menschenleerer Straßen mit gelben Häusern in Erinnerung behielt. Auf der Rue Neuve in Brüssel sahen sie einen jungen Mann im Delirium tremens, in Scheveningen das Meer (das hatte Vandenberg aber schon im Jahr zuvor kennengelernt, als er zum ersten Mal auf einer Insel gewesen war) und in Amsterdam Huren, die in Schaufenstern saßen. Vandenberg mußte seinen Freund darüber aufklären, daß das Schild *Kamer te huur* nicht *Kammer für eine Hure* hieß, sondern *Zimmer zu vermieten.* Auf der Fahrt nach Delft wies ihn der Freund auf ein junges Paar hin, das zusammen in einem Waldstück verschwand. *Sie gehen ficken,* sagte er. Vandenberg schüttelte den Kopf, heftig. Er wußte, was *ficken* bedeutete, aber er konnte sich nicht vorstellen, daß die beiden, die da im Wald verschwunden waren, es wirklich taten. Daß es überhaupt Leute taten. Er wußte, daß es unvermeidlich war: er wäre sonst nicht auf der Welt. Es war ihm dennoch unbegreiflich, daß Leute es taten. Nicht, daß es ihn anwiderte, aber er glaubte, es müsse eine Kühnheit dazu gehören, die niemand aufbrachte. *Warum sollen sie sonst in den Wald gehen?* fragte ihn sein Freund.

Was er mitbrachte von dieser Reise, war die Erkenntnis der sichtbaren Welt und die Liebe zu ihr. Es gab dies alles: Fassaden mit gezackten Giebeln, ein dunkles Rot, das trotz seiner Dunkelheit leuchtete, blankgescheuerte Kneipentische, Boote auf Grachten, goldene Inschriften über Ladentüren, Frauen in Fenstern, glatte Wasserflächen wie Glas, Tulpenfelder, Weiden und jeden Tag ungezählte Wechsel des Lichts. Er war übrigens von einem seiner Lieblingsschriftsteller getäuscht worden: Holland war kein *Traum aus Rauch und Gold, bei Tag eher rauchig, bei Nacht eher golden*, sondern eine helle Welt aus Land, Wasser und Himmel, in die man vielleicht nur deshalb Städte gebaut hatte, damit das Auge einen Halt finden konnte.

So etwas, dachte Professor Vandenberg auf seinem Hotelbett, so etwas kann ich doch damals noch gar nicht gedacht haben.

7

Zuerst blieb er auf den Straßen, schlenderte über die Märkte, besah sich die Geschäfte; dann wagte sich der junge Jan Vermeer auch in die Wirtschaften von Amsterdam. Das Wagnis war nicht groß: schließlich war er in einer Wirtschaft aufgewachsen. Er spielte im Hinterzimmer, während sein Vater oder seine Mutter die Gäste bediente, er kroch auch einmal zwischen den Tischen hindurch. Später, als seine Eltern eine andere, bessere Wirtschaft am Großen Markt gepachtet hatten und er selber älter war, hörte er respektvoll zu, wenn sein Vater mit den Malern, die manchmal zu Gast waren und auch über Nacht blieben, über Bilder sprach und über das Leben in Amsterdam. Wenn er jetzt ein Lokal in Amsterdam betrat, erkannte er das Licht wieder und die Gerüche, das Gelächter und die Gespräche. Es war nicht fremd, nur größer und lauter.

Fremdes kannte er eigentlich nicht. Auch wenn ihn die Stadt in Taumel versetzte, wenn sie ihn zu überspülen drohte, hatte er bei aller leisen Angst, bei aller Unruhe, doch das sichere Gefühl, daß er gerettet werden würde. Sein Vertrauen war grenzenlos. Weniger Vertrauen in sich selbst und in seine Fähigkeiten, damit war er jetzt wie auch später nur selten zufrieden, sondern ein Vertrauen in die Gutartigkeit des Lebens, so stellte sich Vandenberg vor, damals hätte man es vielleicht einfach Gottvertrauen genannt.

Deshalb kam ihm alles bekannt vor, auch wenn er es das erste Mal sah. Keines der Gasthäuser seiner Eltern, weder das erste noch das zweite, war ein anrüchiges Haus, das außer dem Trinken auch der Kuppelei diente. Auf seinen Amsterdamer Streifzügen betrat Vermeer mehr als einmal ein solches Haus, zunächst arglos und ohne Absichten, später mit wachem Interesse. Er verfolgte die Verhandlungen; er sah den zufriedenen Blick der Kupplerin, wenn das Geld vorgezählt wurde und den sichernden Griff des Freiers zum Mädchen, das er soeben gekauft hatte. Den ganzen Ablauf, auch wenn er ihn zum ersten Mal miterlebte, kannte er schon lange von einem Bild Dirk van Baburens, das sich im Besitz seiner Eltern befand. *So ist es eben*, dachte Vermeer, *es ist wie auf dem Bild.*

Er selber war nicht ansprechbar, wenn er in den *musicos* saß, auch wenn man es öfter versuchte. Er sträubte sich nicht einmal, die Mädchen ließen sofort wieder von ihm ab, weil sie sahen, daß er unschuldig war. Daß er es bleiben würde, selbst wenn er mit ihnen ging, daß er es immer bleiben würde. Er saß an Tischen, in Ecken, er trank Wein und prägte sich ein, was er sah, wie es sein Meister ihm geraten hatte. Die Mädchen, die seine Unschuld erkannten, erröteten, wenn sie seine Beobachtungen wahrnahmen, und die derberen riefen ihm schon einmal zu: *Paß auf, daß dir nicht die Augen ausfallen, Kleiner!*

Aber sie kriegten ihn nicht, wie sie manchmal die Bauern kriegten, die es nach Amsterdam verschlagen hatte und die in dem Taumel, der auch sie erfaßt hatte, untergingen und nicht auf der anderen Seite ankamen. Er sah zu, wie sie auf Drängen der Mädchen ein Glas gepanschten Wein nach dem anderen tranken, manchmal war es auch nur Zuckersirup. Auf dem Markt hatten sie ihre Erzeugnisse verkauft, nun waren sie auf dem Weg in ihr Dorf zurück, aber zuvor wollten sie noch der Hölle einen kleinen Besuch abstatten, um sich zu amüsieren. Das ging zuweilen übel aus, und der junge Vermeer sah ruhig zu. Wenn der Bauer genug getrunken hatte, bot sich ihm das Mädchen bereitwillig an, ließ sich befühlen und anfassen. Schau nur, was ich habe, sagte sie, und führte seine Hand unter ihren Rock, und der Bauer streichelte sie dort, eher betatschte er sie, weil er schon zu betrunken war, um sie zu streicheln. Das ließ das Mädchen eine Weile mit sich machen, und dann griff sie dem Bauern in die Hose, daß er leicht aufstöhnte, und fischte mit der anderen Hand seinen Geldbeutel. Meine Möse und dein Schwanz passen gut zusammen, sagte die Hure, wir werden viel Spaß miteinander haben. Warte hier auf mich, bis ich mich ausgepinkelt habe, sagte sie und stand auf, und der trübe Blick des Bauern ging dem Fleisch nach, das er zweifellos gleich besitzen würde. Du hättest ihr wenigstens *adieu* sagen sollen, dachte Vermeer bei sich, denn ihr Hintern ist das letzte, was du von ihr gesehen hast.

Dann verließ auch er den Ort, weil er die langsam dämmernde Erkenntnis des Bauern und die darauf folgende Verzweiflung nicht sehen wollte. Manche der Mädchen sahen ihm nach. Er war noch kaum ein Mann, er war ein

Junge, siebzehn oder achtzehn Jahre alt. Er hatte ein offenes Gesicht, eine schmale gerade Nase, schöne geschwungene Augenbrauen, sein langes lockiges Haar war braun, die Augen sehr dunkelblau. Er war etwas anderes als die Bauern, die mit frischem Geld in der Tasche vom Markt kamen, oder die städtischen Herren, die manchmal entsetzlich aus dem Mund stanken. Er lachte den Mädchen zu, wenn er ging, und sie winkten ihm, aber er schüttelte den Kopf, und obwohl er eben noch in kalter, wacher Beobachtung die Hand des Bauern unter dem Rock der Hure gesehen und ihre Worte gehört hatte, ohne berührt zu sein, wurde er rot, wenn die Mädchen ihn lockten, und beeilte sich, ihnen zu entkommen. Manchmal kehrte er erst in der Dunkelheit in das Haus des Meisters zurück, und die Magd, die ihm öffnete, ließ es nicht an Respekt fehlen, dachte sich aber ihr Teil. War dann allerdings irritiert, wenn Vermeer nicht mit niedergeschlagenen Augen an ihr vorbeihuschte, sondern sie offen ansah und ebenso danach den Meister und seine Familie. Aber er erzählte nicht, wo er gewesen war; er sprach allgemein von Häusern und Straßen, von Schatten, Lichtverhältnissen und Perspektiven. Dann verschwand er in seinem winzigen Zimmer, in dem ein Bett stand, ein Stuhl und ein Waschkrug.

8

Eine andere Form der Intimität, eine der wenigen, die ihm verbleibt, weil er sie selber herstellen kann und dabei von niemandem abhängig ist. Diese Form nennt er so: *Professor Vandenberg, gehegt und allein, doch das Ohr an der Welt.*

Noch immer das Hotelbett. Er hat ein Kissen aus dem Schrank geholt und es zusammen mit dem Kopfkissen in seinem Nacken postiert. Es gehört zu den wenigen Dingen, an die auch die besten Hotels nicht denken, daß ihre Gäste vielleicht im oder auf dem Bett lesen möchten. Die beiden Kissen zusammen tun es gerade. Er liest nicht, er hält ein Buch in der Hand und geht mit den Augen darüber hinweg. Statt zu lesen, hört er den Schritten auf dem Flur zu. Ein junges Paar, das verspätet vom *shopping* zurückkommt, vielleicht haben sie anschließend noch gegessen. (Auch Vandenberg, das spürt er jetzt, muß heute noch einmal seine Zelle verlassen und essen gehen.) Er hört ein, zwei Tüten rascheln, und die junge Frau erzählt ihrem Liebsten etwas, was sie gerade gemeinsam erlebt haben, unter Gelächter. Gelächter, das dunkler wird, und Vandenberg hört die Erregung in diesem Fall der Stimme, die unkontrollierbare Vorfreude. Die Stimmen entfernen sich. Dann hört er im Zimmer rechts nebenan die Dusche laufen, oder jemand läßt sich ein Bad ein, danach das schwere Husten eines älteren Mannes. Älter als er, Vandenberg. Sogar die heftigen, unregelmäßigen Atemzüge hört er, die der Hustenanfall ausgelöst hat. Älter als ich, denkt Vandenberg befriedigt. Dicker, viel, viel dicker. Und wahrscheinlich hat er jetzt Schweißperlen auf der Stirn. Dann zwei Minuten Stille, in denen Vandenberg immer wieder denselben Halbsatz in seinem Buch fixiert, ohne ihn zu verstehen. Bis er kleine, schnelle Schritte hört, von mehr als zwei Personen, dann angeregte Unterhaltung, nur Männer: das sind die Japaner, die er heute abend an der Bar gesehen hat, als er von seiner Gracht ins Hotel zurückkam, von den ballspielenden Jungen und den hüftwiegenden Mädchen. Die unverständlichen Laute schwellen an, erreichen seine Tür und entfernen sich dann ebenfalls um die Ecke, wie die Stimmen des jungen Paars vor wenigen Minuten. Eine Weile horcht Vandenberg noch, aber nun scheint eine längere Ruhephase im Hotel einzutreten, diese Stunde, in denen die zurückgekehrten Gäste nachschauen, was sie wirklich eingekauft haben, in denen sie Stadtpläne studieren, um noch einmal nachzuschauen, wo sie gewesen sind, in denen sie einfach für eine halbe Stunde die Augen schließen.

Vandenberg schaltet den Fernseher ein und wechselt eine Weile die Programme, bis er in einen französischen, vielleicht auch italienischen Film gerät, der Ernteszenen zeigt, irgendwo in einer fruchtbaren südeuropäischen Landschaft. Er sieht hin und denkt an etwas ganz anderes, an einen Satz, den er nicht eben gelesen hat, sondern vor Jahren und der sich die Frage stellte, ob es ein höchstes Gut gibt, etwas, woran man, hat man es gefunden, *beständige und vollkommene Freude auf immerdar genießen könne.* Dann taucht in dem Film in einer Nahaufnahme für fünf oder sechs Sekunden das Gesicht eines jungen Mädchens auf, das auf einem Heuwagen sitzt, nur eine Komparsin, mit fast englischem Teint, aber dunkel, Sommersprossen auf der Nase, ein mürrischer Mund, die Unterlippe aufgeworfen, dunkelblaue Augen – sehr dunkelblau! – und dunkles Haar. Das alles erfaßt Vandenberg auf einen Blick, und in weniger als einer Sekunde ersteht vor ihm, nachdem er es mehr als zwanzig Jahre vergessen hat, das Bild von Karin Lammers.

Neben dem Haus seiner Eltern stand eine Gärtnerei. Als er gerade sechzehn geworden war, begann dort ein neues Lehrmädchen. Er sah sie neben dem Gärtner oder einem der Gehilfen stehen und sich stumm nickend all das anhören, was sie tun sollte. Man zeigte ihr, wie es gemacht wurde; dann ließ man sie allein, und sie begann konzentriert zu arbeiten. Dann und wann kam der Gärtner zu ihr, um nach dem Stand der Dinge zu sehen, und oft genug lobte er sie. Sie nickte nur; sie schien niemals zu sprechen. Sehr anstellig, sagte der Gärtner zu Vandenbergs Eltern. Kommt immer pünktlich, ist nie krank, und in der Mittagspause geht sie nach Hause.

Das erste Mal hörte er sie sprechen, als seine Eltern ihn nach drüben geschickt hatten, damit er zwei Setzlinge abholte. Während er wartet, geht sie an ihm vorbei ins Gewächshaus und fragt, in der offenen Tür stehend: Können Sie mal gucken? Ich bin fertig. Überraschend tiefe Stimme für ein junges Mädchen. Komme gleich, sagt der Gärtner, und sie geht an ihren Arbeitsplatz zurück, sieht Vandenberg direkt ins Gesicht, nickt ihm zu und preßt einen Gruß hervor. Er sieht das dunkle Gesicht, Schattierungen zwischen Purpurrot und Schwarz, sieht die Sommersprossen auf der Nase, jetzt ist sie an ihm vorbei, und er ist wie vom Blitz getroffen.

Für Wochen ist es das letzte Mal, daß sie einander so nah sind. Er ist oft im Garten und späht über den Zaun. Manchmal sieht sie zu ihm hinüber, ohne Reaktion, ohne Gruß. Täuscht er sich, oder hat er sie zwei- oder dreimal in sich hineinlächeln sehen, wenn sie ihn beim Starren über den Zaun erwischt hat?

Dann neigt sich der Sommer. Er ist verreist gewesen mit seinen Eltern. Das Meer, der Sand, die Bücher. Nach der Rückkehr sieht er die schöne Gärtnerin fast eine Woche nicht, ist beunruhigt, panisch: hat sie die Lehre aufgegeben? Er kann sich nicht zurückhalten und fragt den Gärtner, der ihn aufklärt. Auch sie hat Anspruch auf Urlaub, erklärt er, morgen wird sie zurück sein.

Tatsächlich, am nächsten Tag ist sie wieder da, in groben roten Hosen und einem langärmligen schwarzen T-Shirt. Er meint zu sehen, wie der Gärtner mit ihr tuschelt und zum Haus von Vandenbergs Eltern hinüberdeutet, und wie sie beide dann lachen. Aber lacht sie überhaupt jemals? Er kann nichts Genaues sehen. Eine Geschichte voller Vermutungen und Ahnungen. Vandenberg kennt sich nicht aus.

Im Herbst kommt das große Volksfest, fünf Tage Ausnahmezustand in der Stadt. Der Geruch von gebrannten

Mandeln und Zuckerwatte, neue Karussells, Wettstreit der Mikrophone. *There goes my heart again. Kiss me quick. Sweet little sixteen.* Erstmals: *I should have known better.* Autoscooter und als Zentrum von allem: die Raupe. Langsame Anfahrt, der Kassierer auf dem Trittbrett. Berg und Tal, immer schneller, dann das Sirenengeheul, über den Wagen senkt sich das Verdeck. Wie lange? Eine Minute, zwei, drei? Diese kleine Ewigkeit, in der man den Arm um sie legen, sie an sich ziehen, sie vielleicht küssen kann. Oder gar eine Hand unter den Pullover, unter die Bluse schieben kann.

Am späten Nachmittag steht Vandenberg dort mit einem Freund, lässig ans Geländer gelehnt. Sie sprechen über die Mädchen, die sie sehen und nicht anzusprechen wagen. Eine Fahrt geht gerade zu Ende, schon hat sich das Verdeck wieder gehoben. Einige der Mädchen sehen ärgerlich aus, als sie aussteigen, einige der Jungen verwirrt, andere schauen triumphierend zu ihren Freunden hinüber. Die Mikrophonstimme, an allen Karussells gleich, der Schaustellerton, langgezogen die Wörter, die Sätze halb gesungen. Neue Fahrt. Jetzt wieder einsteigen. Neues Glück. Vandenberg steigt ein, er liebt diese Fahrten ganz allein in der Dunkelheit. Noch immer die Aufforderung zuzusteigen, noch sind nicht alle Wagen besetzt. Musikwechsel. Tommy Roe singt *Sheila.* Plötzlich ist jemand bei Vandenberg im Wagen, er dreht sich zur Seite: Es ist das Gärtnermädchen. Er wird starr vor Aufregung. Voller Ernsthaftigkeit sagt sie: Laß mich auf die andere Seite. Sie tauschen die Plätze; sie sitzt jetzt rechts von ihm, innen, wie es sich gehört. Der Kassierer springt auf den Wagen, die Anfahrt hat schon begonnen. Nein, ruft Vandenberg, als sie zu ihrem Geld greift, ich bezahle! Noch sehen sie sich nicht an, erst, als die Fahrt schneller wird. Das kitzelt im Bauch, sagt sie und lacht zum ersten Mal, seit er sie kennt, zieht dabei die Sommersprossennase kraus, und er sieht ihre kräftigen weißen Zähne und denkt: Ein Mädchen, das viele Äpfel ißt.

In Ordnung, daß ich eingestiegen bin? fragt sie ihn, und er beeilt sich zu nicken: Ja klar, völlig in Ordnung.

Dann das Sirenengeheul, und über ihren Köpfen schließt sich langsam die Raupe. Die Fahrt wird noch einmal schneller, die Zentrifugalkraft wirft sie aneinander. Er legt den Arm um ihre Schultern, sein Herz setzt aus, vielleicht wird er gleich ohnmächtig. Ist es so, wenn man ohnmächtig wird? Los schnell, sagt sie jetzt leise, und als er nicht begreift, wirft sie sich über ihn und küßt ihn oder beißt ihn, so genau ist das nicht zu unterscheiden. Dann läßt sie von ihm ab und *setzt sich ordentlich* hin. Er riecht ihr Haar, die Fahrt wird langsamer, das Verdeck hebt sich, er ist nicht ohnmächtig geworden. Sein Freund ist verschwunden.

Was nun?

Ich muß jetzt nach Hause, sagt sie, meine Mutter wird sonst böse. Bringst du mich?

Es ist gut, daß sie fragt, von selber wäre er auf den Gedanken nicht gekommen. Sie nehmen den Weg durch die Altstadt, an der calvinistischen Kirche vorbei.

Du gehst zum Gymnasium, sagt sie. Eine Feststellung, keine Frage.

Jaja. In drei Jahren mache ich Abitur.

Und dann?

Dann studiere ich. Sie fragt nicht, was er studieren will, das ist alles weit weg von ihr.

Und die Arbeit in der Gärtnerei, macht sie Spaß?

Es geht. Der Chef ist in Ordnung.

Sie ist nicht eben gesprächig, das hat sie mit Vandenberg gemein. Wären sie ein Paar, sie könnten wunderbar schweigen miteinander. Anstrengungslos. Nicht einmal ihren Namen verrät sie ihm, aber das ist auch nicht nötig. Schon öfter hat er gehört, wie der Gärtner sie Karin gerufen hat.

Schließlich fragt er sie, wofür sie sich interessiert. Eine Gymnasiastenfrage. Sie weiß es nicht. Eigentlich für nichts. Das gefällt ihm, daß jemand sich für nichts interessieren kann.

Seine Hand ist feucht. Sie läßt sie los und legt den Arm um seine Hüfte, während er seinen Arm um ihre Schultern legt. So ist es richtig. So macht man es.

Sie gehen am Haus seiner Eltern und an der Gärtnerei vorbei, bis zur nächsten Querstraße. Dann läßt sie seine Hüfte los, befreit sich sanft von seinem Arm. Jetzt muß ich allein gehen, sagt sie, meine Mutter darf mich nicht mit einem Jungen sehen. Sie gibt ihm die Hand. Er zieht sie noch einmal an sich, plötzlich ganz mutig. Sie versteht und gibt ihm einen schnellen Kuß, den schnellsten der Welt.

Du bist ein komischer Typ, sagt sie und ist schon fünf Schritte weiter. Er sieht ihr nach, bis sie zweihundert Meter weiter in einem Haus verschwindet. Da also. Vandenberg setzt sich in Bewegung. Ein kleines Haus, der übliche unverputzte Ziegelstein, mit einer dreistufigen Treppe. Er ist sehr leise. An der Tür zwei Klingeln, auf beiden steht der gleiche Name: Lammers. Karin Lammers. Das Lämmchen, das ihn unter der Raupe küßte.

Es dauerte drei Jahre, bis sie wieder miteinander sprachen. Zwar sah Vandenberg sie drüben in der Gärtnerei arbeiten, und einmal schien sie ihm zuzunicken, aus der Entfernung. Kaum konnte er ihr Gesicht erkennen. Vermutlich hätte er nur nach drüben gehen müssen, um ihr guten Tag zu sagen und sie zu fragen, ob sie nicht am Abend mit ihm ausgehen wolle.

Statt dessen kamen andere Mädchen, standesgemäßer. Angehende Stewardessen, Künstlerinnen, Wissenschaftlerinnen; eine hatte es besonders mit der Atomphysik. Abende, Nächte im Bootshaus des Ruderclubs, in dem er nicht Mitglied war, aber Freunde hatte. Alkohol natürlich, wachsende Kühnheit. Die Haut darunter. Haken und Ösen, die komplizierte Mechanik der kleinen Verschlüsse. Dann der plötzliche Widerstand, die Hand, die die eigene wegschiebt. Nicht, bitte nicht, laß das. Die Unschlüssigkeit, das entsetzliche Hin und Her höherer Töchter. Später erzählen sie einem, man hätte damals ruhig hartnäckiger sein sollen. Verschämt und leise, bis auf Silke Meyer, die eines Abends im Bootshaus klar und deutlich rief: Nimm die Hand von meinen Titten, Vandenberg! Die war allerdings keine höhere Tochter.

Dann war Karin Lammers verschwunden. Vandenberg hatte nicht daran gedacht, daß eine Ausbildung irgendwann zu Ende geht und daß man nicht so lange Lehrling ist wie Schüler. Diese plötzliche Abwesenheit, diese Leere dort drüben in der Gärtnerei rief seine Sehnsucht wieder wach und steigerte sie bis zum Schmerz. Aber er wagte den Gärtner nicht zu fragen, wohin sie gegangen sei.

Im übrigen machte er das Abitur und verschwand in die große Stadt, um zu studieren. Dort verbrachte er die Abende in den Kinos und die Nächte auf den Straßen, dem Satz getreu, niemand kenne eine Stadt wirklich, bevor er sich nicht einmal in ihr verlaufen habe.

In den Semesterferien kehrte er nach Hause zurück, noch nannte er es so. Kurz bevor er zurückmußte, gab es aus Anlaß irgendeines Jubiläums ein mehrtägiges Schulfest. Vandenberg ging hin, um Freunde zu treffen, die noch zur Schule gingen, und um den Studenten aus der großen Stadt vorzuführen: *Berlin! Nonplusultra!* Der Erfolg war beachtlich; allein die Tatsache, daß er die Schule hinter sich hatte, schien Grund genug, ihn zu bewundern.

Dann sah er am Rand einer größeren Gruppe Karin Lammers stehen. Zunächst hielt er es für unmöglich, daß sie sich auf dieses Fest verirrt hatte, aber sie war es. Sie trug einen schwarzen Minirock und eine weiße Bluse und sprach mit einem ehemaligen Mitschüler Vandenbergs, der etwas länger brauchte, um das Abitur zu machen. Er sah ihn leicht schwanken, während Karin ernst, aber nicht heftig auf ihn einsprach. Sie schien ihm eine wichtige Mitteilung zu machen, von einer gewissen Endgültigkeit. Danach wandte sie sich ab. (Niemals, dachte Vandenberg jetzt auf seinem Hotelbett in Den Haag, niemals habe ich ein vollendeteres Abwenden gesehen, und ich habe wahrhaftig viele gesehen.)

Er machte sich nicht bemerkbar, aber Karin Lammers war so abwesend, so sehr noch mit dem Zurückgelassenen beschäftigt, daß sie praktisch in ihn hineinrannte. Ah, wir sind füreinander bestimmt – hätte er gedacht, wenn er damals so etwas hätte denken können. Statt dessen sagten beide unisono: Lange nicht gesehen, auch das ein schöner Einklang.

Er lud sie in die Bar ein und achtete darauf, sich nicht zu betrinken. Er erzählte von der großen Stadt. So begeistert war er – von sich?, von der großen Stadt?, von der Tatsache, daß er sie wiedergetroffen hatte? –, daß er glatt vergaß, sie zu fragen, wo sie jetzt arbeitete. Immerhin fragte er sie, ob sie tanzen wolle.

Warum nicht, antwortete Karin Lammers. Noch immer schien sie sich für nichts wirklich zu interessieren.

Als sie die Tanzfläche betraten, waren gerade noch die letzten Takte einer ganzen Serie schneller Stücke zu hören. Dann hatte der Discjockey, den man extra für diesen Abend verpflichtet hatte, sich offenbar für einen Tempowechsel entschieden. Unschlüssig standen sie einander gegenüber, als die ersten sanften Akkorde erklangen, leise rauschend, aber als sie erkannten, was da gespielt wurde, hatten sie schon die Arme umeinander gelegt, bevor noch der Sänger der *Moody Blues* die ersten Zeilen sang: *Nights in white satin, never reaching the end...*

Sie stürzten einander nicht in die Arme. Es war nicht das blitzartige Erkennen einer großen Liebe. Ihre Berührung war eng, aber zuerst scheu. Sie folgten der Musik, erst beim jubelnden *I love you* wurde es eine wirkliche Umarmung, Kopf auf der Schulter des anderen, Wange an Wange. Ich werde jetzt mein Knie zwischen ihre Schenkel schieben, dachte Vandenberg in eben jenem Moment, als es dafür zu spät war, denn die schöne Gärtnerin war es, die ihr Knie zwischen seine Schenkel preßte und es dort die ganze Zeit rieb, heftig während der *I love you*-Teile, sanfter während des Flötenparts in der Mitte.

Nights in white satin dauert vier Minuten und einundzwanzig Sekunden.

Mir ist heiß, sagte Karin Lammers danach, laß uns ein bißchen nach draußen gehen.

Eine Nacht in weißem Satin war es nicht gerade, das paßte nicht in ihre Gegend.

Aber eine wirkliche Sommernacht war es, mit weicher Luft, selbst hier oben an der Küste, eine Sommernacht des Jahres 1968. Erst hier draußen fiel ihm ein, sie zu fragen, was sie auf dieses Fest verschlagen hatte.

Der Typ, mit dem er sie vorhin gesehen hatte, hatte sie eingeladen. Nein, es war nicht ihr Freund, er tat nur so. Er war betrunken, Vandenberg hatte es ja gesehen. Da bin ich weggegangen, sagte sie zum Schluß. Vielleicht wartet er darauf, daß ich wiederkomme, aber das hat keine Bedeutung.

Das war die längste zusammenhängende Rede, die er von Karin Lammers je hörte.

Sie gingen in den Saal zurück und tranken noch etwas an der Bar. Sein ehemaliger Mitschüler kam in der Tat zu ihnen und beugte sich über seine angebliche Freundin, die ihn sanft beiseite schob. Vandenberg machte sich schon darauf gefaßt, sie beschützen zu müssen, aber er drehte ab, ohne etwas zu sagen. Er war so abgefüllt, daß es nicht einmal mehr zur Wut langte.

Ich muß jetzt gehen, sagte Karin. Bring mich nach Hause.

Ja sicher, dachte Vandenberg, das tue ich doch gern. Aber das ist ein langer Weg, dachte er weiter, was sollen wir da machen auf dem Weg? Das ist komplizierter als vier Minuten und einundzwanzig Sekunden. *Was sollen wir da reden?*

Sie mußten nicht reden. Als sie losgegangen waren, spürte er deutlich, daß sie das nicht verlangte. Konversation war nicht ihre Stärke. Manchmal sagte sie einzelne Sätze, etwa: *Das Haus hier reißen sie ab*, oder: *Der Baum ist ganz schief gewachsen*, einfache Feststellungen, über die sie vorher lange nachgedacht zu haben schien. Sie gingen Hand in Hand, wie Brüderchen und Schwesterchen. Dann hielt sie an und zog ihn unter einen Baum, der nicht schief gewachsen war, schlang die Arme um ihn und gab ihm den ersten wirklichen Kuß, seit sie sich kannten. Ihr Haar roch herrlich, nie wieder würde er so schönes Haar riechen. Sie drängte ihn gegen den Baumstamm, preßte wieder das Knie zwischen seine Schenkel und rieb es dort.

Er japste.

Ist schön? fragte sie.

Ja, keuchte er, das ist schön.

Na also.

Sie nahm auch die Hand zu Hilfe, die Gärtnerinnenhand mit den kurzen kräftigen Fingern. Oh, sagte Vandenberg und rief dann leise: Vorsicht!, und danach stieß er einen kleinen Schrei aus.

Na siehst du, sagte Karin Lammers und nahm ein Taschentuch.

Das war der unschuldigste Moment seines Lebens.

Fünf Tage später ging er zu ihrem Haus und sah zum ersten Mal ihre Mutter, eine kleine Frau mit Sommersprossen wie ihre Tochter. Karin ist nicht da, sagte sie, sie arbeitet jetzt auswärts – sie nannte den Namen einer Nachbarstadt – und kommt nur an den Wochenenden manchmal nach Hause.

Groß in den Anfängen, klein in der Fortsetzung: Vandenberg ging nie mehr hin, auch nicht an einem Wochenende. Er sah Karin Lammers nie mehr wieder, er hörte nichts mehr von ihr. Dabei hätte er sie geheiratet, wenn sie ihn nur gefragt hätte. *Ein schönes Mädchen, das nur wesentliche Dinge sagt, mit einem wunderbaren Knie.*

Längst war der Film von der Ernte zur Erntefeier fortgeschritten, auf dem Gang zogen die Japaner vorbei, auf dem Weg in die Nacht, und er lag auf dem Bett, starrte an die Decke und dachte an die größte Liebe seines Lebens, die er leider nie richtig kennengelernt hatte. Wo immer sie jetzt war, er wünschte ihr alles Glück der Welt.

9

Der Meister, schrieb Vermeer nach Hause, *hat mich vor kurzem zu einem Händler mitgenommen, Herrn Johannes Renialme. Ich habe dort Werke von Tintoretto, Tizian, Bassano und anderen italienischen Meistern gesehen und an diesen Bildern das Licht studiert, das man hier in Amsterdam nicht zu sehen bekommt.*

Vermeer hatte mit offenem Mund vor diesen Bildern gestanden, erstarrt, versunken, während sein Meister mit Renialme Geschäftliches verhandelte. Er bedauerte, nicht kopieren zu können, weil der Besuch zeitlich begrenzt war. Renialme war ein freundlicher und aufmerksamer Mann, er sah den Schmerz des Malerlehrlings beim Abschied und sagte, selbstverständlich könne Vermeer, das Einverständnis seines Meisters vorausgesetzt, jederzeit zu ihm kommen und die Bilder studieren.

So machte sich Jan Vermeer also wöchentlich einmal auf den Weg in das schöne Haus an der Prinsengracht, um Bilder anzusehen und zu kopieren. Renialme hielt sich im Hintergrund, ihm gefiel die Konzentration und Hingabe des jungen Mannes, den er nicht stören wollte. Nach zwei, drei Stunden aber, so dachte Vandenberg, begann er sich zu sorgen und fragte seinen Gast, ob er nicht etwas essen und trinken wolle. Vermeer bejahte zerstreut, noch nicht gelöst von der Malerei Tintorettos, die er vor sich hatte, und wenig später brachte eine Magd einen kleinen Imbiß und einen halben Krug Wein. Beim ersten Mal nahm sie *der junge Herr*, wie sie ihn nannte, kaum wahr. Als sich die Gelegenheit wiederholte und Vermeer sich, während er auf den Imbiß und den Wein wartete, schon ermüdet von dem Bild abgewandt hatte, erstarrte er bei ihrem Eintreten und sah sie mit so stierem Blick an, daß die Magd keine andere Wahl hatte, als sich entweder furchtsam zu entfernen oder aber die Situation mit einer spöttischen, vielleicht etwas zu frechen Bemerkung aufzulösen. Natürlich sagte sie nichts wie *Paß auf, daß dir nicht die Augen ausfallen, Kleiner!*, auch wenn sie es dachte, aber sie blieb immer noch ungehörig genug, lachte und sagte: *Der Herr sieht mich an, als ob er noch nie eine Frau gesehen hätte.*

Doch, er war ja unter Frauen aufgewachsen: seine Mutter und seine Schwester, die ihn bedienten, als er seine ersten Zeichnungen machte, seine ersten Studien betrieb. Später würde er ihnen seine Aufnahmearbeit für die Lukasgilde widmen, *Christus bei Maria und Martha.* Doch, er hatte auch gerade in den letzten Monaten Frauen genug gesehen, wie sie sich anboten, wie sie Bauern betrogen, wie sie ihn beim Verlassen solcher Orte anlächelten, und er dachte: Ihr kriegt mich nicht. Aber eine wie diese, die jetzt vor ihm stand, hatte er noch nicht gesehen, und ohne es schon denken zu können, wußte er, daß sie ihn kriegen würde.

Wer war sie denn? Nichts weiter als eine Magd, vielleicht zwei oder drei Jahre älter als Vermeer, in einem langen blauen Rock und einer groben ockerfarbenen Jacke, mit Händen, so befand Vermeer, die für ein Dienstmädchen ein wenig zu fein waren. Ihr glattes braunes Haar wird nur durch einen Reif zusammengehalten und fällt bis auf die Schultern. So steht sie vor ihm, nachdem sie ihre Frage gestellt hat, ob er noch nie eine Frau gesehen habe, und da Vermeer nicht antwortet, nicht einmal lächelt, stellt sie ihm das Tablett hin und verläßt den Raum.

10

Am meisten schätzte er an seinem Hotel, daß man es noch durch eine Drehtür betrat und verließ, nicht durch eine jener zweigeteilten Glastüren, die sich bei der Annäherung automatisch öffnen. Eine Drehtür, die zu bewegen einige Kraft kostete, hier konnte niemand einfach davonlaufen, niemand einfach hineinstürzen und Amok laufen. Es gab eine warme, sichere Welt diesseits der Drehtür und eine andere, aufregende, aber auch ungewisse jenseits. Noch zwei Schritte, und er hatte den überdachten Eingangsbereich ganz verlassen und stand auf der Molenstraat, einer kurzen, engen Straße in der Haager Innenstadt.

Ein Samstagvormittag im April, unter einem völlig blankgeputzten holländischen Himmel, ohne die ständigen Veränderungen des gestrigen Tages. Sehr kühl, strahlende Sonne. Die Dinge der sichtbaren Welt waren scharf gezeichnet und klar gegeneinander abgegrenzt in diesem Licht, jedes einzelne zeigte und behauptete sein Dasein: die

Häuser mit ihren Brüstungen und Giebeln, die Restaurantschilder, die Schaufensterscheiben, die schwarzen Mülltüten, die auf dem schmalen Bürgersteig standen, der Lackmantel der Chinesin, die auf der anderen Straßenseite vorüberging, die Kühlerschnauzen der Autos, die sich im Schrittempo durch die schmale Straße zwängten, die Fahrräder, die an Häuserwände gelehnt standen. Selbst noch die Frau im weißen Kittel, die er im Innern der Bäckerei gegenüber beobachten konnte, wie sie einem Kunden *beleegde broodjes* zurechtmachte, war scharf vom Hintergrund abgegrenzt. Vom Bildhintergrund, dachte Vandenberg unwillkürlich. Er sah das rosige Fleisch ihrer Unterarme.

Hoffentlich werde ich nichts von dem vergessen, was ich gerade sehe, dachte Vandenberg, nicht die kleinste Einzelheit. Hoffentlich kann ich dieses Bild aufbewahren. Er stand noch immer vor dem Hotel, ohne sich nach rechts oder links gewandt zu haben, und atmete die Wirklichkeit ein. Vor einer Stunde, im Frühstücksraum, war noch eine Glasscheibe zwischen ihm und der Wirklichkeit gewesen, die den Blick auf den *Paleistuin* freigab, den Palastgarten, der eher ein Park war: Von ihm bezog das Hotel seinen Namen. Da hing das Licht der Sonne noch in Ästen und Blattwerk, Schleier lagen über den Wiesen, nichts war scharf gezeichnet. Die Welt ist draußen, dachte Professor Vandenberg, als er sich das eine Weile angesehen hatte, übte sich im Lesen einer niederländischen Zeitung und sah ab und zu erstaunt zu dem anderen einzelnen Esser drei Tische weiter hinüber, einem jungen Mann mit einer Hornbrille und einem amerikanischen Gesicht: Der las wahrhaftig eine englische Paperbackausgabe *seiner* Monographie über Vermeer: *Vermeer. A Study in Intimacy*. Aber der Impuls, hinüberzugehen und zu sagen: Das habe ich geschrieben; *I wrote this book*, war nicht da. Vor drei Jahren hätte ich es noch getan, dachte Vandenberg.

Noch eine Stunde früher war es nicht das Sonnenlicht in den Ästen gewesen, sondern ein anderer Schleier, der des Halbschlafs, des langsamen Erwachens. Wieder dieses dankbar erstaunte Gefühl, daß alles noch da war, die Welt und er selber, er selber in der Welt. Nie so stark wie morgens beim Erwachen, wenn sein Körper viel schwerer war als sonst, jene angenehme Schwere, die von Sicherheit begleitet ist, von grenzenlosem Vertrauen. Die einzige halbe Stunde des Tages, in der er bereit gewesen wäre, an einem Gott zu glauben.

Zuerst nach rechts, entschied er jetzt und verschob die erneute Zwiesprache mit dem Mädchen im Mauritshuis auf später. Zuerst nach rechts, dann gleich wieder links, und nach drei Minuten betrat er ein großes Postamt, das eher einem Basar glich. Stadtpläne konnte man hier kaufen (nicht allein von Den Haag), Kugelschreiber, Schreibblöcke und selbstverständlich auch Postkarten. Er wählt nicht das Mädchen, auch nicht die *Ansicht von Delft*, er entscheidet sich für die *Briefschreibende Frau* in ihrer gelben, pelzbesetzten Jacke. Jetzt will ich jemandem schreiben, denkt er, auf der Stelle, aber wem? Nicht der Frau, die ihn verlassen hat; man meldet sich nicht so kurz nach der Trennung, man winselt nicht, man klebt nicht. Seinem besten Freund? Dazu ist zu wenig Platz auf der Karte, er wird ihn später mit einem Anruf überraschen. Niemand weiß, daß ich hier bin, denkt er mit Freude, als ob er einen entscheidenden Sieg errungen hätte. Ach, wie gut, daß niemand weiß … Dann fällt ihm Karin Küppers ein, mit der er seit jener Nacht nur noch in der Universität gesprochen hat, ganz selbstverständlich übrigens, zwischen ihnen ist keine Befangenheit. Ihr wird er schreiben.

Und was? In welchem Ton? Er hat Platz für höchstens vier Sätze, wenn er seine Mikroschrift benutzt. Was soll er schreiben an eine Frau, mit der er eine Nacht verbracht hat und von der sich dann herausstellte, daß sie nach wie vor ganz einfach eine seiner Studentinnen war und er einer ihrer Professoren?

Dann schrieb er einfach. *Liebe Karin,* schrieb er, mit hochgezogenen Schultern auf einem Hocker an einem der kleinen Tische im Postamt sitzend, *ich bin in Den Haag und habe gestern das Perlenohrmädchen gesehen und heute morgen eine Chinesin in einem roten Lackmantel. Das Licht ist sehr klar. Du hast die schönsten Füße der Welt.* Und dann war kein Platz mehr für einen Gruß oder seinen Namen. Vandenberg kaufte eine Briefmarke, klebte sie auf die Karte, warf seine Post in einen der leuchtend roten Kästen am Ausgang und machte sich auf den Weg zum Mauritshuis. Nach zehn Schritten blieb er stehen und schlug sich mit der Faust an die Stirn. O Gott, rief er laut, so daß Passanten ihn interessiert betrachteten, die Karte wird niemals ankommen. Ich habe *Karin Lammers* geschrieben statt *Küppers.* Ich habe eine Flaschenpost abgeschickt.

11

Nach vielen Wochen, in denen Jan Vermeer versucht hatte, sich jeden Winkel, jede kleine Gasse, jeden Hauseingang, jedes Fenster, jedes Wirtshaus von Amsterdam einzuprägen, alle Dinge, die es in der Stadt gab, entschied er, daß er genug gesehen hatte. Er ging nur noch aus, um den Kunsthändler Johannes Renialme zu besuchen und dort zunächst Tintoretto, dann Tizian zu kopieren. Nach zwei Stunden bat er um etwas zu essen und etwas Wein, und wenig später kam die Magd mit dem Tablett. Vermeer erstarrte nicht mehr, wenn sie den kühlen kleinen Raum betrat, in dem er arbeiten durfte, und er war nicht mehr sprachlos. Er zeigte ihr den Fortschritt seiner Arbeiten, er erklärte ihr die Bilder. Sie sagte überraschend kluge Sätze, wenn sie von den Bildern sprach, und Vermeer war erstaunt darüber, bis ihm einfiel, daß sie schon seit mehreren Jahren in diesem Haushalt lebte und von Bildern umstellt war. Er sprach ernst mit ihr und machte keine anzüglichen Bemerkungen. Er versuchte nicht, sie anzufassen, weil er wußte, daß sie ihn sich eines Tages nehmen würde, wenn es soweit war. Die Magd, Neeltje war ihr Name, paßte sich seinem Ernst und seiner Zurückhaltung an, aber manchmal lachte sie mitten im Gespräch, scheinbar ohne Grund, und Vermeer wurde den Eindruck nicht los, daß sie ihn auslachte.

Schließlich fragte sie ihn, ob er immer nur arbeite. Vermeer antwortete ausweichend. Er sei von seinem Vater nach Amsterdam geschickt worden, um das Handwerk des Malers zu lernen, sagte er, sein Vater müsse dafür bezahlen und sei kein reicher Mann. Er, Jan Vermeer, müsse seinem Vater seine Dankbarkeit zeigen, indem er fleißig sei. Auch seiner Mutter und seiner Schwester müsse er dankbar sein. Aber natürlich: er arbeitete nicht nur. Er hatte viel von der Stadt gesehen, vielleicht mehr, als sie ahnte und als sie selber gesehen hatte!

Davon sollte er ihr erzählen! verlangte sie.

Von allem konnte man gar nicht erzählen, sagte Vermeer, und im übrigen wurde sie jetzt gerufen.

Aber so einfach kam er nicht immer davon. Er wollte auch gar nicht davonkommen! Wenn sie nicht gleich gerufen wurde und wenn das Gespräch über das Bild von Tintoretto oder Tizian erschöpft war, mußte er von seinen Streifzügen durch die Stadt erzählen, Streifzügen, zu denen ihn sein Meister ausdrücklich aufgefordert hatte. Bei seinen Erzählungen traf er eine Auswahl, aber je mehr er erzählte, desto weniger wußte er, was er ausgespart und was er erwähnt hatte, und Neeltje, die eine sehr aufmerksame Zuhörerin war, machte ihn auf Widersprüche aufmerksam. Gestern haben Sie dies gesagt, sagte sie, und Vermeer sagte: Oh, da muß ich mich geirrt haben.

Bis sie eines Tages, als sie ihn wieder bei einem seiner Widersprüche ertappte, ungeheuer kühn wurde, so kühn, wie er es gehofft hatte und *wie er wußte, daß sie es eines Tages werden würde.* Sie ließ die höfliche Anrede fallen, sie griff ihm in seine braunen Locken und sagte: Du kleiner Unschuldsengel! Spöttisch war das gesagt und ehrlich zugleich, und Vermeer wußte, daß sie ihn erkannt hatte.

Es ist schon früher Abend, er hat länger gearbeitet als sonst. Sie hält noch immer mit der rechten Hand sein Haar fest, steht neben Vermeer, der auf einem Hocker sitzt und sich nicht rührt. Sie ergreift seinen rechten Arm und legt ihn sich um die Hüften. Komm her, du Dummkopf, sagt sie. So macht man es. Du hast es doch oft genug gesehen.

Es ist der Abend, wo Herr Renialme zwar im Haus ist, seine Frau aber, seine verhaßte Frau, die alle zehn Minuten nach ihr ruft, ist heute morgen in Begleitung ihres Bruders nach Den Haag gereist. Neeltje führt ihn, sie legt den Finger auf den Mund, sie weiß, welche Stufen knarren und welche gefahrlos sind, sie steigt schon seit drei Jahren abends diesen Weg zu ihrer Kammer hoch. Nun mit Vermeer im Schlepptau, der ihr ergeben und erregt folgt, wie er es vorausgesehen hatte.

12

Einen sehr kurzen, sehr kostbaren Moment ist er mit ihr allein. Stille in dem kleinen Raum. Diesmal hält er Abstand, und plötzlich fällt ihm auf, daß er vor dem Bild von Karin Lammers steht. Fast zwei Jahrzehnte lang hatte er sich immer wieder gefragt, was ihn so angezogen hat an diesem, gerade diesem Gemälde von Vermeer. Jetzt hat er die Antwort, und sie ist so einfach, daß er den Kopf schüttelt und ein kleines Lachen unterdrückt, als andere Besucher den Raum betreten.

Es ist nicht ihr Abbild, bei weitem nicht. Am ehesten sind es noch die leicht geöffneten Lippen und der Blick, schon die Nasenlinie ist ganz anders, viel gerader. Doch die Art, in die Welt zu sehen, sich der Welt zuzuwenden, die Geste, die beim Betrachter eine Unschuldsvermutung hervorruft und zugleich das Wissen, daß hinter dieser Unschuld noch etwas anderes sich verbirgt: So hatte er Karin Lammers gesehen vom ersten Tag an, und daran muß das Bild ihn erinnert haben, als er zum ersten Mal darauf stieß. Will sie etwas sagen, sind darum die Lippen leicht geöffnet, oder ist es nur Ausdruck des Erstaunens, der Überraschung? Wenn sie dazu ansetzt, etwas zu sagen, dann wäre es kurz und feststehend wie bei Karin Lammers, das Notwendigste. Vandenberg denkt eher, daß sie kurz davor steht, eine Handlung auszuführen, eine entschlossene, klare, unmißverständliche Handlung. Jetzt hat er die wirkliche Verbindung: Dieses noch sehr junge, unbekannte Mädchen aus dem siebzehnten Jahrhundert – er hält die These, es handele sich um eine Tochter Vermeers, aus verschiedenen Gründen für sehr unwahrscheinlich –, dieses Mädchen und Vandenbergs erste, große – einzige? – Liebe, beide sprechen nur, wenn sie sicher sind, etwas Richtiges zu sagen, *und beide sind jederzeit in der Lage, das Richtige zu tun.*

Er wendet sich plötzlich den fünf Japanern zu, die vor ein paar Minuten neben ihm Aufstellung genommen haben, um das Bild zu betrachten, drei Männer und zwei Frauen, lächelt sie an und sagt auf deutsch: *Schöne Frauen sind Tatmenschen, finden Sie nicht auch?* Dann beginnt er wirklich zu lachen und entfernt sich schnell aus dem Raum, während die Japaner höflich und verlegen hinter ihm herlachen.

Schon das zweite Mal heute, denkt Vandenberg und stürzt die Treppen hinunter, daß ich auffällig werde.

13

Damals in Delft, vor sehr langer Zeit, vor zwölf oder dreizehn Jahren also, als er unter den Tischen des Gasthauses *De Vliegende Vos* umherkroch, oder etwas später, als er sich die Gäste des *Mechelen* besah und ihnen zuhörte, damals lernte das Kind Vermeer das genaue Hinsehen. Zuerst blieb sein Auge an einem Objekt hängen; dann nahm er es ins Visier; dann fixierte er es. Ein Tischbein konnte es sein, eine Vase, die Schulter eines Mannes, das Haar seiner Schwester Gertruy. Auch der durch die dunkle Fensterscheibe gebrochene Reflex der Sonne auf einer Tischplatte. Das Kind Vermeer war nicht wählerisch, nicht ausschließend bei der Entdeckung der Welt, es wollte alles sehen. Wenn es sein Objekt fixiert hatte, wich es ihm nicht mehr aus, bis es genug gesehen hatte. Es konnte minutenlang in das Gesicht eines Mannes sehen und sich nicht einmal durch eine scherzhafte Bemerkung beirren lassen. Es sah seiner Schwester ruhig und schweigend zu, während sie Gläser putzte. Du hast manchmal dagesessen, sagte sie später einmal zu ihm, *gar nicht wie ein Mensch.*

Er wurde erst später rot, wenn er Frauen ansah, weil er wußte, daß er noch nicht alles gesehen hatte. Bis zu dem Moment, als Neeltje die Tür ihrer Kammer verschließt, ihn zu sich zieht und sich entkleidet. Seine Hand führt, ihm zeigt, wo er anfassen soll und darf. Bis zu dem Moment, wo sie seine Hand losläßt, da sie der neuerworbenen Intelligenz dieser Hand traut, dieser Mischung aus Gier und Behutsamkeit. Da sie spürt, daß sie einen Entdecker vor sich hat, einen Reisenden in einem noch unbekannten Land; bis sie in den leisesten Bewegungen seiner Hand die Überraschungen spürt, die diese Hand erfährt. Ja, mein Kleiner, denkt sie, das Innere einer Möse ist tatsächlich weich und muskulös zugleich, nachgiebig und selbstbewußt. Das überrascht euch immer wieder.

Woher sie die Perle an ihrem linken Ohr hat, fragt er viel später.

Die hat mir einmal ein junger Herr geschenkt, der auch in diesem Haus zu Gast war, sagt sie. Aber das geht dich nichts an.

14

Eben noch hat er sich zwischen den Touristen und Einkäufern auf dem Oude Langendijk hindurchgequetscht, nur mühsam seine Wut zügelnd über so viele Menschen auf der Welt. Jetzt steht er auf einer Brücke und sieht auf die Westsingelgracht. Das Wasser reflektiert die Nachmittagssonne, und die Spiegelung trifft Vandenberg direkt im Gesicht. Er setzt die Sonnenbrille auf mit dem extrem starken UV-Filter, die er sich vor einer Viertelstunde aus einer Laune heraus beim Optiker Theo de Graaf gekauft hat. Aus einer Laune heraus: weil ihm das Brillengestell gefiel, das er im Schaufenster gesehen hat, die ovale Form der Gläser, die verschiedenen Farben des Rahmens. Er weiß, daß er schon zwei Sonnenbrillen hat, aber er kann sie seit Monaten nicht finden.

Die Welt, die er von dieser Brücke in Delft sieht, wird sofort sehr dunkel, ist aber, da die Sonne noch stark ist, von einem kräftigen goldenen Licht erfüllt. Einem Rembrandtlicht, würden er und seine Kollegen sagen und wissen, daß jeder von ihnen bei dem Wort annähernd die gleiche Vorstellung hat. Ein, zwei Minuten dauert es, in denen Vandenberg auf das Wasser in der dunkelgoldenen Beleuchtung starrt und dabei die Verwandlung spürt, die in ihm vorgeht, von der er aber noch nicht weiß, wohin sie ihn führen wird. Dann ist er wieder der Dreizehnjährige, der mit Freunden an einem Sommernachmittag von der Rathausbrücke aufs Wasser starrt. Keiner von ihnen sagt etwas, bis sie die Fahrräder nehmen und zum Deich fahren. Sie legen die Fahrräder ins Gras und marschieren los, auf der Deichkrone.

Sie sprechen über Mädchen. Nein, zuerst sprechen sie über ihre Schwänze, wie sie sich verändern, manchmal, und während sie darüber sprechen, verändert sich Vandenbergs Dreizehnjahreschwanz. Sie erzählen sich, wie sie ihn reiben, beschreiben sich Techniken: Ich mache es auf dem Bauch liegend, sagt Vandenberg, *mit beiden Händen*. Die anderen sehen ihn überrascht an, und er muß es genauer erklären.

Dann kommt das Gespräch wirklich auf die Mädchen, auf das, was sie zwischen den Beinen haben. Sie kennen alle die Wörter: Pflaume, Möse, Fotze. Es gibt einen nie entschiedenen Streit, ob man die Fotze mit *F* oder mit *V* schreibt. Die meisten neigen der Schreibweise mit *V* zu, aber Vandenberg, der Zugewanderte, hält das für eine regionale Eigenart und eine Abweichung von der Hochsprache. Sie kennen also die Wörter, aber ihre Vorstellung ist ungenau, und die Ungenauigkeit quält sie, seit Wochen, Monaten, seit mehr als einem Jahr. Manche haben Schwestern, einige sogar ältere, aber die älteren zeigen ihnen nichts, und ihre Brüder sind auf zufällige Einblicke angewiesen. Sie berichten von Haaren, die es dort unten gibt, *ein richtiger Urwaldbusch,* sagt einer. Die mit den jüngeren Schwestern sehen öfter etwas, sehen mehr, aber eigentlich sehen sie weniger, fast nichts.

Da ist nichts, sagt einer, eigentlich ist da nichts.

Doch, da ist schon etwas, da ist ein Loch.

Gut, da ist ein Loch, aber ein Loch ist eigentlich nichts. Ein Loch ist ein Loch.

Das Problem ist, daß keiner von ihnen an diesem Nachmittag auf dem Deich weiß, wie das Loch genau aussieht. Sie sind so weit wie schon vor Wochen, Monaten, vor einem Jahr; sie haben die Namen, aber sie haben eine höchst ungenaue Vorstellung, und die Ungenauigkeit quält sie. Es wäre schön, wenn man eine der älteren Schwestern dazu überreden könnte, ihnen die Sache zu zeigen, aber niemand, der eine ältere Schwester hat, ist bereit, diese zu fragen. Die Vorstellung allerdings, daß einer seine Schwester auch nur *fragen* könnte (nicht so sehr die Vorstellung, daß sie es macht), erregt sie alle ungemein. Vandenberg – der keine Schwester hat – malt sich aus, wie sie alle zusammen hingehen und fragen würden, Susanne zum Beispiel (er hat Susanne ein paarmal gesehen, wie sie mit ihrem Bruder auf dem Fahrrad durch die Stadt fuhr), und wie Susanne dann entweder verlegen und rot im Gesicht werden würde, oder aber, und Vandenberg wird schön schwindlig bei dieser Vorstellung, wie sie furchtbar zornig wird, wie sie einen Wutausbruch bekommt, wie er noch keinen bei einer Frau erlebt hat, und wie sie alle beschimpfen würde mit Wörtern, die viel schlimmer sind als das Verlangen, das man an sie gerichtet hat, und der betäubende Schwindel von damals kehrt nun auf der Brücke in Delft zurück, so daß Vandenberg einen Moment wirklich schwankt und sich am Geländer festhalten muß.

Als er wieder zu sich kommt und sein Blick sich an den Straßenzügen, den Häusern festzuhalten versucht, taucht ein noch früherer Sommernachmittag auf, aus den ersten Jahren seiner Schulzeit, noch in seiner Geburtsstadt also, weit weg von dem Licht und dem Wasser seiner Jugendjahre.

Dort in seinem Geburtsort war neben dem Haus, in dem

seine Eltern wohnten, keine Gärtnerei, sondern ein großer Steinmetzbetrieb. Weniger als zehn Jahre nach dem Krieg wurde noch immer viel gestorben, an seinen Folgen, aus Erschöpfung, vielleicht aus verspätetem Schrecken. Grabsteine waren begehrt, das Geschäft blühte. Auf einem riesigen Gelände lagen die Steine bereit, glatte schwarze, rauhe graue, matt schimmernde weiße, manche schon durch Inschriften auf ihre Bestimmung vorbereitet, andere noch im Stadium der Erwartung, der Unschuld. Dort drüben war immer etwas los, Autos fuhren an und ab, Meißel wurden in Stein getrieben, dort war Bewegung, Aufstieg, Goldgräbertum, Wirtschaftswunder. Die Familie fuhr zwei Limousinen, eine davon ein Opel Kapitän, die zweite ein Opel Rekord, den die junge Frau des Unternehmers stadtauswärts steuerte, auf ihren Wegen zu Grabstätten und Steinbrüchen. Ihr Sohn, ein Jahr jünger als Vandenberg, spielte mit ihm. Sie stiegen zwischen den Grabsteinen umher, sie lagen im Gras, sie krochen durch ein enges dunkles Loch, in dem angeblich die Ratten wohnten, unter dem Bahndamm hindurch. Der Sohn hieß Winnie oder wurde so gerufen, und die Mutter... Die Mutter hatte keinen Namen, sie war die Mutter. Eine Mutter, die Auto fuhr. In die Welt. In die Steinbrüche. Sie war aktiv, sie besorgte die Geschäfte, sie war die Mutter seines Freundes, aber vor allem *eine Chefin.* Er hörte die Arbeiter von ihr als von der Chefin sprechen. Manchmal nahm sie Winnie und Vandenberg mit auf ihre Ausflüge in die Welt, und Vandenberg saß neben ihr auf dem Beifahrersitz und begriff, daß die Welt voll unbekannter und erregender Dinge war, besonders an diesem einen sehr, sehr heißen Nachmittag in den Sommerferien, vielleicht 1955 oder 1956, nicht später, da ist er sicher.

Er durfte immer vorn sitzen, Winnie mußte nach hinten. Er sitzt oft genug vorn, sagte seine Mutter und meinte: Deine Eltern haben kein Auto. Ich mache dir ein Geschenk.

So saß er neben ihr und preßte sich in den riesigen Sitz. Sofort klebte sein Hemd an der Rückenlehne. Die Sonne schlug auf sie ein. Winnie schnaufte auf dem Rücksitz, seine Mutter stöhnte leise. Ihre Augen waren hinter einer Sonnenbrille verborgen. Sie konzentrierte sich auf die Straße, eine Ausfallstraße: eine dieser langen und heute unvorstellbar leeren Straßen der fünfziger Jahre.

In seiner Erinnerung trägt sie manchmal ein dunkles geblümtes Kleid mit einer durchgehenden Knopfleiste vorn, manchmal einen khakifarbenen Rock und eine dunkle Bluse. Er weiß, daß seine Erinnerung hier ein Bild komponiert, weder das Kleid noch der Rock mit der Bluse müssen je existiert haben. Aber er ist sich dieses einen Moments absolut sicher: wie sie neben ihm am Steuer sitzt, wie sie ein paar Worte mit ihrem Sohn spricht, streng und flirtend zugleich, und wie er, Vandenberg, auf ihren Schenkel blickt, der sich strafft und wieder lockert, während sie das Gaspedal und die Bremse bedient, einen runden, fleischigen, unendlich wohlgeformten Schenkel (das sind seine Worte von später, von heute), über den sich ein dunkler Seidenstrumpf spannt. Er starrt nur, obwohl er spürt, daß er zugreifen möchte: Etwas sagt ihm, daß es nicht angebracht wäre, *daß es zu einer Katastrophe führen würde.* Zu einer Bestrafung, die er vielleicht nicht überlebt. Seine Erinnerung sagt ihm, daß er sehr weit an dem Schenkel hochsehen konnte, und das spricht eher für das Kleid mit den Knöpfen. Das dauert ein paar Sekunden, dann spürt Vandenberg, daß selbst ein weiteres Starren zu einer Mißstimmung führen könnte, zu einer leichteren Form der Bestrafung, und er sieht nach vorn auf die Straße, gerade, bevor sie sie verlassen und in ein Waldstück einbiegen.

Zehn Minuten später sind sie am Steinbruch. Winnies Mutter parkt den Wagen auf einem staubigen Platz, mitten in der prallen Sonne, leicht zur linken Fahrerseite hin geneigt, wie Vandenberg sich erinnert, und alle drei steigen aus. Die beiden Kinder gehen mit, als sie zu den fünf oder sechs oder mehr Männern geht, die dort am Rande des Steinbruchs auf sie warten, mit nackten Oberkörpern, manche schweißig, alle braun, aber zwanzig Meter bevor sie sie erreicht hat, fordert sie Winnie und Vandenberg auf, ein bißchen zu spielen: Es dauert nicht lange. Winnie versucht, Vandenberg für etwas zu interessieren, aber der ist ganz darauf konzentriert, die Chefin *im Kreise ihrer Arbeiter* zu beobachten: sie haben tatsächlich einen Kreis um sie gebildet, in respektvoller Entfernung. Er hört Stimmen, aber kann nichts verstehen, er begreift nicht, was sie verhandeln. Winnies Mutter zeigt hier- und dorthin, die Arbeiter erklären, sie nicken, sie scheinen sich für etwas rechtfertigen zu müssen. Einer von ihnen, vermutlich der Vorarbeiter, tritt jetzt näher auf sie zu und hört sie mit großem Ernst an, die anderen behalten ihre Entfernung bei. Vandenberg sieht sie jetzt deutlich in ihrem luftigen Kleid – es war ganz sicher ein Kleid – zwischen den halbnackten Männern stehen, eine nicht sehr große Frau in sehr aufrechter Haltung, und letzte Anweisungen erteilen, und er denkt: *Keiner greift sie an. Sie hat überhaupt keine Angst. Die Männer haben Angst.* Dann scheint die Spannung nachzulassen, der Kreis löst sich auf, die Chefin gibt dem Vorarbeiter die Hand und kehrt zu den beiden Kindern zurück. Auf der Rückfahrt ist sie viel entspannter, sie plaudert mit Vandenberg, sie fragt ihn nach der Schule, und als sie wieder ins Schweigen verfällt, meint er von der Seite ein Lächeln beobachten zu können und in ihrem leisen Schnaufen eine tiefe Befriedigung zu erkennen. Er wird zu Hause nicht erzählen, was er gesehen hat, er wird nur sagen: Wir waren im Steinbruch. Er wüßte auch nicht, was er erzählen sollte, er weiß nur, daß er etwas gesehen und etwas gelernt hat. Sagen kann er es nicht, er kann es nur fühlen. Es fühlt sich etwa so an: Mit

Frauen muß man verdammt vorsichtig sein, glaube ich. Sie können einen ziemlich fertigmachen. Oder es fühlt sich so an: Wenn sie wütend werden, geht vielleicht die Welt unter.

Aber er kehrt in die Welt zurück. Er steht wieder auf der Brücke über der Westsingelgracht in Delft an diesem Samstagnachmittag und spürt eine leichte Enttäuschung über das Ergebnis seines Aufenthalts hier. Er hat Vermeers Orte aufgesucht, den Oude Langendijk und den Beestenmarkt, die Voldersgracht und den Grote Markt, aber er hat Vermeer dort nicht finden können. All diese Orte waren nur verstopft gewesen von Menschen, von Einheimischen und von Touristen, wie er selber einer war. Vor Jahren einmal, als er an seiner Studie schrieb, kam er im Dunkeln in Delft an, an einem Sommerabend. Die Straßenlaternen und die Beleuchtungen, mit denen holländische Häuser so verschwenderisch ausgestattet sind, tauchten die Stadt in ein weiches Traumlicht, und sie verwandelte sich in ein Bild, vielmehr, je nach dem Wechsel seines Standorts, in eine Abfolge von Bildern. Damals war er Vermeer näher, hatte das Gefühl, mit ihm den gleichen Raum zu teilen. Heute hat er überhaupt keinen Raum gefunden, nur Enge und Lärm wahrgenommen und beim Gehen seine Ellbogen gebraucht, um vorwärts zu kommen, eine für ihn ganz untypische Geste. Auch jetzt gebraucht er sie noch einmal, hastet zielstrebig zum Bahnhof zurück und nimmt den nächsten Zug nach Den Haag.

15

Als Jan Vermeer 1664 begann, *Das Mädchen mit dem Perlenohrgehänge* zu malen, war er schon elf Jahre verheiratet. Er hatte Catharina Bolnes in seinen letzten beiden Lehrjahren in Utrecht bei Abraham Bloemart kennengelernt, beim ersten Mal in Begleitung ihrer Mutter, und sich, nachdem er sie eine Weile umworben hatte, schließlich von ihr finden lassen. Er war mit allem einverstanden: katholisch zu werden, in das Haus ihrer Mutter in Delft zu ziehen, elfmal Vater zu werden. Zunächst arbeitete er noch in einem Atelier außerhalb des Hauses, dann räumte man ihm einen Platz im Haus ein, in dem er hinter seiner Arbeit verschwand, bis er sich abends zu den Frauen und zu seinen Kindern gesellte. Wenn er arbeitete, also fast den ganzen Tag, führten die Frauen mit den Kindern ein geheimes Leben für sich, wie er ein geheimes Leben in seinem Atelier führte. Seine Schwiegermutter machte ihm nicht zum Vorwurf, daß er ohne ihre Hilfe seine Familie nicht ernähren konnte. Sie war nicht begeistert von ihrem Schwiegersohn, aber da ihre Tochter ihn ausgewählt hatte, akzeptierte sie ihn und empfand ihn abends zuweilen als angenehme Gesellschaft. Sie lernte ihn kennen, so gut es ging.

Vermeer arbeitete an dem kleinen Bild länger als an irgendeinem sonst und zeigte es niemandem. Seine Frau war nicht nur überrascht, sondern auch beunruhigt, als sie es nach seinem Tod fand, obwohl sie sich nicht vorstellen konnte, daß ihr Mann jemals einem Mädchen in einer so phantastischen Verkleidung begegnet war, nicht einmal in seinem früheren Leben, das ihr immer verborgen geblieben war. Das Bild begann nicht lange nach seiner Entdeckung ebenfalls ein verborgenes Leben zu führen und tauchte erst 1882 wieder auf, mehr als zwei Jahrhunderte, nachdem die Magd Neeltje dem jungen Jan Vermeer ein wesentliches Stück bei der Entdeckung der Welt geholfen hatte.

16

Die Waggons sind zweistöckig, es ist ein Schnellzug, kein Nahverkehrszug wie auf der Hinfahrt. Als er einsteigt, ist es fast wie den Bauch eines Schiffes zu entern. Überhaupt einen Bauch: Die Waggons sind nicht kantig, sie haben Rundungen, sie umfangen den Fahrgast. Vandenberg steigt ans Oberdeck und hat schließlich doch das Glück, allein am Fenster zu sitzen, obwohl es sehr voll ist. Sobald er sich niedergelassen hat, bedauert er, daß die Fahrt gerade einmal zehn Minuten dauert. Er würde jetzt gern zwei Stunden lang auf diesem grünen Kunstlederpolster sitzen und auf das flache Land hinuntersehen. Inzwischen hat der Himmel wieder das dramatische Wechselspiel des gestrigen Nachmittags aufgenommen. Die Klarheit des Vormittags, als er vor dem Hotel stand, ist vorbei, die Dinge sind nicht mehr so scharf gezeichnet. Der Zug fährt nach Amsterdam, und einen Moment ist er versucht, nachzulösen und in der holländischen Hauptstadt auszusteigen. Dann ermahnt er sich, denkt an den Schutz seines Hotelzimmers, an ein Restaurant, in dem er bewirtet wird, an die kühle, gegliederte Freundlichkeit von Den Haag, und dann ist er auch schon da. Der Zug fährt nicht über den Hauptbahnhof, deshalb muß er diesmal an der Station Hollandse Spoor aussteigen, ziemlich weit von seinem Hotel. Er könnte ein Taxi nehmen oder einfach den nächsten Zug abwarten, der über die Centraal Station fährt; dann wäre er bald im Hotel – an der Bar: *Well, how was your day? Busy?* –, in seinem Zimmer auf dem Bett, und vielleicht liefe wieder das Gesicht von Karin Lammers durch einen Film, oder er säße in der Wanne, starrte über die Schaumkrone hinweg an die Wand und würde dabei leise singen: *Ach wie gut, daß niemand weiß…*

Statt dessen nahm Vandenberg, in der beginnenden Dämmerung vor dem Bahnhof stehend, Witterung auf. Er trat unruhig auf der Stelle: keine Hotelbehaglichkeit! Keine Zuwendung vom Barkeeper, keine Polster, keine Schaumkronen! Sondern Straßen, dunkle Ecken, schwarze Wasserflächen, Gerüche! Gerüche vor allem, und Professor Vandenberg, der bekannte Kunsthistoriker und Vermeer-Spezialist, setzte sich in Bewegung, gleichsam schnüffelnd, ein streunender Hund auf der Suche nach dem Glück.

Von früh an nahm er Reißaus, immer schon ein Streuner. Er hatte es lange vergessen, bis seine Mutter ihm vor einiger Zeit erzählt hatte, wie viele Tage seiner Kindheit, in den Jahren unmittelbar vor seiner Schulzeit, verlaufen waren. Vandenberg selber hatte nur noch die eine, familienberühmte Geschichte vor Augen, wie er als Dreijähriger auf einem Dreirad sich in den späten Nachmittagsstunden immer mehr von zu Hause entfernte, über die Stadtgrenze hinaus und ins nächste Dorf: ungeheure Entfernung. Die Familie hatte eine Suchaktion gestartet, und schließlich war es sein Großvater, der den richtigen Instinkt hatte und ihn auf dem Fahrrad einholte, auf dem Radweg, der parallel zur Bundesstraße in den Harz hineinführte.

Es gab viele Tage, hatte seine Mutter ihm nun erzählt, an denen dir schon morgens beim Frühstück anzumerken war, daß du gleich verschwinden und vielleicht bis zum Abend nicht zurückkehren würdest. Da war eine Unruhe in dir, und du warst nicht ansprechbar. Nichts hätte dich halten können, selbst wenn ich dich eingesperrt hätte, wärest du verschwunden, also habe ich es gar nicht erst versucht. Dann bist du aufgebrochen zu deinen Streifzügen durch die Stadt, immer allein – du hattest viele Freunde, aber auf deine Streifzüge nahmst du sie nicht mit –, und oft mußten wir dich am frühen Abend suchen. Da war dann die halbe

Verwandtschaft, vielleicht auch die Nachbarn beteiligt. Einmal fand dich dein Onkel erst in der hereinbrechenden Dunkelheit irgendwo in der Altstadt, es war wohl am Entenmarkt, und du bist furchtbar zornig gewesen, daß man dich gefunden, daß man dich eingefangen hatte, erzählte seine Mutter, deine Wut überstieg alles Maß.

Langsam stiegen bei ihren Erzählungen die Erinnerungen an einzelne Szenen in ihm auf, an den Entenmarkt und die Holzhäuserstraße etwa, enge, dunkle, stickige Gassen mit Fachwerkhäusern, erhaltene Substanz aus der mittelalterlichen Geschichte der kleinen Stadt. Wir haben uns aber nie wirklich Sorgen um dich gemacht in diesen Tagen, sagte seine Mutter, wir wußten immer, daß du irgendwann wieder auftauchen würdest. Auch meine Schwester, mein Bruder und ich hatten früher diese Freiheiten, auch unsere Eltern sind nicht ständig hinter uns hergelaufen.

So streunte Vandenberg viele Tage seiner Kindheit, einsame Streifzüge, weil es nichts gab – nicht einmal eine Sorge, gegen die er sich hätte wehren müssen –, was ihn zu Hause hielt, in dieser dämmernden Stille, diesem unendlich sich ausbreitenden Schweigen, wenn sein Vater Geld verdiente, seine Mutter in der Küche hantierte und er in seiner Ecke mit Modellautos spielte. Dann mußte er plötzlich gehen, dann nahm er Reißaus, in die Enge der Altstadtgassen oder in den nahen Wald, der beinahe über die Straße hinweg anfing, wo er eines Sommernachmittags zum ersten Mal in seinem Leben vom Weg aus eine Frau im Gebüsch beobachten konnte, die sich hingehockt und den Rock hochgezogen hatte, um zu pissen, und er sah auch den Ausdruck der Erleichterung, ja der Erlösung auf ihrem Gesicht und wußte, wie einige Jahre später neben Winnies Mutter auf dem Beifahrersitz, daß die Welt unerschöpflich war und voll unbekannter Dinge.

Wohin führen ihn diese Straßen? Was ist dort hinter dem schwach erleuchteten Fenster? Auf dem kleinen Hinterhof, zu dem das Tor offensteht, ist dort ein Abenteuer zu finden oder nur ein Mülleimer? Was wird der Mann jetzt tun, der seine Haustür aufgeschlossen hat und dann eine dieser unglaublich steilen holländischen Treppen hochsteigt? Und wo ist Vandenberg gelandet?

Vandenberg ist in eine große Straße in der Nähe seines Hotels geraten, aber in sein Hotel will er auf keinen Fall. Es ist wie früher, er will noch nicht nach Hause. Er sieht in Restaurants und Cafés hinein, die meisten sind ihm zu leer. Ordentliche Menschen sitzen an ordentlichen Tischen oder Theken, das will er jetzt nicht. Weiter herumlaufen möchte er auch nicht mehr: Es ist kalt und dunkel geworden. Fast ist er schon bereit, in sein Hotel zurückzukehren, als er auf der anderen Straßenseite ein riesiges Café mit einer grellroten Leuchtschrift entdeckt, das voller Menschen ist. Einen Augenblick bleibt er draußen vor der Scheibe stehen, dann betritt er den großen Raum, und eine Lärmwelle schlägt über ihm zusammen: allein von menschlichen Stimmen, keine Musik. Es dauert eine Weile, bis er etwas sehen kann, weil seine Brille von der plötzlichen Wärme beschlägt: einen Moment ist er aus der Welt herausgenommen. Junge Leute mit großen Rucksäcken, ersichtlich auf der Durchreise, sitzen am Boden neben dem Eingang. An den Tischen, alle bis auf den letzten Platz besetzt, trinken Pärchen und Gruppen ihren Kaffee oder ihr Bier. Ein kleiner Teil des Raumes ist abgetrennt, dort sind die Tische gedeckt, aber niemand sitzt dort. Vielleicht hat die Küche noch nicht geöffnet. An der Theke beobachtet er einen zehnjährigen Jungen, der seinem Vater beim Biertrinken zusieht. Rufe, Gedrängel, pausenlose Bewegung. Hier will ich bleiben, denkt Vandenberg, das habe ich gesucht. Aber er sieht nirgendwo einen Platz, weder zum Stehen noch zum Sitzen, bis er im hinteren Teil des Raumes einen sehr kleinen Tisch mit zwei Stühlen entdeckt, an dem eine großgewachsene Schwarze sitzt, die ihn bestimmt um einen halben Kopf überragte, wenn sie aufstehen würde. Vandenberg geht zögernd auf den Tisch zu. Er weist in den Raum, er zeigt, daß kein anderer Platz mehr frei ist, er fragt, ob er sich dazusetzen kann, ob es ihr etwas ausmacht. Die Schwarze zeigt auf den freien Stuhl, sie zuckt mit den Achseln, nicht unfreundlich, *I don't mind*, sagt sie, und Vandenberg setzt sich erleichtert hin. *Thank you*, sagt er, *thank you.*

17

Fast zehn Minuten dauerte es, bis eine Kellnerin an den Tisch kam, eine große, blonde Holländerin mit einer weißen Schürze, die ihr fast bis auf die Füße reichte. Vandenberg hatte auf die Uhr geschaut, wäre am liebsten wieder gegangen, maßlos verärgert wie immer, wenn man ihn warten ließ. In Lokalen habe ich keine Geduld, pflegte er zu sagen. Wer sich niederläßt, um bedient zu werden und dafür zu zahlen bereit ist, der soll auch bedient werden. Man soll ihm die Bedienung nicht antragen wie eine unverdiente Gnade.

Aber er konnte selbstverständlich nicht gehen: nur das Hotel wäre noch geblieben, und er hätte seinen Weggang als Niederlage empfunden. Außerdem quälte ihn der lächerliche Gedanke, ein so abrupter Abschied könnte von seiner Tischgenossin als Rassismus aufgefaßt werden. Ich bin kein Rassist, schrie Vandenberg stumm und empört.

Sie sprachen nicht miteinander, während er wartete. Die Schwarze hatte ein halbvolles Glas Tee vor sich stehen, das sie nicht anrührte, und sah auf ihre großen Hände. Sie ist stark gebaut, dachte Vandenberg, sie könnte mich an der

Wand zerdrücken. Eine Arbeiterin, keine Diplomatengattin. Sie rauchte. Sie trug einen blauen Trenchcoat, wenig elegant geschnitten. Das war es, was er wahrnahm. Der Tee muß kalt sein, dachte er, aber sie will nicht gehen. Sie will so wenig nach Hause wie ich.

Er bestellte ein Bier, als die lange weiße Schürze mit dem Mädchen dahinter kam. Das Bier war in zwei Minuten da.

Die Männer in Jamaika trinken auch viel Bier, sagte die Schwarze plötzlich und sah ihn an: *Men in Jamaica drink much beer, too.*

Oh, sagte, fragte Vandenberg, Sie kommen aus Jamaika. Als wollte er sagen: Oh, Sie sind nicht von hier. Das hätte ich nicht gedacht.

Sie war seit vier Jahren in Holland. *No jobs in Jamaica.*

Er, Vandenberg, erklärte er, kam aus Deutschland. Er war nur für wenige Tage in Den Haag.

Deutschland mußte schön sein, gab sie zu bedenken, in Deutschland gab es viele schöne Städte, hatte sie gehört, zum Beispiel Stuttgart.

Ja, sagte Vandenberg, Stuttgart. Wie kommt sie ausgerechnet auf Stuttgart, dachte er und sagte: *I live in Cologne. It's not that far from here.*

War er hier in Geschäften, *in business?* Eine der geläufigsten Fragen überall, es hätte ihn traurig gestimmt, wenn sie sie nicht gestellt hätte. Es schmeichelte ihm immer wieder, wenn man annahm, er könne in Geschäften unterwegs sein.

Er war hier gewesen, um ein Bild wiederzusehen, das in einem Haager Museum hing. Er wollte den Titel nennen, er wollte es beschreiben, warum sollte sie es nicht kennen? Er fing an, brach ab, verstummte, sah die große hellschimmernde Perle an ihrem linken Ohr. Ich habe sie bis jetzt nicht gesehen, ich habe sie tatsächlich nicht gesehen. Das Mädchen mit dem Perlenohrgehänge. Aber ich will nichts, dachte er, ich habe nichts vor, ich bin auf nichts aus.

Nein, ein Maler war er nicht, antwortete er auf ihre Frage. Er schrieb über Malerei, er erzählte den Studenten – eigentlich waren es fast nur Studentinnen – er erzählte also den Studentinnen etwas über Malerei, er arbeitete an der Universität. *Do you stay in a hotel?*

Vandenberg nickte und nannte den Namen. Der schwere Körper der Jamaikanerin geriet zunächst in ein leichtes Zittern, dann in immer heftigere Erschütterungen, ein Erdbeben, dachte Vandenberg, sie ist jetzt ein Erdbeben, und aus der Tiefe dieses Körpers stieg langsam ein melodiöses, anschwellendes Lachen empor, arbeitete sich nach oben, suchte den Ausgang, und er sah die dicken runden Tränen des Gelächters ihre Wangen herunterrollen. Er sah sie beunruhigt an, seine Augen bettelten um eine Erklärung. Sie zügelte sich etwas, legte ihre linke Hand auf seinen Unterarm, holte Luft, ihr Fleisch kam ganz langsam zur Ruhe.

Maybe I made up your room today, sagte sie.

18

Sie begreifen fast gleichzeitig, daß sie nun eine Entscheidung treffen müssen. Über zwei Stunden sitzen sie jetzt zusammen an diesem Tisch. Zwischendurch haben sie sich etwas zu essen bestellt, und die Jamaikanerin hat eine Bemerkung gemacht über die Art, wie Vandenberg ißt. Man merkt, daß Sie viel allein sind, sagt sie. Aber es ist zweifelhaft, ob ihr *you* noch *Sie* bedeutet, denn sie haben sich längst einander vorgestellt. Sie ist nicht mehr länger *die Jamaikanerin* oder das Zimmermädchen aus dem Parkhotel, sie ist *Grace*. Er hat keine genaue Vorstellung, wie alt sie ist; ihr Gesicht ist noch ziemlich jung, Mitte zwanzig, ebenso ihre Stimme, aber ihre massige Erscheinung macht sie älter, gibt ihr etwas Matronenhaftes.

Vandenberg ist immer noch der festen Überzeugung, daß er nichts von ihr will, aber er findet nicht die passenden Worte, das zu sagen. Wenn er ansetzt, ist es die schimmernde Perle, die ihn aus dem Konzept bringt.

Grace hat ihre Bemerkung über seine Art zu essen nicht verächtlich gemeint: Sie ist selber viel allein. *She's living alone.* Sie besucht ihre Schwester und deren holländischen Mann in Amsterdam alle zwei Wochen, sie ist ganz vernarrt in den Kleinen. Er ist nicht mehr ganz so klein, er ist bald elf. Sie selbst lebt allein, sie sagt es noch einmal. Männer sind was Feines, aber sie machen viele Probleme, wenn man mit ihnen lebt, machen Kopfschmerzen. Wenn ein Mann das Haus verläßt, ist er zehn Minuten später schon bei einer anderen Frau. Meine Mutter, sagt Grace, hat mir für den Fall, daß ich heirate, gesagt: Wenn dein Mann aus dem Haus geht, vergiß ihn auf der Stelle, bis er wieder nach Hause kommt, sonst machst du dich unglücklich. *That's normal*, sagt Grace, *it's normal in a black society* und lacht dabei, nicht bitter, nicht mit heruntergezogenen Mundwinkeln, sondern fröhlich.

Nach dem kleinen Essen haben sie noch aus der Unfähigkeit auseinanderzugehen dies und das getrunken, aber sie sind nicht betrunken. *It was nice to meet you*, könnte Vandenberg jetzt sagen und den Abschied einleiten, und er will es sagen, er spürt es deutlich, aber sie kommt ihm zuvor, nur daß sie etwas anderes sagt: *Well, I like your company.* Sie sagt es mit einem sehr freien, offenen Gesicht, sie versucht nicht, sich an ihm festzuhalten, sie ist nicht einsam, nicht verzweifelt. Sie trifft eine *Feststellung. Let's change the place.*

Was passiert jetzt, fragt sich Vandenberg panisch, was will sie? Sie hat schon der Kellnerin zum Zahlen gewinkt – aber natürlich bezahle ich alles, signalisiert Vandenberg sofort –, sie nickt, sie legt ihm wieder die Hand auf den Unterarm, eine Geste, mit der sie einen nervösen kleinen Jungen beruhigt. Sie will nicht, daß er vor lauter Angst aufspringt und wegläuft.

Draußen hakt sie sich bei ihm ein. Keine Widerrede. Er muß sich ihrer Schrittlänge anpassen. Er fragt nicht mehr, wohin sie gehen, er läßt sich führen. Es ist fast, als ob er noch einmal neben Karin Lammers ginge: gleichermaßen schweigsam auch, denn Grace sagt nichts. Er grübelt darüber, ob der Geruch, der neben ihm hergeht, der ihres Trenchcoats oder der ihrer Haut ist. Ihre Hüfte reibt sich beim Gehen an ihm, stößt weich in seine Seite. Sie braucht Platz, wenn sie sich bewegt. Sie holt aus, sie rollt, sie tanzt.

Sie gehen lange, mehr als zwanzig Minuten, und kommen in die Nähe der kleinen Gracht, in das Viertel, in dem er am Tag seiner Ankunft die ballspielenden Jungen und die vierzehnjährigen Mädchen beobachtet hat. Am Tag seiner Ankunft? Das war gestern.

Wir hätten die Tram nehmen können, sagt Grace, aber es ist so etwas Schwindelerregendes in der Luft, heute abend. *Something dizzy.*

Dann schließt sie eine Haustür auf und beginnt, vor ihm eine dieser steilen Treppen emporzusteigen, mit sicheren Schritten, in erhobener Haltung und er hinter ihr, er, der kleine, zarte Vandenberg, der dem großen schwarzen Arsch nachsteigt.

Eine Wohnung zwischen klein und winzig, direkt unter dem Dach. Ein kleines und ein noch kleineres Zimmer, die ineinander übergehen, eine Kochnische und ein Minibad. Grace setzt Wasser für einen Kaffee auf. *I don't do this normally,* sagt sie und meint nicht das Kaffeekochen. Sie nimmt nicht ständig Männer zu sich nach Hause, das soll er wissen. Er drängelt sich zu ihr in die Kochnische, der kleine, zarte Vandenberg wird plötzlich kühn. Er muß sie jetzt einfach um die Hüften fassen, er muß eine Ahnung gewinnen von dem Fleisch, das sich unter ihrem geblümten Kleid verborgen hält. Sie schiebt ihn beiseite, indem sie ihren Hintern herausstreckt: *zacht*, sagt sie, *zacht*, und Vandenberg übt sich in Geduld und fühlt plötzlich sehr deutlich, daß sie ihn nicht vertreiben will, wie die vielen anderen, nicht jetzt und nicht in zwei Stunden. Was immer passieren mag, denkt er, es wird gut sein.

Sie setzen sich einander gegenüber an den einzigen kleinen Tisch, den es in der Wohnung gibt, und trinken Kaffee. Sie lacht leise, sehr zärtlich, ich habe noch nie ein so zärtliches Lachen gehört, denkt Vandenberg. *You're such a lonely guy*, sagt sie. *Oh boy.* Auch das ist eine Feststellung, weder Spott noch Bedauern schwingen darin mit. Dann steht sie auf, nimmt ihn an der Hand, zieht ihn an sich. Nun darfst du, heißt das, und Vandenberg, bevor er tut, was er nun darf, zögert einen sehr kleinen kostbaren Moment. Er darf sie ausziehen, er darf mit seinen kleinen Händen über ihre Hüften fahren, er darf sagen: *Oh, you've got wonderful tits*, er darf sogar einen Schritt zurücktreten und sie ansehen und sieht, daß sie in all ihrer Massigkeit eine wunderschöne Frau ist; er ist überzeugt, nie eine schönere gesehen zu haben. Er ist fassungslos, er beginnt zu schreien: *You are so beautiful, you are so damned beautiful!* und würde immer weiterschreien, wenn sie ihm nicht die Hand auf den Mund legen würde.

Dann liegt er nackt auf dem Bett, auf dem Rücken, und sie beginnt seinen schmalen Körper zu küssen und zu beißen und dann laut, von unten aufsteigend und anschwellend zu lachen wie vor ein paar Stunden, als er ihr erzählt hat, in welchem Hotel er wohnt. Wieder ist Vandenberg so verwirrt wie vorhin und bettelt um eine Erklärung, und sie birst vor Gelächter. Du bist so geil, erklärt sie, *you are sooo hooorny!* Ihr Lachen ist die reine Freude daran, daß er sie so begehrt. Vandenberg sagt leise – nicht, um etwas zu erklären, denn es gibt nichts zu erklären: *Yes. I like women. I like them very much,* und ist höchst erstaunt über seine eigenen Sätze. Im gleichen Moment sieht er Erstaunen auch in ihrem Gesicht. Sie schüttelt den Kopf. Sie sagt: *I can't believe that. You look so innocent. So very innocent.* Sie hat ihn erkannt. Noch nie ist er so geliebt worden.

Sie macht ihm Komplimente über seinen Schwanz, sie liebkost ihn mit Worten, bevor sie ihn in den Mund nimmt, und Vandenbergs Freude darüber, daß sie etwas für seine männliche Eitelkeit tut, ist ganz ungeteilt, ohne falschen Unterton. Sie ist freundlich, denkt er, und es fällt ihr leicht, freundlich zu sein. Er selbst muß sich so oft anstrengen, freundlich zu sein, und manchmal ist es so, als ob er zuviel Geld ausgibt. Er läßt sich ihre Freundlichkeit gefallen, so lange er es aushalten kann, noch einen Moment darüber hinaus, dann befreit er sich und ist hinter ihr, packt ihren großen schwarzen Arsch und jubelt. Er sieht das leuchtende rosa Fleisch im Innern ihrer Möse und beginnt zu lecken, nicht weil es zum Programm gehört, nicht weil er ein guter Liebhaber sein will, nichts ist ihm im Augenblick so egal wie das. Sie ist nicht säuerlich, nicht ranzig, die morgenrotfarbene Möse, wie er es so oft erlebt hat, sie riecht und schmeckt frisch und betäubend zugleich. Er fühlt sich jung und schön und – *leichtsinnig.* Leichten Sinnes. Er ackert nicht, er arbeitet nicht, er rammelt nicht, er strengt sich nicht an, obwohl ihm schon jetzt der Schweiß den Körper hinunterläuft; er fickt sie. Das hier ist es, was man so nennt, alles andere ist nur ein dummes, wütendes und zugleich uninteressiertes Gestocher. Er fickt sie mit Geduld, mit Liebe, mit Hingabe, er gibt sich hin, zum ersten Mal in seinem Leben. Vierzig Jahre hat er alt werden müssen, um sich hinzugeben, nicht geizig zu sein, das Kalkül zu vergessen. Er hat das Wort *Vereinigung* nie gemocht, es schien ihm so unpassend, literarisch, aber sie sind jetzt wirklich eins. Grace feuert ihn an, nicht wie eine Professionelle und nicht wie eine Ehefrau, die meint, ihrem Mann eine Gratifikation zukommen lassen zu müssen. *Fuck me*, sagt sie, *fuck me*, und Vandenberg denkt: Dies ist keine Filmszene und tut, wie ihn geheißen wird. Er tut es nicht, um ihr oder irgendwem sonst etwas zu beweisen; er tut es, weil er sie liebt, und selbst das will er ihr nicht beweisen.

Er weiß es nicht genau, er hat es auch früher nie herausbekommen, aber als sie kommt, kann er zum ersten Mal daran glauben, daß es nicht gespielt ist. Nicht bei ihr und nicht bei sich selber, wenige Augenblicke später. Er hat schon lauter geschrieen, ja, aber er hat niemals diesen Taumel gespürt, diesen Übertritt in eine andere Welt und dieses Vertrauen. Dieses lange Verbleiben in der anderen Welt, ohne die gewohnte Ankunft der Leere. Sie liegen sehr lange aneinander, jedenfalls erscheint es ihm so, ihr Rücken an seinem Bauch, seine Arme um sie geschlungen, Schweiß an Schweiß, bis sie fragt, wie er sich fühlt. Eine ganz kurze Enttäuschung stellt sich ein angesichts der Frage, weil sie ihm so konventionell erscheint, aber dann ist er dankbar, weil er ihr sagen kann, daß er glücklich ist, *very very happy.* Daß er nun weiß, was Glück ist. Was es sein kann.

Später wartete er auf seine Unruhe, auf seinen Wunsch zu gehen, aber er stellte sich nicht ein. Er spürte die Wärme der kleinen Wohnung, den leicht muffigen Geruch darin, so anders als alle Wohnungen, die er in den letzten Jahren gerochen hatte. Die Vertrautheit. Du hast ganz glatte Haut, sagte Grace und fuhr mit den Fingerspitzen über seinen Rücken, *what's your age? I can't believe it!* Sie konnte es nicht glauben, er ebensowenig. Er war jetzt ein König, besser: ein Prinz. Ein Prinz hat einen Wunsch frei. *Can I stay with you tonight?* fragte er. Grace rollte sich auf ihn, sie erdrückte, sie verdunkelte ihn langsam mit ihrem Leib. *Sure*, sagte sie, *sure you can.*

19

In sein Hotel hat er sich geschlichen wie ein Unbefugter, wie jemand, dem man die Tür weisen würde, wenn man ihn entdeckte. Übernächtigt, unrasiert. Er hat ein Bad genommen, ohne zu singen; er hat sich aufs Bett gelegt und ist noch einmal für eine Viertelstunde eingeschlafen. Grace hat ihn frühmorgens entlassen, aber sie hat ihn nicht vertrieben, hat nichts weggenommen von der Nähe. Er war schon aus der Tür, dann ist er noch einmal zurückgekommen und hat sie um ihre Telefonnummer gebeten. *Do you think it makes sense?* hat sie gefragt. Er kommt ab und zu nach Den Haag, so oder so. Sie hat ihm die Nummer gegeben, zweifelnd, aber vielleicht nicht ohne Hoffnung. Sie wird abwarten, aber sie wird nicht auf ihn warten, interpretiert er ihre Geste, sie kennt die Männer, wenn sie aus dem Haus sind.

Der Zug hat jetzt die deutsche Grenze passiert. Personalwechsel: bitte die Fahrausweise. In Den Haag ist es gegen Mittag noch immer sehr kalt gewesen, ein Bleihimmel über der Stadt. Bevor er das Hotel verließ, hat er sich daran erinnert, daß er seinen besten Freund anrufen wollte. Ich bin in Den Haag, ich habe mir noch einmal *Das Mädchen mit dem Perlenohrgehänge* angesehen. Sein bester Freund, der einzige vielleicht, der etwas Wichtiges über ihn weiß. Er hat versucht, ihm von der Nacht mit Grace zu erzählen, hat angefangen, von seinem Streunen zu berichten am frühen Abend, davon, wie er das Café betrat, wie er sich an ihren Tisch gesetzt hat, wie sie ihn angesprochen hat. Ach was, sagte er dann, ich erzähle es dir ein andermal. Wenn wir uns mal wieder sehen. Es ist nicht so leicht zu erzählen, weil es mit Nähe zu tun hat, mit wirklichem Glück. Ich habe den besten Fick meines Lebens gehabt. Nein. Doch. Ich meine es nicht so, wie es sich anhört.

Und wenn! Das ist doch etwas, dachte er danach. Das ist doch sehr viel. Er würde es jetzt gern dem Schaffner wiederholen, der seine Fahrkarte überprüft. Der schmeißt mich aus der ersten Klasse, denkt er und lächelt. So guter Laune, sagte der Schaffner. Ja, sagt Vandenberg, ich habe den besten..., ich habe ein paar schöne Tage in Holland gehabt. Ich habe erlebt, was Glück sein kann.

Der letzte Satz macht den Schaffner verlegen. Er berührt einen Bereich, der sich seiner Zuständigkeit entzieht. Holland ist schön, sagt er und wendet sich dem nächsten Fahrgast zu.

Erste Löcher im Bleihimmel. Dem Semester entgegen, auch einer Form der Vertrautheit. Im Kopf erstellt er eine Liste, was es zu tun gibt. Eine Vorlesung halten, ein Seminar. Sich mit Kollegen streiten, sich mit Kollegen verbünden. Studentinnen erklären, daß sie eigentlich etwas können, aber daß sie schlecht damit umgehen. Dabei nicht wie ein nörgelnder Professor sprechen, sondern wie ein Liebender. Um Gelder kämpfen für eine Exkursion. Den Fernseher reparieren lassen. Freunde anrufen, ihre Nähe suchen. Sich darum bemühen, daß die Bibliothek einen besseren Standard bekommt. Zur Hochzeit eines Freundes fahren, ohne sich selbst zu bemitleiden. Grace anrufen, vielleicht. Ganz sicher. Veränderungen registrieren: in den Bäumen, in der Werbung, in den Geräuschen auf der Straße, in der Kleidung der Frauen. Aufmerksam sein, leichten Sinnes und den Dingen ihre Schwere lassen, ihre köstliche Schwere.

Schieres Glück

Für Rolf

I

Sie kennen mich nicht, deshalb stelle ich mich vor. Ich heiße Schlesinger. Mein Vorname ist Andreas; aber wir wollen nicht gleich zu Beginn vertraulich werden.

Als ich den Hauptgewinn zog, stand ich im sechzehnten Jahr als Archivar im Dienst der Universität, verbunden mit Ausbildungsaufgaben am Nachwuchs. Bestände sichten, lichten, sichern, Mikrofilme katalogisieren; sechs Stunden Lehre die Woche. Darüber kein Wort zuviel. Zwei Frauen hatten mich verlassen. Andere näherten sich mir von Fall zu Fall bis aufs Äußerste, wandten sich dann aber, ihrem Instinkt folgend, irgendwelchen plötzlich auftretenden Jungbullen zu, denen sie die Sicherung des Nachwuchses und den soliden Ausbau des Nestes eher zutrauten als mir. Ich nehme es ihnen nicht übel. Das trifft auf die jüngeren zu, von denen ich mich unglücklicherweise stark angezogen fühlte. Die älteren, wenn es überhaupt zu einer Begegnung kam, ergriffen bei den ersten Anzeichen möglicher Liebe die Flucht und murmelten im Rückzug etwas von Autonomie. Ihr Leben war Panik gewesen und würde es immer sein.

So blieb ich allein. Häufigkeit und zeitliche Streuung der Kopulationen folgten dem Zufallsprinzip.

Manchmal ist jeder von uns geneigt, dem großen Mann recht zu geben: Das ganze Unglück des Menschen rührt in der Tat daher, daß er nicht ruhig in einem Zimmer bleiben kann. Auch mich zog es immer wieder nach draußen, kaum war ich von der Arbeit nach Hause gekommen. Ich liebte es, in der Küche stehend einen Abendimbiß einzunehmen und dann wieder auf die Straße zu stürzen, im Sommer eher als im Winter. Dabei, auch das wußte ich, wartete draußen nur die Enttäuschung. Ich konnte dem Leben anderer Leute zusehen, das mir gelungener schien als mein eigenes, bis ich mit ihnen sprach und ihre Verbitterung spürte. Das Viertel, mit Straßenzügen alter Gründerzeithäuser, zog resignierte Akademiker mittleren Alters an, wie mich zum Beispiel. Wir waren das Publikum, das sich in solcher Kulisse wohl fühlte und im übrigen die Wohnungen bezahlen konnte, wenn auch unter Mühen. Die Straßen waren auf beiden Seiten baumbestanden, die Häuser hatten Vorgärten und schöne Balkone, die benachbarten Familien sorgten gegenseitig für ihre Kinder. Ich blieb am Rand, grüßte aber, wann immer es möglich war, und wenn in Kneipen jemand das Wort an mich richtete, baute ich den Kontakt bereitwillig zu einer Unterhaltung aus, gnadenlos mich jedem Niveau anpassend.

Zu Hause hätte ich meine Bücher gehabt, alte und neue. Manchmal, wenn es mir gelang, ruhig in meinem Zimmer zu bleiben, ging ich an ihnen entlang, zog einige von ihnen heraus und las Anfänge, erste Sätze. Seit langem beschäftigte ich mich als Leser nur noch mit Anfängen und ersten Sätzen. *Mr. Hackett bog um die Ecke und sah im schwindenden Licht nicht weit vor sich seine Bank. Es war spätabends, als K. ankam. Heute ist Mama gestorben. Das*

Fleisch der Frau hat wohl schon immer eine große Rolle in meinen Träumen gespielt.

Zu den Vergnügen, denen ich mich periodisch in heftigen Wellen hingab, gehörte das Kino. Immer versuchte ich, so spät wie möglich zu kommen, um das Gegacker und Gekicher, das Rülpsen und die Kaubewegungen um mich herum nicht zu lange ertragen zu müssen. Seliger Augenblick, wenn es dunkel wird; aber leider wird der Werbeblock immer länger, und das junge Volk kaut und plappert ungeniert weiter. Die allgemeine Verrohung macht vor dem Kinopublikum nicht halt. Am angenehmsten war es in Programmkinos mit alten Filmen, weil dort das Publikum fast nur aus Wiedersehern bestand und das Wiedersehen andächtig vollzog, höchstens einmal aufseufzend beim Eintritt der vertrauten und ersehnten Szene, der berühmten Geste, des einzigartigen Satzes. In diesem Publikum fanden sich auch viel mehr Einzeltäter als sonst, und manchmal verließen wir beinahe gemeinsam, zumindest einander zunickend, den Saal, nachdem wir *Jules und Jim* gesehen hatten, *Claires Knie* oder *Belle de Jour.*

Von Zeit zu Zeit, wenn die Kopulationsdichte gegen null ging, suchte ich selber eine *belle de jour* auf. Sie trat ihre Arbeit vormittags um elf an und verließ ihr Appartement gegen achtzehn Uhr, weil, wie sie mir erzählte, »ich die Abende gern für mich habe«. Sie wohnte weit draußen in einem der feineren westlichen Vororte, hatte ihr Appartement aber in einem Hochhaus im Zentrum. Wenn man den immer zugezogenen Vorhang leicht beiseite schob, sah man von sehr weit oben auf einen verwinkelten Hinterhof, um den sich die Lagerhallen der ebenerdigen Geschäfte gruppierten. Manchmal bewegten sich dort unten winzige Figuren, die Sackkarren schoben oder übereinandergestapelte

Kartons trugen, den Oberkörper leicht zurückgelehnt. Da waren Männer in blauen und weißen Kitteln und im Sommer kräftige Kerle in Jeans und mit ärmellosem weißem Unterhemd. Das alles konnte ich sehen, manchmal, während ich hier oben am Fenster stand und auf Concha wartete, die noch im Bad war.

Obwohl sie eine spanische Mutter hatte, war dies nicht ihr richtiger Name. Sie kam aus Südfrankreich und hieß in Wahrheit Florence mit Vornamen, fand ich heraus. Die biographischen Details, die Lebensumstände und kleinen Geheimnisse meiner Mitmenschen haben mich immer interessiert.

Natürlich, weil sie sich selber so nannte, nannte auch ich sie Concha. Der Name war passend, denn die spanische Mutter war ihr deutlich anzusehen. Concha war klein und trug schwer an ihren Brüsten, prachtvollen Kugeln, wie ich schönere nie zuvor und danach gesehen habe, wogegen ihr Hintern kaum größer war als der eines dreizehnjährigen Knaben. Sie war eine warmherzige Person, und ich liebte ihre Hüften. Wenn ich sehr erregt war, nannte ich sie Conchita, und statt sich diese Intimität zu verbitten, lachte sie und freute sich.

War ich ein schwieriger Kunde? Nein, ich hatte keine ausgefallenen Wünsche. Meistens reichte mir der übliche oral-genitale Komplex vollkommen aus, nur selten bewegte ich mich ein wenig darüber hinaus: jedoch nichts, was weh tat oder sie oder mich erniedrigte. Einmal traf ich sie auf der Straße. Statt zur Seite zu sehen, lud ich sie zum Kaffee ein. Sie zeigte mir eine Kette, die sie sich gerade gekauft hatte und nun umlegte, Straßschmuck, der durch das sanfte Braun ihres Halses erst schön wurde. Privat hatte sie nicht viel Glück, wie ich auch. Ich liebte sie, wenn ich es mir recht überlegte. Wir hätten sehr gut zueinander gepaßt, wir verstanden uns blendend, aber, wegen des ehernen Gesetzes, daß eine Nutte sich nicht mit einem Freier liieren kann, konnte mehr leider nicht sein.

Meine Beziehungen zu den Schönen der Nacht waren instabiler, wechselhafter, und einige Male wurde mir das Fell über die Ohren gezogen. Kein Wort mehr darüber.

Sonst aber ging ich früh zu Bett und führte ein geregeltes Leben, zuweilen am äußersten Rand der Langeweile, die wirklich eine Himmelsmacht ist. Mein Leben lang hatte ich Freude daran, für eine bestimmte Zeit gewissenhaft Regeln einzuhalten, an die ich nicht glaubte. Weniger war es Ehrgeiz, der mich dabei trieb, als Neugier darauf, was mit mir geschehen würde; die gleiche Neugier, die mich immer mit dem Gedanken hat kokettieren lassen, einmal ins Kloster zu gehen. Zu der Zeit, von der ich spreche, waren die Regeln jedoch locker und weitgehend naturgegeben: ausreichend schlafen; nur einmal wöchentlich betrunken sein; freundliche, aber nicht zu heftige Kontakte zu den Nachbarn pflegen; in der Arbeit weder negativ noch positiv auffallen (mein Gott, die Anstrengung, wenn ich plötzlich Karriere gemacht hätte!); Tag- und Nachtseiten sauber trennen.

Diese harmlosen Nachtseiten. Manchmal fuhr ich zu einem nahen Autobahnparkplatz – wirklich nur ein Parkplatz, keine Raststätte –, von dem ich wußte, daß er ein Treffpunkt für Pärchen war, die es dort in aller Ruhe im Auto miteinander treiben wollten. Es ist mir immer ein Rätsel gewesen, wie derartige Geheimtips sich herumsprechen, aber es funktioniert.

Gewiß fragte ich mich, welche Notwendigkeit die Pärchen auf diesen Platz trieb. Die pure Wohnungsnot schloß ich aus. Kaum war anzunehmen, daß Leute, die mit einem normalen Mittelklassewagen hier vorfuhren, keine Behausung hatten.

In manchen Fällen handelte es sich vielleicht um die klassische Untreue eines oder auch beider Partner, die zwar verheiratet waren, jedoch nicht miteinander. Bei manchen sehr jungen Pärchen tippte ich darauf, daß sie keine andere Möglichkeit sahen, sich der Beobachtung und dem Zugriff der Eltern zu entziehen. In den meisten Fällen vermutete ich einfach, daß es der Reiz war, das Geschlechtsleben der Dumpfheit der immergleichen vier Wände zu entreißen und es mobil zu machen, verbunden mit der ebenso reizvollen und vielleicht auch genußsteigernden Möglichkeit, entdeckt oder zumindest beobachtet zu werden.

Übrigens sah ich nicht viel, weil ich mich selbst im Verborgenen halten mußte. Zwar sind wir längst in die Ära des Voyeurismus eingetreten, was unter Kulturphilosophen nicht mehr strittig ist, der ertappte Voyeur aber wird noch immer verabscheut, als Spanner beschimpft und bespuckt. Deshalb durfte ich kein Risiko eingehen und sah meistens nur diffuse Umarmungsfragmente, isolierte Gliedmaßen und in seltenen Fällen einmal einen aufblitzenden, weil mit einem weißen Höschen bekleideten Frauenhintern, der sich kurzzeitig in die Luft hob.

Ich onanierte nur selten; meistens verharrte ich in Träumen, den Filmen gleich, die ich von Zeit zu Zeit so gern wiedersah. Und oft sah ich gar nichts, weil niemand da war und alles Warten vergeblich blieb. Bei einer solchen Gelegenheit war es, an einem Abend im frühen September, daß ich direkt neben einem der in regelmäßigen Abständen angebrachten Abfallkörbe den Koffer entdeckte. Den schwarzbraunen Koffer mit den silbernen Beschlägen und dem silbernen Schloß.

Dies ist kein Geständnis, weil es nichts zu gestehen gibt. Aus meiner Sicht der Dinge habe ich mir nichts zuschulden kommen lassen.

Dreiundvierzig mal achtundzwanzig mal zwölf, das waren die Maße des Koffers. Die Kanten waren mit einem sehr schönen hellen Holz verstärkt, ein warmer Ton, vier silberne Beschläge, zwei Schnappverschlüsse rechts und links, das eigentliche Material ein recht hartes Etwas, das auf Druck nur leicht nachgab. Später sah ich diesen Koffer im Schaufenster eines Geschäfts, das mit ökologischen Produkten handelte und konnte lesen, daß das Stück das kleinste eines dreiteiligen Ensembles war und alle diese schönen Teile zu zweiundachtzig Prozent aus Altpapier hergestellt wurden.

Was tun Sie, wenn Sie irgendwo einen herrenlosen Koffer herumstehen sehen? Ich nehme an, das hängt davon ab, wo Sie sich befinden. Passiert Ihnen das Ganze in Manchester oder Belfast oder auf einem Flughafen im Nahen Osten, so werden Sie diskret aber entschlossen Ihre Schritte beschleunigen, um möglichst schnell außer Reichweite zu sein. Wie aber verhalten Sie sich, wenn dieses Stück verwaist auf einem ebenfalls verwaisten Autobahnparkplatz an der Strecke nach Neuss steht, in einer noch lauen Septembernacht, die jedoch schon die Kälte, die Kahlheit, die Tristesse der kommenden Monate ahnen läßt?

Sie werden das nicht einfach auf sich beruhen lassen können.

Ich jedenfalls konnte es nicht. Ich trat auf den Koffer zu, nachdem ich kurz zuvor noch die Möglichkeit ausgeschieden hatte, er könne einen menschlichen Leichnam bergen, denn von der Größe her paßte allenfalls ein kleiner Tierkadaver hinein. Es konnte, was die schlimmeren Möglichkeiten anging, also höchstens noch eine Portion Giftmüll sein, aber ich schloß das aus. Mein Instinkt – ja, auch ich verfüge über Instinkt, nicht nur die Frauen –, mein Instinkt also sagte mir, daß dieser Koffer einen anderen Stoff enthielt und daß er leicht nach Hause zu tragen sein würde.

Also nahm ich das in der Tat federleichte Stück in mein Auto und verließ umgehend den Parkplatz, bevor jemand auf die Idee kam, hier nach dem Koffer zu suchen. Auch auf Pärchen mochte ich nicht länger warten. Ein andermal, sagte ich mir, ein andermal.

Zwei Parkplätze weiter machte ich den Test. Die Schnappverschlüsse gaben einem einfachen Druck jedoch nicht nach. Sie waren verriegelt, und der dazugehörige Schlüssel fehlte. Demnach mußte ich nach Hause fahren und das Problem mit Gewalt lösen. Nachdem ich mich immer wieder aus meiner eigenen Wohnung ausgesperrt und gelernt hatte, mir mit Hilfe des entsprechenden Werkzeugs wieder Zutritt zu verschaffen, sah ich in dieser Aufgabe keine große Schwierigkeit.

Ich brauchte fünf Minuten, dann konnte ich den mattschwarzen Deckel des Koffers anheben und einen ersten träumerischen Blick auf das Erwartete werfen. Wesentlich länger brauchte ich, um zu zählen, denn das tat ich dreimal, um Additionsfehler auszuschließen und künftig auf einer realistischen Basis disponieren zu können.

Juristisch, so sagte selbst mir meine schwache Kenntnis dieser Materie, war der Fall klar. Widerrechtliche Aneignung einer fremden beweglichen Sache, oder so ähnlich. Nicht zu bestreiten ist, daß der Koffer sowohl beweglich war, leicht beweglich sogar, als auch mir fremd, wenn ich mich auch von Minute zu Minute an seinen schönen Anblick gewöhnte und ihn gern behalten hätte. Das aber schien mir zu riskant, und im Lauf der nächsten Tage ließ ich ihn verschwinden, mit tiefem Bedauern.

War meine Aneignung widerrechtlich? Tat ich Unrecht, als ich das kompakte kleine Stück barg? Der Rechtslage nach war das Bergen kein widerrechtlicher Akt, doch sicher hätte ich in der Folge das Fundstück den zuständigen Behörden übergeben und zitternd auf den mir zustehenden Finderlohn hoffen müssen.

Neben dem geltenden Recht und der einfachen Moral, die mir auch nichts anderes sagte, gab es zum Glück aber noch etwas Übergeordnetes, auf der philosophischen Ebene, die Ethik nämlich, Königin der Wissenschaften. Unter ihren Gesichtspunkten schien mir der Fall nicht mehr so eindeutig.

Ich ging davon aus, und hatte sicher berechtigte Gründe dazu, daß die im Koffer befindliche Summe aus Handlungen und Transaktionen stammte, die ihrerseits widerrechtlich waren. Der Versuch einer Geldübergabe hatte hier stattgefunden und war aus irgendwelchen Gründen gescheitert, nicht zuletzt deshalb vielleicht, weil ich als unerwartete Figur das Spielfeld betrat. Kann widerrechtlich erworbenes Geld von einem Finder widerrechtlich angeeignet werden? Dem Gesetz nach sicher, aber erfüllt der Finder, der es behält, nicht eine höhere Gerechtigkeit?

Ich sah das so.

Möglich war gewiß auch, daß der Besitzer des Koffers, ihn ängstlich behütend, das Stück zu einem kurzen Picknick mit aus dem Auto genommen hatte – ein Pfirsich vielleicht, ein Apfel, eine Orange, ein Käsebrötchen vom Vormittag, das schon Hunderte von Kilometern auf der Autobahn gereist war – und ihn dann dort einfach neben dem Papierkorb vergaß. In diesem Fall hatte der Eigner das Geld verloren, weil er sich gerade so zwanghaft daran klammerte, daß er es nicht einmal für fünf Minuten aus seiner Reichweite entlassen mochte. War ich dann verpflichtet, den Koffer den zuständigen Behörden zu übergeben und zitternd, siehe oben, oder mußte ich nicht den Vorfall als ein Gottesurteil auffassen, das den Koffer jemandem in die Hand spielte, der ein entspannteres Verhältnis zum Besitz hatte als der bisherige Eigner?

Die ethischen Lehrmeinungen darüber gehen auseinander, zum Glück. Kurz gesagt, ich entschied mich dafür, das Geld als meinen rechtmäßigen Besitz zu betrachten, nicht im juristischen, wohl aber im höheren ethischen Sinne.

Königliche Ethik, Mutter aller weisen Entschlüsse.

Sechzehn Jahre Dienst, ich erwähnte es. Eine ruhige Tätigkeit mit nicht heftigeren Bewegungen als denen eines mäßig bewegten Meeres. Oh, ich hatte durchaus Sinn für die Regelmäßigkeit und die Langeweile, ich vertraute mich ihnen an, ich verstand ihre Tiefe. Ich liebte es, meine harmlosen Zerstreuungen mit den anderen zu teilen, am Samstag mit ihnen zusammen im Stadion zu sein, am Montagabend mit ihnen in der Sauna zu sitzen und ins Schwimmbecken zu springen, mich der Bewegung ihrer Gänge anzupassen, wenn sie sonntags im Familientroß an Schaufenstern vorbeiglitten, um sich anzusehen, was sie eventuell am Montag kaufen würden. Ich hielt mich nicht für etwas Besseres. Wie alle liebte ich den Freitagnachmittag, wenn die Arbeit in den Büros und Instituten, in den Banken und Versicherungen langsam erstarb und sich Hunderte von Beschäftigten mit dem Wunsch auf ein schönes Wochenende voneinander verabschiedeten. Für mich hatte das die gleiche Würde wie vor Jahren einmal in einer Kirche in Udine, als ich die Gläubigen am Ende einer Messe sich die Hand geben sah, mit allen guten Wünschen.

Ich vermißte nichts, oder vielleicht vermißte ich sogar heftig das ganz andere Leben, aber ich mußte es nicht unbedingt führen.

Mein Fund auf dem Parkplatz veränderte das alles nachhaltig und unmittelbar. Man bekommt nicht etwas geschenkt, um es in die Ecke zu stellen mit dem Gedanken: vielleicht später einmal. Damit etwa, das Geld nach und nach, um nicht aufzufallen, auf die Bank zu tragen oder aber in einem Schwung nach Luxemburg, um von den Segnungen der Zinsen ab und zu eine Reise zu machen, hätte ich mich des Geschenks nicht würdig erwiesen. Die Götter hatten mir den Schatz gegeben, um ihn zu verbrauchen, um mich und mein Leben zu ändern, und sie würden mir zürnen und ihn mir wieder nehmen, täte ich das nicht. Ich sollte, da ich nun die Mittel hatte, mich der Welt zuwenden, das war die Botschaft.

Eine andere Frage war, wie ich das am besten einfädelte. Ich mußte nicht Hals über Kopf meine bisherigen Zusammenhänge verlassen, ich konnte mich langsam entfernen, schleichend verschwinden. Konnte ich nicht zum Beispiel erst einmal um ein Jahr Pause bitten, die ich natürlich sinnvoll nutzen würde? Gab es nicht noch vieles zu erforschen, war es nicht an der Zeit, den einen oder anderen Aufsatz in der Fachpresse unterzubringen? Schließlich war ich nicht irgendein kleiner Archivar, der eines Tages im Keller versinkt, ich war wissenschaftlich hochqualifiziert, ich hatte Philosophie studiert, ich war promovierter Historiker, ich war kreativ, ich hatte manches zu sagen, wenn ich es recht überlegte, zu dieser oder jener Quellenlage, der ganze Zweite Weltkrieg, von der Dokumentenseite her betrachtet, war ja noch völlig ungeklärt.

Ja, sagte mein Chef und spielte wie immer mit seinem schweren Messingbrieföffner, das sollten Sie vielleicht tun. Nicht wahr, bedeutete ich ihm, war ich denn nicht prädestiniert für diese Aufgabe, bei meiner Kenntnis der Sachlage, meinen Vorträgen auf Fachtagungen, meiner Promotion? Der Brieföffner war schwer, sein Griff stellte eine Eule dar, ein Geschenk meiner Frau zum siebten Hochzeitstag, hatte mich mein Chef einmal aufgeklärt, aus Anlaß eines anderen Gesprächs.

Sie werden ja erreichbar sein, sagte er jetzt, oder fragte,

das war nicht klar, er witterte etwas, er war argwöhnisch. Nun ja, sagte ich, nun ja. Vielleicht ziehe ich mich auch eine Weile zurück, um in Ruhe arbeiten zu können, wirklich in Ruhe, ein Tapetenwechsel tut oft gut, sagte ich. Hauptsache, Sie verschwinden nicht ganz, sagte mein Chef; er war immer ein Seismograph gewesen, ich schätzte ihn sehr. Der Brieföffner lag jetzt auf drei Fingern seiner rechten Hand, während der Zeige- und Mittelfinger auf ihm ruhten und ihn festhielten. Ich würde auch gern abhauen, sagte mein Chef, es ist doch alles recht öde hier, und er deutete mit dem Kopf zum Fenster, vor dem ein herbstlicher Graupelschauer niederging. Nun, abhauen, warf ich ein, ich würde in dem Sinne nicht abhauen, ich würde mich anderen Schwerpunkten zuwenden, ich würde vielleicht ein Haus im Süden mieten, um mich meiner selbstgestellten neuen Aufgabe zu widmen. Zum Glück war ich beweglich, zum Glück hatte ich ein paar Rücklagen. Die Wissenschaft, wie übrigens auch die schönen Künste, gab ich zu bedenken, brauchten eine materielle Basis, bestimmte Rahmenbedingungen, andernfalls konnten sie nicht gedeihen. Dabei sei das Materielle nur Voraussetzung, was eigentlich kostbar sei, sei Zeit oder besser… Ich hatte den Faden verloren, aber mein Chef half mir aus. Muße, sagte er, Muße ist vonnöten. Ja, stimmte ich begeistert zu, Muße. Freiheit, schlug mein Chef vor und setzte noch einen drauf, ja, rief ich, Freiheit, das ist es. Wir haben uns immer gut verstanden.

Ich frage mich, sagte mein Chef, warum Sie nicht schon viel früher auf den Gedanken gekommen sind. Sechzehn Jahre haben Sie es hier ausgehalten, alle Achtung, das ist nicht normal. Ich beeilte mich zu antworten, daß ich die Arbeit immer sehr geschätzt hätte, daß ich die mir anvertrauten Ausbildungsaufgaben für sehr bedeutsam hielt, daß meine Tätigkeit durch alles andere gekennzeichnet gewesen sei als Monotonie. Nun aber sei es an der Zeit, einmal andere Akzente zu setzen, ich hätte die Mitte meines Lebens vermutlich schon überschritten, und das ganze Feld des Zweiten Weltkriegs, und mein Chef legte den Brieföffner beiseite und winkte ab, er entließ mich, ich solle mein Büro aufräumen, ich könne mich meinen neuen Aufgaben zuwenden, er werde für das Institutionelle sorgen, und daran zweifelte ich nicht, kleiner König, der er war.

Ich trat nach draußen, der Graupelschauer hatte aufgehört, hinter den Wolken ahnte ich die Sonne. Ich stand vor dem Institut, das aus allen Nähten platzte, das bald umziehen würde in einen Neubau, das die schöne alte Villa, zweistöckig, verlassen würde, die durch eine Hecke halb verborgen war und sogar einen Vorgarten hatte, aber all das sah ich nicht, denn ich hatte dem Haus den Rücken zugekehrt und überlegte minutenlang die nächsten Schritte, bis ich endlich den ersten machte.

II

Ich stand unschlüssig auf dem Bahnhofsvorplatz, als ich am Fährhafen einen alten Mann auf einem Motorrad den Zoll passieren sah. Er trug die übliche Motorradkleidung und hatte den Rest seiner Habe vermutlich in den beiden großen Seitentaschen seiner schweren Maschine. Ein alter Mann auf einem Motorrad, dachte ich, aber er war gerade über sechzig. Das ist doch kein Alter, hätte er über sein Alter gesagt, wie ich über meines. Sein Gesicht kam mir bekannt vor. Ich überlegte lange, bis mir Trevor Howard einfiel. Trevor Howard konnte es nicht mehr sein, aber um einen Briten handelte es sich jedenfalls. Jetzt rauschte er in Richtung Zentrum davon. Ich beschloß, mir ein Motorrad zu kaufen.

Zwei Tage zuvor, am sechzehnten Oktober, war ich in Ostende angekommen. Am Tag vor meiner Abreise, am fünfzehnten, wurde der Sohn meines besten Freundes vier Jahre alt. Wir lebten vierhundert Kilometer auseinander, mein bester Freund, sein Sohn, seine Frau und ich. Ich schickte dem Kleinen ein Feuerwehrauto, weil er vor wenigen Wochen in der unmittelbaren Nachbarschaft einen Brand miterlebt hatte, der ihn sehr beschäftigte. Ich rief ihn an, und er bedankte sich, schien das Spielzeug aber noch nicht genauer untersucht zu haben. Dann sprach ich mit seinem Vater. Ich würde für einige Zeit verreisen, nach Westen, nach Süden, ich wüßte noch nicht wohin. Jedenfalls nicht nach Norden, es gab keine Gelegenheit zu einem kurzen Treffen, leider. Ich wurde mich melden, mit Briefen, mit Karten, per Telefon. Mein Freund seufzte; vermutlich wäre er gern mitgefahren.

Dann war ich in Ostende angekommen, mit immer noch sehr viel Geld in den Taschen, nachdem ich kleinere Summen auf verschiedenen Konten deponiert hatte. Der Koffer, den ich gefunden hatte, war wirklich ein fast unerschöpfliches Füllhorn, richtig gehandhabt. Ich schweige über die Summe. Sie war so groß, sie würde Ihnen nichts sagen.

Keineswegs wollte ich mich hier niederlassen. Ich war aus reiner Gewohnheit hierhergekommen, wie früher, zum Nachdenken. Meine besten Ideen hatte ich immer in Ostender Hotelzimmern. Diesmal nahm ich eins direkt am Wapenplein. Die Hotels unterscheiden sich nicht sehr, viele haben mehr als sechzehn Programme.

Was hatte ich auf dem Bahnhofsvorplatz zu suchen? Nichts, wenn ich es recht bedachte. Auch hierher war ich aus purer Gewohnheit gegangen, wie in allen fremden Städten. Der Bahnhof ist der langweiligste Punkt von Ostende. Ich hatte hier wirklich nichts zu tun. Statt dessen wollte ich ein Motorrad kaufen, erinnerte ich mich.

Aber nicht heute, sagte ich mir, nur nichts überstürzen. Ich verließ den Bahnhofsvorplatz und ging die Promenade hinunter, auf der Hafenseite. An der Kasse des Nordseemuseums, das ich in all den Jahren zuvor nie besucht hatte, löste ich eine Eintrittskarte. Innen herrschte ein angenehmes Halbdunkel, und ich bewegte mich zwischen den Aquarien. Es machte mich glücklich, den Fischen zuzusehen, wie sie darin herumschwammen, und die Beschreibungen zu lesen, Name, Häufigkeit, Lebensgewohnheiten. Zu den schönsten Exemplaren gehörte der Kabeljau, und ich beneidete ihn, wie er in seiner Pracht durchs Wasser dümpelte. Warum suchte ich mir nicht einen ähnlichen Platz?

Sehr schön, sagte ich am Ausgang zu dem Kassierer, sicher komme ich wieder. Das schien ihn zu freuen, ganz außerordentlich sogar. Wahrscheinlich hatte noch nie jemand beim Verlassen des Museums das Wort an ihn gerichtet und seine Meinung geäußert.

Später, nach dem Mittagessen, zog ich in meinem Hotelzimmer die schweren Vorhänge zu. Draußen war es überraschend mild und sonnig geworden im Laufe des Tages, und auf dem Platz versuchten die Besucher der Stadt ebenso wie die Einheimischen, die letzte Wärme des Herbstes aufzunehmen. Mich ging das alles nichts an; ich hatte die Vorhänge zugezogen und döste im Bett vor mich hin. Pascal, so dachte ich, würde heute bei seinem bekannten Satz an die Intimität von Hotelzimmern denken. Allein und geschützt lag ich in meinem Zimmer in der vierten Etage, nur durch ein paar Wände, Türen, Fenster, Treppen getrennt von den Hunderten von Menschen, die das Zentrum der Stadt bevölkerten. Nebenan hörte ich jetzt Wasser laufen, dann einen Hustenanfall und einen kurzen Fluch. Danach verließ mein Nachbar sein Zimmer, seine Schritte entfernten sich in Richtung des Fahrstuhls. Er muß weg, dachte ich, er kann nicht bleiben. Vielleicht muß er aber nicht, sondern es treibt ihn auf den Platz oder an den Hafen, es ist stärker als er, er kann nicht freudig zu Hause bleiben, er muß Frauen sehen und Schiffe. Auch mich, dachte ich, wird es wieder treiben, und kopfschüttelnd über meine Unruhe, die nur noch draußen, nicht mehr in meinem Zimmer zu besänftigen ist, werde ich auf den Platz oder an den Hafen gehen. Jetzt aber lag ich ganz ruhig im Bett, ich spürte, wie meine Muskeln erschlafften und ich schwer wurde, ich arbeitete für ein paar Minuten desinteressiert an der Fernbedienung, legte sie schließlich beiseite und schlief ein. Vor dem Einschlafen dachte ich noch an den armen Kerl, ich war sicher, daß es ein Kerl war, dem der Koffer gehört hatte oder für den er bestimmt gewesen war, für einen Moment lebte ich seine heftige Enttäuschung nach.

Nach dem Erwachen, ich hatte zwei Stunden geschlafen, und es gelang mir überraschend schnell, mich im Raum zu orientieren, nach dem Erwachen fiel mir das Motorrad wieder ein. Fünf Minuten lang stand ich unter der Dusche, das Bad war am Ende ganz in undurchdringliche Dampfnebel gehüllt, für einen kurzen Moment war ich unauffindbar geworden. Dann aber, als ich mich angezogen hatte, sah ich vom Fenster aus auf den Platz und genoß meine geschützte Position nicht so sehr über den Dingen als außerhalb ihrer, die ich nun bald aufgeben würde. Denn ich würde irgendwann Hunger bekommen und mein Zimmer verlassen müssen, und ich würde, überlegte ich weiter, mich sachkundig machen müssen, wo in Ostende ich ein Motorrad kaufen konnte. Mein Wunsch, ein Motorrad zu kaufen, wurde von Minute zu Minute heftiger, und nichts würde mich zurückhalten können, weder die Tatsache, daß ich von Motorrädern keine Ahnung hatte, noch die, daß ich überhaupt nicht Motorrad fahren konnte.

Als ich auf den Wapenplein trat, dämmerte es bereits, und es war kühl geworden. Die Tische vor den Kneipen waren verlassen, nur einige Hartgesottene froren noch vor ihrem Bier. Ich ging zum Meer und nahm am Kai die Promenade der Restaurants ab, von denen viele in wenigen Wochen den Winterschlaf beginnen würden. Eins von ihnen besuchte ich seit Jahren, wenn ich in Ostende war. Auch das wollte ich diesmal ändern, wie ich ja auch nicht das gewohnte Hotel gewählt hatte. Es war jetzt dunkel geworden. Ich nahm am Fenster eines Restaurants Platz, dessen vorherrschende Farbe Gelb war. Ein paar Unschlüssige zogen auf der Straße vorbei, auf der Suche nach einem Platz zum Essen. Kein Vergleich mit den Abenden in der Saison, wenn der Strom der Suchenden in ihren grünen und roten Anoraks oder mit ihren marineblauen Pullovern nicht abriß und sie vor den Speisekarten kleine Klumpen bildeten.

Der Kellner, der mich bediente, war über fünfzig Jahre alt und betrunken. Er hatte ein rotes Gesicht voller geplatzter Äderchen, dessen Zentrum und Prunkstück eine große zerklüftete Nase bildete. Seine Arbeit führte er mit Eleganz aus, neigte aber zur Vergeßlichkeit. Die Trunkenheit bewegte sich auf mittlerem Niveau und war ein gewohnter Zustand. Er hielt den Pegel. Vielleicht goß er in der Küche ab und zu nach, mit Wissen und Billigung der Geschäftsleitung. Dies ermöglichte ihm das Weiterleben und sein freundliches Lächeln. Ich hielt es, nachdem ich gezahlt hatte, für völlig zwecklos, ihn nach einem Motorradgeschäft in Ostende oder Umgebung zu fragen, tat es aber dennoch. Er sagte nichts. Sein Lächeln erreichte eine neue Qualität, es kam jetzt der Verklärung nahe. Er machte eine unbestimmte Handbewegung, dem Winken ähnlich, und verschwand. Ich verstand das als Aufforderung zu warten. Nach zwei Minuten kam er mit einem Zettel zurück, den er mir gab. Er hatte ihn selbst geschrieben. Dieses Geschäft könne er mir empfehlen, sagte er und stand unmerklich schwankend vor mir. Er erwartete keinen Dank und kein zusätzliches Trinkgeld; er war glücklich, mir geholfen zu haben, und wandte sich nun mit wiegendem Gang anderen Tischen und anderen Gästen zu. Ich sah ihm nach und fragte mich, ob er wohl selber Motorrad fuhr.

Durch die Stadt zogen die Engländer, die auf die Nachtfähre warteten. Ich ging nicht in mein Hotel zurück, obwohl das eine oder andere Buch mich hätte locken können. Vor meiner Abreise hatte ich eine gute Auswahl getroffen, wenn ich es recht bedachte. Das war ganz schnell gegangen. Ich nahm jedes einzelne Buch in die Hand und sagte sofort ja oder nein, dem ersten Impuls folgend, wie in der Liebe. Zazies Geschichte hätte ich noch einmal lesen können oder die von Emma, Humbert Humberts Leiden noch einmal oder die von Zeno. Ich hatte mir vorgenommen, Bücher wieder bis zum Ende zu lesen und wollte mit mir bekannten anfangen. Auch hätte ich einfach Gedanken verfolgen können, auf dem Rücken liegend, die Hände unterm Kopf verschränkt, draußen das feine Rauschen des Feierabends. Statt dessen war ich bestrebt, mich in die allgemeine Bewegung einzuschalten, mich einzuhaken bei diesem und jenem, mich gemein zu machen mit allem und jedem. Unsere Leidenschaften treiben uns nach draußen, schreibt der Meister, auch wenn gar keine Objekte da sind, sie zu erregen.

Wie meistens stand ich in einer Ecke, halb verborgen, als ich den Alten entdeckte. Er war an der Theke von einer Gruppe jüngerer Engländer eingekeilt. Die Diskussion hatte noch etwas Scherzhaftes, war aber schon in der Wendeschleife angelangt, wo der Scherz sich langsam zur Aggression wandelt und die Schlägerei nicht mehr weit ist. Dafür habe ich einen Blick, Konfliktforschung ist mir kein fremdes Gebiet. Auch der Wirt schien sich Sorgen zu machen. Der Alte war ebenso besoffen wie die jungen Engländer. Schon gab es die ersten Rempeleien, noch freundschaftlich. Der Alte lächelte und rempelte zurück. Er war kräftig und konnte wohl auch zuschlagen, das war leicht zu sehen. Arithmetisch stellte sich die Lage aber nicht günstig für ihn dar, die anderen waren zu fünft. Ich hatte den Drang, ihn zu retten. Ich mochte sein Gesicht und sein Lächeln, das noch immer nicht verschwunden war. Er lebt irgendwo im Hochland, dachte ich, und manchmal muß er nach unten, zu uns. Noch war die Situation nicht geschlossen, ein Spalt war noch offen für den Hinzutretenden, und so trat ich hinzu. Sofort sprach ich auf den Alten ein. Heute mittag hatte ich ihn auf einem Motorrad gesehen, erklärte ich, ich selber wollte mir eins kaufen, aber der Markt, die neuesten Entwicklungen waren mir in den letzten drei Jahren etwas aus dem Blick geraten, es gab zuviel anderes zu tun. Nun aber sei es soweit, schon hatte ich eine Adresse in Ostende, wollte er mir helfen, mich beraten? Während ich sprach, hielt ich den Blick starr auf den Alten, um ihn langsam aus dem Kreis herauszuziehen. Die Jungen um uns herum griffen vorerst nicht ein. Vielleicht, fuhr ich fort, konnte ich ihn an einen Tisch einladen, oder gar in ein anderes Lokal, wo es etwas ruhiger sei? Er würde mir eine große Freude machen. Ich bewunderte mein Englisch. Der Alte grinste die ganze Zeit. Jetzt sag was, dachte ich, und endlich sagte er was. Na, warum nicht, sagte er, mit Motorrädern kenne ich mich aus. Draußen hakte ich ihn ein. An der Tür hatte er sich noch einmal umgedreht. Er war nicht zufrieden, er hätte gern gekämpft. Ich sah, daß ich ihn beschützen mußte, zog ihn einige Straßen weiter, in ein ruhiges Lokal, das ich kannte, lauter Einheimische, bedächtige Flamen, die Bier tranken und Salznüsse knabberten. Wir setzten uns an einen Tisch und warteten auf das Bier, der Alte grinste mich noch immer an.

Sie haben Angst um mich gehabt, sagte er, das war nicht nötig.

Es waren fünf, sagte ich, immerhin.

Sie waren besoffen.

Sie sind auch nicht nüchtern, Sir.

Er überlegte. Ja, ich glaube, ich bin auch besoffen. Aber einen Kampf hätte ich trotzdem gern gehabt. Noch ging es um nichts, ein paar Differenzen, wissen Sie. Zehn Minuten später wäre es ernsthaft um was gegangen. Es waren Arschlöcher. Englische Arschlöcher.

Ich antwortete, daß er recht haben mochte, daß ich das nicht beurteilen konnte, weil ich spät hinzugekommen sei. Es sei aber doch viel angenehmer, führte ich weiter aus, in Ruhe hier zu sitzen, zwischen lauter Flamen, und ich sei ihm sehr dankbar für sein Angebot, mir zu helfen. Mit Motorrädern, sagte ich, kenne ich mich nämlich überhaupt nicht aus. Ich habe noch nie auf einem gesessen. Übrigens, sagte ich am Ende dieser langen Rede, ich heiße Schlesinger. Andreas Schlesinger.

Ich bin Tom, sagte der Alte mit seiner schweren Zunge und seinem schottischen Akzent, Tom Winnicott. Ich lebe im Hochland, aber manchmal muß ich zu euch nach unten kommen.

Tom, sagte ich, das weiß ich doch alles.

Ja, sehr gepflegt, wirklich Topzustand, sagte der Händler. Der Vorbesitzer war mir persönlich bekannt. Er ist vor zwei Monaten gestorben, sein Sohn hat mir die Maschine verkauft, er hat leider keinen Sinn für den Motorradsport. Er schüttelte den Kopf und sagte dann: Sie bekommen ein halbes Jahr Garantie.

Winnicott ging um die Maschine herum, ich hielt mich respektvoll fern.

Dreiundsiebziger Modell, sagte er, ein Klassiker. Aber

die ist zu schwer für dich und zu schnell, die kannst du später fahren.

Ich wollte ihm sagen, daß mir die Maschine gut gefiel, daß ihr schwarz glänzender Leib mich lockte, ich wollte sagen, daß es mir schmeicheln würde, ein zwanzig Jahre altes Motorrad im Topzustand zu fahren, ich wollte sagen, daß Geld keine Rolle spielte. All das sagte ich nicht, ich zuckte nur die Achseln. Winnicott mußte es wissen, ich hatte ihn für diesen Kauf engagiert. Ein Vierzylinder ist nichts für dich, Andy, sagte er noch einmal. Irgendwann in der letzten Nacht waren wir zu freundschaftlichen Gesten übergegangen. Tom wollte heute nach Frankreich weiterfahren, er wollte ans Meer. Du hast doch überall Meer auf deiner Insel, sagte ich, du brauchst doch nur an die Küste zu fahren. Oder du brauchst nur hierzubleiben. Scheißküste, sagte Tom, ich will ans Mittelmeer.

Ich schaffte es, ich überredete ihn, noch zu bleiben und mir das Motorradfahren beizubringen. Ich hatte keine Lust, einen Führerschein zu machen, ich mochte keine Prüfung mehr ablegen, ich war fünfundvierzig und promovierter Historiker. Du kannst solange in mein Hotel ziehen, sagte ich, Geld ist nicht das Problem. Er winkte ab, er wohnte gut in seinem kleinen Kasten in einer Seitenstraße. Die Wände sind etwas dünn, sagte er, heute nachmittag, als ich schlief, trampelten mir Leute auf dem Kopf herum, aber ich bin alt, ich höre nicht mehr so gut.

Später erfuhr ich, daß auch für Tom Geld nicht das Problem war, daß er hätte wohnen können, wo er wollte. Er hatte keinen Koffer gefunden, jedenfalls erzählte er mir eine andere Geschichte, wie er reich geworden war. Um genau zu sein, er beließ es bei Andeutungen. Ich war ein Spezialist, sagte Tom, und für jeden meiner Jobs bekam ich viel Geld. Vor fünf Jahren habe ich mich zur Ruhe gesetzt.

Damit gab ich mich zufrieden. Auch ich, sagte ich, sei auf

meine Art ein Spezialist, auch ich überlegte mir, mich zur Ruhe zu setzen.

Jetzt stürzte Tom in eine Ecke der Halle, was ist das, brüllte er, weniger eine Frage, eher ein Schrei des Entzükkens, der Händler und ich folgten ihm mühsam. Tom stand an einer tiefschwarz lackierten Maschine mit goldenen Zierstreifen, weniger bullig als die japanische. Ich las den Namen auf dem Tank, aha, sagte ich, englisch. Heute eher indisch, sagte Tom, die wird jetzt in Madras gebaut. Klassiker, Einzylinder. Das ist deine.

Ich sah auf den Tacho, ich protestierte, mit dieser Maschine konnte ich nicht fliegen.

Tom kümmerte sich nicht darum. Sieh dir die Form an, sagte er, achte auf die Details. Solche Klarheit findest du heute nicht mehr. Da, der Tacho in der Scheinwerfereinheit. Er nahm mich bei der Hand, führte mich um die Maschine herum. Das ist Schönheit, sagte er.

Ich wollte noch etwas sagen, wollte Einwände entfalten, aber Tom wandte sich an den Händler, zum Zeichen des Einverständnisses, die Maschine war gekauft. Sehr gute Wahl, sagte der Händler, und ich folgte den beiden ins Büro, hörte ihren Fachgesprächen zu, wollte mich einhängen ins Gespräch, fand keine Lücke, hatte am Ende nur noch zu bezahlen. Tom klopfte mir auf die Schultern, er wußte, ich fühlte mich nicht wohl. Hab Vertrauen, sagte er, ein bißchen Vertrauen muß man haben, sonst gelingt gar nichts.

Sieben Tage Angst, am achten bestieg ich die Maschine, wie ich früher in mein Auto eingestiegen war. Tom trainierte mich drei Stunden vormittags und drei nachmittags. Wir folgten einem festen Stundenplan. Er instruierte mich so gut, daß ich ihn fragte, ob er einmal Fahrlehrer gewesen sei. Er tippte sich nur an die Stirn.

Flandern ist ein gutes Land zum Üben, sehr übersichtlich. Am siebten Tag fuhren wir auf der Autobahn bis nach Brüssel und auf Landstraßen zurück. Meine schöne, kleine, britische Maschine aus Indien war nicht für lange Fahrten auf der Autobahn gemacht. Auf Landstraßen war sie eine Katze. Ich brauchte eine Zeit, um mich an die Motorradkleidung zu gewöhnen, im Institut hatte ich leichtere Kleidung getragen. Tom lobte mein Talent. Du hättest viel früher anfangen sollen, sagte er, du hast dich um zwanzig Jahre betrogen. Der Satz machte mich wütend. Alte Männer mit ihrer Weisheit!

Die Abende verbrachten wir getrennt, weil wir uns nach sechs Stunden gemeinsamer Arbeit nicht mehr sehen konnten. Ich war ungern noch einmal Schüler, deshalb mochte ich Tom nicht. Nur am letzten Abend traf ich ihn zufällig in der Kneipe unserer ersten Begegnung und rettete ihn erneut vor einer drohenden Schlägerei. Das tat dem Gleichgewicht zwischen uns gut.

Am Morgen des siebenundzwanzigsten Oktober packte ich alles, was ich nicht brauchte, in den Kofferraum meines Autos. Tom half mir zu entscheiden, was ich nicht brauchte. Wir argumentierten auf hohem Niveau. Ich verteidigte Zazie und andere. Dann gab ich den Schlüssel des Wagens und die Papiere an der Rezeption meines Hotels in Verwahrung.

Ich ging in eine Telefonzelle und wählte null null vier neun vier null fünf drei sechs eins vier vier neun. Mein Freund war sofort am Apparat.

Ich bin in Ostende, sagte ich.

Wie immer, sagte er.

Aber jetzt fahre ich weiter, nach Süden.

Ich bat ihn, den Wagen innerhalb der nächsten zwei Wochen von meinem Hotel abzuholen und bei sich unterzustellen. Ich würde mich wieder melden. Wie ging es seinem

Sohn? Seinem Sohn ging es gut. Er hatte große Zuneigung zu dem Feuerwehrauto gefaßt und löschte ständig Brände.

Nachmittags, im Wald von Compiègne, holte ich Tom zum dritten Mal ein. Er saß an einen Baumstamm gelehnt und sah mich mißmutig an. Er mußte endlich einsehen, daß es für ihn nicht gut gewesen war, mir zum Kauf einer recht langsamen Maschine geraten zu haben, auch wenn diese den Namen Bullet trug. Ständig war er mir voraus, mochte mir aber nicht ganz davonfahren und wartete dann auf mich. Ich beruhigte ihn. Ich konnte auch allein zurechtkommen, sagte ich, das war sogar meine Spezialität. Ich hatte alles, was ich brauchte, Kleidung, Bücher, Waschzeug, Kartenmaterial und vor allem dieses wunderschöne Motorrad, das nun einmal kein Renner war. Aber ich hatte angefangen, es zu lieben, verstand er das? Tom sah in den Himmel, während ich sprach, und beobachtete einen Greifvogel. Wir einigen uns auf Etappenziele, sagte er dann, dort warte ich auf dich. Das nächste heißt le Tourneau, da übernachten wir, sagte er und zeigte mir den Ort auf der Karte. Nicht gerade der direkte Weg ins Roussillon, antwortete ich, da willst du doch hin. Le Torneau, wiederholte Tom, dort erwarte ich dich an der Kirche.

In le Tourneau an der Kirche, die nichts Besonderes ist, eine französische Dorfkirche eben, wartete Winnicott auf mich mit einem ganz anderen Gesicht als im Wald von Compiègne. Er saß auf seinem Motorrad, die Arme über der Brust verschränkt, und lächelte mir zufrieden entgegen. Früher Abend, der Ort war reichlich leer.

Nicht gerade Richtung Roussillon, wiederholte ich meine Bemerkung vom Nachmittag.

Das machen wir morgen, sagte Tom und strahlte, heute lassen wir es uns gut gehen.

Ich folgte ihm um zwei Straßenecken, sehr viel mehr gibt es nicht in le Tourneau. Wir stellten unsere Motorräder auf der Rückseite eines kleinen Hauses ab. Dürfen wir das so einfach, fragte ich, ich wollte niemanden belästigen. Nimm deine Sachen, antwortete Tom, und wir gingen um das Haus herum und klingelten. Die Tür wurde von einer Frau in der zweiten Hälfte der Dreißiger geöffnet, das war meine persönliche Schätzung, groß und dunkelhaarig, eine Südfranzösin, dachte ich sofort, die einen weiten blauen geblümten Kittel mit Riesenknöpfen trug. Sie fiel Tom um den Hals, und ich dachte, er würde sich sofort an den Knöpfen zu schaffen machen, aber sie wahrten den Anstand, immerhin. Schließlich fand Tom sogar die Zeit, mich vorzustellen. Ich war jetzt André, nicht mehr Andy. Die Südfranzösin – meine Vermutung erwies sich später als richtig, ich kannte mich ja aus mit Südfranzösinnen –, die prachtvolle fleischreiche Südfranzösin also hatte auch einen Namen. Sie hieß Hélène.

Sie bat uns herein, das Essen war fertig. Ich sah Tom an. Er hatte unterwegs telefoniert und uns angemeldet, erklärte er.

Wir aßen und tranken mehrere Stunden und sprachen dabei Französisch, Englisch und Deutsch in unentwirrbarem Durcheinander. Hélène war lange Jahre in Deutschland gewesen. Sie sagte nicht genau, was sie dort gemacht hatte. Jetzt besaß sie jedenfalls ein kleines Modegeschäft in Montargis. Sie hatte Tom in ihrer Heimatstadt kennengelernt, in Toulouse, vor fünfzehn Jahren. Damals war sie zweiundzwanzig und Tom so alt wie ich jetzt und verdammt attraktiv und na ja, und wie es so geht und blabla: die ganze Leier der erinnerten Leidenschaft, die allerdings noch immer recht frisch zu sein schien. Sie sahen sich nicht häufig, nur wenn Tom sich meldete. Sie würde ihn nie besuchen, in Schottland war es zu kalt. Von Stunde zu Stunde und von Anekdote zu Anekdote erblühte sie mehr. Ich wußte, daß ich hier keinerlei Rechte hatte, aber meine vernünftige Einsicht änderte nichts an meiner wachsenden Erregung, von Stunde zu Stunde.

Später lag ich in meinem kleinen Zimmer, einem Verschlag, und hörte zu. Ihre Ausdauer setzte mich in Erstaunen. Wann hören sie endlich auf, fragte ich mich, und gleich danach wurde ich versöhnlich und beschwichtigte mich: wenn sie sich doch so selten sehen.

Am Abend des folgenden Tages erreichten wir Argelès-sur-Mer.

III

Vom Hotelzimmer aus beobachtete ich schon seit Tagen einen älteren Hund, der vormittags um halb neun über die fast leere Straße trottete, einen Setter mit der leichten Beimischung einer anderen Rasse. Mehrfach wechselte er die Straßenseite und schnüffelte vor sich hin, die Nase dicht über dem Pflaster. An diesem Morgen zwang er einen einsamen Renault Kastenwagen zu einer Vollbremsung, und ich sah das Schicksal, das den Hund irgendwann ereilen mußte. Ich fragte mich, ob er herrenlos war oder nur früh seine Ausflüge machte und dann in ein komfortables Zuhause zurückkehrte. Ich überlegte auch, wie das Tier wohl den jährlichen Rhythmus in einem Ort wie diesem empfinden mochte, die lärmende Enge in den Straßen während des Sommers und die träumerische Tristesse zu einer Zeit wie dieser, wir schrieben den ersten November. Vermutlich hätte ich mich noch manches andere gefragt und wäre in ein ernsthaftes Nachdenken über den Hund eingetreten – suchte er Zerstreuung wie wir? Empfand er Langeweile, Unruhe wie wir? Wollte er glücklich sein und nichts als glücklich wie wir? –, als Tom klopfte und gleich danach hereinkam.

Ich habe telefoniert, sagte er, wir können sofort hinfahren.

Der alte Mann an der Rezeption, der morgens Dienst tat, warf uns wie immer einen traurigen Blick zu, wenn wir in unserer Motorradkleidung durch die Halle liefen. Außer uns war nur noch eine vierköpfige Familie da, mit Vater Mutter Tochter Sohn, ganz klassisch. Viele der Hotels im Ort hatten schon geschlossen oder schlossen in Kürze. Die Ruhe, die schreckliche Ruhe drang in alle Winkel ein.

Nach Argelès-Plage waren es drei Kilometer. Zum ersten Mal seit unserer Ankunft sahen wir das Meer, das sich ebenfalls zu langweilen schien. Das Haus lag am nördlichen Ende des Ortes. Der Besitzer erwartete uns schon, an seinen großen Citroën gelehnt. Tom stellte uns vor, dann gingen wir hinein.

Das Haus war weder alt noch schön, noch charmant zerrüttet, es war neu und nichtssagend und absolut solide gebaut. Einfach nur ein brauchbares Haus, genau das Richtige für uns. Es hatte zwei kleine und ein großes Zimmer, ein Bad und eine Miniküche. Sogar eine Heizung war vorhanden. Für die Bettwäsche mußten wir extra zahlen oder eigene verwenden. Nein, nein, wir würden extra zahlen. Warum jetzt in den Ort fahren oder gar nach Perpignan, um Bettwäsche zu kaufen? Hatten wir nichts Besseres zu tun? Eigentlich nicht. Jeden Dienstag würde eine Frau kommen und putzen. Putzmittel und Staubsauger standen aber auch zum eigenen Gebrauch in diesem Verschlag hier, und er öffnete eine schmale Tür: alles da, wirklich. Noch nie hatte er Probleme mit seinen Mietern gehabt, weder innerhalb noch außerhalb der Saison.

Wir wollten nicht die ersten sein.

Ich bin jetzt in Argelès-sur-Mer, sagte ich, um genau zu sein, in Argelès-Plage, das ist südlich von Perpignan. Vergebliche Liebesmüh, diese Auskünfte, das wußte ich. Der geographische Kosmos meines liebsten Freundes bestand in der Hauptsache aus weißen Flecken und schwarzen Löchern. Lange Jahre hatte er zum Beispiel sehr eigene Vorstellungen über die Stadt Aachen, die er im Saarland wähnte, und über Mönchengladbach, das ihm eine Nachbarstadt von Kassel zu sein schien. Jetzt versicherte er mir, er werde sich auf der Karte sachkundig machen. Du mußt zuerst die spanische Grenze suchen, gab ich ihm Hilfestellung, oder besser noch Barcelona, und dann gehst du an der Küste nordwärts, bis du Perpignan findest. Dort beginnt die Feinarbeit, immer hart am Meer.

Immerhin hatte er, mit dem Zug, ohne Mühe Ostende gefunden und meinen Wagen abgeholt. Sogar durch Aachen war er dabei gekommen, dieser Punkt war nun geklärt. Das Wetter? Kalt für südfranzösische Verhältnisse, sagte ich auf seine Frage, aber schließlich ist November, und selbst? Unaussprechlich, sagte mein Freund, ich möchte darüber kein Wort sagen. Er fragte mich nach meinem Motorrad, und ich fragte ihn nach dem Feuerwehrauto seines Sohnes. Die Begeisterung hat ein bißchen nachgelassen, sagte er, seit er weiß, daß du mit dem Motorrad unterwegs bist. Kauf ihm eins, sagte ich, es gibt bestimmt hübsche Modelle, sogar mit Fahrer darauf. Oder nein, ich werde ihm selber eins kaufen. Morgen gehe ich los und suche. Dann bat ich ihn, mir alle Bücher zu schicken, die er in meinem Wagen gefunden hatte, so schnell wie möglich. Ich muß mich ein wenig beschäftigen, sagte ich, ein wenig Gymnastik treiben, ich möchte ein bißchen forschen. Vielleicht würde ich sogar einen kleinen Aufsatz schreiben. Über was? Über irgend etwas; der Winter am Meer machte die Gedanken weit und beweglich.

Tom klopfte an die Tür der Telefonzelle. Genug, rief er. Ein Tag, an dem es nicht regnete, und wir wollten irgendwohin fahren, nach Sète vielleicht, nach Arles oder nach Nîmes, bloß nicht nach Carcassonne. Denk an die Bücher! schrie ich ins Telefon, weil Tom immer heftiger klopfte, und ich kaufe dem Kleinen ein Motorrad, mit Fahrer drauf! Versprochen ist versprochen.

Hinter Béziers wandten wir uns nach rechts. Ich hätte gern in einem kleinen Restaurant in der schönen Stadt zu Mittag gegessen. Vielleicht fanden wir anschließend ein Spielwarengeschäft oder ein Kaufhaus mit einer guten Spielwarenabteilung. Ich habe etwas versprochen, erzählte ich Tom. Später, sagte er, anderswo.

Auf der Straße nach Sète, auf der man in den Sommermonaten nur schrittweise vorankommt, war kaum jemand unterwegs. Der Wind packte uns jetzt von beiden Seiten, vom Bassin de Thau und vom Meer her. Ich fuhr in Toms Schatten und sah seinen sechzigjährigen Körper über die Maschine gebeugt und dachte, daß ich über die Geschichte dieses Körpers noch immer sehr wenig wußte. Tatsächlich nicht mehr, als daß Tom im schottischen Hochland wohnte, eine Geliebte in der Nähe von Montargis hatte und von den Früchten seiner früheren Arbeit lebte. Diesem Mann, den ich im Hafen von Ostende vor wenigen Wochen zum ersten Mal gesehen hatte, folgte ich nun auf der beidseitig ungeschützten Straße nach Sète.

In einem der wenigen noch geöffneten Hotelrestaurants am Strand aßen wir. Ich fragte Tom, warum er unbedingt nach Sète gewollt hatte. Viel Wasser, keine Bäume, antwortete er und gab keine weiteren Erklärungen ab. Ich selber hätte nichts dagegen gehabt, wieder einmal Bäume zu sehen. Das Meer im Winter begann mich zu langweilen und zugleich unruhig zu machen.

In der Stadt roch es etwas nach Fisch, nicht sehr stark. Ich machte Tom darauf aufmerksam. Im Sommer, bei bestimmten Wetterlagen, sagte er, ist der Geruch viel kräftiger. Es stinkt.

Wir gingen am großen Kanal entlang, dann die engen Straßen ins Zentrum hoch. Wußte Tom etwas über den berühmtesten Sohn der Stadt? So sagt man doch: der berühmteste Sohn der Stadt. Ich fragte ihn. Der Name sagte ihm nichts. Eine Woche lang hatte er mal eine Freundin gehabt, die Valerie hieß, das war in der Nähe von Toulon. Wer war der Valéry, den ich meinte? Ich versuchte eine Beschreibung. Jemand, der morgens in aller Frühe aufstand, vier, fünf Uhr, um Notizen zu machen. Warum so früh? Später mußte er ins Kriegsministerium, um dort zu arbeiten. Ein Dichter? Dichter, ja. Schöne Romane? Romane keine, dafür viele Gedanken, versuchte ich zu erklären. Wir fanden die nach ihm benannte Straße. An der Ecke war ein Zeitschriften- und Lottogeschäft. Ein Schild in der Nähe zeigte den Weg zum Lycée Paul Valéry. Na immerhin, sagte Tom, eine Straße und eine Schule, das ist schon was.

Im Prisunic fand ich eine kleine Spielwarenabteilung, aber kein Motorrad mit einem Fahrer darauf.

Nachmittags, als wir ins Roussillon zurückkehrten, tauchte am Himmel ein blasser Sonnenstreifen auf. Tom führte mich auf Nebenstrecken, die sich von der Küste entfernten, in Waldgebiete hinein. Er saß sehr aufrecht und schien keine Lust zu haben, sich zu unterhalten. Ich verstand und fuhr zwei Meter hinter ihm. Wir rollten sehr langsam, etwa eine Dreiviertelstunde lang, und Tom schien den Weg, den er einschlagen wollte, genau zu kennen. Schließlich hielt er vor einer Kneipe am Straßenrand und schlug vor, noch ein Glas Wein zu trinken.

Drinnen begrüßte ihn der Wirt als alten Bekannten, wenn auch nicht überschwenglich. Tom war in der ganzen Gegend, so wurde mir klar, auf eine bestimmte Art zu Hause, über die ich nichts wußte. Schöne Gegend, sagte ich, als wir unseren Wein bekommen hatten. Schöne Scheiße, sagte Tom. Die Wälder haben hier zuviel gebrannt. Ungeheure Hitze. Na, wenigstens hat es mich reich gemacht.

Ein Experte! Ein Experte zur Löschung von Waldbränden, im Sommer überall in Südeuropa im Einsatz. Auch Hélène und Valerie hatte er so kennengelernt, als er sich nach beendeten Arbeiten einmal in Toulouse, einmal in Toulon aufhielt. Der Wirt brachte uns noch einen Wein. Er schätzt mich, sagte Tom, aber er liebt mich nicht gerade, denn ich erinnere ihn naturgemäß an schlechte Zeiten.

Aufregender Beruf, murmelte ich. Scheißaufregung, sagte Tom, es ist der Gipfel der Monotonie. Es brennt und brennt, und tagelang bekommt man es nicht in den Griff. Dann ist der Brand gelöscht, man hat gewonnen und sieht erst, wieviel man verloren hat.

Er fragte mich nach meinem Beruf, zum ersten Mal. Ich erzählte. Jetzt habe ich ein Forschungsjahr, sagte ich, ich beschäftige mich mit dem Zweiten Weltkrieg, log ich.

In meinem Zimmer in Argelès streichelte ich die Tasche, in der ich einen Teil des gefundenen Schatzes aufbewahrte. Morgen würde ich ein wenig davon nehmen, überlegte ich mir. Ich würde eine Bank im Ort betreten und eine Summe festlegen, für drei Monate. Drei Monate blieb ich gewiß noch hier, um meine Studien fortzuführen.

Eine Woche später erhielt ich eine Benachrichtigung vom Zoll. Dort lagen drei Pakete für mich. Der Zollbeamte wies triumphierend darauf und fragte mich, was darin sei. Bücher, sagte ich, ganz bestimmt Bücher.

Das steht auch auf der Erklärung, sagte er.

Ich hielt den Fall damit für erledigt und erwartete, daß er mir die Pakete aushändigte. So einfach sei das nicht, klärte er mich auf. Wenn Bücher draufsteht, müssen noch lange keine Bücher drin sein. Was meinen Sie, sagte er, was wir alles schon erlebt haben. Da könnte ich Ihnen Geschichten erzählen.

Ich fürchtete, er werde sofort damit beginnen und machte deshalb schnell den Vorschlag, die Pakete zu öffnen. Das sei die einfachste Methode, um sich von ihrem Inhalt ein Bild zu machen.

Er nahm eines der Pakete.

Wollen Sie? fragte er.

Ich schüttelte den Kopf, ich ließ ihm den Vortritt. Wir beugten uns über den verborgenen Schatz. Zuoberst lag die siebenbändige Schopenhauer-Ausgabe, die ich mir vor Jahren nach und nach und gekauft hatte. Dies wäre, dachte ich, ein geeignetes Objekt für meine Studien. *Metaphysik der Geschlechtsliebe, Über die Weiber* das fehlte mir doch ein bißchen, zumal es Winter war, die reizarme Zeit.

Darf ich noch eins? fragte mich der Zollbeamte.

Nur zu. Ich nickte. Die obere Schicht des zweiten Pakets enthüllte keine Werkausgabe, sondern Einzeltitel. *Mythen des Alltags, Das Reich der Zeichen, Die helle Kammer.* Auch das ein weites Feld für Studien, vielleicht brach ich eines Tages nach Westen auf, nach Bayonne, Bayonne, der vollkommenen Stadt? Nur der Zweite Weltkrieg, entschied ich in diesem Augenblick, war für mich endgültig uninteressant geworden.

Ich wies auf das dritte Paket. Der Beamte winkte ab.

Ich vertraue Ihnen, Monsieur, sagte er und lächelte. Dann nannte er mich einen *homme des lettres* und fragte, was ich mit all diesen Büchern tun würde. Ich erklärte ihm, daß ich nach Argelès gekommen war, um Studien zu betreiben und einen Teil der Bücher dafür brauchte. Andere würden vielleicht einfach in der Ecke meines Zimmers stehen, wieder andere mal hier im Wege sein und mal dort. Manche, erklärte ich, die großen Romane also, würde ich vielleicht abends lesen, auf dem Rücken liegend, nach des Tages Mühen, mit halbgeschlossenen Augen.

Den folgenden Tag, Donnerstag, nahm ich meine Studien auf, die, wie schon früher einmal, im weitesten Sinne das Problem der Willensfreiheit betrafen. Als ich sie einige Monate später abschloß, gegen Ende März, noch immer in Argelès, kam ich zu demselben Ergebnis wie früher.

Kurz nach der Jahreswende fand ich in einem Geschäft in Perpignan endlich den Motorradfahrer auf seiner Maschine. Eine türkisfarbene Kunststoffskulptur, dreiundzwanzig Zentimeter lang und zwölf Zentimeter hoch. Der Fahrer trug keinen Helm, sondern eine jener Lederkappen von früher, die unter dem Kinn mit einem Riemen geschlossen werden, dazu eine riesige alte Motorradbrille. Weit beugte er sich über seine Maschine, die keine Typenbezeichnung trug, sondern einfach das Motorrad war, dem Begriff nach. Das Ganze hatte eine leichte Schräglage nach rechts, Fahrer und Maschine gingen gerade in eine Kurve. Es lag leicht in der Hand und handelte sich wirklich um eine kleine Skulptur, nicht um ein Spielzeug. Ich kaufte sie in einem Laden, in dem kostbarer und wertloser Schnickschnack harmonisch versammelt war. Die Ladenbesitzerin, eine Rothaarige mit breitem Mund, klärte mich über Herkunft, Material und Alter des Stückes auf und rechtfertigte den nicht unbeträchtlichen Preis. Ach, sagte ich – ein Scherz, den sie nicht verstehen konnte –, das bezahle ich doch aus dem Koffer. Packen Sie es schön ein.

Der Kleine, er hieß übrigens Alban, würde es mir hoffentlich nicht übelnehmen, daß man das Ding weder aufziehen noch rollen, sondern nur in die Hand nehmen, betasten und betrachten konnte. Ich führte ihn, wenn ich es mir recht überlegte, früh an die Kunst heran.

Tom war viel allein unterwegs, ohne mir, wenn er zurückkam, zu sagen, wo er gewesen war. Manchmal blieb er drei Tage fort, danach war er häuslich. Er fragte mich ohne großes Interesse nach meinen Studien, und ich versuchte ihm zu erklären, womit ich mich beschäftigte. Die Willensfreiheit, sagte Tom, das ist doch alles längst geklärt. Ich stimmte ihm zu.

Ende April kündigte er an, daß er zurück ins Hochland wollte. Unsere Mietzeit lief endgültig ab, aus drei Monaten war ein halbes Jahr geworden. Manchmal hatte ich an meinen Chef gedacht, manchmal an meinen Briefträger und mich gefragt, ob sie mich beide schon aufgegeben hatten. Was mache ich mit meinen Büchern, fragte ich Tom. Dann entschied ich mich nach kurzer Überlegung und einem Telefongespräch, sie an den Absender zurückzuschicken. Alban fragt, ob du der Mann bist, der auf dem Motorrad sitzt, sagte mein Freund, und ich bestätigte das.

Ich kann das Meer nicht mehr sehen, sagte ich zu Tom, ich fahre auch in die Berge.

Er empfahl mir das Hochsavoyen. Laß dich nicht erwischen, sagte er.

Erwischen?

Du hast keinen Führerschein.

Das traf zu, das hatte ich vergessen.

Nach fünfzig Kilometern trennten wir uns. Ich fragte ihn nicht nach seiner schottischen Adresse, wollte aber wissen, wo er bei seinen mehrtägigen Abwesenheiten gewesen war. Hatte er sich geprügelt, wieder einmal, hatte er exzessiv getrunken, war er im Gefängnis gelandet?

Viel besser, sagte Tom, viel schöner. Ich war in Toulon, bei der Kleinen, die so heißt wie dein Dichter. Sie arbeitet dort in einem Krankenhaus.

Vor uns lag die klassische Weggabel. Tom wandte sich nach links, ich nach rechts, wir beide auf unseren ungleichen Maschinen.

Das Languedoc, die Camargue, Nîmes, Avignon, das sah ich alles, aber nur von der Autobahn. Zum ersten Mal seit dem Kauf in Ostende wünschte ich mir ein schnelleres Motorrad, das mir erlaubt hätte zu fliegen. Ich wagte nicht einmal, mein eigenes voll auszufahren, die Kanonenkugel aus Madras, weil ich in ihre Belastbarkeit kein Zutrauen mehr hatte. Tom fehlte mir. Er hätte mich beim Kauf einer schnelleren Maschine beraten können. In Argelès hatten wir nicht viel miteinander zu tun gehabt, aber wir halfen doch einander. Manchmal tranken wir in der Kneipe, die wir uns in den ersten Tagen ausgesucht hatten, den ganzen Abend Wein, während die einheimischen Trinker uns beobachteten und nicht anzusprechen wagten. Wir waren schon wer, Tom und ich. Jetzt vermißte ich ihn.

Ich saß an einem Tisch an einer Straße. Hinter mir stand ein Dorfhotel, einsternig, in dem die Feierabendtrinker, denn es war fünf Uhr, die ewig gleichen Wortwechsel führten, von denen ich kein Wort verstand. Auf der anderen Straßenseite ein Parkplatz, auf dem sich nichts rührte. Der kleine Ort lag hinter Valence, drei Kilometer von der Autobahn entfernt. Zum ersten Mal seit dem Vormittag hatte ich angehalten. Ich trank einen Pastis, und in meinem Kopf entstand ein kleiner Wirbel.

Der Ort brütete auf mittlerem Niveau vor sich hin, und ich sah, daß er für mich nicht in Frage kam, daß ich noch höher hinaus mußte.

Ich bin in einer Ebene aufgewachsen, die an manchen Stellen noch tiefer lag als das Meer. Die Vegetation war arm, der Blick weit. Man ging das Land bis zum Ende und dann ins Wasser. Lange Zeit glaubte ich, nur so könne man glücklich werden.

In der Dämmerung verließ ich die Talstraße nördlich von Aix-le-Bains und stieg langsam in die Berge, blind träumend von dem richtigen Ort, der mir zugedacht war, und auf ihn vertrauend. In einem Straßendorf namens Gruffy hielt ich an und trank in der Bar des *Hotel de la Poste* einen weiteren Pastis. Ich war der einzige Gast und sah dem Wirt, einem schmalen Männchen mit gebeugtem Rücken und sehr feinem Gesicht, bei der Arbeit zu. Er beschäftigte sich ein wenig, nachdem er mir meinen Pastis gebracht hatte, räumte Gläser von einem Ende der Theke zum anderen und wischte mit einem nassen Lappen über die freien Tische. Jetzt ist schon bald Sommer, sagte ich, um etwas zu sagen und weil es nicht falsch war. Er nickte und prophezeite, daß der Sommer schön würde. Hatte er Gründe dafür? Er war kein Meteorologe, aber er hatte ein Gespür für das Wetter, für seine kleinen und großen Lagen, für seine lokalen, regionalen und nationalen Ausprägungen. Ich fragte ihn nach einem Hotel. Sicher war das *Hotel de la Poste* erstklassig, das mochte ich gern glauben, aber ich suchte etwas ganz Einsames, Ruhiges, an keiner Straße Gelegenes, verstand er? Er winkte mich zur offenen Tür und zeigte nach rechts die Straße hinunter. Zwei Kilometer, sagte er, dann kommt eine kleine Gabelung. Links geht es hoch in den Wald, rechts zur Brücke. Das Hotel liegt vor der Brücke, das sehen Sie dann schon.

Zwei schnellere Maschinen überholten mich auf dem kurzen Weg, und ein holländisches Auto mit drei Generationen darin hielt mich auf. Dann rollte ich langsam auf den Parkplatz des Hotels. Durch ein offenes Fenster sah ich fünf Personen an einem Tisch beim Essen sitzen und begriff sofort, daß es sich um die Hoteliersfamilie handelte, um die Belegschaft. Ich ging hinein, um nach einem Zimmer zu fragen, und sah den Hotelier, von dem ich noch nicht wußte, daß er Marc hieß, neben seiner Frau Marie, die einen weichen Pullover über ein helles, leichtes Kleid gezogen hatte; ich sah den zehnjährigen Jungen, der aus dieser Ehe hervorgegangen war, und einen jungen Mann, von dem ich noch nicht wußte, daß sein Name Albert war und er im Haus die groben Arbeiten verrichtete; ich sah eine junge Frau, von der ich gleich wußte, daß sie die Schwester der Chefin war und von der ich annahm, daß sie Madeleine hieß, was sich schon am folgenden Tag als richtig herausstellte. Ich wünschte guten Appetit und die Familie nickte mir würdig zu und bedankte sich kauend; ich fragte nach einem Zimmer für unbestimmte Zeit, und der Wirt händigte mir einen Schlüssel aus. Dann betrat ich mein Zimmer, das auf den Parkplatz hinausging, und sah auf die Brücke, die sich über eine vierundneunzig Meter tiefe Schlucht spannte und über die jetzt ein Pärchen, das seinen Abendspaziergang beendet hatte, eng umschlungen aufs Hotel zukam. Einen Augenblick hielten die beiden an meinem Motorrad inne, gingen darum herum, der Mann streichelte schüchtern den Tank. Dann verschwanden sie im Hotel, Zeit zum Essen, und auch ich, nachdem ich meine Sachen ausgepackt und ihnen ihren Platz zugewiesen hatte, ging nach unten, wo die ums Essen versammelte Familie sich aufgelöst hatte und jeder seinen Aufgaben nachging.

IV

Ja, sagte ich anderntags und setzte den Helm auf, eine klassische Maschine, und sie wird immer noch gebaut. Heute übrigens in Indien, nicht mehr in England.

Fast die ganze Familie hatte sich um mein Motorrad versammelt und wartete auf meine Abfahrt, bis auf die Wirtin, die ich im Restaurant bei Aufräumarbeiten sah und die an diesem Morgen Jeans und ein Sweatshirt trug. Der Chef hatte den Arm um die Hüfte seines Sohnes gelegt, Albert ging einmal um die Maschine herum, Madeleine hatte die Arme unter den Brüsten verschränkt und betrachtete das Gerät mit Bewunderung und Amüsement. Ich fragte nach einem Geschäft, in dem ich eine Karte der Gegend kaufen konnte. Ich beabsichtigte, länger zu bleiben, erklärte ich, ich wollte mich ein wenig ortskundig machen. Madeleine riet mir, nach Cusy zu fahren, über die Brücke durch den Wald abwärts ins Tal. Gegenüber der Post war ein Schreibwarenladen, sogar Kopien konnte man dort machen lassen, sagte sie. Sie hatte verschiedene Zimmerschlüssel in der Hand, auch mein Zimmer würde sie im Laufe des Morgens betreten und saubermachen. Zum ersten Mal, während sie zu mir sprach, sah ich die unzähligen kleinen Pigmentflekken in ihrem Gesicht, vor allem in der Augen- und Wangenpartie, über die ein Windstoß nun etwas von ihrem glatten braunen Haar trieb. Ihre Schwester, die verspätete Frühstücksgäste bediente, trug lockiges, eine Spur helleres Haar, doch die Augen waren bei beiden gleich, ein dunkles Braun, zumeist ins Unbestimmte gerichtet, überrascht, wenn sie dem Blick eines anderen Menschen begegneten, voll in sich ruhender Müdigkeit. Albert hatte seinen Rundgang beendet und ging zur Garage, um einen Rasenmäher zu holen. Marc und sein Sohn folgten ihm, ich startete die

Maschine, Madeleine schwenkte die Zimmerschlüssel in der Hand, bis bald, sagte sie, bis bald, sagte ich, und alle wandten sich ihrem Tagwerk zu.

Mein eigenes begann damit, daß ich mir in Cusy eine Michelin-Karte kaufte und dann über die Straße zur Post ging, um meinen Freund anzurufen, der nicht zu Hause war. Eine Weile fuhr ich durchs Tal und verschwand danach oben in den Wäldern. Mittags drangen einzelne Sonnenstrahlen durch die Bäume. Eine gewisse Unruhe erfaßte mich, plötzlich dachte ich an all die Menschen, die ich gekannt und dann wieder aus den Augen verloren hatte, enorm viele, stellte ich fest. Ich entfaltete die Karte und las mir die Namen einiger Orte vor, Alby-sur-Chéran zum Beispiel und Héry-sur-Alby, Namen, die sich untereinander zu einer Kette zusammenschlossen, Namen, die zusammen eine Region bildeten, die für manche Menschen das einzige war, was sie kannten, und in der man sich vielleicht nicht so schnell aus den Augen verlor. Sollte ich zum Crêt de Châtillon fahren, um einmal sehr weit oben zu sein, oder im nächsten Dorf, das ich berühren würde, zu Mittag essen? Ich verließ die Wälder und stürmte auf meiner Maschine zum Hotel zurück.

Ich saß über meinen Studien, als es an die Tür klopfte und Madeleine hereinkam. Das war eine Woche nach meiner Ankunft im Hotel; schon hatte ich fast alle Strukturen erkannt. Marc war vor allem für die Küche verantwortlich, während seine Frau die Gäste bediente, die Zimmer vergab, die Abrechnungen machte, die Geschäfte führte, immer mit diesem trägen, abwesenden Blick, der sich nur manchmal plötzlich aufhellte und lebendig wurde, während sie vor sich hin trällerte, mit ihrem Sohn sprach oder einfach an etwas Schönes dachte. Ich vermutete einen Geliebten, jenseits der Brücke. Morgens die Jeans, abends das lange Kleid, weiß oder blau. Was tat Albert? Er räumte auf, er hielt das Gras kurz, er reparierte dies und das. Zuweilen saß er auf der Terrasse und las ein Buch über Hitler. Ich bekam nicht heraus, ob es sich um eine wissenschaftliche Studie, eine Schmähschrift oder eine Hagiographie handelte. Das Buch war in grünes Leder gebunden und trug eine goldene Schrift. Madeleine machte die Zimmer, half abends in der Küche und fuhr mit ihrer Schwester einkaufen. War Albert ihr Freund, ihr Verlobter? Man sah die beiden öfter zusammen. Einmal kamen sie über die Brücke; Albert hielt Madeleine an der Hüfte. Mir schien das nichts zu bedeuten.

Schon hatte ich das Zimmer für eine weitere Woche gemietet, schon saß ich wieder über meinen Studien, die nicht mehr der Willensfreiheit galten, sondern der Frage, ob man reisen solle oder zu Hause bleiben, als es an die Tür klopfte und Madeleine hereinkam. Warum, wenn das Zimmer längst fertig war? Sie suchte den Schlüssel zu Zimmer 5. Hatte sie ihn vielleicht heute morgen, bei ihrem Rundgang, hier liegengelassen? Ich hatte keinen Schlüssel zu Zimmer 5 gesehen, hier war Zimmer 8. Sie bedauerte, mich gestört zu haben, aber sie mußte natürlich an allen Orten suchen, die in Frage kamen. Das verstand ich. Sie zog sich zurück und sah dabei, so empfand ich es, ganz knapp über mich hinweg.

Gerade erst hatte ich mich wieder der Frage zugewandt, ob man reisen solle oder zu Hause bleiben, als mein Blick auf den Schlüssel zu Zimmer 5 fiel, der gut sichtbar auf dem Tisch lag, an dem ich saß und meine Notizen machte, und den ich bisher für meinen eigenen gehalten hatte. Ich nahm den Schlüssel und ging nach unten, wo Madeleine weiter hektisch suchte; ich hielt ihn sichtbar und triumphierend hoch und entschuldigte mich, ihn nicht früher gesehen zu haben. Madeleine entschuldigte sich ihrerseits, mir soviel

Unruhe verursacht zu haben, und sah erleichtert aus. Ich setzte mich an einen Tisch auf der Terrasse und bestellte bei Marc ein Bier. Zuerst sah ich über die Mauer nach unten in die Schlucht, vorsichtig, damit mich nicht der Schwindel ergriff. Dann hörte ich den Motor eines Autos anspringen. Auf dem Parkplatz winkte Marie, schon im langen weißen Kleid, ihrer Schwester zu und rief zu meiner Verwirrung auf italienisch: *Andiamo!* Madeleine kam auf den Wagen zugelaufen und stieg ein, ihre Schwester lachte und sang zugleich, der Wagen, ein schwarzer Renault der Mittelklasse, setzte bis zur Brücke zurück, dann legte Marie den Vorwärtsgang ein, und die Schwestern preschten über die Brücke davon, nach Cusy vielleicht, vielleicht sogar nach Aix-les-Bains, um für das Hotel einzukaufen oder um Geliebte zu treffen, von denen die oben über der Schlucht zurückbleibenden Männer keine Ahnung hatten.

Zwei Tage später fuhr ich nach Annecy, gab meine Maschine aus Madras in Zahlung, warf einen Abschiedsblick auf sie und nahm eine schwere Kawasaki mit, die von der Hoteliersfamilie angemessen bewundert wurde.

Zum Abendessen hatte man mir inzwischen einen festen Tisch reserviert. Sobald ich Platz genommen hatte, schwebte Marie in einem ihrer langen Kleider auf mich zu und brachte die Karte. Einmal sah sie einen aufgeschlagenen *Figaro* auf meinem Tisch liegen, mit einem Bericht von der Uraufführung eines Balletts in Brüssel, und fragte mich, ob sie die Zeitung einen Moment ausleihen dürfe. Sie zog sich für fünf Minuten hinter die Theke zurück und las. Als sie mir das Blatt wiederbrachte, begriff ich, daß sie mit den Träumen ihrer Jugend beschäftigt gewesen war.

Die Familie hatte sich an mich gewöhnt. Fast mit ihren Augen sah ich Gäste kommen und gehen. Meine Studien, nachdem das Problem der Willensfreiheit und das von Ruhe und Bewegung gelöst waren, galten nun der Frage, ob man allein bleiben oder sich mit einer Person des anderen Geschlechts verbinden solle.

Als Madeleine zum dritten Mal einen fremden Schlüssel in meinem Zimmer hatte liegenlassen und klopfte, schloß ich sie in die Arme. Ihr Körper war eine Spur schwerer, erdverbundener als der ihrer Schwester. Sie roch nach der Luft draußen und nach den Putzmitteln, mit denen sie arbeitete. Ich küßte sie und wollte sie weiter ins Zimmer ziehen. Sie beruhigte mich. Heute abend, sagte sie, eine Stunde, nachdem ich auf mein Zimmer gegangen sei, werde sie zu mir kommen. So geschah es. Glückliche Stunden, während draußen dann und wann ein einsames Auto durch die Dunkelheit fuhr, von Cusy nach Gruffy, von Gruffy nach Cusy. Ich fragte Madeleine, ob sie keine Furcht habe. Vor wem soll ich Furcht haben und warum, sagte sie, ich bin erwachsen. Ich bin achtundzwanzig, teilte sie mit, ohne daß ich sie danach gefragt hatte. Wollte sie mich heiraten? Zuerst würde sie gern entführt werden, war die Antwort, es sei ihr so langweilig hier oben, sie sei so wenig gereist. Nichts leichter als das, sagte ich, meine neue Maschine ist dafür hervorragend geeignet.

Neue Gäste kamen am folgenden Tag, zwei junge italienische Pärchen aus Turin, vielleicht auf einem Kurzausflug über die Grenze, und ein älterer Engländer, der wandern wollte. Die Italiener hatten Schwierigkeiten mit der Speisekarte; Marie eilte ihnen mit ihrem Italienisch zu Hilfe, das sie, so konnte ich jetzt feststellen, wie eine zweite Muttersprache sprach. Sie war zu Scherzen aufgelegt, nach jeder ihrer Bemerkungen gab es Gelächter. Sie wiegte sich, vermutlich ohne es selbst zu bemerken, in den Hüften, während sie den jungen Männern Menüvorschläge unterbreitete und deren Freundinnen den Fortgang der Unterhaltung mit wachsender Eifersucht überwachten. Der Engländer, während er seinen Wein trank und eine kalte Platte aß, studierte die Karten, verfolgte die Wege des kommenden Tages. Madeleine sah einige Male, immer ein Handtuch über der Schulter, aus der Küche zu mir herüber.

Um Motorradkleidung für sie zu kaufen, trafen wir uns in Aix-les-Bains und fuhren bis nach Lyon. Von dort kehrten wir auf getrennten Wegen zurück.

Vom Postamt in Cusy aus erreichte ich diesmal meinen Freund. Er war verreist gewesen, er hatte einen Vortrag in Tübingen gehalten. Mein Freund war in der Autismusforschung tätig. Zur gleichen Zeit waren Frau und Kind nach Schweden gefahren, in ein Holzhaus an einem See in einem Wald. Ich werde auch bald wieder verreisen, sagte ich. Wie nennst du das, was du jetzt tust? fragte er mich.

Ich hielt mich derzeit für seßhaft. Ich beschrieb ihm meinen Standort: das Hotel, die Brücke, die Wälder, die beiden Dörfer. Hier hat der Sommer begonnen, sagte ich. Von Madeleine erzählte ich nichts. Ich wollte ihn überraschen, oder aber, wenn alles schiefging, nie etwas erzählt haben.

Alban ist jetzt verrückt nach Motorrädern, sagte mein Freund.

Kauf ihm noch ein paar, schlug ich vor. Man muß ein bißchen suchen, aber man findet welche.

Nein, er ist verrückt nach den richtigen, großen. Im Auto zu sitzen, langweilt ihn inzwischen. Er fragt, warum ich kein Motorrad habe. Er fragt, wann du kommst.

Das sei noch nicht abzuschätzen, sagte ich, das sei noch ungewiß. Vorerst werde die Reise wieder in die andere Richtung führen. Dem Atlantik entgegen, sagte ich.

Ich habe noch nie das Meer gesehen, hatte Madeleine erzählt, in der zweiten Nacht, als sie neben mir lag. Ich war noch nie in einem Badeort. Nur Postkarten habe ich daher bekommen.

Ich wagte ihr nicht zu sagen, daß ich gerade vom Meer gekommen war und daß es mich am Ende gelangweilt hatte. Ich würde sie entführen, wohin sie es wünschte, wie es sich gehört.

Jedoch nicht in der Nacht. Die Entführung der schönen Madeleine fand mittags um zwei statt, am Ortsausgang von Cusy, wo sie auf mich wartete. Die Sonne stand hoch an einem wolkenlosen Himmel. Das kleine Männchen in Gruffy hatte recht behalten, wir bekamen einen schönen Sommer. Nachts wäre es für mich unmöglich gewesen, unbemerkt die Maschine zu starten. Sofort wären die Lichter im Hotel angegangen, die Fenster weit aufgerissen worden. Jetzt legte Madeleine ihre Arme um meine Hüften und preßte sich an meinen Rücken, wie ich es so oft gesehen hatte, bei den anderen. Ans Meer! flüsterte sie mir ins Ohr, und eine Stunde lang kämpfte ich immer wieder gegen den Schwindel, der mich überkam.

In der Dämmerung fanden wir ein Zimmer in einem Dorf nahe Toulouse. Noch einmal hatte Madeleine mir versichert, daß sie nicht ans Mittelmeer wollte, sondern an den Atlantik, an die spanische Grenze. Im Atlantik kann man nicht schwimmen, gab ich zu bedenken, man kann nur immer wieder in die Brandung springen und sich von den Wellen umwerfen lassen. Um so besser, sagte Madeleine, ich kann gar nicht schwimmen.

Das Hotel war alt und einfach, unser Zimmer ohne Dusche oder Bad, nur mit einem Waschbecken. Es gab ein Etagenbad, das aber ständig besetzt war, weil außer uns eine

Gruppe von Fernfahrern in dem Hotel übernachtete. Unsere Körper waren verschwitzt, und da wir keine Chance sahen, ins Bad zu kommen, begannen wir uns am Waschbekken gegenseitig zu reinigen. Am Ende wusch ich Madeleine die Füße, nachdem sie zuvor meine gewaschen hatte, und wir zogen etwas von den wenigen Sachen an, die wir außer der Motorradkleidung mit uns führten, und gingen in den Hof des Hotels, wo die Tische zum Essen gedeckt waren.

Ich fragte Madeleine nach ihrer Schwester, die ich hatte Italienisch sprechen hören, und Madeleine antwortete mir zunächst in der gleichen Sprache, bis sie sah, daß ich nichts verstand und zu lachen begann. Unser Vater war Italiener, erklärte sie. Er kam von der anderen Seite der Alpen.

Wann er gestorben sei, wollte ich wissen.

Ich glaube nicht, daß er gestorben ist, sagte Madeleine. Er hat sich einfach irgendwann aus dem Staub gemacht, als Marie und ich flügge waren.

Ich fragte weiter. Marc und Marie, waren sie glücklich? Oder hatte Marie einen Geliebten? Und Albert, warum legte er manchmal den Arm um Madeleines Hüften? Und der Kleine, war er nicht etwas zu brav? Und das Hotel, wem gehörte es, hatten sie es geerbt, gekauft oder gepachtet? Meine Neugier war grenzenlos, und Madeleine beantwortete alle meine Fragen.

Wir tranken reichlich Wein. Immer weiter beugte sich Madeleine zu mir herüber, ihr Gesicht war dunkelrot geworden. Die Fernfahrer an den Nebentischen sahen sie begehrlich an und versuchten dann, sich an beiden jungen Kellnerinnen schadlos zu halten. Plötzlich fing Madeleines Haar Feuer an der Kerze, die auf dem Tisch stand. Ich schrie auf, wie ich es mir nie zugetraut hatte, und schüttete die Karaffe Wasser über ihren Kopf. Die beiden Kellnerinnen liefen hinzu, aber schon war alles vorüber, und außer ein paar versengten Haaren blieb nichts. Ich drückte Madeleine an mich, die über ihr Ungeschick schon wieder lachte, während ich noch zitterte und begriff, daß ich sie zu lieben begonnen hatte.

Madeleine war unermüdlich; sie warf sich Welle um Welle entgegen. Zuerst hatte ich mich noch ängstlich in ihrer Nähe gehalten, um eingreifen zu können. Dann sah ich, wie geschickt sie sich verhielt und sorgte mich nicht länger. Wie die meisten anderen kreischte sie, wenn die hohe Welle sich näherte und sie in die Hocke ging, um sich überspülen zu lassen, und lachte, wenn sie sich auf dem Meeresboden wiederfand. Strandwächter mit großen Fahnen zogen umher und markierten jede halbe Stunde den Bereich, in dem es erlaubt war, ins Wasser zu gehen. Dabei trieben sie die Badenden, die nicht schnell genug folgten, mit lauten Rufen vor sich her wie störrisches Vieh. Die Herde war ununterbrochen unterwegs.

Unter Mühen hatten wir ein Hotelzimmer in Bayonne gefunden, an der Ausfallstraße nach Anglet. Die Chefin musterte uns eine Weile streng, die Inspektion wurde viel genauer durchgeführt als tags zuvor in dem Dorf bei Toulouse. Natürlich würde sie uns ein Zimmer geben, aber ihre Gesten und der zurückgenommene Tonfall ihrer Sätze gaben zu verstehen, daß sie uns für ein merkwürdiges Paar hielt. Sie gehörte zu jenen aparten, wohlerzogenen und durchsetzungsfähigen französischen Geschäftsfrauen, die ich aus dem Kino kannte, mit einem möglichen Doppelleben: man hätte sie sich durchaus als *belle de jour* vorstellen können.

Der Strand, den wir entdeckt hatten, lag an der halben Strecke nach Biarritz und trug den Namen *Chambre d'Amour.* An der Promenade reihten sich die üblichen Restaurants, Schnellabfütterungen und Modelädchen aneinander. Schon am frühen Vormittag breiteten wir unsere Handtücher im Sand aus. Madeleines Traum war es gewesen, auf unserer Reise lange, ja grenzenlos zu schlafen; nun stellte sie fest, daß sie es nicht konnte, weil sie es nie gelernt hatte. Früh am Mittag gingen wir in einem der Lokale essen und zogen uns dann für die ganz heißen und brütenden Stunden in unser Hotelzimmer zurück. Gegen halb fünf am Nachmittag kamen wir wieder, weil wir uns in den kleinen Ort verliebt hatten, und lagen am Strand, uns umarmend zwischen anderen sich umarmenden Paaren. Madeleine war auch am siebten und am vierzehnten Tag noch glücklich, am Meer zu sein, und gemeinsam mit ihr holte ich nach, was ich nie gekannt hatte: Jugend.

Nein, ich versteckte mich nicht, ich hielt mich nicht abseits, ich war immer dabei. Ich zog mit den anderen, ich teilte ihre Vorlieben, ich stellte mit ihnen Vermutungen über die Mädchen an, ich war sehr beliebt. Mein Trick bestand darin, bei aller Präsenz im gleichen Augenblick woanders zu sein, mit meinen Freunden umherzuziehen und zugleich ruhig in meinem Zimmer zu bleiben. Weil ich nicht an die Gegenwart glaubte, glaubte ich auch nicht an unsere Unternehmungen. Entweder hing ich meiner noch jungen Vergangenheit nach oder machte mir Gedanken über die unermeßlichen Räume der Zukunft. Ich muß noch beinahe ein Kind gewesen sein, als ich schon begriff, daß alles vergeht, und dieser Gedanke an die Vergänglichkeit wurde für mich zu einer derartigen Obsession, daß ich eines Tages gegen Ende meines Studiums erwachte und feststellte, daß meine Jugend vorbei war, an mir vorübergezogen, ohne daß ich sie wahrgenommen hatte. Diese Erkenntnis stürzte mich derart in Trauer, daß ich weitere fünf Jahre darüber verlor.

Madeleine fragte mich nie nach meiner Vergangenheit. Es interessierte sie nicht, ob ich verheiratet war oder vorbestraft, ob ich einen längeren Urlaub machen oder für immer in Frankreich bleiben wollte, woher ich mein Geld hatte und wie lange es reichen würde. Einmal erkundigte sie sich nach meinem Beruf, als sei ihr eingefallen, daß ein Mensch ohne Beruf nichts recht Vollständiges ist. Ich antwortete, ich sei freier Wissenschaftler, genauer: freier Denker. In der Tat saß ich manchmal in den frühen Morgenstunden, während Madeleine im Bad war, über meinen Studien, doch nach dem Frühstück fuhren wir zum Strand.

Nachdem sich herausgestellt hatte, daß ich die Hotelrechnung wöchentlich beglich, betrachtete die Chefin uns mit zunehmendem Wohlwollen. Während des Frühstücks oder abends im Aufenthaltsraum sah ich sie uns manchmal beobachten, damit beschäftigt, Geschichten auszuprobieren oder die eine passende zu erfinden. Ich sah ihr an, daß es sich um eine etwas halbseidene Romanze handelte und fand, daß sie nicht unrecht hatte.

Bayonne, obwohl unser Hotel noch innerhalb seiner Grenzen lag, sahen wir nie. Auch die Stierkämpfe, die später im Sommer begannen, lockten uns nicht. Wir hatten unsere Wohnung im Freien am Strand von Chambre d'Amour aufgeschlagen. Die Kellner der Lokale, die wir regelmäßig besuchten, begannen uns zu grüßen, wenn sie wartend in der Tür standen und uns auf der Promenade sahen. Wir kauften uns einen riesigen Gummiball, mit dem wir uns, wenn wir satt waren von den Umarmungen, am Strand vergnügten. Über Wochen verfolgten wir die Entwicklung eines sehr jungen Paares, das oft nicht weit von uns seine Decken ausbreitete. Das schmalhüftige Mädchen mit den spitzen Ellenbogen, eher ein Geschöpf Gottes als der Menschen, war offenkundig auf einen ortsansässigen Surfer hereingefallen.

Wir sahen, wie die Phase der völligen Versunkenheit überging in wachsende Gereiztheit des jungen Geschöpfes, bis der Surfer eines Tages nicht mehr auftauchte.

An diesem Tag schlug ich Madeleine vor, abends nach Biarritz zu fahren und ins Casino zu gehen. Vor Jahren hatte ich eine Zeitlang gespielt, bis es mir zu anstrengend wurde und ich die bleichen, traurigen Gesichter der Croupiers nicht mehr ertragen konnte. Mein Vorschlag versetzte Madeleine in Aufregung. Noch nie hatte sie ein Casino von innen gesehen, und sie hatte, so befand sie, auch kein passendes Kleid. Ich sagte ihr, daß die Kleidervorschriften heute nicht mehr so streng seien wie 1930 oder 1950, aber sie bestand darauf, nichts zu besitzen, mit dem sie das Casino hätte betreten können. Wir zogen los, um das Passende zu kaufen, und ich bewunderte die Sicherheit, mit der Madeleine es fand: das klassische kleine Schwarze in seiner einfachsten Form.

Als wir ins Hotel fuhren, fragte ich sie nach den langen Kleidern ihrer Schwester. Sie hätte sich fürs Casino bestimmt etwas ganz anderes ausgesucht, sagte ich.

Ach, sagte Madeleine, meine Schwester ist ein Engel und schwebt den Gästen vom Himmel entgegen. Ich komme von der Erde.

Fast eine Stunde dauerte es, bis sie sich an einen Spieltisch heranwagte. In dieser Stunde zogen wir durch das Casino, verweilten für zehn Minuten an einem Tisch, um einen kleinen Triumph oder eine größere Niederlage mitzuerleben, und nach und nach erklärte ich Madeleine die Regeln des Roulettes. Alle Jetons, die ich eingetauscht hatte, überließ ich ihr. Sie sollte an diesem Abend für mich spielen. Ich wollte nur zusehen, das Gewonnene verwalten und das Verlorene betrauern.

Als sie zu spielen begann, suchte sie noch den Kontakt zu

mir und bat um Ratschläge, die ich verweigerte. Dann vergaß sie mich und sah nur noch die Felder, den Kessel, die Kugel. Ihr Gesicht glühte, und die Eleganz, mit der sie im kleinen Schwarzen am Tisch saß, wurde nur dadurch gebrochen, daß sie sich pausenlos in der Art eines kleinen Mädchens am linken Knie kratzte. Am Ende sah ich nur noch die Hand, die sich wütend am Knie zu schaffen machte, und vergaß darüber Madeleines Spiel.

Sie verlor mehr, als sie gewann, und die Jetons wurden schnell weniger. Ich war froh, daß sie mir kein Glück brachte. Als ich meinen Blick von ihrem Knie wieder gelöst hatte, sah ich auf der elektronischen Anzeige, daß in fünf Runden die Kugel gleich dreimal auf der 24 zur Ruhe gekommen war, und zum ersten Mal griff ich in Madeleines Spiel ein. Ich trat hinter sie und flüsterte ihr ins rechte Ohr, sie möge ein weiteres Mal auf diese Zahl setzen, alle Jetons, die sie noch hatte. Sie nickte zerstreut, und ich wandte mich, während die letzten Einsätze gemacht wurden, einem Nachbartisch zu und kehrte erst zurück, als das Spiel vorüber war. Tatsächlich hatte die Kugel sich ein weiteres Mal auf der 24 niedergelassen, aber statt Freude in Madeleines Gesicht sah ich sie erbleichen und stellte fest, daß sie die Jetons wahllos über verschiedene Felder verteilt, nicht aber auf die Gewinnzahl gesetzt hatte.

Sie stand auf und kam zu mir. Ich fragte sie, warum sie meinem Ratschlag nicht gefolgt war. Fühlte sie sich bevormundet?

Madeleine schüttelte den Kopf und sah mich traurig an. Ich habe gar nicht verstanden, sagte sie, ich dachte, es waren nur ein paar liebe Worte. Ich habe es dir noch nicht erzählt, aber auf dem rechten Ohr bin ich fast taub. Du hättest mir ins linke flüstern müssen.

Nachts gingen wir am Strand von Chambre d'Amour spazieren, im kurzen kleinen Schwarzen Madeleine und ich im Anzug. Ich faßte ihr unters Kleid und flüsterte ihr ins linke Ohr. Wir malten uns aus, alles verloren zu haben und freuten uns. Dann müßten wir fliehen, sagte Madeleine, über die Grenze nach Spanien. Was machst du da, fragte sie dann, und ich antwortete, das sei die Liebe, nichts als die Liebe.

Die Wirtin bedauerte unsere Abreise sehr. Sie hatte sich an uns gewöhnt und hätte gern weiter unsere Geschichte verfolgt, die sich in ihren Augen von etwas Halbseidenem zu etwas Ernsthaftem entwickelt zu haben schien. Als sie uns zum Motorrad begleitete, hatte ich plötzlich den Eindruck, daß sie mich gern geheiratet hätte. Sie war Witwe und hatte eine zehnjährige Tochter, und im Gegensatz zum Tag unserer Ankunft schien ich ihr inzwischen grenzenloses Vertrauen einzuflößen. Wie dachte ich darüber? Ich fühlte mich geehrt, aber es wunderte mich nicht. Schon früher war es mir gelungen, mich zuweilen in das Vertrauen von Frauen einzuschmeicheln, durch nichts anderes als meine beharrliche Anwesenheit.

In Spanien verbrachten wir zwei Wochen in einem kleinen Dorf in den Pyrenäen. Wir mieteten ein winziges Haus zu einem geringen Preis von dem Besitzer des einzigen Ladens, den es im Ort gab, und verbrachten unsere Tage unter Bäumen an einem kühlen, grün leuchtenden Fluß, der den Namen Bidasoa trug. Ich fragte Madeleine, ob die Entführung so sei, wie sie sie sich vorgestellt hatte, und sie bejahte. Ich fragte, ob sich ihre Schwester und die anderen keine Sorgen machen würden. Madeleine lachte und teilte mir mit, ihre Schwester und die anderen hätten immer gewußt, wo sie sei, nur aus den Pyrenäen habe sie sich noch nicht gemeldet.

Dann fragte ich, warum sie mit mir gekommen und noch immer bei mir sei, denn es erstaunt mich jedesmal, wenn eine Frau bei mir bleibt, und Madeleine sagte, das sei die Liebe, nichts als die Liebe.

Zwei Tage später rief ich von einem Postamt in Irùn meinen Freund an. Zuerst hatte ich seinen Sohn am Apparat, der mich fragte, wo ich sei und wann ich käme. Ich bin in Spanien, sagte ich, und komme bald, und dann bat ich ihn, seinen Vater ans Telefon zu holen, den ich beauftragte, alles Nötige vorzubereiten. Da gibt es nichts vorzubereiten, sagte mein Freund. Da geht man einfach hin und macht es. Wann werdet ihr kommen?

Vier Tage, sagte ich, oder fünf. Wir kommen auf einer schwarzen Kawasaki. Das kannst du Alban erzählen.

Er wird sich freuen, sagte mein Freund. Ich werde ihm nur sagen, daß du kommst, auf einem Motorrad. Von der Frau, die hinten drauf sitzt, werde ich nichts sagen. Das wird eine wunderbare Überraschung für ihn.

Ja, sagte ich, ich selber bin auch ein bißchen überrascht.

V

Wir saßen unter einem Baum am Ufer des kleinen Flusses, der Clain heißt, und hielten uns an der Hand. Der Baum, sagt mir meine Erinnerung, die mich so oft trügt, der Baum war eine Weide. Auf dem Wasser zogen Tretboote vorbei und solche zum Rudern, mit Familien darin, mit Liebes- und Geschwisterpaaren, mit Großmüttern und Enkeln. Unser Motorrad hatten wir im Hof des Hotels abgestellt, unsere Sachen aufs Zimmer gebracht, das von einem riesigen alten Kleiderschrank aus sehr dunklem Holz beherrscht wurde. Dann waren wir über die Straße hinter dem Hof gegangen, den Wiesen und Wasserläufen, den Holzbrückchen und Waldwegen entgegen. Vor Jahren, erzählte ich Madeleine, hatte ich schon einmal hier gesessen, allein und in der Angst, von allen verlassen worden zu sein.

Madeleine hatte diese Angst an mir gesehen, als ich zum ersten Mal das Hotel betreten hatte; sie hatte sie gesehen, wenn ich nachmittags auf der Terrasse saß und meine Notizen machte; sie sah sie noch jetzt manchmal, wenn ich nach der Liebe am Mittag und dem gemeinsamen Schlaf erwachte und mich panisch aufsetzte, mit den Armen rudernd und nach Luft ringend, weil ich nicht wußte, wo ich war und ob mich jemand schützte.

Liebte sie mich dieser Angst wegen?

Nein, erklärte sie mir am Ufer des kleinen Flusses und drückte meine Hand fester. Sie hatte sich in mich verliebt, weil ich meine Sachen so umständlich ausbreitete, wenn ich auf der Terrasse des Hotels meine Studien betreiben wollte, und weil mir jedesmal der Bleistift auf den Boden rollte. Sie hatte sich in mich verliebt, sagte sie, weil ich dennoch auf meinem Motorrad eine gute Figur machte und aussah wie einer, der aus der Welt kam und sich in ihr zurechtfand.

Ich erklärte ihr, daß einem sehr wohl ständig der Bleistift vom Tisch rollen und man zugleich in der Lage sein könne, in die Welt zu ziehen und Frauen zu entführen. Ich zeigte auf die Entengrütze, die sich an manchen Stellen des Flusses gebildet hatte, und fragte sie nach dem französischen Namen. *Lentille d'eau*, sagte Madeleine. *Lentille d'eau*, wiederholte ich, das klingt hübsch. Als Kind, so erzählte ich weiter, hatte ich oft am Teich gesessen, die Schwäne beobachtet und auf die Entengrütze gestarrt, stundenlang.

Du warst sicher ein süßer kleiner Junge, sagte Madeleine, schob ihre Hand unter mein Hemd und drückte meinen Körper sanft zu Boden. Was machst du da, fragte ich. *Lentille d'eau,* sagte ich, das klingt wirklich hübsch.

Im Ort suchten wir die kleine Bar auf, in der ich auch vor Jahren am späten Nachmittag eingekehrt war, nach meiner Verzweiflung am Fluß. Wir flüchteten in die Kühle des Raumes, so weit wie möglich von der Tür entfernt. Ich fragte Madeleine, ob sie sich vorstellen könne, warum ich, damals wie heute, gerade diesen Ort für einen Halt ausgesucht hatte, ob ihr der Name Vivonne etwas sage. Sie schüttelte den Kopf und begann, nachdem ich es ihr erklärt hatte, sich zu schämen. Natürlich, sie hatte von Proust gehört, in der Schule, aber ihn nicht gelesen, wann sollte sie ihn lesen. Ich sah, daß Madeleine den Tränen nahe war, ich legte den Arm um sie, und sie begann zu weinen. Sie habe eben keine Zeit gehabt, sagte sie. Alles hatte ihre Schwester abbekommen. Marie war gebildet, und sie war immer die dumme kleine Madeleine geblieben. Marie wurde Hoteliersfrau, und die kleine Schwester putzte die Zimmer. Inzwischen weinte sie so laut, daß die Gäste an der Theke in unsere Ecke sahen. Vermutlich hielten sie mich für einen Sadisten. Ich umschloß Madeleines Hände mit meinen, ist ja gut, sagte ich, ist ja gut. Madeleine schluchzte nur noch und sagte: Heute abend fange ich an zu lesen, heute abend noch. Ich flüsterte ihr den Witz von dem Rabbi ins Ohr, der mit der Eisenbahn in die falsche Richtung fährt, acht Stationen lang, und ihre Schluchzer gingen in Lachen über. Ich hielt die Zeit für gekommen, uns einen Pastis zu bestellen. Die Gäste an der Theke beruhigten sich, als Madeleines Gesicht sich aufhellte und sie unsere plötzlich einsetzende Fröhlichkeit registrierten. Vielleicht war ich doch kein Sadist.

Abends begann sie die Abenteuer von Zazie zu lesen und konnte kaum aufhören. Es gefiel ihr gut, wie die Kleine sich in der großen Stadt zurechtfand. Ich war noch nie in Paris, sagte Madeleine. Ich bin noch nie mit der Metro gefahren. Zazie hat es auch nicht geschafft, klärte ich sie auf.

Der Hof des Hotels lag schon in der Dämmerung, als wir zum Essen herunterkamen. Unter den Gästen waren Engländer und Dorfbewohner. Fast alle Tische waren besetzt. Wir gesellten uns zu einem älteren Mann, der allein saß und sich gerade über die letzten Reste seiner Suppe hermachte. Er begann über das Wetter zu sprechen, als er den letzten Löffel geschlürft hatte, und bei einem großen Teil seiner Ausführungen mußte ich kapitulieren, weil ich ihn nicht verstand. Poitou, sagte Madeleine und übernahm von Fall zu Fall die Übersetzung ins Französische. Der Mann stellte sich mit seinem Vornamen vor, er hieß Aristide. Ich bin siebzig, sagte er, und mein Leben ist bald zu Ende. Ich mochte das nicht glauben, denn er sah blendend aus. Soviel hätte er haben können, sagte Aristide, und so oft sei er knapp daran vorbeigegangen.

Als ich jung war, nuschelte Aristide und Madeleine übersetzte, als ich jung war, lebte ich einige Jahre in Paris. Ich hatte Elektriker gelernt, ich war ein guter Elektriker, meine Dame, mein Herr, ich bin es heute noch, das können Sie mir glauben. Ich kam nach Paris, als die Deutschen schon dort waren, hier und da arbeitete ich für sie. Viele haben damals kleine Arbeiten für die Deutschen gemacht, später hat es niemand zugegeben. Ich lernte eine Friseuse kennen, ihren Namen mag ich nicht mehr nennen. Sie war schön, Monsieur, sie hatte hohe Wangenknochen und einen Hintern wie, entschuldigen Sie, Madame. Uns ging es gut, denn das Haareschneiden war für sie nur Nebensache, meine Freundin war vor allem im Schwarzmarkt tätig. Dann entdeckte ich, daß sie sich mit einem deutschen Offizier eingelassen hatte. Ich schrie vor Schmerz, ich brüllte vor Wut, aber ich verpaßte es leider, sie zu verprügeln, obwohl ich stärker war als sie. Immerhin hat man ihr nach dem Krieg den Kopf kahlgeschoren, wegen Kollaboration, während meine bescheidenen elektrischen Dienste nicht geahndet wurden.

Aristide schlug die Reste seines Gebisses entschlossen in einen Poulardenschenkel.

Noch einige Jahre war er in Paris geblieben, übersetzte Madeleine weiter. Er hatte sich an der Reorganisation des Landes beteiligt, denn nach dem Krieg war er zu den Kommunisten gegangen. Einmal war ich sogar in Moskau, sagte er, es war entsetzlich, das können Sie mir glauben, bis auf die prächtigen Metrostationen. Leider verpaßte ich einen der verschiedenen politischen Schwenks und stand plötzlich auf der falschen Seite, ohne das beabsichtigt zu haben. Da half auch keine Selbstkritik mehr, sie hat ohnehin nie geholfen. Außerdem war meine damalige Freundin zu einem höherrangigen Genossen übergelaufen. Ich schrie schon lange nicht mehr vor Schmerz, brüllte nicht vor Wut, hatte nicht die geringste Lust, sie zu verprügeln; ich hatte deutlich nachgelassen. Was sollte ich machen, ich war über dreißig und ein einfacher Elektriker, der in einer kleinen Klitsche arbeitete. Ich hatte die Schnauze voll von Paris, Monsieur, und ging nach Vivonne zurück.

Aristide rülpste und entschuldigte sich sofort. Das ist nicht mein Stil, sagte er, ich habe fünfzehn Jahre in der Großstadt gelebt, ich weiß, was sich gehört.

Wir nickten, wir erteilten Absolution.

In Vivonne war damals noch nichts los, erzählte er. Haben Sie den Freizeitpark gesehen? Damals gab es davon keine Spur, und Fremde waren eine Seltenheit. Die Eingeborenen blödeten vor sich hin. Weil ich so lange in Paris gelebt hatte, war ich etwas sehr Besonderes. Die meisten Leute hier waren bis heute noch nicht in Paris.

Ich auch nicht, warf Madeleine ein.

Ich machte einen eigenen Laden auf, Monsieur, fuhr Aristide mit erhobener Stimme fort, Elektroartikel und Installationen, ich wurde selbständiger Geschäftsmann, ich ging in die Kommunalpolitik, selbstverständlich nicht mehr für die Kommunisten. Ich heiratete die Tochter des Bürgermeisters, und sie war nicht nur die Tochter des Bürgermeisters, sondern auch die schönste junge Frau am Ort, wie es sich gehört. Ich habe sie fast täglich besprungen, pardon, Madame, aber sie bekam keine Kinder. Es hat an ihr gelegen, davon bin ich überzeugt, aber sie behauptete, es liegt an mir. Komm, sagte ich zu ihr, wir gehen gemeinsam zum Arzt, der soll entscheiden, aber sie weigerte sich. Geh allein, sagte sie, und ich weigerte mich ebenfalls. Eines Tages war sie fort, abgehauen mit einem Kaufmannssohn aus Poitiers, und der ganze Ort lachte über mich. Dem ist die Frau laufen gegangen, sagten die Leute, hätte er ihr ein Kind gemacht, wäre sie noch da. Ich zog mich zurück, das verstehen Sie, ich gab meine Funktionen in der Kommunalpolitik ab, ich hatte keine Lust mehr, mit lauter Provinzidioten über Bewässerungspläne zu diskutieren. Ich dachte daran, nach Paris zurückzugehen oder wenigstens nach Bordeaux zu verschwinden, einen kleinen Laden in einem Vorort zu betreiben und abends im Bistro meinen Wein zu trinken, aber ich habe diese verdammte Gegend seit dreißig Jahren nicht mehr verlassen, außer zum Begräbnis meiner Schwester in Orléans vor acht Jahren. Ich weiß sehr wohl, daß Sie das alles überhaupt nicht interessiert, aber von Zeit zu Zeit gelingt es mir, Durchreisende mit meiner Geschichte zu langweilen, denn sie sind zu höflich, um mich zu unterbrechen. Es ist das einzige Vergnügen, das ich noch habe. Zahlen! brüllte er über den Hof, der nun ganz im Dunkeln lag, allein durch zwei Standlampen und die Kerzen auf den Tischen erleuchtet, und reckte den rechten Arm in die Luft, die Hand zur Faust geballt.

In Paris nahmen wir für drei Nächte ein Zimmer in einem kleinen Hotel nahe dem Boulevard Sebastopol. Das Fenster, das auf einen schmalen Lichtschacht ging, schloß nicht richtig, aber die Dusche funktionierte gut nach kurzer Wartezeit, und das Bett war voluminös. Madeleine schüttelte den Kopf und konnte sich lange nicht beruhigen, als sie hörte, daß das Zimmer fast doppelt so teuer war wie meins im Hotel an der Brücke, zwischen Cusy und Gruffy. Es ist doch nur eine Absteige, rief sie. Immerhin, sagte ich, absteigen konnten wir hier, oder?

Das Metrofahren machte ihr Spaß, und sie bedauerte Zazie. Gern lief sie auch in den Ladengalerien und den großen Warenhäusern herum, bis ihr übel wurde, aber sie wollte sich nichts kaufen lassen. Am Nachmittag des zweiten Tages gingen wir auf den Père Lachaise, um das Grab von Chopin zu sehen. Madeleine hatte in der Schule vier Jahre Klavierunterricht gehabt, ich war eigentlich musikalischer als meine Schwester, sagte sie. Sie hatte damit aufgehört, als sie bemerkte, daß ihre Finger nie geschmeidig genug sein würden, um Chopin zu spielen. Wir suchten zwei Stunden, bis wir das Grab fanden, trotz des Plans. Danach wollte ich ihr noch andere Monumente zeigen, aber Madeleine winkte ab. Laß die Toten, sagte sie.

Am besten gefielen ihr der Bois de Boulogne und die Bistros, vor denen wir an der Straße saßen. Herrlich, sich so vollstinken zu lassen! schrie sie, wenn ein Auto unmittelbar vor uns Gas gab. *Andiamo!* schrie ich zurück, nahm sie bei der Hand, und im Laufschritt jagten wir über die Boulevards.

Zur Schule fuhren wir nach Rumilly mit dem Bus, erzählte Madeleine. Damals hatten wir das Hotel noch nicht und wohnten in einem Dorf weiter unten im Tal. Wir hatten ein kleines Haus gemietet. Woher Geld kam, weiß ich bis heute nicht genau, ich erinnere mich nur, daß wir manchmal reichlich hatten und daß es manchmal hieß, wir müßten »etwas kürzer treten«. Unser Vater blieb tagelang zu Hause, dann wieder war er ein oder zwei Wochen weg, und Mama sagte: Papa ist in Geschäften unterwegs. Unser Vater ist Geschäftsmann, sagten Marie und ich in der Schule, und Genaueres konnten wir in der Tat nicht sagen, weil wir nichts wußten. Er fuhr immer noch diesen großen Citroën aus den Fünfzigern, mit den riesigen Scheiben. Manchmal machten wir Familienausflüge darin. Das war zu den Zeiten, in denen wir nicht »kürzer treten« mußten, und Marie und ich bekamen jeden Wunsch erfüllt.

Wir hatten die Grenze bei Oberbillig überschritten und saßen an einem Holztisch auf einem Parkplatz, nachdem ich in Luxemburg dieses und jenes erledigt und danach Madeleine zum Essen ausgeführt hatte. Früher Nachmittag war es, in unserem Rücken wiegten sich die Bäume im Wind, und Madeleine hatte gesagt: Deutschland hatte ich mir ungefähr so vorgestellt.

Von unserem Dorf dauerte die Busfahrt nach Rumilly etwa zwanzig Minuten, erzählte sie weiter. Wenn Marie und ich einstiegen, hatte der Bus schon die Hälfte seiner Route hinter sich und war etwa halb voll. Zwei Haltestellen später, ich war sechzehn, stieg Pierre ein, eine Klasse höher als ich und eine unter Marie. Sein Vater war auch in Geschäften unterwegs, aber er wußte Genaueres darüber. Er war so ein hübscher Junge, sagte Madeleine, mit seinem schwarzen Haar und den dunkelblauen Augen, und zum Glück hatte er nicht diese dichten buschigen Augenbrauen, die ich so lächerlich finde. Seine Hände waren die feinsten, die ich je gesehen habe! schluchzte Madeleine, und er wußte mehr als wir alle zusammen. Wenn ich ihm genauer zugehört hätte, damals nachmittags am Fluß, wo wir oft im Gras saßen, hätte ich mich vor ein paar Tagen bestimmt auch an den Namen Vivonne erinnert. Vieles von dem, was er mir erzählte, habe ich noch behalten, in manchen Situationen kommt es zurück, aber an die Vivonne erinnere ich mich nicht. Wenn er sprach, hatte er die Augen auf den Boden gerichtet. Angesehen hat er selten jemanden, und wenn es ein Mädchen war, lief er sofort rot an. Zwei Jahre lang, rief Madeleine in plötzlicher heftiger Wut, zwei Jahre lang habe ich darauf gewartet, daß er mich an einem unserer Nachmittage in die Arme nimmt und küßt, wenigstens das, aber reden, reden, reden, das war alles, was er konnte.

Vielleicht hat er auch gewartet, sagte ich.

Worauf?

Daß du, sagte ich. Vielleicht wollte er ein Zeichen von dir, daß du nicht gleich schreiend nach Hause rennst, wenn er dich anfaßt.

Madeleine sah mich verständnislos an.

Frauen sind manchmal schwer zu verstehen, gab ich zu bedenken.

Männer auch, antwortete Madeleine. Jedenfalls lief damals nichts, und ich habe zwei Jahre meines Lebens, meiner Jugend sogar, korrigierte sie sich, damit verbracht, auf den Sankt Nimmerleinstag zu warten.

Das ist nicht lang, sagte ich aus eigener Erfahrung. Was ist aus ihm geworden?

Er ist zur Armee gegangen, stöhnte Madeleine, das muß man sich vorstellen. Er ist ein dummer kleiner Offizier geworden. Fahren wir weiter?

Dem Institut näherten wir uns vorsichtig, bis ich die Gerüste sah, auf denen zwei Anstreicher ihrer Arbeit nachgingen. Mein Chef und seine Belegschaft waren also bereits ausgezogen. Ich nahm Madeleine an der Hand und führte sie um das Haus herum. Hinter dem Fenster im ersten Stock dort, sagte ich, habe ich gesessen, meinen Träumen hingegeben und meiner Arbeit, und dann zeigte ich ihr die beiden Fenster ein Stockwerk darüber, hinter denen mein Chef mich in die Freiheit entlassen hatte. Noch in Vivonne hatte ich Madeleine alles erzählt, und sie hatte meine Geschichte ohne Kommentar angehört, bis sie am Ende sagte: Eine schöne Geschichte, und das ist alles wirklich wahr?

Nun versuchten wir herauszufinden, wer die Villa in Zukunft nutzen würde. Noch hing das alte, leicht patinierte Institutsschild rechts neben der Eingangstür. Die Anstreicher konnten uns keine Auskunft geben, sie arbeiteten hier nur. Einer von ihnen starrte Madeleine die ganze Zeit an, während ich mit seinem älteren Kollegen sprach, und als wir uns umdrehten und gingen, pfiff er hinter ihr her. Wenn es ihm gut tut, beschwichtigte sie meinen Unmut und lächelte.

Meine Heimat war das Flachste, was Madeleine je gesehen hatte. Wir standen in der Ebene zwischen zwei gut sichtbaren Dörfern. Hier groß zu werden, erklärte ich Madeleine, läßt dem Vorstellungsvermögen so viel Raum, daß man Angst bekommt. Es gibt nicht zu wenige, sondern zu viele Möglichkeiten. In diesem Moment begann auf der Schule des vor uns liegenden Dorfes eine Sirene zu heulen, um anzuzeigen, daß es zwölf Uhr mittags sei. Madeleine sah noch den panischen Schrecken in meinen Augen, bevor ich mich bäuchlings auf den Boden warf, das Gesicht in die Erde drückte und die Finger in den Sand krallte. Auf dem Heimweg zu dem kleinen Bauernhof, in dem wir ein Zimmer gefunden hatten, erzählte ich ihr, daß nichts auf der Welt mir so sehr Angst einjagte wie das Geheul der Sirenen. Sie legte den Arm um mich, um mein Zittern zu beruhigen. Mein Gesicht und meine Hände waren verschmutzt. In unserem Zimmer zog Madeleine mir das Hemd aus und wusch mich.

Den folgenden Tag, Sonntag, den dreiundzwanzigsten August, kamen wir in Hamburg an. Die Familie stand in der Eingangstür und erwartete uns, nachdem sie das sich nähernde Motorrad gehört hatte. Mein Freund und seine Frau hatten Alban in die Mitte genommen und hielten ihn an je einer Hand. Als Madeleine und ich abgestiegen waren, ließen sie ihn los und kamen auf uns zu, langsam, langsam. Auch Alban rannte uns nicht entgegen, sondern näherte sich vorsichtig. Ich hatte erwartet, er werde sich auf die Maschine stürzen, um sie herumlaufen, sie betasten, sie zu erklettern versuchen. Jetzt aber blieb er starr vor Madeleine stehen und sah zu ihr auf, ging dann einmal um sie herum, bis sie ihn schließlich unter die Arme faßte, in die Luft hob und an ihre Brust drückte, in der er vor Vergnügen quietschend sein Gesicht vergrub.

Früh am nächsten Morgen brachen wir auf.

Und man muß sich wirklich nicht anmelden? hatte ich am Abend zuvor gefragt, und Madeleine hatte die Frage auf Französisch wiederholt. Mein Freund und seine Frau schüttelten den Kopf. Nun quetschten wir uns zu fünft in das Auto, Alban hinten zwischen den beiden Frauen, erneut ein strahlender Tag. Ich erzählte meinem Freund die ganze Geschichte: wie ich den Koffer gefunden und mit meinem Chef gesprochen hatte, wie ich Tom in Ostende zum ersten Mal gesehen hatte und wie er mir das Motorradfahren beibrachte, wie wir den Winter im Roussillon verlebt hatten und zu welchem Ergebnis ich bei meinen Studien gekommen war, wie ich zum ersten Mal das Hotel betreten und die Familie beim Abendessen gesehen hatte, wie ich Madeleine auf ihren eigenen Wunsch hin entführte, wie sie sich am Atlantik in die Brandung geworfen und wie sie mich in unserem Zimmer auf dem Bauernhof gewaschen hatte. Zur gleichen Zeit erzählte Madeleine die Geschichte der Frau meines Freundes auf Französisch, zuerst noch dann und wann unterbrochen durch Alban, der schließlich einschlief, den Kopf in Madeleines Schoß, die rechte Hand in der Hand seiner Mutter. Dann schwiegen wir alle und begannen zu dösen, bis auf meinen liebsten Freund, der das Auto in gleichmäßigem Tempo der dänischen Grenze entgegensteuerte. Als wir sie passiert hatten, noch immer war es ganz still im Auto, flüsterte er mir zu: Ich habe nicht mehr daran geglaubt, aber gewünscht habe ich es dir immer.

Wenig später erreichten wir einen schmucken Marktplatz, auf dem ein kleines Rathaus aus rotem Backstein stand. Madeleine räkelte sich, und Alban wehrte sich zunächst gegen die Bemühungen seiner Mutter, ihn zu wekken, bis er nachgab. Alle fünf spazierten wir in die Eingangshalle des schönen Hauses. Was muß ich sagen, was muß ich sagen, fragte ich meinen Freund aufgeregt, und er beruhigte mich: Laß mich das übernehmen. Ich habe das alles schon einmal gemacht.

Ich erinnerte mich; ich war dabeigewesen.

Mein Freund trug unseren Wunsch vor, und wir mußten zehn Minuten warten. Ich drückte Madeleine fest die Hand, und keiner von uns sagte ein Wort. Auf einer Bank war Alban erneut eingeschlafen. Schließlich wurden wir in einen halbdunklen Raum gebeten, in dem hinter einem Tisch eine Frau saß, von zwei dreiarmigen Leuchtern eingerahmt. Wir legten unsere Ausweise vor, sie klärte uns über die Prozedur auf, und dann fragte sie Madeleine und mich. Ich sagte ja und Madeleine sagte ja, obwohl sie kaum ein Wort verstand. Unterschriften wurden geleistet, und Alban wachte endlich auf.

Du hast die Hochzeit verschlafen, sagte sein Vater. Alban starrte in den halbdunklen Raum, fixierte die Leuchter und teilte dann mit, daß er Hunger hatte.

Was werdet ihr nun tun? fragte die Frau meines Freundes, als wir nach dem Essen auf Kaffee warteten und Alban wieder eingeschlafen war. Man hatte uns einen Tisch in einer Nische gegeben und ihn schnell festlich eingedeckt, als wir erzählten, woher wir gerade kamen, und eine halbe Stunde später stand ein Blumenstrauß auf dem Tisch. Ich brauchte eine Weile, bis ich begriff, daß das alles wegen Madeleine und mir geschah, und als ich es verstanden hatte, war ich gerührt. Alban freute sich mit uns, vor allem über den Restaurantbesuch. Er hatte schon früh eine Vorliebe dafür entwickelt, essen zu gehen, und es gelang ihm immer wieder, seine Eltern dazu zu überreden. Wir verzehrten allerlei Fischiges zu einem absurd hohen Preis. Ich saß mit dem Rücken zum Fenster und sah in den dämmrigen Raum, der nur eine Verlängerung des Raums zu sein schien, in dem wir geheiratet hatten. Es war sehr heiß geworden, und man hatte Jalousien und Markisen ausgefahren, um die Gäste vor der Sonne zu schützen. Der Alkohol stieg uns schnell zu Kopf und machte erst hitzig, dann träge, und nun, während wir auf das Getränk warteten, das ein bißchen Nüchternheit zurückbringen sollte, fragte die Frau meines Freundes: Was werdet ihr nun tun?

Madeleine und ich sahen uns an. Hatten wir darüber nachgedacht? Nein, das hatten wir, seitdem wir gemeinsam aufgebrochen waren, nicht getan. Schnell sagte ich, daß ich Madeleine überall hin folgen würde, und sie sah mich überrascht an. Sie wolle nun, erklärte sie, nachdem sie einmal entführt worden war und einen Teil der Welt gesehen hatte, sehr gern nach Hause zurückkehren, ins Savoyen, und wieder im Hotel der Familie arbeiten. Für dich, sagte sie zu mir, findet sich dort vielleicht auch etwas zu tun. Ich gab zu bedenken, daß ich handwerklich nicht besonders geschickt war, vorsichtig ausgedrückt, und daß ich von Buchhaltung keine Ahnung hatte. Madeleine antwortete, daß das Hotelgewerbe viele verschiedene Arbeitsbereiche umfaßte. Im übrigen stand mir frei, einfach weiter als freier Denker tätig zu sein. Sie hatte sich diesen Ausdruck gemerkt. Dann würde ich also, sagte ich, auf dem Rückweg meine Stellung im Institut offiziell kündigen, ohnehin war das Urlaubsjahr fast abgelaufen. Alban rührte sich, endlich hatte er ausgeschlafen. Er und seine Eltern, erklärte Madeleine, müßten so bald wie möglich zu uns kommen, selbstverständlich seien sie eingeladen. Und nun möchte ich, sagte sie, bevor wir zurückfahren, die Ostsee sehen, *la Baltique*, sagte sie.

Am Strand bildeten wir wechselnde Paare: Madeleine und mein Freund, Albans Mutter und ich; Madeleine und Albans Mutter, mein Freund und ich; mein Freund und seine Frau, Madeleine und ich, immer zwanzig, dreißig Meter auseinander, Madeleine jeweils in dem Paar, das vorausging, und Alban, der nun sehr munter geworden war, ständig zwischen den Paaren pendelnd. Zuletzt krallte er sich an Madeleines Kleid fest, in Höhe der Schenkel, und beide freuten wir uns über seine Unverschämtheit. Madeleine hob ihn hoch wie am Vortag und trug ihn ein Stück an ihrer Brust vor sich her, und Alban, der den Strand und die Lage überblickte, wandte sich uns zu und flüsterte: Wenn ich groß bin, passiert mir auch so etwas wie euch.

Das schönste Mädchen der Stadt schlägt die Bälle übers Netz zurück

Für Hans

Ein Abend auf der Terrasse

Der Geruch erreicht ihn ganz plötzlich, und er erkennt ihn sofort.

Seit zwei Stunden sitzt er hier, in denen er sich nur einmal etwas heftiger gerührt hat, um einen zweiten Viertelliter Wein zu bestellen. Er hat das rechte Bein über das linke geschlagen, und die Hände liegen in seinem Schoß. Unendlich langsam nimmt er von Zeit zu Zeit das Weinglas und führt es zum Mund, unendlich langsam setzt er es wieder auf dem Tisch ab. Vor zwanzig Minuten hat der kräftige Maischauer aufgehört, der auf das Terrassendach prasselte. Es ist wieder warm geworden. Aus den Wiesen jenseits der Caféterrasse und aus den Kronen der Bäume steigt ein Nebel. Vandenberg ist als einziger hier draußen sitzen geblieben, drinnen füllt sich der Gastraum mehr und mehr mit Einheimischen, die zum Abendschoppen kommen. Eine Kellnerin in den frühen Dreißigern, rundlich, ohne fett zu sein, schaut ab und zu nach ihm und fragt, ob er noch einen Wunsch habe? Ob er zufrieden sei? Vandenberg schüttelt den Kopf auf die erste Frage und nickt auf die zweite und sieht der Kellnerin nach, wie sie wieder in den Gastraum verschwindet. Mütterlich und reif ist sie, aber nicht zu mütterlich und nicht zu reif, um nicht im richtigen Moment noch zu einer sogenannten Dummheit bereit zu sein. Nicht etwas von der läppischen Qualität, für die man das Wort *Seitensprung* bereithält, sondern für etwas anderes, wilderes, etwas, was mit einem zufriedenen Stöhnen endet oder dem bestätigenden Ausruf: So müßte es immer sein, das ganze Leben. Der dem Mann sagt, vielleicht einem Jungen, der zehn oder fünfzehn Jahre jünger ist als sie: Das war gut mein Süßer, daß du mir das getan hast, aber nun geh. Das Leben geht weiter.

Ihn hat es bis auf diese Wirtshausterrasse auf dem flachen Land geführt, das Leben. Er sitzt in einem Begriff aus den Geografiebüchern seiner Schulzeit, irgendwo in der *Norddeutschen Tiefebene*, nicht sehr weit von dem Ort, in dem er aufgewachsen ist. Die Schüler von heute lernen diesen Begriff noch genauso wie ich früher, denkt Vandenberg, die Atlanten haben sich nicht sehr geändert, die Geografie auch nicht. Es tröstet ihn, daß Dreizehn- oder Vierzehnjährige heute noch immer an die gleichen Begriffe herangeführt werden wie er früher, daß Geografiebücher unsichtbare Verbindungen herstellen zwischen den Generationen.

Nicht Sentimentalität hat ihn hierhergezogen, sondern ein heftiger, spontaner Überdruß an der Stadt, der ihn frühmorgens ins Auto trieb. Er ist einfach losgefahren, und er schwört, daß es Zufall war, der ihn die nördliche Richtung wählen ließ. Um Gottes willen, er wollte nicht in irgendeiner Form zurück, nach Hause, ins Frühere. Alles, was er wollte, waren zwei oder drei Tage in einem Landgasthof, möglichst in einem, der nicht von städtischen Hoteliers restauriert worden war und kreative Küche anbot. Zwei oder drei Tage, nach denen er sich wieder auf den Asphalt freuen konnte, auf Toreingänge und Abfall im Rinnstein.

Jetzt riecht er die Rhododendren und wendet den Kopf nach links. Tatsächlich wird der Garten des Gasthofs durch eine Rhododendronhecke begrenzt, und er hält sich schon einen halben Tag hier auf, ohne es bemerkt zu haben: so selbstverständlich ist es. Alles ist wieder da, alles ist vielleicht schon seit Stunden wieder in ihm gewesen, und gerade jetzt, wo er den Zusammenhang sieht, die Rhododendren entdeckt, muß er aufpassen, daß es ihm nicht entgleitet, daß es ihm nicht durch die Hecke entschlüpft. Na klar, hat der Kollege Gütt vor ein paar Tagen zu ihm gesagt, der einzige, den er wirklich schätzt, real ist das eine Scheißzeit, die Pubertät, aber den Träumen, den Idealen von damals muß man doch treu bleiben, oder? Man kann doch nicht einfach so dummdreist erwachsen werden, so ohne alle Scham. An den Bildern wenigstens muß man doch festhalten. Wir hatten samstags großen Treffpunkt auf dem alten Marktplatz, umrahmt von lauter Fachwerkhäusern, und träumten davon wegzugehen. Und so ist es ja auch gekommen.

Wir hatten viel Wasser, sagte Vandenberg, und überall Rhododendron. Es gab sogar eine kleine Allee, die von Rhododendronbüschen gerahmt war. Das Klima dort oben ist sehr gut für diese Pflanze. Feuchtmilde Luft.

Sie wollten natürlich auch weg, damals. Zu was denn soll die Kleinstadt gut sein, als sie zu verlassen und von einer späteren Warte aus auf sie zurückzuzeigen, zu sagen: Da komme ich her? Aber das war es nicht, wenn er an die Rhododendronjahre zurückdachte. Als sie wegwollten, als sie sogar schon auf Ziele zeigen konnten, waren sie siebzehn, fast achtzehn. Die Rhododendronjahre waren früher. Dreizehn, vierzehn, fünfzehn Jahre war er alt. Er wollte weg, klar, aber das war etwas, was er mit sich allein ausmachte. Ausmachen mußte. Er traf sich nicht mit einer Clique auf irgendeinem Marktplatz. Es gab keinen. Er hatte einen Freund, vielleicht zwei. Als er vierzehn war, schrieb er einen Roman – dreißig Seiten –, der in New York spielte. An den Titel erinnert er sich nicht mehr, aber er weiß noch, daß der Protagonist Gryce hieß und eine Zeitlang in Manhattan Fahrer für eine Wäscherei war. Als er zwei Jahrzehnte später zum ersten Mal in New York war, überraschte ihn, wie sehr Manhattan seinen Vorstellungen von damals entsprach. Er erinnert sich jetzt auch an ein Café, das in grünes Licht getaucht war, in dem Gryce täglich frühstückte. Das ist alles, was er noch weiß. Keine Ahnung mehr, wie es ausging. Allerdings noch, wie Gryce aussah: ein Double von James Dean. Er sieht sich an dem kleinen Schreibtisch in seinem Zimmer sitzen, einem *Jugendzimmer* mit blaugelben pseudoskandinavischen Möbeln, und an diesem Roman schreiben, nachmittags nach der Schule, und er weiß wieder, daß er beim Schreiben wiederholt Erektionen hatte. Er wußte, während er schrieb, daß er etwas Großartiges machte. Daß er, Vandenberg mit vierzehn Jahren, großartig war.

Aus diesem Zimmer sah er über ein kleines Rasenstück hinweg auf die ruhige Straße, die wenige Meter weiter vor dem Haus des Bürgermeisters in einer Wendeschleife endete. Wenn er sich nach rechts aus dem Fenster lehnte, konnte er den Walnußbaum sehen, den sie im Garten hatten, ein Exotikum: ein Walnußbaum in der Norddeutschen Tiefebene. Die Nüsse, die er trug, mußten den ganzen Winter auf der Heizung trocknen, um einigermaßen genießbar zu sein. Sie schmeckten dann noch immer reichlich fad, aber sie waren vom eigenen Baum. Vandenberg war gegenüber seinen Mitschülern stolz auf diesen Baum. *Wir haben einen Walnußbaum im Garten* zu sagen, war fast auf der gleichen Höhe wie: Ich schreibe einen Roman.

Der eigentliche Garten lag hinter dem Haus, mit weniger exotischen Bäumen, einem Apfelbaum und einem, der Kirschen trug, mit Erdbeerbeeten und Rhododendronbüschen, die um diese Jahreszeit rot und weiß blühten und deren dunkelgrüne Blätter nach dem Regen leuchteten, wie er später nie wieder etwas leuchten sehen würde, nicht einmal in den psychedelischen Sommernächten seiner ersten beiden Semester. Ein einfaches, klares, starkes, dunkelgrünes Leuchten. Er war kein Kind mehr, beileibe nicht, er schrieb einen Roman, aber nach den Regengüssen machte er sich zuweilen klein wie ein Kind und kroch unter die Büsche, kauerte sich zusammen auf der nassen Erde, hockte da wie ein Mädchen, das pinkeln muß.

Wenig später, als sein Bruder das Haus verließ, zog er in dessen Zimmer um und schrieb dort einen anderen Roman von ähnlicher Länge, der nicht mehr in New York spielte, sondern auf einem Dachboden irgendwo in Europa. Es gab kein in grünes Licht getauchtes Café mehr. Die Farben verschwanden, sie wichen dem Existentiellen. Das Existentielle ist grau, spröde, aber zugleich vital. Ratten spielten eine Rolle in dieser Geschichte, Ratten, vor denen Vandenberg noch immer panische Angst hat. Er erinnert sich, daß es viel Weiches, Gallertartiges in dem Text gab, Dinge von ekelerregender Konsistenz. Ob Frauen in dem Roman auftraten, weiß er nicht mehr, er vermutet eher nicht. In späteren Versuchen weitete der Dachboden sich zu einem verlassenen Schuppen irgendwo im Hafengebiet, dieses Motiv kehrte immer wieder. Dort lagen vergessene Dinge herum und rosteten, und der Schuppen gab einem oder zwei Männern Wohnung, manchmal brachten sie dort auch nur ein paar Teile ihrer Habe unter. Lauter Tramps, die sich gut gehalten hatten, was daran abzulesen war, daß die Frauen, die nun manchmal in seinen Romanen gastierten, sie nicht zurückwiesen.

Als Fünfzehnjähriger lebte Vandenberg zwischen seinem Zimmer, in dem er nachmittags schrieb und nachts schlaflos lag und las, den Rhododendronbüschen im Garten und bestimmten Orten am Hafen, die er von Zeit zu Zeit aufsuchte. Irgendwo nebenan, irgendwo im Garten oder gerade unten im Keller waren seine Eltern, die ihn beschützten, auf eine sehr unaufdringliche Art und Weise. Seine Mutter machte sich manchmal Sorgen, sie fand ihren jüngeren Sohn etwas einsam. Recht hatte sie, dachte Vandenberg damals wie heute, aber was will man dagegen machen?

Ein leichter Abendwind ist aufgekommen, nicht unähnlich den Maiabenden damals, und trägt den Geruch der Rhododendronhecke stärker zu ihm hinüber. In der Dämmerung leuchten die Blätter noch kräftiger. Ein Widerschein von früher, so wie es damals ein Vorschein des Kommenden war, einer glanzvollen Zukunft. Als Schriftsteller, als Denker, als Liebhaber. Ein Werk, wenn auch bisher schmal, das sich schon jetzt nur an die Seite der größten Autoren dieses Jahrhunderts stellen läßt. Oder: So radikal wie bei Vandenberg ist seit Nietzsche nicht mehr gedacht worden. Und dann die Frauen, alle, oder wenigstens die schönen: Man muß ihn lieben, man kann nicht anders. Diese Sensibilität! Diese Intelligenz! Diese Hände!

Das würde später kommen, in seinen frühen Zwanzigern. Es würde noch dauern, bis er *erkannt* wurde. Merkwürdigerweise, denkt Vandenberg jetzt, hatte ich damals Zeit. Meine Pubertät war unruhig, aber sie war nicht ungeduldig. Sie war reich. Ich hatte es nicht einmal eilig, die Schule zu verlassen oder den Garten hinter dem Haus oder die kleine Stadt. Ich wollte weg, aber noch nicht gleich. Für mich kam das Leben nicht später, es war schon da. In merkwürdigen Formen, für einen Vierzehnjährigen. Ob irgendeiner meiner Mitschüler damals wußte, was Combray war? Aber ich, ich kannte schon den Baron de Charlus und Saint-Loup! Ich wußte, was Swann mit Odette in der Kutsche trieb.

Wenn er samstags von der Schule nach Hause ging, einen

viel zu kurzen Weg, den er nach Kräften dehnte, kehrte er nach Combray zurück, später in die Welt der Guermantes, die in seinem Zimmer auf ihn wartete. Er saß nicht gern auf der Terrasse, aber er ging am frühen Abend durch den Garten, sah durch den Zaun auf die Nachbargrundstücke mit ihren ebenso kleinen Gärten. Er hatte keine Ahnung, welches Leben sich in den dortigen Häusern abspielte. Alles war sehr leise, sehr diskret. Selbst die Gerüche der Nachbargärten schienen nicht bis zu ihm zu dringen, sie gehörten nicht zu ihm, so wie die Gerüche *seines* Gartens nur ihm und seinen Eltern gehörten. Mein Gott, wie behütet er damals war. Wie eingesponnen, wie unangreifbar. Selbst meine Eltern, denkt Vandenberg jetzt, leise lachend, selbst meine Eltern wußten nicht, was Swann mit Odette in der Kutsche trieb.

Einsamkeit war damals wirklich der Königsweg. Sie war reich, farbig, betörend, keine öde Fläche wie manchmal später.

Diesen letzten Satz hat er leise vor sich hingesprochen, und die Kellnerin, die gerade auf die Terrasse gekommen ist, fragt, ob er noch etwas bestellen will, vielleicht etwas besorgt, weil er mit sich selber spricht. Vandenberg zeigt auf sein beinahe leeres Weinglas und nickt. Er ist versucht, sie in ein Gespräch zu ziehen, ihr zu erzählen, wie er den ersten Band zu Ende gelesen hat, aber er fürchtet, damit seine jetzige Einsamkeit zu gefährden. Ein wenig fürchtet er auch, sich lächerlich zu machen, aber er hat eigentlich keine sehr große Angst mehr vor der Lächerlichkeit. Das sind Probleme von Jugendlichen, denkt er befriedigt. Das verliert sich irgendwann, dieses dumme ängstliche: Wie stehe ich da?

Er hat den Zeitpunkt nicht festgehalten, weder damals noch später, er hat es nicht irgendwo notiert, weil er wußte, daß er es niemals vergessen würde. Es war an einem Sonntagmorgen im September 1962, nach dem Erwachen, um neun Uhr morgens vielleicht. Draußen schien die Sonne, morgenblaß, norddeutsch. Zart getönt wie der malvenfarbene Einband dieses Bandes, den er sich aus der Stadtbücherei ausgeliehen hatte, und wie die Einbände der anderen sechs, die dort noch auf ihn warteten. Nach dem letzten Satz, nach diesem Stoßseufzer hat er gewußt, was Vergänglichkeit ist: ein für alle Male. Ihm war nicht schwer ums Herz, er hat nicht selber geseufzt, hat es nur registriert, sachlich fast, begleitet von dem kleinen Triumph einer Erkenntnis: So ist das. Einer Erkenntnis, die ihn von nun an gelassen begleiten würde, nur von Zeit zu Zeit von einer leichten Panik, einem leisen Ekel durchmischt.

Verstehen Sie, würde er der Kellnerin jetzt gern sagen, seit diesem Morgen wußte ich Bescheid. Man ist vielleicht unausstehlich in diesem Alter, man ist in sich zusammengesunken und hat eine Menge Hautunreinheiten, aber man ist keineswegs dumm. Nicht so dumm, wie der Blick der Erwachsenen es zu sehen meint. Statt dessen wendet die Kellnerin sich an ihn, als sie den Wein bringt, und sagt: Sie sollten aufpassen, es wird hier schnell kühl an den Abenden. Man merkt es oft zu spät, und am nächsten Tag ist die Erkältung da. Kommen Sie man bald rein. Vandenberg nickt und will ihrer Sorge entgegenkommen. Zehn Minuten noch, sagt er.

Der praktische Sinn der Frauen! Gerade noch ist man in Combray gewesen oder hat einfach nur den Duft der Rhododendren gerochen, man hat über Vergänglichkeit nachgedacht oder über die Romane, die man früher geschrieben und später bei irgendeinem Umzug weggeworfen hat (unverzeihlich!), und sie machen einen darauf aufmerksam, daß es kühl wird, daß man einen Schal umtun soll, daß man für die Diele endlich eine Garderobe bräuchte. Daß der Wagen mal von innen gesäubert werden müßte und es drei

Straßen weiter eine Tankstelle gibt, an der das Staubsaugen kostenlos ist. Diese Unerschrockenheit dem Banalen gegenüber, diese nie ganz verschwindende Erdverbundenheit, selbst in den Momenten der Ekstase nicht: zum Verlieben und Wahnsinnigwerden zugleich.

Vor wenigen Wochen hat er Grace wiedergesehen, nach zwei Jahren. Er ist tatsächlich noch einmal nach Den Haag gefahren, ohne den Anlaß eines Museumsbesuchs diesmal (obwohl er dann doch wieder das Mauritshuis aufgesucht hat). Er hat sich nicht angemeldet, stand plötzlich am frühen Abend vor ihrer Tür und hatte das Glück, daß sie zu Hause war. Sie sind groß ausgegangen, nachdem Vandenberg sie dazu überredet hat, leichtsinnig zu sein. Ihr schönstes Kleid zog sie an, extra für ihn oder vermutlich vor allem für sich selber, was soll's. Einen ganzen Abend lang schwebten sie durch den luftigen frühen Mai von Den Haag, und Vandenberg gab sein Geld in großen Bündeln aus. Er hatte Lust, sich zu ruinieren, was ihm nicht gelang. Dazu hat er nicht die Klasse, das weiß er. Schließlich landeten sie in dem großen Café mit der roten Leuchtschrift, in dem sie sich kennengelernt hatten. Diesmal drängten sie sich mit anderen Gästen zusammen an der Theke, und irgendwann muß Vandenberg sein *Ich-will-dich-auf-der-Stelle-ficken-Gesicht* aufgesetzt haben, und Grace antwortete mit einem Blick, der beinahe achselzuckend sagte: Was sein muß, muß sein. Sie gingen also wieder den gleichen langen Weg vom Café zu ihrer winzigen Wohnung, wieder stieg Vandenberg dem großen schwarzen Arsch nach, und sie waren zwei Liebende, als hätten sie sich gerade vorgestern für einen Tag getrennt. Am nächsten Morgen zog sie die Bettwäsche ab und erklärte auf Vandenbergs fragenden Blick: *I can take it to the hotel laundry. We are not allowed to do that, but I know someone who works there. It makes things easier.*

Über ein Jahr nach jenem Septembermorgen hat er den letzten Band zu Ende gelesen, in diesem seltsam schwebenden November 1963, der angefüllt war mit Parties im Hause irgendwelcher Mitschüler oder Mitschülerinnen, deren Eltern sich diskret zurückzogen oder gar ausgegangen waren. Inzwischen war viel passiert: Er hatte einen schwer melancholischen Sommer hinter sich gebracht, in dem niemand an ihn herankam, ein perfektes philosophisches System entworfen, das schlüssig nachwies – auf zwei Seiten –, daß alles nichtig und eitel sei; er war im Spätsommer ganz langsam wieder aufgetaucht aus seiner Versunkenheit; er hatte sogar das Mädchen gefunden, das er haben wollte, eine schmollmundige Blondine mit Bardot-Gesicht, die zu Werbezwecken eine filterlose Gauloise im rechten Mundwinkel festhielt, schwarzweiß fotografiert, und die er an der Wand gegenüber seinem Schreibtisch befestigt hatte. Auf den Parties gab es einige lebende Ausgaben davon, Lizzie Jürgens zum Beispiel, die ihm manchmal Avancen machte und dann unversehens wegtauchte, die hin und her flatterte, überaus angestrengt, immer bemüht, die schwebende Balance der Attraktion und der Unbestimmtheit zu halten. Elisabeth hieß sie natürlich mit richtigem Namen, aber wer heißt mit fünfzehn Jahren schon Elisabeth. Lizzie gehörte zu jenen Mädchen, die mit Blumen für die gar nicht anwesende Dame des Hauses zu den Parties kamen. Ihre Augen schimmerten; der Schimmer rührte von ihrer ständigen Anstrengung her, einen strahlenden Blick zu haben. Sie war das beliebte Mädchen, bei den Erwachsenen wie bei den Gleichaltrigen, auf die Art und Weise, die lange anhält, bis sie beginnt, den Leuten auf die Nerven zu gehen. *Sie ist brillant:* Das war der erste Eindruck, bis man merkte, daß sie vor allem ängstlich war und ihre größte Angst darin bestand, irgend jemand könne sich von ihr abwenden. Einmal an diesem Abend erhaschte Vandenberg ihren ängstlichen

Blick, den er nie vergaß, aber erst heute auf der Terrasse begreift er, was dieser Blick bedeutet hat. Sie hat eine enorme Wut auf uns alle gehabt, denkt er, daß sie so lieb sein mußte. Eigentlich hätte sie gern allen ins Gesicht gespuckt. Einzelne Sätze, die aus der normalen Nettigkeit abrutschten, wenn sie flirtete oder sich einfach nur unterhielt, hätten ihm das schon damals verraten können: kleine, scharfe, unbeabsichtigte Prankenschläge, die sie selber nicht unter Kontrolle hatte. O Gott, denkt er, ich habe doch tatsächlich den blöden Satz im Kopf: Ich wüßte gern, was aus ihr geworden ist. Dann beruhigt er sich: Er wüßte ja tatsächlich gern, was aus ihr geworden ist, und das findet er völlig legitim. Doch die Mädchen aus dieser Zeit waren schon wenige Jahre später, als er immer noch zur Schule ging, aus seiner Welt verschwunden, irgendwie aus ihr herausgepurzelt. Erst von denen, die danach kamen, weiß er hier und da noch, was sie heute machen, was sie sind. Eine sitzt zum Beispiel in der Redaktion eines Hochglanzmagazins und benutzt Worte wie *Art Director* oder *briefing.* Eine andere, die er sehr geliebt hat, ist seit Jahren tot. Aber Lizzie Jürgens oder Sigrid Meyer oder Gabi Hecht: von ihnen weiß er nichts mehr.

Auch nichts von Hanna, die, wenn er es recht überlegt, nur einen einzigen Abend in Erscheinung trat. Das muß am letzten Wochenende in diesem November gewesen sein, auf der Party in Salzburg. Das Dorf hieß natürlich nicht so, sondern niederdeutsch Soltborg, zwanzig Fahrradminuten von der Stadt entfernt. Hanna war einfach da, sie war die Tochter vom benachbarten kleineren Bauernhof, während diese Party beim Sohn des Großbauern gefeiert wurde. Hanna gehörte nicht zum üblichen Clan, sie ging nicht zur höheren Schule. Sie konnte nicht mit Lizzie Jürgens oder Sigrid Meyer über Lehrer sprechen oder über Jungen oder über die Eltern, sie kannte hier niemanden außer dem Gastgeber, dem Großbauernsohn, einem hochgewachsenen Jungen mit rosigem Gesicht, der sehr nett zu allen war, später Arzt werden sollte und vorsorglich schon einmal das Tennisspielen lernte, das damals noch ein halbwegs exklusiver Sport war. Hanna hatte das gleiche rosige Gesicht wie er. Sie war ziemlich klein und, wie Vandenberg später gesagt hätte: drall und knuffig. Obwohl sie niemanden kannte, saß sie keineswegs still in einer Ecke, sondern tanzte reihum mit allen Jungen, die da waren: sie suchte sie sich selber aus. Ihr Gesicht blieb mürrisch, und sie sagte so gut wie nichts. Es war ein Gesicht, das ständig ausdrückte: Ich denke mir mein Teil über diese komische Gesellschaft, und seltsamerweise wirkte das auf Vandenberg und die anderen tatsächlich so einschüchternd, wie sie es vielleicht beabsichtigt hatte.

An ihn, Vandenberg, kam die Reihe zuletzt, während er am Rand stand, leicht angetrunken schon, und Lizzie Jürgens und Gabi Hecht hin- und herschwirren sah. Kerzenlicht: Damals gab es bei Parties nur Kerzenlicht. Hanna kam mürrisch auf ihn zu und nickte. Sie fragte ihn nicht, ob er mit ihr tanzen wollte. Sie reichte ihm die Hand und zog ihn in die Mitte des Raums, der von allen Möbeln und Teppichen freigeräumt und als Tanzfläche präpariert war. Bis heute, wenn er an diese Szene denkt, ist ihm nicht wieder eingefallen, welche Musik es war, welches langsame Stück. Wenige Monate vor den Beatles, die schon da waren, drüben in England, aber hier noch nicht ganz angekommen. Vielleicht war es Françoise Hardy, oder *etwas wie To know you is to love you* oder *Crimson and clover.* Hanna jedenfalls, die einen Kopf kleiner war als er, verlor keine Zeit. Sie legte die Arme fest um ihn, damit er nicht weglaufen konnte, und steckte ihre Zunge tief in seinen Mund, dann drückte sie ihren Unterleib an seinen. Seiner Erinnerung nach waren es die ersten richtigen Küsse seines Lebens, noch vor Karin Lammers und vor dem schwedischen Mädchen auf Borkum, und es war das erste Mal, daß er das machte, was er und seine Freunde damals einen Trockenfick nannten.

Sie wehrt sich nicht, als er mit der Hand unter ihre Bluse geht, und er kann unter ihrem BH die festen kleinen Titten fühlen, die Bauernmädchentitten, die noch wachsen werden. Er streichelt ihren nackten Rücken, auf eine etwas nachlässige, vergeßliche Art, und sie gibt ihm mit einem Druck ihres Knies zwischen seine Schenkel zu verstehen, daß er fester zupacken soll: Sie fordert ein bißchen mehr Konzentration und Begeisterung. Sie will sagen: Häng dich ein bißchen mehr rein, schließlich bin ich doch gut anzufassen, ich kleines Bauernmädchen, oder? Ich gehe zwar nicht zur höheren Schule, will sie sagen, aber ich habe doch einiges zu bieten. Und Vandenberg hängt sich rein. Er bringt es zu einer beachtlichen Unverschämtheit, die er sich gar nicht zugetraut hätte und die ihn freut. Hanna drängt sich jetzt so eng an ihn, wie es nur geht, und ihre Zunge wühlt noch immer in seinem Mund herum. Schließlich geht sie mit der Hand an seine Hose und beginnt, durch den Stoff hindurch seinen Schwanz zu reiben. Tatsächlich, denkt Vandenberg, sie macht es tatsächlich. Und warum gerade bei mir, mit den anderen hat sie doch nur rumgetanzt. Warum ich? Und wie geht es weiter?

Es ging dann aber gar nicht weiter, weil Lizzie Jürgens ganz nah an ihnen vorbeischlich und eine blöde Bemerkung machte, so laut immerhin, daß nicht nur Hanna und er, sondern auch die anderen es hören konnten und zu lachen begannen. In solchen Sachen war sie unschlagbar. (Am nächsten Tag hätte er zu ihr sagen können: Das sage ich dir, Lizzie Jürgens, mit dir rede ich nie wieder. Die Erinnerung rührt ihn jetzt, daß sie sich dort oben immer, wenn sie wütend aufeinander waren, mit Vor- und Zunamen anredeten:

ein Beweis von großem Ernst.) Eine Weile saß er noch neben Hanna auf einem Sofa. Er kann sich nicht daran erinnern, ob sie etwas gesprochen oder einfach nur so dagesessen haben. Schließlich stand sie auf und ging nach Hause, von dem größeren auf den kleineren Bauernhof. Sie hatte die Nase voll, vielleicht nicht von ihm, aber von solchen Mädchen wie Lizzie. Ich hätte hinterhergehen sollen, denkt er jetzt, aber ich war nicht mutig und nicht unverschämt genug, ihr nach draußen ins Dunkel nachzulaufen. Ich werde niemals wissen, wie weit sie gegangen wäre und wie weit ich selber. Aber ich bin dann lieber bei meinen Leuten geblieben, von denen ich wußte, daß ich sie morgen und übermorgen wiedersehen würde.

Ungerührt kehrte er am Sonntagnachmittag zu Proust zurück, zu den allerletzten Seiten, bei beginnender Novemberdämmerung. Bis heute, wenn ihn Bekannte oder Kollegen in irgendeiner zufälligen Wendung eines Gesprächs fragen: *Haben Sie jemals Proust gelesen*?, erfüllt ihn die Verblüffung auf ihren Gesichtern mit Stolz, wenn er leichthin antwortet: *Ja, zum ersten Mal ziemlich früh, ich muß vierzehn oder fünfzehn gewesen sein*, und die noch größere Verblüffung, wenn sie im Anschluß an seine Antwort fragen, ob es denn noch ein zweites Mal gegeben habe, und er sagen kann: *Aber sicher; und jetzt bin ich zum dritten Mal dabei.* Stolz und Genugtuung, das Gefühl: Ich habe etwas, das habt ihr nicht, und ihr könnt es auch nicht mehr bekommen, denn dazu ist es zu spät. Ihr hättet schon damals damit anfangen müssen, wie ich. Und wenn ich bedenke, daß ich nur damit begonnen habe, weil mir der Klang des Namens Proust so gefiel!

Damals hatte er nie Schwierigkeiten, von Proust zu den Parties und von den Parties zurück zu Proust zu gehen. Ich habe mich nicht wirklich rühren lassen von dem, was mir geschah, was mir angetragen wurde, denkt er, ich habe nicht verstanden, was die Hannas und Karins mir sagen wollten. Jahrelang dachte ich, ich hätte die Mädchen nicht erreicht, aber es war ich, der nicht erreichbar war. Auch das würde er jetzt gern der Kellnerin erzählen, die wieder einen besorgten Blick auf die Terrasse wirft, stumm, aber so nachhaltig, daß Vandenberg dem unausgesprochenen Befehl folgt, sein Glas Wein austrinkt und sich in sein Zimmer zurückzieht, das nach dem riesigen alten Schrank riecht, von dem es beherrscht wird. Vandenberg hätte beinahe seine gesamte Garderobe mitnehmen müssen, um ihn zu füllen. So verliert sich ein Anzug darin, ein paar Hemden, ein bißchen Wäsche. Er läßt sich auf das Bett fallen, wieder ohne die Schuhe ausgezogen zu haben, die alte Unsitte. Durch das halb geöffnete Fenster meint er noch immer die Rhododendren riechen zu können. In Wahrheit riecht es ganz allgemein nach Land, nach Scheunen, nach milder Feuchtigkeit, nach Mai und Abendkühle und nach dem Holz des Schrankes, den Jahrzehnten, die sich in ihm angesammelt haben. Er meint, jetzt müßte eigentlich ein Bauernmädchen zur Tür hineinkommen, das keine Umstände macht und keine Zeit verliert. Aber auch dazu ist es zu spät.

Ein Vormittag in der Bibliothek

Wir ziehen bald in ein moderneres Gebäude um, sagt die junge Frau, *da ist mehr Platz. Deshalb stehen nicht mehr alle Bände dort, wo sie stehen sollten.* Sie setzt sich in Bewegung, und Vandenberg folgt ihr in angemessenem Abstand. Sie trägt ein grünweißschwarz geblümtes Kleid, das für die Jahreszeit fast noch ein bißchen unpassend ist, zumindest für diese Region. Vielleicht soll es Hochsommer anlocken. Vandenberg sieht plötzlich einzelne Sommertage von damals vor sich: wie er mit Nott zusammen in einem kleinen

Segelboot liegt, an einem Julinachmittag, das am Ufer festgemacht ist. Sie liegen auf dem Rücken und starren in den wolkenlosen Himmel, an dem eine gleißende Sonne steht, die sie bis zum Schmerz blendet. Sie sind sechzehn, es ist nicht mehr die Zeit von Hanna oder von Lizzie Jürgens. Sie sprechen jetzt über andere Mädchen und über wirklich bedeutende Dinge, wie zum Beispiel Filme von Polanski oder Truffaut, von denen sie schon einige gesehen haben. Oder wie sie zusammen in einem Feld liegen, im August, und ab und zu um sich schlagen, um die Insekten zu vertreiben. *Eine Folge von beseligten Nachmittagen.* Ewig, endlos, todesfern, mit riesigen Räumen von Zukunft.

Vor allem aber dieses Bild. Er steht am Rand der Tennisplätze, die durch einen Maschendrahtzaun abgesperrt sind, durch den man gut auf die Spieler sehen kann. Noch ist es nicht Hochsommer, sondern Mitte Juni, die Bäume des winzigen Waldstücks, das hinter der Anlage beginnt – ein Park ist es, der *Julianenpark,* – sind noch sattgrün, nicht verbrannt. Auf einem der Plätze sieht er Ingeborg Hausknecht spielen. Nein, eher scheint es ein Training zu sein, ein junger Mann, höchstens drei Jahre älter als sie, schlägt ihr Bälle zu, die sie übers Netz zurückbringen muß. Ihr Trainer, denkt Vandenberg, und dann: ihr Freund. Einer ihrer Freunde. Es geht das Gerücht, daß Ingeborg Hausknecht viele Freunde hat, daß man sie leicht haben kann, obwohl keiner was Genaues weiß. Später wird er verstehen, daß ein Gemisch aus Neid, Verachtung und Wunsch diese Legende gesponnen hat. Jetzt aber sieht er sie spielen. Das schönste Mädchen der Stadt schlägt die Bälle übers Netz zurück. In der letzten Zeit trägt sie manchmal Zöpfe, aber heute hat sie ihr kräftiges schwarzes, ganz glattes Haar wieder zu dem Pferdeschwanz gebunden, den er von ihr gewohnt ist: Er beobachtet sie schließlich schon seit zwei Jahren. Sie alle beobachten sie schon seit zwei Jahren. Die beiden haben jetzt ein richtiges Trainingsmatch begonnen, es wird gezählt. Er sieht, wie sie sich um jeden Ball bemüht, wie sie rennt, in die Knie geht, den Arm ganz lang macht, um einen Ball doch noch zu erreichen. Ein Armreif blinkt golden – oder vielleicht auch nur messingfarben – an ihrem rechten Handgelenk. Ihre Knie und ihre Augen sind die eines Rehs, wie bei der Schauspielerin Anna Karina, die er ungefähr zur gleichen Zeit zum ersten Mal in einem Film von Godard sieht. Ihr Bemühen läßt bald nach. Sie erkennt die Überlegenheit ihres Freundes an, wie sie es vielleicht von Anfang an vorgehabt hat. Sie kämpft nicht mehr, läuft nicht, sondern schreitet eher, stellt sich dar, spielt ihre Schönheit aus, die ihre Stärke ist, aber nicht aufreizend: vielleicht weiß sie nicht einmal, daß sie es tut. Jedenfalls hat sie Erfolg damit, auch der Freund läßt nach, und bald haben beide keine Lust mehr, Tennis zu spielen. So wie Vandenberg keine Lust mehr hat zuzusehen und sein Fahrrad nimmt und nach Hause fahren wird, weil Ingeborg Hausknecht ohnehin unerreichbar ist, weil man mehr nicht verlangen kann, als ihr beim Tennisspielen zusehen zu dürfen.

Drei Monate später wird er nach der Schule im Café ihr gegenüber sitzen und von sich erzählen, weil sie ihn neugierig ausfragt. Sie will wissen, was er am meisten vom Leben möchte, und Vandenberg antwortet sofort, daß es *Ruhm* ist, Ruhm mehr als alles andere. Das scheint sie ein wenig zu enttäuschen. Vielleicht hätte ich damals *Liebe* sagen sollen, denkt er, dann wäre alles anders gekommen. Wer sagt denn, daß man die entscheidenden Fehler seines Lebens nicht schon mit sechzehn macht?

Doch nicht das Bild aus dem Café ist es, das bis heute treu bei ihm geblieben ist, sondern dieser Nachmittag an den Tennisplätzen – oder waren es viele Nachmittage? Ingeborg Hausknecht im weißen Tennisröckchen auf dem roten Sandplatz, der bei jedem Schritt wippende Pferdeschwanz, ein weißes Handtuch auf dem Stuhl, mit dem sie sich ab und zu das Gesicht wischt, das Geräusch der Bälle von den verschiedenen Plätzen, die leisen Rufe von Triumph oder Verärgerung, das Grün der Bäume vom Julianenpark, in ihren Kronen die Reflexe der Junisonne, dieses Bild der vollkommenen Sorglosigkeit und des Friedens, mit dem schönsten Mädchen der Stadt als Friedensgöttin. Fragte man ihn, was Glück für ihn sei – wann hat ihm zum letzten Mal jemand eine solche Frage gestellt? –, mit diesem Bild würde er antworten.

Übrigens bedauert er, daß die Bibliothek bald in ein größeres und moderneres Gebäude umziehen wird. Ihm hat das Knarren der Treppenstufen gefallen, als er nach oben gestiegen ist. Aber er muß zugeben, daß es hier in der Tat sehr beengt und an weitere Ausdehnung nicht mehr zu denken ist. Und sie sollen sich ja ausdehnen, die Bibliotheken, dafür ist er auch. Überhaupt hat ihn überrascht, daß die Bücherei einer so kleinen Stadt am Samstagvormittag immerhin drei Stunden geöffnet hält. Er ist sehr früh von seinem Landgasthof in die Stadt gefahren, zehn Minuten Strecke, hat eine Zeitung gekauft, das Schaufenster eines Funk- und Fernsehgeschäfts betrachtet, ein Café gesucht und die Bibliothek gefunden. *Ursprünglich* 1817 *als Sitz der Vereinigung der örtlichen Kaufleute erbaut*, steht auf einer Steintafel neben dem Eingang, *seit* 1955 *Sitz der Stadtbücherei.* Die Bibliothekarin hat ihn in einen kleinen Nebenraum geführt und zeigt jetzt auf die oberste Reihe eines Regals. *Hier haben Sie, was Sie suchen*, sagt sie und zieht sich schnell zurück, bevor er sich noch bedanken kann.

Er nimmt den dritten der Bände mit der sehr feinen blaßblauen Schrift in die Hand und streicht mit den Fingerspitzen über den Umschlag, bevor er das Buch aufschlägt. Die gleiche Bewegung, die er damals machte, jedesmal, wenn er einen Band zurückgebracht hatte und sich den nächsten auslieh. *Das Vogelgezwitscher am Morgen schien Françoise nur dumm. Jedes Wort der »Mädchen« brachte sie in Wallung; ihr Hin- und Herlaufen störte sie, und sie fragte sich, was es bedeuten könne. Um es kurz zu sagen: Wir waren umgezogen.*

Es ist ihm nie gelungen, diese Ausgabe für sich selber aufzutreiben. Vor sechs Monaten war er nahe dran. Ein Antiquar hatte sie in seinem Katalog angeboten, und als Vandenberg sich endlich entschlossen hatte, war ihm ein anderer Kunde zuvorgekommen. Ganz unzweifelhaft ist es *seine* Ausgabe. Sie gehört zu seinem Leben wie nur wenig anderes, aber er besitzt sie nicht und wird sie vermutlich niemals besitzen. Für ihn wird sie immer in der Obhut öffentlicher Bibliotheken bleiben, aufbewahrt in kleinen Stadtbüchereien wie dieser oder verborgen in den Sälen von Universitätsbibliotheken.

Im übrigen ist er keineswegs deshalb hierhergekommen. Er hat sich nur der Bibliothekarin gegenüber als Kenner und Liebhaber von Literatur ausweisen und nicht gleich nach Pflanzenbüchern fragen wollen. Nie wird er eine Bücherei mit einer solchen Frage betreten: *Haben Sie etwas über Rhododendren?* Niemals! *Haben Sie etwas über?* ist immer barbarisch.

Er muß auch nicht fragen: Während sie ihn in diesen hinteren Raum geführt hat, in den Proust für die Dauer der Umzugsvorbereitungen verbannt ist, hat er auf halbem Wege schon die gesuchte Abteilung entdeckt. Dort versteckt er sich nun zwischen den Regalreihen, versorgt mit zwei reich bebilderten Lexika, und beginnt zu lesen. Die Rhododendren sind für ihn damals so selbstverständlich gewesen, daß er nie auf den Gedanken gekommen wäre, man müsse sich über sie informieren. Sie waren da, ihre Blätter glänzten nach dem Regen, ihre Blüten begrüßten ihn rot oder weiß auf Fahrradausflügen im Mai, gefüllt mit Frische und gesättigt mit Zukunft, wie die Julinachmittage auf dem Segelboot. So sehr glaubt er sie dieser Gegend zugehörig – und seinen frühen Jahren –, daß er zunächst nicht glauben kann und den Kopf schüttelt, als er erfährt, das Rhododendron heiße auch *Alpenrose.* Die Alpen und die Pflanze seiner Jugend: eine unmögliche Verbindung! Daß es sich um ein Heidekrautgewächs handelt, ist ihm schon wieder plausibler, und daß zwischen vierhundert und dreizehnhundert Arten gezählt werden *(je nachdem, ob die Gattung Azalea und andere zur Gatt. R. gezählt werden)*, überrascht ihn weder, noch interessiert es ihn besonders. Was ihn wieder näher berührt, ist die Information, daß die meisten Züchtungen gegen Kalk im Wasser und im Boden empfindlich sind. Immer wieder, wenn er hier zu Besuch ist und in einem Hotel den Wasserhahn oder die Dusche aufdreht, erfreut ihn das weiche und zugleich beharrliche Wasser, das sich wie ein Film, ein Kleid, ein leichter Mantel über die Haut legt und kaum abzustreifen ist. Die Erinnerung an dieses freundliche Element seiner Jugend kehrt zurück. Später, als er das Haus seiner Eltern verlassen hatte und in die große Stadt gezogen war, erschreckte ihn anfangs das viel härtere, ja bösartige, gefräßige Wasser, das er dort vorfand, ein Wasser, mit dem unmöglich guter Tee zu kochen war. Ihn freut, daß das Rhododendron diese Empfindlichkeit mit ihm teilt. Wirkliches Entzücken aber ruft dieser Satz bei ihm hervor, weil er zwei Ortsnamen von damals nennt, auf zärtlichste Art und Weise, wie Vandenberg findet: *Der Dt.-R.-Park und der Sitz der Dt.-R.-Gesellschaft sind in Bremen; Hauptzuchtstätten in Oldenburg.*

Dann zuckt er zusammen, als er die sanfte Stimme der Bibliothekarin in seinem Rücken hört, die ihn darauf aufmerksam macht, daß die Bücherei in fünf Minuten schließt: zwölf Uhr mittags. Sie hofft, daß er alles gefunden hat, was er suchte, und deutet auf das Lexikon: Zu Proust, sagt sie, hätten wir natürlich auch ein Literaturlexikon da. Vandenberg klärt sie auf, daß er sich nicht über Proust, sondern über das Rhododendron informiert hat, und die Bibliothekarin zuckt die Achseln: *Die Rhododendren*, sagt sie, *alle Leute kommen wegen der Rhododendren zu uns. Wissen Sie, daß man sogar jedes Jahr eine Rhododendronkönigin wählt. Die Wahl ist heute abend, Sie können hingehen.* Sie begleitet ihn zur Tür, ihre Freundlichkeit hat nachgelassen. Vermutlich hat sie etwas gegen Schönheitskonkurrenzen aller Art, obwohl sie es doch mit allen aufnehmen könnte. Dann begreift er, daß die Wanderung seines Interesses von der großen Literatur zu einer gewöhnlichen Pflanze – noch dazu einer, der sie in ihrem Ort überall begegnet – sie enttäuscht hat: So gern wäre sie einem Mann begegnet, der wirklich Geist hat und für den Geist lebt, einem echten Gelehrten, vielleicht sogar einem Künstler. Das hat sie in Vandenberg vermutet, der aber ist hinter den Rhododendren her.

Wahrhaftig: Er ist hinter ihnen her, an diesem Samstagmittag um zwölf, wo es wieder maiwarm geworden ist, fast ein wenig schwül. Gelesen hat er eben über sie genug, jetzt möchte er sie berühren. Hinter ihnen verschwinden. An ihnen riechen. Sie streicheln, sich von ihnen streicheln lassen. Ein kleiner Park schließt sich an das Ende der Straße an, der den Kern der Stadt von den Siedlungsgebieten trennt, die in den fünfziger und sechziger Jahren hinzugekommen sind. Ein breiter Hauptweg und ein paar kleinere, die von ihm abzweigen, vier Sitzbänke. Doch um diese Zeit ist hier niemand: Die Bewohner der Stadt sind damit beschäftigt, letzte Einkäufe fürs Wochenende zu machen, die Schüler warten auf das Ende der letzten Stunde. Höchstens ein Tourist wie er könnte sich jetzt hierhin verirren oder ein älterer Herr, der um diese Zeit turnusmäßig hier *seinen Gang macht*, der pensionierte Rektor der Realschule etwa. Aber nein, es ist wirklich niemand da, und Vandenberg allein öffnet sich ein ganzer Park voller Rhododendren: fünf oder sechs verschiedene Züchtungen, in unterschiedlichen Farben blühend, die meisten recht hochgewachsen. Er braucht nur in die Hocke zu gehen, um dahinter zu verschwinden, kriecht hinter einen weißblühenden Strauch abseits vom Hauptweg und nimmt eins der ovalen ledernen Blätter zwischen die Finger, um es kräftig zu reiben. Schon damals hat ihn die hornhautartige Konsistenz dieser Blätter fasziniert. Was er jetzt vermißt, sind die ein oder zwei großen Tropfen nach dem Regen, die sich noch auf dem Blatt ausruhen, bis er es schüttelt und sie langsam von ihrem Rastplatz Abschied nehmen und in die Erde einsickern. Der große Regen aber war gestern abend, als er auf der Terrasse saß; längst hat die Maisonne alle Reste davon getrocknet. Er hätte gestern abend, als er die Sträucher am Hotel zum ersten Mal entdeckte, direkt aufspringen und sich dahinter verkriechen sollen. Auch der feuchte Geruch der Blätter nach einem solchen Guß, modrig und frisch in einem, ist nun nicht mehr da. Statt dessen ist es fast immer noch zu heiß im Schatten dieser freundlichen Büsche. Sie spenden ihm nicht die Geborgenheit, die er von früher her von ihnen gewohnt ist, sie beschützen ihn nicht gleichermaßen.

Inzwischen ganz zusammengekauert hinter seinem Strauch, begreift er dies: daß er damals umfassend geborgen und beschützt war, daß der Schrecken, das Chaos, die Katastrophe nicht einbrechen konnten in die Verhältnisse, in denen er aufgehoben war. Vandenberg konnte lesend eine Vorstellung davon gewinnen; begabter Junge, der er war, konnte er sogar ein ziemlich plastisches Bild davon entwickeln. Auch eine Ahnung davon, daß sie ihm später begegnen würden, recht bald eigentlich, nachdem er das Haus seiner Eltern verlassen haben würde. Vorerst aber war es da, mit seinem Walnußbaum, mit Vandenbergs Zimmer, der Terrasse, den Rhododendren, mit Erdbeeren im Juli. Das alles war Schutz, wie sein Vater Schutz bedeutete, wenn er seinen Mittagsschlaf hielt, und seine Mutter, wenn sie ihn vor der Schule weckte, mit der sanften Nennung der Uhrzeit. Wie bestimmte Gartengeräte und Werkzeuge Schutz bedeuteten, die in einem der Keller aufbewahrt wurden, und die Tischtennisplatte, die in einem anderen stand. Wie das Geräusch von Gartenschläuchen im Sommer im Haus nebenan, das anzeigte, daß man das Terrain mit harmlosen, friedlichen Nachbarn teilte. Dies alles war nicht bedroht. Es war nicht Reichtum, aber ein sicherer Boden. Überall war sicherer Boden um diese Zeit, Frieden. Der Krieg war vorbei, die Katastrophe war schon gewesen, es war ruhig unter dem Blätterdach. Die Blüten übrigens faßte er fast niemals an. Er beschränkte sich darauf, vorsichtig an ihnen zu riechen.

Jetzt kriecht Professor Vandenberg langsam hinter seinem Busch hervor und schlägt mit dem Handrücken die Erde fort, die an seinen Knien haftet. Ein wenig schwindelt ihn, als er sich wieder in die aufrechte Haltung drückt. Das Alter, denkt er automatisch. Ein wirklich alter Herr kommt ihm entgegen; das könnte der pensionierte Realschulrektor sein, über den er vorhin phantasiert hat. Sie grüßen sich undeutlich, jeder ein wenig unangenehm berührt durch die plötzliche Gegenwart des anderen, der alte Herr sogar die Stirn runzelnd: Was hat dieser fremde, leicht verschmutzte Mann dort hinter dem Busch gemacht? Jeder den Phantasien des anderen Nahrung gebend, entfernen sie sich voneinander.

Auftritt der Schüler

Mit schnellen Schritten, gesäubert und trotz der leichten Enttäuschung erfrischt durch den Aufenthalt hinterm Rhododendronstrauch, betritt Vandenberg das Zentrum, verharrt an einem strategisch günstigen Punkt und nimmt eine präzise Analyse der Situation vor. Sie tragen andere Kleidung als wir damals, stellt er zunächst fest. *Wir damals* ist eine seiner rhetorischen Lieblingsfiguren. Sie bedeutet nicht: Früher war alles besser, sondern nur: Wir waren andere als wir heute sind. Sie tragen also andere Kleidung als wir damals, aber sie sehen nicht anders aus. In ihnen jetzt *uns damals* zu finden ist leicht. Die Accessoires, die es noch nicht gab, den Walkman etwa, kann man vernachlässigen. Die Bewegungen sind die gleichen geblieben. Die ganz Kleinen trödeln nach Hause oder zum Bahnhof, träumend in innigen Unterhaltungen. Sie treten nicht auf, sie bewegen sich nicht auf der Bühne. Sie sind bei sich selber, um sie ist ein Kreis. Für die zwei, drei Jahre Älteren sind sie sogar unsichtbar, erst jemand wie ich kann sie wieder sehen.

Dann die ganz Unglücklichen, wie dieser viel zu lang geratene Vierzehnjährige mit der vielfach beschrifteten Lederjacke etwa, der schlurfend die Straße überquert, weil ein Freund ihm von jenseits zugewinkt hat. Seine Knie schlenkern in der Gegend herum, der Kopf hängt, die Schultern sind hochgezogen: er fühlt sich erkennbar schlecht auf der Bühne. In seinem Innern sieht es derzeit reich aus, schwierige Prozesse spielen sich dort ab, gerade mag er Kafka entdeckt haben oder James Dean oder Jimi Hendrix, junge Männer, die ihrer Zeit weit voraus waren, darüber mag er hier und da etwas gelesen oder gehört haben. Volltreffer, stellt Vandenberg jetzt erfreut fest, denn er kann endlich eine der weißen Inschriften auf des jungen Schülers Lederjacke deutlich entziffern: *Josef K.* steht dort, ohne weiteren Kommentar, und schräg darunter: *Fuck you,* ein Ausruf, der sich erkennbar nicht auf Josef K. bezieht, mit dem der schlaksige junge Mann sich gewiß eng verbunden fühlt, sondern auf die anderen, die normalen, die wirklichen Leute, mit denen er derzeit so viele Schwierigkeiten hat. All das möchte er irgendwie darstellen, aber die richtige Form hat er noch nicht gefunden, und so stolpert und schlurft er hängend über die Straße, dem Freund entgegen, und beide verschwinden im Café.

Es ist das maßgebliche, das entscheidende, das einzig akzeptierte Café: Der geübte Kleinstädter Vandenberg erkennt das sofort, als er es betritt. Alles ist ihm vertraut, und einen Herzschlag lang hat ihn die Wehmut gepackt, die Sehnsucht nach der Klarheit, der Durchschaubarkeit und Freundlichkeit der kleinen Stadt. An drei großen Tischen haben die Schüler sich zusammengerottet, um ihre schwierigen Beziehungen zueinander zu pflegen. Hinter Rauchwolken kann er sie erkennen, vor ihren seit einer halben Stunde leeren Tassen und den Aschenbechern, die die Kippen nicht mehr aufnehmen können, mit ihren unter dem Tisch geballten Fäusten oder den beringten Mädchenhänden, die ununterbrochen im eigenen Haar Locken drehen. Augen suchen einander und weichen sofort aus, wenn sie sich gefunden haben: das Alter der ganz kurzen Blicke, der Blicke, deren Existenz man hinterher immer noch bestreiten kann, wenn sie nicht erfolgreich waren. Er versucht, die Gespräche inhaltlich zu verfolgen, aber sie überlagern sich und umschlingen einander, grundiert von der Musik des Cafés, und er kann mit keinem davon mitgehen, hört immer nur einzelne Worte, begleitet von Gesten, in denen der ganze ungeheure Ernst dieser jungen Leute aufscheint, die ganze Wichtigkeit ihrer Verhandlungen, ihrer Schmerzen, ihrer Flirts, ihrer Berührungen, und vergeblich sucht er in seinem eigenen gegenwärtigen Leben nach etwas, was auch nur annähernd so wichtig wäre, ihn mit solchem Ernst erfüllen könnte. Geschlagen kehrt Vandenberg auf die Straße zurück, geht an der großen Bushaltestelle vorbei, an der sich jetzt die Fahrschüler sammeln, verschwindet in einer Seitenstraße, ein junges Pärchen streifend, das schon einen Schritt weiter ist, sich vor einer halben Stunde aus dem Rudel im Café gelöst haben mag, nun an einer soliden norddeutschen Backsteinmauer steht, eng umschlungen, heftig bewegt, und Vandenberg, Spurensucher und Detektiv seit seinen Studienzeiten, der immer hingesehen, nie den Blick abgewendet hat, Vandenberg, demütig und schamhaft das Gesicht zur anderen Straßenseite gewendet, huscht schnell vorbei am ernsten Glück der jungen Leute.

Ein Nachmittag im Hallenbad

Im ersten Jahr seines Studiums mußte es gewesen sein, daß er zum Spurensucher wurde. Zunächst nur, weil er sich in der neuen großen Stadt anfangs oft verlief, träumend und ohne je Angst zu haben, nicht mehr zurückzufinden zum Bekannten. Die Straßen aber, ohne daß es sich eben schon angekündigt hätte, stießen manchmal unvermittelt auf die Mauer und hörten einfach auf. Er mußte dann umdrehen und weigerte sich jedesmal, genau den gleichen Weg zurückzugehen, begann abzuweichen und geriet ins Labyrinth: erst dort fühlte er sich wohl. Nicht mehr zu wissen, wo er sich befand, erregte ihn wie sonst nur die Leiber der Frauen, auf deren Wegen er sich ebenfalls hoffnungslos verirrte, zu ihrer Verwirrung manchmal, öfter aber zu ihrer Freude, bis sie ihm den Ariadnefaden reichten. Dann suchte er in den fremden Straßen nicht mehr nach Anzeichen von Bekanntem, vermied es, die Straßennamen zu lesen, sondern hielt den Blick an Kneipenschildern oder der Beschriftung eines Bestattungsinstituts fest, folgte der Spitze eines fernen Turms oder dem Rot eines Kleides, das ganz nah vor ihm herging und treppenabwärts in einem U-Bahn-Schacht verschwand. Den Gerüchen dieser Schächte folgte er, den Farben einer Allee, einer besonders schönen Fassade, die ihm von der nächsten Straßenecke her zuwinkte, und immer kam irgendwann der überraschende Blick auf einen kleinen Platz, eine Kreuzung, eine Straße, der sich bei ihm dann mit dem stummen Ausruf verband: Das kenne ich! Vandenberg betrat das bekannte Terrain, seine Erregung sank schnell ab, und zu Hause nahm er einen Stadtplan vor, um seinen Weg durchs Labyrinth zu rekonstruieren, was ihm immer nur ansatzweise gelang.

Von all diesen Gängen aber speicherte er einzelne Bilder: das einer verblassenden Ladeninschrift, eines gerade verwaisten Kissens in einem geöffneten Fenster, eines plattgetretenen Fußballs in einem Rinnstein, eines sehr gebeugten alten Herrn, der vor ihm mit zwei Einkaufstüten ging, einer rundlichen Dreißigjährigen, die sich ständig mit dem Handrücken den Schweiß von der Stirn wischte, leise stöhnend, und dabei ihre stark behaarte Achselhöhle entblößte. Diese Bilder trug er mit sich nach Hause, in ein kleines Untermietzimmer in der Nähe des Breitenbachplatzes, immerhin mit Balkon, den eine mächtige alte Eiche verschattete, und fixierte sie: Sie bekamen ihre Farben und ihr Arrangement, und er versuchte, sie erzählen zu lassen. Nie waren es ganze Geschichten, die sich mit ihnen verbanden, denn Vandenberg hatte kurz nach dem Ende seiner Schulzeit aufgehört, Romane zu schreiben und wandte sich den Genreszenen zu: wie das Kind, dem der zertretene Fußball gehörte, weinend nach Hause kommt und seine Eltern um einen neuen anbettelt; wie der alte Herr mit seinen beiden Einkaufstüten im Treppenhaus seines alten Mietshauses zusammenbricht und stirbt; wie die schwitzende Frau sich abends zu Hause ärgerlich den routinierten Zudringlichkeiten ihres Mannes, eines gerade für einige Tage nach Hause zurückgekehrten Fernfahrers, widersetzt; wie am Nachmittag, als ihre Seite des Hauses endlich im Schatten liegt, die Rentnerin wieder zu ihrem Kissen auf der Fensterbank zurückkehrt.

Noch heute, mehr als zwanzig Jahre später, kann er sich an die meisten dieser Bilder und Genreszenen erinnern, und gewiß ist es kein Zufall, daß er später, als er sich endlich ganz der Kunstgeschichte zugewandt und die Ödnis der ersten Semester hinter sich gebracht hatte, sich dem Gebiet der holländischen Genremalerei widmete, bis er endlich auf diesem Weg den einen Vermeer entdeckte. Die Bilder lösten die Schrift ab, und später verbanden sie sich wieder, als Vandenberg begann, über die Bilder zu schreiben. Er schlug nicht, um die gängige Formel zu gebrauchen, die akademische Laufbahn ein, er wurde auf sie geprügelt. *Mein Gott, wollen Sie denn gar nicht vorwärtskommen? Wollen Sie denn Ihr Talent verschleudern?* brüllte ihn eines Tages sein akademischer Lehrer an, als Vandenberg der ihm eröffneten Möglichkeit einer Habilitation zögernd gegenüberstand.

Vielleicht wollte er sein Talent in der Tat verschleudern: großzügig damit umgehen, es nicht auspressen bis zum letzten. Schon damals im Schatten des Walnußbaums, als er seine glänzende Zukunft vor sich sah – als Schriftsteller, als Denker, als Liebhaber –, verließ ihn doch nie eine gewisse Trägheit, die ihm die Lehrer von früher wie die von heute zum Vorwurf machten, während er selber wußte, daß sie, anstatt ihm zu schaden, einen zuverlässigen Schutz bot. Da er ein Mensch mit geringem Ehrgeiz blieb, erreichte er viel im Laufe der Jahre und stieg nach oben, ohne den unangenehmen Geruch des Aufsteigers an sich zu tragen. Wie von selbst entstand die Legende um ihn, daß er *es eigentlich nicht nötig hatte,* fast so, als käme er aus reichem Haus. Daß er seine Wissenschaft *um der Sache selbst willen* betrieb, war eine so ausgeprägte Meinung über ihn, daß er sich nicht einmal dagegen hätte wehren können, wenn es unwahr gewesen wäre.

Gleichwohl stimmte es, nur daß Vandenberg gesagt hätte, er mache es um der Bilder selbst willen und wegen seines Verschwindens darin. Eines Tages sich so sehr in ein Vermeer-Bild zu versenken, daß er nicht mehr daraus zurückkehren würde, das war sein Traum. *Ein Professor verschwindet:* ein ewig ungelöstes Rätsel. So, wie er damals in seinen ersten Semesterferien, in denen er selbstverständlich noch nach Hause zurückkehrte, zuweilen frühabends hinter den Nebelschwaden des Hallenbads verschwand, oder noch früher, damals mit fünfzehn, im Vormittagsdunst des Wellenbads von Norderney.

Obwohl er das Wasser so liebt, ist er nie ein guter Schwimmer geworden. Als Kind war ihm der Schwimmunterricht in der Schule ein Greuel, erteilt von einem bulligen Mann namens Scherff, der seine eigene Kindheit und einen Teil seiner Jugend vermutlich in der HJ verbracht hatte und der ganz natürlich und ohne Böswilligkeit seine dort gesammelten Erfahrungen weitergab. Ihn fürchtete Vandenberg. Aber auch die kraftgeladene Fröhlichkeit mancher seiner Mitschüler, wenn sie sich im Becken suhlten, wenn sie nicht nur das Wasser, sondern auch ihre schwächeren Nebenleute verdrängten, stieß ihn ab. Noch heute, wenn er im Schwimmbad Kinder beobachtet, die gute Schwimmer sind und sich im Wasser austoben, sieht er weniger die Eleganz und Geschmeidigkeit darin, sondern das Raubtierhafte, Aggressive: lauter kleine Siegertypen.

Aber die Hallenbäder liebt er. Er liebt die artifizielle Färbung des Wassers und die feuchten Bodenkacheln, den

Dunst, der aus den Becken aufsteigt und den Raum erfüllt, und die riesigen Glaswände, die die ganze Anlage zu einem Aquarium für Menschen machen. Stundenlang kann er hier zubringen, kaum schwimmend, aber gehend, liegend, lesend, dösend, schlafend. Und schauend, immer noch, wie er schon damals nach den Mädchen schaute, die am Beckenrand lagen, fünf oder zehn Meter von ihm entfernt, und die sich dorthin gelegt hatten, damit man sie anschaute. Sie lagen bäuchlings, den Kopf auf die ineinander verschränkten Arme gelehnt und dösten vor sich hin oder unterhielten sich miteinander. Auf jeden Fall taten sie so, als bekämen sie überhaupt nicht mit, was um sie herum vorging, und Vandenberg glaubte das sofort. Er verstand nicht, was es bedeutete, wenn Freunde ihm erzählten, daß Mädchen *Tricks anwenden.* Obwohl er doch längst über die Tricks von Odette Bescheid wußte, alles darüber gelesen hatte, dachte er zugleich, daß so etwas in der Welt, in der *er* lebte, nicht vorkam. Er war sehr naiv damals, und das erfüllt ihn jetzt, da er in einem Liegestuhl im Hallenbad der kleinen Stadt liegt, in der abends die Rhododendronkönigin gewählt werden wird, mit sehr großem Stolz: als sei diese Arglosigkeit vielleicht der größte Vorzug gewesen, den er je für sich hat geltend machen können.

Die Mädchen, von denen eins heute abend die Rhododendronkönigin werden wird, sind gewiß jetzt nicht hier. Sie sind längst mit den letzten Vorbereitungen beschäftigt und kämpfen mit ihren Nerven. Statt dessen sieht er eine junge und noch schöne Mutter, die bei ihrem ganz Kleinen am Planschbecken sitzt, stolz und freudig erregt, während sie die Frucht ihres Leibes bei den ersten Gehversuchen im Wasser beobachtet. Sie lacht, klatscht, macht Gesten der Ermutigung, und der Kleine schaut immer wieder zu ihr her, um dann fröhlich weiterzuplanschen: soeben hat er erfahren, daß die Mama ihn dafür liebt. Nach einer Viertelstunde steigt er aus dem Becken und stolpert seiner Mutter entgegen, die die Arme ausgebreitet hat, ihn an sich drückt, kitzelt und abküßt. Der Kleine quietscht vor Vergnügen, und er wird sich merken, daß es sich lohnt, der Mama eine Freude zu machen.

Etwas ältere Kinder jagen sich gegenseitig im großen Becken oder springen vom Dreimeterturm. Junge Mädchen liegen nebeneinander, unterhalten sich und tun so, als bemerkten sie nichts von den Blicken, die die Siebzehn- und Achtzehnjährigen auf sie werfen. Sie *wenden Tricks an:* inzwischen weiß Vandenberg Bescheid. Er ist nicht stolz darauf. Am Ende Bescheid zu wissen, das hat er mehrmals in seinem Leben erfahren, ist fast immer enttäuschend. Einige Senioren ziehen konzentriert ihr Gesundheitsprogramm durch, das sie jeden Tag oder vielleicht auch nur jeden Samstag praktizieren: zwanzig Bahnen zügig geschwommen, danach etwas Ruhe, dann nach Hause. Sie sind weit entfernt von den offensichtlichen oder versteckten Aufgeregtheiten, die sich hier ereignen, dem heftigen Flirt des Kleinen mit seiner Mutter ebenso wie den anstrengenden, die ganze Aufmerksamkeit erfordernden Spiegelfechtereien zwischen den Jugendlichen.

Das Bad ist ein Produkt der Blüte der frühen sechziger Jahre, als die Stadtkassen durch Gewerbesteuern voll waren und die Stadtväter die Bevölkerung mit Bädern und Stadthallen beglückten. Vandenberg weiß darüber sehr gut Bescheid. Auch sein Vater hat zur gleichen Zeit das Geld für ein solches Bad zur Verfügung gestellt, sein Vater, der das Vermögen der Stadt verwaltete und mehrte und die Macht und die Kenntnis besaß zu sagen: Dieses Geld haben wir, jenes haben wir nicht. Heute übersteigen die jährlichen Kosten für das Bad vermutlich bei weitem die Summe, die damals für den Bau nötig war. Auch das hat sein kluger und erfolgreicher Vater ihm beigebracht, bei einer der wenigen

Gelegenheiten, da er zu Hause über seine Arbeit gesprochen hat. Du mußt wissen, Jan, hat er zu ihm gesagt, so ein Bad zu bauen ist gar keine Kunst, das Geld ist immer da, aber es später zu unterhalten, das wird schwer. Er weiß nicht, warum diese Sätze und die Situation, in der sie gesprochen wurden, bei ihm hängengeblieben sind bis heute, denn die öffentliche Finanzverwaltung hat ihn weder damals noch später je interessiert, aber er sieht das Bild deutlich: ein Augenblick nach dem Mittagessen in einem Sechzigerjahresommer, sein Vater und er auf der Terrasse, während seine Mutter in der Küche mit schmutzigem Geschirr hantierte. Er hat ihm eine Weisheit mit auf den Weg gegeben, mit der er nichts anfangen konnte, während er manches Nützliche für sich behielt, aber Vandenberg ist ihm deswegen niemals gram gewesen, und so schleppt er die reichlich nutzlosen Kenntnisse über die Folgekosten von Hallenbädern weiterhin und ohne Bedauern mit sich herum.

Er kann es an den Kacheln sehen, auch an den Armaturen in den Duschen, daß es sich um ein Sechzigerjahrebad handelt. Selbst der Chlorgeruch scheint jener Zeit anzugehören, obwohl Vandenberg genau weiß, daß der Geruch von Chlor sich über die Jahrzehnte hinweg gleich bleibt. Der gleiche Geruch wie damals in seinem melancholischen Sommer im Hallenbad von Norderney, wo er vierzehn Tage mit seinen Eltern zubrachte. Daß er sich im Hallenbad aufhielt, obwohl die Nordsee nur hundert Meter entfernt war, lag daran, daß das Wetter in diesen zwei Wochen miserabel war: kalt und regnerisch, mitten im Juli. Sie wohnten in einer Pension und machten abends, eingehüllt in Mäntel, Spaziergänge durch den Ort. Vormittags lag er im Hallenbad und las *Stephen Hero*, tief versponnen in Stephen Daedalus' Kämpfe ums Erwachsenwerden, um die Lösung von seinen Eltern, in seinen Kampf gegen den Klerus, sein stolzes *Non servam!* Bäuchlings lag er auf dem warmen Kachelboden des Bades, eingehüllt in Dunstschwaden, vor den Fensterscheiben zogen Regenfäden vorbei, und er fühlte sich wie ein Frosch in seinem Teich, wie Lurche im Schilf: eine Amphibienexistenz. Von seinen eigenen Eltern war er weit entfernt in diesen Tagen, so stark eingehüllt in sein Lesen, in Stephens Kämpfe, die seine eigenen waren, daß weder sein Vater noch seine Mutter ihn je erreichten, und bei zwei Gelegenheiten nahm er den schmerzhaften, verletzten Ausdruck auf ihren Gesichtern wahr. Er war nicht renitent, nicht aggressiv – Aggressivität war etwas, was in ihrer Familie unausgesprochen einem totalen Tabu unterlag –, er war nur flüchtig, nicht zu greifen für seine Eltern: Lurche sind glitschige Tiere. Noch heute bittet er sie um Verzeihung für die Verletzungen, die er ihnen zugefügt hat und gegen die sie sich nicht wehren konnten, weil er nicht wirklich böse war – er war nie ein böses Kind, leider –, sie nicht beschimpfte, sondern ihnen durch die durchdringende Art seiner Abwesenheit weh tat und sich dabei zugleich selber verabscheute. Auch vor Stephen, dem er in jeder Wendung folgte, mit dem er völlig eins war, empfand er an einer Stelle heftigen Abscheu, als er explizit und mit voller Absicht die religiösen Gefühle seiner Mutter verletzt. Er war entsetzt, als er das las, es war die Katastrophe selbst, der Verstoß gegen das Credo, daß man seiner Mutter nicht weh tun darf, jedenfalls nicht absichtlich: Für Vandenberg bedeutete das nicht weniger, als daß man sie tötete, und er erinnert sich an sein Erstaunen, als Stephens Mutter die Angriffe ihres Sohnes überlebt. Vor einigen Monaten hat er das Buch noch einmal gelesen, und die Stelle hat ihn nicht anders berührt als damals: Wieder erfüllte ihn mit Enttäuschung, daß Stephen der Held doch nur ein dummer jugendlicher Rüpel ist.

Das war er damals nicht, so glaubt er noch heute. Alles, was man ihm vorwerfen konnte, war, daß er verschwand, daß er, gut sichtbar auf dem Boden des Hallenbads liegend, nicht mehr zu fassen war. Er lag dort auch nicht, um sich sehen zu lassen, uneinig mit seinem Körper, wie er war, und er schaute auch nicht nach anderen – das kam erst ein Jahr später–, sondern war ausgewandert in das Leben von Stephen Daedalus, vollständig, ohne dabei einen Trick anzuwenden. Niemand konnte ihn dort herausholen, solange er sich nicht selber entschloß, es zu verlassen.

Aus seinen dämmernden Erinnerungen erwachend und wieder mit geöffneten Augen, sieht er dieses Bild noch einmal vor sich. Schon vor einiger Zeit hat sich eine junge Frau auf den Kacheln niedergelassen, eine richtige Frau, um fünf, sechs Jahre älter als die auf der anderen Seite des Bekkens liegenden jungen Mädchen und etwas jünger als die junge Mutter, die jetzt ihren Kleinen auf den Arm genommen hat und sich in Richtung der Duschräume entfernt. Sie liegt mit dem Rücken zu ihm, auf die Ellbogen gestützt, und liest, die einzige Leserin in diesem Raum. Er sieht die konkave Linie ihres überraschend breiten Rückens und die konvexe ihres Hinterns, und an beiden kann er mit Gewißheit, obwohl er ihr Gesicht nicht sieht, die völlige Versenkung in ihr Buch ablesen, ihre nur physische Anwesenheit in diesem Bad. Dann kratzt sie sich mit der rechten Hand am Hintern, ausdauernd, einem physischen Bedürfnis folgend, mit einer Selbstvergessenheit, die verrät, daß sie sich nicht ausstellt, keinen Trick anwendet. Sie ist weit weg bei sich selber, und Vandenberg verurteilt sich sofort und nachdrücklich für seine bei diesem Anblick beginnende Erektion, die sich um sein Urteil leider nicht kümmert. Hätte er irgendwelchen Einfluß in dieser kleinen Stadt, in die ihn eine Laune gebracht hat, diese junge Frau würde heute abend zur Rhododendronkönigin gewählt werden.

Die Rhododendronkönigin

Das Plakat hat er auf dem Weg zum Essen gelesen. Die Wahl wird früh beginnen, um neunzehn Uhr dreißig, und gewiß ist alles zweieinhalb Stunden später zu Ende: Man ist in Norddeutschland und neigt hier nicht zu mediterranen Exzessen. Der Name einer Halle ist angegeben, benannt nach dem Landstrich, dessen Metropole das kleine Städtchen ist. Er erkundigt sich beim Kellner nach dem Weg. Es ist nicht weit, zehn Minuten zu Fuß: Nichts ist hier weit. Heute abend macht er es richtig, ißt Matjes (nach Hausfrauenart), trinkt Bier dazu und hält sich nicht an einem mittelmäßigen Wein fest wie am Abend zuvor. Das Lokal ist nicht sehr belebt um diese frühe Abendzeit. Ein älteres Ehepaar, Touristen wie er, versucht sich am Nebentisch an etwas, was *Zürcher Geschnetzeltes* heißt und nicht sehr gelungen zu sein scheint, wenn er die Gesichter der beiden Esser richtig liest. An der Theke und an einem großen Tisch, der, obwohl nicht so gekennzeichnet, der Stammtisch sein muß, sammeln sich ein paar Männer, Einheimische, und trinken Bier. Ihre Gespräche berühren Lokales, Namen werden gleichsam hin- und hergerollt, Beurteilungen abgegeben, aber keine Urteile gesprochen. Es wird auf Vergangenes eingegangen und auf Künftiges verwiesen, selbstverständlich auch auf die Wahl der Rhododendronkönigin an diesem Abend, aber ohne große Anteilnahme: Das kennen sie, das haben sie jedes Jahr im Mai. Immerhin entnimmt Vandenberg ihren Äußerungen, daß sie alle hingehen wollen, auch das tun sie wohl jedes Jahr. Ein harmloses Vergnügen: Man kann von ein paar hübschen Mädchen, die man von der Straße kennt, bei dieser Gelegenheit ein bißchen mehr sehen als sonst, wenn auch bei weitem nicht alles. Schon zieht das Gespräch aber weiter zu Themen, die mehr Gewicht, längere Dauer haben. Die Straßen waren fast leer, als Vandenberg vom Hallenbad zu diesem Lokal ging, nichts mehr von der summenden Schüleraufgeregtheit des Mittags. Aber er weiß, daß sie sich wieder füllen werden später am Abend, nicht allein der Rhododendronkönigin wegen, sondern weil Samstagabend ist. Das *Saturday Night Fever* macht vor der Kleinstadt nicht halt. Eher ist es hier wirklich zu Hause, viel eher als in der großen Stadt, die zu jeder Zeit vergnügungsbereit ist, lässiger, müder, abgebrühter. Auch das Gespräch der Männer hier dient der Erwartung des späteren Abends, in den sie sich langsam hineinreden und hineintrinken. Ihm fällt auf, wie genau er das alles kennt, bis ins Detail, wie sehr er noch Teil davon ist oder wie schnell er es wieder werden könnte. Man verlernt das nicht, so wenig wie das Fahrradfahren. Er hat die Kleinstadt abgestreift, bald, nachdem er sie verließ; er kann sie wieder überziehen wie einen Mantel. Eine bestimmte Form von Treue, die ihn zu nichts verpflichtet: morgen fährt er zurück.

Zeit zu gehen, wenn er sich noch ein wenig zwischen den backsteinroten Häuserfronten verlaufen möchte. In dem Städtchen selbst gibt es sicher schon lange keine Landwirtschaft mehr, aber es ist umgeben von einem Agrargürtel, so hätten seine Geografiebücher das vielleicht genannt. Es ist das Zentrum eines ländlichen Umlands; die Königin, die heute gewählt werden wird, herrscht nicht über die Stadt allein, sondern über den ganzen Kreis. Nach Mist, Jauche, Kuhscheiße riecht es hier nirgends, aber nach dem Schnaps, der aus dem Korn gebrannt wird, das auf den umliegenden Feldern wächst, nach zu handlicher Wurst verarbeiteten toten Schweinen – die Gegend ist für ihre Würste durchaus bekannt – und nach den Dieselkraftwagen, in denen die Söhne der Bauern an diesem Abend in die Stadt fahren. Die Rechtsanwälte, Ärzte, Kaufleute, an deren Häusern er jetzt vorbeigeht, hätten keine Existenz ohne das

Land um die Stadt. Kleine Städte leben nicht aus sich selbst, denkt Vandenberg, sie bringen es nicht zu einem Universum. Vielleicht will man deshalb so dringend weg, wenn man jung ist. Rom, Paris, London, *Big Apple* scheinen sich selbst erschaffen zu haben, sie haben keine Eltern: davon träumen die Jungen.

Jetzt gerät er in den Sog der Leute, die sich die Wahl der Rhododendronkönigin ansehen möchten, beileibe nicht nur Männer. Es handelt sich nicht um eine Peep Show, jedenfalls nicht offiziell, es ist ein soziales Ereignis. Dort vorn kann er schon die Halle sehen, die seine geheimen Erwartungen enttäuscht. In *seiner Zeit* hätte das Ganze noch in einer alten Viehauktionshalle stattgefunden, ein nicht unpassendes Ambiente, wie er findet, ohne Häme. Aber das hier ist, wie das Hallenbad, ein weiteres Produkt der Blüte der Sechziger, eine Mehrzweckhalle, er mag das Wort kaum denken, in der zu anderen Zeiten das Landestheater gastiert oder Festakte stattfinden. Nicht einmal häßlich, für provinzielle Verhältnisse hat man damals recht kühnen Architekten den Zuschlag gegeben, aber doch ein Ort ohne Tradition. Allerdings weiß er nicht, wie alt die Tradition der Wahl selber ist, vielleicht entstammt auch sie den späten sechziger Jahren.

Fünfzehn Mark kostet der Eintritt, drei Mark das Programm. Begrüßung durch den stellvertretenden Stadtdirektor, immerhin. Musikalisches Rahmenprogramm durch die regional offenbar bekannte Gruppe *Vorfallende Bandscheiben.* Immerhin, denkt Vandenberg, eine sehr phantasievolle Paraphrase, zu *meiner Zeit* hieß die lokale Gruppe noch *The Beatniks:* nicht sehr einfallsreich. Vorstellung der Kandidatinnen im Gespräch. Kostümvorführung. Tanzen. Wahl durch das Publikum (wie wird das funktionieren, fragt sich Vandenberg). Anschließend Tanz für alle im *Großen Saal.*

Der *Kleine Saal*, in dem die Wahl stattfindet, ist schon halb gefüllt. Zwanzig Reihen in absteigender Linie stehen zur Verfügung, durch einen Mittelgang zweigeteilt. Vandenberg zögert am Eingang. Zunächst möchte er sich in der hintersten Reihe niederlassen, um seine Nichtzugehörigkeit zu demonstrieren, dann erinnert er sich an seine Kurzsichtigkeit und geht weiter nach vorn, zehn Reihen und noch fünf und noch drei, bis er in der zweiten Reihe Platz nimmt. Er will jetzt nicht mehr Distanz ausdrücken, sondern alles ganz genau sehen. Wie er da durch den Mittelgang zögernd nach unten geschlendert ist, gab es hier und da Blicke von den bereits Sitzenden, aber nicht sehr neugierig: Man ist gewohnt, daß auch Touristen der Wahl der Rhododendronkönigin beiwohnen. Die Bühne ist an allen Ecken mit Rhododendron geschmückt. Nervös ist Vandenberg jetzt, wie im Kino, sobald er sich niedergelassen hat, möchte er, daß es sofort losgeht.

Noch aber dauert es fast eine halbe Stunde, ehe der Saal sich ganz gefüllt hat und der stellvertretende Stadtdirektor seine angenehm kurze Begrüßungsrede hält, die auf die platte Tatsache hinweist, daß diese Wahl jedes Jahr stattfindet, in diesem Jahr zum siebzehnten Mal – also eine Tradition aus den frühen Siebzigern! denkt Vandenberg –, daß sie von der Stadt und dieser und jener Firma gefördert wird, daß die Zeit der Rhododendronblüte den Ort weit über die Grenzen der Region hinaus bekannt gemacht hat. Dann wiederholt er den Ablauf des Programms, wie Vandenberg es bereits nachgelesen hat, nennt den Namen der Musiker und bittet den eigentlichen Conferencier auf die Bühne, auf der sonst wohl wirklich die Landesbühne gastiert mit *Was ihr wollt* oder *Die schmutzigen Hände*.

Sofort verändert sich alles. Von den jungen Männern wird der Conferencier mit einem wissenden Johlen begrüßt. Er ist vielleicht dreißig, untersetzt, schon mit einem sichtbaren Speckring um die Hüften. Eine weinrote Hose trägt er, ein gelbes Sakko, ein Sechzigerjahrehemd, wie es gerade wieder Kaufhausmode geworden ist, und eine sehr breite Krawatte. In der Woche mag er ein bißchen weniger bunt herumlaufen: stellvertretender Filialleiter einer Bank, tippt Vandenberg, oder Juniorchef im größten Elektrogeschäft am Ort oder Verkaufsleiter in einem Baumarkt. Doch er hat dieses Showtalent, das seine Altersgenossen von den gemeinsamen Schuljahren kennen. Vielleicht hätte er einen Beruf daraus machen sollen, aber beim Fernsehen wäre er ohnehin nicht gelandet, und so ist es schon sicherer, den Verkauf im Baumarkt zu leiten. Obwohl er keineswegs attraktiv ist, war er früher fast so etwas wie ein Frauenheld: Seine Schulfreunde und später die Genossen seiner frühen Mannesjahre haben ihn immer um den Kniff beneidet, mit dem er es schaffte, *die Weiber reihenweise flachzulegen.* Das ist jetzt auch vorbei, versteht sich, zwei Jahre nach seiner Heirat und bald zum zweiten Mal Vater.

Ich weiß schon wieder alles, denkt Vandenberg. In der Kleinstadt kenne ich mich aus. Es ist fürchterlich, und ich habe Sehnsucht danach.

Er kennt sich aus, und es ist wirklich fürchterlich, was jetzt kommt. Sobald er den Showmaster gesehen hat, weiß er, daß es keine betuliche Provinzveranstaltung mit ein bißchen unschuldiger Erotik wird, sondern ein Schmierenstück. Der Junge wird die Puppen tanzen lassen. Seine ersten Sätze holen dafür das Einverständnis aus dem Publikum. Dann dürfen die Kandidatinnen zum ersten Mal aufmarschieren, alle zusammen, acht junge Mädchen, keins älter als achtzehn, alle in weißen oder pastellfarbenen Kleidern. Das ist nur eine kurze Parade zum Vorführen, sie verschwinden gleich wieder hinter dem Vorhang. Der Showmaster hat nur kurz ihre Namen genannt, so schnell, daß Vandenberg sich keinen hat merken können, während das

Publikum bei fast jedem Namen jubelte oder kreischte. Es folgt noch eine Reihe von Witzen, und einen Augenblick wähnt Vandenberg sich in Blackpool in einer Nachmittagsvorstellung. Das Gelächter um ihn herum scheint ihm tatsächlich vom Band zu kommen. Er kann sich von dieser Vorstellung nicht lösen, obwohl er genau weiß, daß das nicht der Fall ist. Danach aber wechselt die Szene umstandslos in die frühen achtziger Jahre: Die *Vorfallenden Bandscheiben* spielen ihre ersten drei Stücke, Neue Deutsche Welle, schon sehr angegangen, aber zum Wiedererkennen schön. Vier Jungens und ein Mädel, in den Endzwanzigern. Musikalisch sehr solide und sauber und ohne weitere Inspiration, so daß Peinlichkeiten sich gar nicht erst einstellen können.

Dann wird die erste Kandidatin auf die Bühne geholt, sechzehn, sehr nervös, keine Chance, weiß Vandenberg sofort. Der Showmaster fragt sie nach ihren persönlichen Umständen aus wie ein Kind, alle Fragen hören sich an wie: Darfst du denn schon mal länger als acht Uhr aufbleiben?, auch wenn er diese Frage natürlich nicht stellt. Gefragt wird nach den Hobbies, was die Eltern machen, welche Musik sie gern hört, wieviel Geschwister sie hat, ob sie in der Lehre ist oder auf welche Schule sie geht, wie es mit einem Freund ist, und am liebsten möchte er sie fragen, ob sie schon gevögelt wurde oder noch Jungfrau ist. Darüber muß sich aber jeder seine eigene Phantasie bilden, es wird dann doch nicht auf der Bühne verhandelt. Die Kleine, die nicht aus der Stadt, sondern aus einem der umliegenden Dörfer kommt, antwortet so leise, daß man kaum etwas versteht, und Vandenberg erwartet jeden Moment, daß sie zu weinen beginnt, aber sie steht es durch.

Das ist das Schema, nach dem alle Mädchen vorgeführt, nach dem sie öffentlich entkleidet werden, damit das Publikum den Zustand ihres Hymens überprüfen kann. Einige bilden ein Duo mit dem Showmaster, spüren, was er will, überlassen die Witze nicht ihm, sondern machen sie selber, gehen auf seine Schlüpfrigkeiten ein, flirten mit dem Publikum, und Vandenberg kann sehen, wie sie kräftig ausatmen, noch bevor sie die Bühne ganz verlassen haben: so anstrengend war es, die paar Pluspunkte zu sammeln. Eine ist ungeheuer reserviert, fast spröde, gibt sehr knappe, präzise Antworten, die den Punkt treffen. Vandenberg findet heraus, daß sie diese Haltung bewußt trägt, daß sie sogar riskiert, den Mann vom Baumarkt auflaufen zu lassen, ihn als den Trottel hinzustellen, der er ist, um auf diese kühne Weise zu gewinnen. Seine Stimme hätte sie, zumal sie die Augen und die Wangenknochen von Ingeborg Hausknecht hat.

Die hätte natürlich einen solchen Zirkus nicht mitgemacht, denkt er, wenn es das damals bei uns gegeben hätte. Noch während er den Satz denkt, weiß er, daß er falsch ist: Diese Mädchen sind nicht schlechter oder dümmer als Ingeborg damals. Der stellvertretende Stadtdirektor hat bei seiner Begrüßung die Preise erwähnt. Die Siegerin bekommt immerhin ein paar tausend Mark, ein kleines Auto, und ihre Garderobe wird um einige Stücke bereichert. Nicht schlecht für ein Kleinstadtmädchen von siebzehn oder achtzehn Jahren. Dafür kann ich schon mal meinen Arsch ins Publikum halten, mag sich manche der Kandidatinnen gedacht haben, wenn es den Herren da unten Spaß macht. Es ist überhaupt nicht ausgemacht, wer sich bei dieser Veranstaltung über wen lustig macht. Vielleicht sind gar nicht die Mädchen die Opfer, die immerhin etwas gewinnen können, sondern die Leute unten, die Eintritt bezahlt haben, vielleicht aber auch nur der Showmaster, über den sich beide Seiten mokieren, auch wenn sie ihm zujubeln und er glaubt, alles im Griff zu haben.

Diese Sichtweise der Dinge erleichtert Vandenberg etwas seine Anwesenheit. Nach der Vorführung der Mädchen spielen wieder die *Vorfallenden Bandscheiben.* Ein bißchen ermüdend ist das jetzt schon bei dem zweiten Auftritt, weil schnell deutlich wird, daß ihre Bandbreite gering ist und sie in ihrer grundsoliden Art eigentlich immer das gleiche spielen. Man muß nicht zuhören, das ist angenehm, aber leider hört man doch irgend etwas.

In der zweiten Runde werden die Mädchen auf Allgemeinbildung getestet. Man fragt sie also tatsächlich, wie der Bundespräsident heißt und wie die Hauptstadt der Vereinigten Staaten. Wann der erste Mensch den Mond betreten hat (die Jahreszahl genügt). Und so weiter: Das ist der seriöse Teil des Programms. Uns ist nicht nur wichtig, soll das heißen, daß die Mädels hübsche Dinger haben, sondern auch etwas im Kopf. Danach entrollen die Lokalmusiker noch einmal ihren nun schon vertrauten Klangteppich, und dann geht's los: Endlich werden die Mädchen zu den Nummerngirls, die sie für das Publikum von Anfang an waren. Einzeln betreten sie die Bühne, im Bikini, laufen ein paar Mal hin und her, gehen an die Bühnenrampe, drehen sich um, und das Publikum freut sich auf vielfältige Weise. Auch die Frauen im Publikum sind begeistert und lachen. Sie sind froh, nicht selbst dort oben zu stehen. Die meisten von ihnen sind davor schon durch ihr Alter geschützt, ab Mitte zwanzig aufwärts, und sie mögen denken: Ein Glück, daß mir das nicht mehr passieren kann. Die Schülerinnen und ihre Freunde, die er heute mittag im Café und an der Bushaltestelle gesehen hat, fehlen hier völlig. Sie sind ganz woanders an diesem Abend, mit ihren eigenen Träumen beschäftigt, die sich nicht auf der Bühne einer Mehrzweckhalle darstellen lassen.

Vandenberg versteht, daß er die *Kostümvorführung* sieht, die im Programm annonciert ist und die den Höhepunkt der Veranstaltung bildet. Sie geht bruchlos ins Tanzen über: Nachdem jedes Mädchen einzeln möglichst viel Fleisch gezeigt hat, betreten sie nun, noch immer in der gleichen Kostümierung, alle zusammen die Bühne und legen einige Tanznummern hin, die offensichtlich gemeinsam einstudiert wurden. Die Musik dazu kommt vom Band, die *Vorfallenden Bandscheiben* haben für heute ihre Pflicht getan. Im Fernsehen würde der Text dazu heißen: Es tanzt für sie unser bekanntes Rhododendron-Ballett. Zehn Minuten dauert das Ganze immerhin, die Mädchen schmeißen ihre Beine hoch, kreisen mit den Hüften, machen Spagat, drehen dem Publikum auf Kommando gemeinsam den Hintern zu, wie beim Cancan, nur daß die fliegenden Röcke fehlen. Anfangs johlen die Männer noch mit, wie sie es bei den Einzelauftritten getan haben. Sie versuchen, die Herrschaft über die Szene zu behalten. Dann verstummen sie nach und nach, weil sie deutlich merken, *daß die Mädchen dort oben wirklich Spaß haben*, endlich, daß sie mehr Spaß haben als die Kerle dort unten, die dieses oder jenes Stück Fleisch zu fixieren versuchen und langsam ihre Entmachtung begreifen. Am erbärmlichsten wirkt jetzt der Showmaster, der am Rand der Bühne steht, das Mikro schlaff in der Hand, verschiedene Arten von Lächeln probierend. Ja, denkt Vandenberg begeistert und spricht die Mädchen im stillen an, hängt euch rein, macht sie fertig, zeigt es den geilen Bökken: als gehörte er selber nicht dazu. Und die Mädchen hängen sich rein und zeigen es ihnen. An einer Stelle des wirklich exakt einstudierten Balletts kommen sie ganz nah an die Rampe, stemmen die Hände in die Hüften, beugen sich vor und strecken dem Publikum die Zunge heraus. Fast erleichtert ist die Reaktion. Alle wissen jetzt endlich, was man voneinander hält.

Dann verschwinden die schweißnassen Mädchenkörper hinter dem Vorhang, und Vandenberg ist gespannt, wie die Wahl der Rhododendronkönigin durch das Publikum vor sich gehen soll. Der Showmaster tritt wieder in die Mitte der Bühne, sich langsam sammelnd, straffend. Ich ergreife nun wieder die Macht, sagt sein Körper, und übertrage sie an euch. Die Zehnminutenrevolution der Mädels ist vorbei. *Carnival is over.* Ab sofort gelten wieder Nummern.

Die Nummern marschieren noch einmal einzeln auf, diesmal in einem neuen und für alle genau gleichen Bikini, grün und weiß mit zartroten Rüschen, der die Pflanze darstellen soll, nach der die Königin des heutigen Abends benannt werden wird. Sie laufen einmal diagonal über die Bühne, von rechts hinten nach links vorn, dann stellen sie sich in der Mitte der Bühne auf, machen einen Knicks: die Choreographie ist genau festgelegt, wie vorhin beim Tanzen. Immerhin, denkt Vandenberg, es steckt eine ganze Menge Arbeit in der Veranstaltung. Man hat alles getan, um nicht provinziell zu sein.

Der Modus der Wahl ist einfach. Die Akklamation des Publikums entscheidet, die Phonstärke wird gemessen. Vandenberg erinnert sich jetzt, daß er das alles schon einmal mitgemacht hat, nur daß es damals nicht um Mädchen ging, sondern um Musik, um eine Musik aus den späten fünfziger und frühen sechziger Jahren, die sich *Skiffle* nannte, gespielt von Gruppen mit Banjo, Gitarre, Teekistenbaß und Waschbrett. Damals, es muß im Herbst 1964 gewesen sein – er weiß das, weil es nach Proust und nach Hanna war, aber in dem Herbst, als er sich auf einer Kellerparty zu Hause eine Weile mit Gabi Hecht in einem Kellerraum eingeschlossen hat, sie aber nichts Rechtes zustande brachten, weil die anderen ständig an die Tür klopften – damals also wurde der *Erste Norddeutsche Skifflewettbewerb* in seiner Heimatstadt veranstaltet, und die Siegergruppe wurde ebenfalls per Phonstärkenmessung gewählt. Das war eine Veranstaltung, erinnert sich Vandenberg, die wirklich noch in der Viehauktionshalle stattfand, mit extra herangeschafften langen Holzbänken fürs Publikum und einer mit Sägemehl ausgestreuten Arena in der Mitte. Und nicht die lokale Gruppe belegte den ersten Platz, wie man hätte annehmen können, sondern die aus der nicht sehr beliebten Nachbarstadt, weil sie einfach die beste war und die Hände und Stimmen des Publikums sich dieser Einsicht nicht verschließen konnten.

Wie ist es hier? Familienloyalitäten, Gruppenbildungen. Töchter werden beklatscht und bejubelt oder das Lehrmädchen einer Firma von der Belegschaft oder die junge Kollegin. Immer läßt sich die Ecke genau lokalisieren, aus der der erste Beifall kommt, wenn ein Mädchen die Bühne betritt, andere schließen sich dann aber höflich an. Man will nicht unfair sein. Dies ist kein Kampf zwischen verfeindeten Parteien, es soll ein Spaß sein. Alle strengen sich an, damit es ein Spaß ist.

Als Nummer sieben betritt die Spröde die Bühne, die mit den Augen und Wangenknochen von Ingeborg Hausknecht, Handelsschülerin, wie sie beim Interview angegeben hat. Sehr aufrecht läuft sie die vorgeschriebene Diagonale viel langsamer ab als die anderen, sie *durchschreitet* sie. Vandenberg spürt sofort, daß sie keine Lobby hat im Publikum, nicht die geringste. Man lehnt sie nicht ab, es gibt nur einfach keine Gruppe, die darauf vorbereitet ist, bei ihrem Auftritt Beifall zu klatschen. Ihre Mitschüler wissen vermutlich nicht einmal von ihrer Teilnahme am Wettbewerb. Sie hat eisern darüber geschwiegen, nicht einmal ihr Freund weiß davon: das paßt zu ihr. Vandenberg versteht, daß er die Initiative ergreifen muß, daß er deswegen heute abend hier ist. Konzentriert, kraftvoll beginnt er in die fast völlige Stille zu klatschen, und erleichtert schließt sich das Publikum ihm an, *das ganze Publikum*, froh, daß die Stille aufgelöst ist, froh vor allem, nicht Partei zu sein, ein gutes Publikum zu sein. Der Beifall trägt sich selber nach oben, wird rhythmisch, steigert sich zu Jubelrufen, die ersten beginnen mit den Füßen zu trampeln – es sind die männlichen Mitglieder der Gruppe *Vorfallende Bandscheiben* –, der Rest schließt sich an, und der Boden des Kleinen Saals der Mehrzweckhalle erbebt. Einzelne sehen etwas erstaunt zu Vandenberg hinüber, während sie nicht aufhören können zu klatschen, zu schreien, zu trampeln. Die Spröde steht da in ihrem blöden grünweißroten Bikini (der schwarze, den sie bei der ersten Fleischbeschau vorhin trug, stand ihr besser) und schenkt ihm ein Lächeln, das nicht dankbar ist, sondern komplizenhaft, und kopfschüttelnd lächelt er zurück, bis ihm die Tränen der Rührung kommen und er den Kopf senkt, um sie zu verbergen. Geschafft! Darüber kann kein Zweifel mehr bestehen: Professor Vandenberg, der Zufallstourist aus dem Rheinland, hat die Rhododendronkönigin des Jahres 1990 auf den Thron gehoben.

Ein Frühstücksgespräch

Beim Erwachen: das Gefühl, alles richtig gemacht zu haben. Keinen Fehler gemacht, die falschen Handlungen unterlassen zu haben. Etwas richtig zu machen, hieß für Vandenberg, die falschen Handlungen zu unterlassen. Er wußte, daß er grobschlächtig und dumm wurde, sobald er den Rand der Dinge verließ und sich einzumischen versuchte. Sobald er vom *Kleinen Saal* in den *Großen Saal* wechselte und am Tanz teilnehmen wollte.

Das hatte er nicht getan gestern abend nach der Ehrung der Siegerin, die im schwarzen Spitzenkleid ein letztes Mal auf der Bühne erschienen war und in königlicher Haltung die als flüchtige Wangenküsse getarnten Knutschereien des Showmasters und des stellvertretenden Stadtdirektors über sich ergehen ließ. Statt dessen hatte er eilig den Königsweg eingeschlagen, war zu seinem Landgasthof gefahren und sofort ins Bett gegangen. Der Versuchung widerstanden, der Königin beim Tanz an den Hintern zu fassen und ihr dabei auf die Füße zu treten. Oder ihr langweilige Geschichten von Ingeborg Hausknecht beim Tennisspielen zu erzählen.

Deshalb ist er heute früh als ein glücklicher Mensch aufgewacht. Manchmal gibt es diesen allerersten Gedanken für ihn beim Erwachen: Ich bin ein glücklicher Mensch. Abgesehen davon, daß er keinen Kater hat und nicht als Nachhall den diffusen Lärm der kleinstädtischen Tanzveranstaltung in den Ohren, nimmt das Gefühl heute die Form an: Ich habe eine Königin gewählt, aber mit ihren Regierungsgeschäften habe ich nichts zu tun.

Ihn überrascht, daß die Kellnerin, die ihn vorgestern abend auf der Terrasse umsorgt hat, sich heute morgen um das Frühstück kümmert. Da es Sonntag ist, hat er erwartet, daß sie frei hat und sich mit ihrem Mann um die Kinder kümmern darf. Denn er weiß ohne allen Zweifel, daß es diesen Mann und die Kinder gibt, das hat er an ihrer Art zu gehen gesehen, an der Bewegung, mit dem sie ihm vor zwei Abenden den Wein auf den Tisch gestellt hat.

Der einzige Gast im Hotel ist er nicht, zu diesem Zeitpunkt aber der einzige, der beim Frühstück sitzt. Die Ausflügler aus dem Ruhrgebiet haben sich längst auf den Weg gemacht, die Fahrräder kopfüber auf die Dächer ihrer Autos geschnallt, unterwegs zum Radwanderweg A 4, und das junge Paar, das im Zimmer neben ihm wohnt, schläft noch, entweder vom nächtlichen Streit erschöpft oder von der Liebe.

Ich habe Sie gestern gar nicht gesehen, sagt die Kellnerin, als sie an seinen Tisch kommt. Hier gibt es noch kein Buffet, das Reichhaltigkeit vorspiegeln und zugleich Personal sparen soll. Hier wird das Frühstück gebracht, und je nach Wunsch kann man dieses und jenes noch dazu haben. Man wird noch bedient und nicht in der Täuschung gewiegt, Selbstbedienung sei Luxus. Ich muß mich mal setzen, sagt sie und zieht sich einen Stuhl an Vandenbergs Tisch, die Fahrradleute vorhin waren ganz schön anstrengend.

Ich war in der Stadt, erklärt Vandenberg. Einen Moment ist er versucht, ihr den ganzen Tag zu erzählen: wie er in der Bibliothek auf den Spuren *seiner* Proust-Ausgabe war und auf denen des Rhododendron, wie er im Park hinter den Sträuchern gehockt und was er im Hallenbad gesehen hat, aber dann hält er alles zurück, weil er es ungehörig findet, ihr all seine privaten Verrücktheiten zuzumuten. Er hat keinen Augenblick einen Zweifel daran, daß sie das alles verstehen würde, auch wenn sie vermutlich nicht weiß, wer Proust war, aber wenn schon *die Fahrradleute vorhin* so anstrengend waren, will er es nicht auch noch sein. Deshalb sagt er nur: Abends habe ich mir diese Wahl angesehen, die Rhododendronkönigin. Ich wußte gar nichts davon, aber als ich die Plakate sah, bin ich einfach hingegangen.

Na, sagt die Kellnerin, da haben Sie ja ordentlich was zu gucken gehabt.

Vandenberg wartet. Er will sie nicht durch eine Reaktion einengen, er will wissen, ob dies eine normal anzügliche Bemerkung war oder ob mehr dahinter steckt. Die Kellnerin spürt, daß sie sich erklären muß und setzt hinzu: Ich meine, die Mädchen können ja heute einiges zeigen. Deshalb gehen die Leute hin. Zu meiner Zeit durften wir noch nicht ganz soviel zeigen.

Zu Ihrer Zeit?

Ich war auch mal die Königin, sagt sie. Ich war die erste.

Die Fähigkeit zum blitzschnellen Kopfrechnen, die er von seinem Vater geerbt hat, hilft ihm jetzt. Laß sie damals siebzehn gewesen sein, rechnet er im stillen, dann ist sie jetzt dreiunddreißig. Das kommt hin. Vielleicht war sie auch erst sechzehn.

Damals war noch nicht Bikini gefragt, sondern einteiliger Badeanzug. Na gut, damals gab's auch noch nicht soviel zu gewinnen. Von Auto war nicht die Rede. Ein Sparbuch mit fünfhundert Mark, ein Einkaufsgutschein, ein Kleid eigener Wahl.

Wie haben Sie sich gefühlt auf der Bühne? fragt Vandenberg und weiß sofort, daß die Frage geschraubt klingt, daß er einfach hätte fragen sollen, wie es war.

Mein Gott, wie soll ich mich gefühlt haben. Genauso wie die Mädchen heute auch. Die sind nicht doof, das will ich mal klarstellen. Die wissen schon, warum die Leute kommen. Und wenn sie dabei etwas gewinnen können, warum sollen sie nicht.

Dafür mal ihren Arsch ins Publikum halten, ergänzt Vandenberg still, seine Überlegung von gestern abend wiederholend.

Und hinterher? Als Sie gewonnen hatten?

Das war Klasse. Erstens war ich die Schönste, offiziell bestätigt. Dann hatte ich meine Preise, war auch etwas wert, und dann war ich in der Zeitung, mit Foto, und plötzlich bekannt in der Stadt. Bin ich bei den älteren immer noch, weil ich eben die erste Rhododendronkönigin war. Die sagen: Wißt ihr noch, wer die erste war? Das war Meta.

Sie fragt nicht erst, ob sie darf, während er noch frühstückt, und zündet sich eine Zigarette an. Also, das will ich mal klarstellen: Ich habe nichts dagegen, wenn die Mädchen heute auf die Bühne gehen. Ich bin nicht neidisch auf die. Meine älteste Tochter ist jetzt dreizehn, die könnte in ein paar Jahren auch. Vielleicht treibe ich sie eigenhändig hin. Wollen doch mal sehen, ob sie ihre Mutter nicht beerben kann. Ich hätte nichts dagegen.

Hat es Ihnen Glück gebracht?

Glück, Unglück, keins von beidem. Ich bin nicht durchgedreht, verstehen Sie. Ich habe mich gefreut, das war alles. Ich freue mich heute noch darüber.

Aber Ihr Mann hat Sie damals entdeckt auf der Bühne?

Unsinn, der kam zwei Jahre später, der ist nicht von hier. Der hat zwei Jahre lang nicht gewußt, daß ich die erste Königin war, bis es ihm einer erzählt hat. Jetzt geht er immer selber zur Wahl. Gönne ich ihm auch. Obwohl er zu Hause genug zu sehen bekommt, das will ich mal klarstellen.

Das ist ihre Lieblingsformel. Sie sieht Vandenberg direkt in die Augen, als sie das sagt, und er ärgert sich, daß er rot wird. Und ärgert sich, daß er sich ärgert. Aber sie ist gutmütig, läßt ihn nicht hängen, führt die Situation weiter. Wollen Sie nichts mehr? Dann will ich mal abräumen. Sie essen wie ein Spatz.

Ich bin einer, sagt Vandenberg. Jetzt fliege ich nach Hause zurück, in die Stadt.

Die Kellnerin drückt ihre Zigarette aus, steht auf und beginnt, das Geschirr zusammenzuräumen. Fahren Sie man vorsichtig, sagt sie. Vielleicht kommen Sie ja mal wieder.

Bestimmt, sagt Vandenberg.

Vielleicht zur nächsten Wahl. Immer das dritte Wochenende im Mai. Ich nehme mir frei, und wir gehen zusammen hin. War schon seit Jahren nicht mehr da.

Bestimmt, wiederholt Vandenberg. Er sieht, daß sie ihm nicht glaubt, aber er wird ihren Vorschlag ernst nehmen. Im kommenden Jahr am dritten Wochenende im Mai wird er wieder hier erscheinen, am Freitagabend. Sie wird ihn wiedererkennen, sich an das Gespräch erinnern und höchst amüsiert sein, wie es die Frauen ihm gegenüber oft sind, wenn er sie ernst nimmt. Sie wird lachen, den Kopf schütteln und sagen: Wie schade, jetzt muß ich morgen abend arbeiten. Aber das ist es wert, denkt Vandenberg, das ist es wert.